KATE MEADER

Love RECIPES Roman

Süßes Verlangen

Aus dem Amerikanischen
von Lene Kubis

PIPER

Mehr über unsere Autoren und Bücher:
www.piper.de

Wenn Ihnen dieser Roman gefallen hat, schreiben Sie uns unter Nennung des Titels »*Love Recipes – Süßes Verlangen*« an *empfehlungen@piper.de*, und wir empfehlen Ihnen gerne vergleichbare Bücher.

Von Kate Meader liegen im Piper Verlag vor:
Kitchen-Love-Reihe:
Band 1: Love Recipes – Verführung à la carte
Band 2: Love Recipes – Süßes Verlangen

Deutsche Erstausgabe
ISBN 978-3-492-06205-3
© Kate Meader 2013
Titel der amerikanischen Originalausgabe:
»All Fired Up«, Forever, ein Imprint von
Grand Central Publishing, New York City 2013
© der deutschsprachigen Ausgabe:
Piper Verlag GmbH, München 2020
Redaktion: Antje Steinhäuser
Satz: Tobias Wantzen, Bremen
Gesetzt aus der Filosofia
Druck und Bindung: CPI books GmbH, Leck
Printed in the EU

*Für alle Frauen, die denken,
sie wären nicht gut genug
für die bedingungslose Liebe,
die sie verdient haben.*

1.
Kapitel

Es war die schönste Hochzeitstorte, die Cara DeLuca je gesehen hatte. Sobald die Hauptattraktion des Kuchenbuffets erst einmal auf einem wackeligen Servierwagen in die Mitte des Ballsaals geschoben worden war, hatten ihre perfekt glasierten Schichten alle zum Staunen gebracht. Zweifellos bedeutete auch nur ein Stück von ihr dreißig, vielleicht sogar fünfundvierzig Minuten Training mit dem Sandsack.

Früher hätte Cara jeden Bissen in Push-ups und Minuten auf dem Laufband gemessen oder wäre wie eine Verrückte durch den Pool geschwommen, um auch den kleinsten Verstoß gegen ihren Regelkatalog wieder auszugleichen. Die alte Cara hätte sich irgendeine Entschuldigung ausgedacht, um den Hochzeitsempfang noch vor dem Servieren der Torte zu verlassen und die Huhn- oder Fischgerichte wieder abzutrainieren. Aber die neue, gesunde Cara sollte nicht jeden Bissen zählen und sich darum sorgen müssen, ob sie die Grenze von hundertfünfzig Kalorien überschritten hatte.

Wie hätte sie diese fantastische Torte auch nicht in Versuchung führen sollen?

Sie trennte mit der Gabel ein Stück von der Portion, die vor ihr auf dem Teller lag, schob es sich in den Mund, kaute langsam und schluckte.

Uch.

Diese Torte schmeckte trocken, langweilig und uninspiriert. Niemand wusste besser als Cara, dass der Schein trügen konnte. Dieses Backwerk mochte der Traum der Braut, ihrer Cousine Gina, gewesen sein, aber schon ein Bissen bestätigte Cara in ihrem Verdacht, dass auf dieser Hochzeit ein Fluch lag. Gina hatte sie um Hilfe gebeten, nachdem die offizielle Hochzeitsplanerin das Handtuch geworfen hatte.

Dass Gina auf grellpinken Brautjungfernkleidern mit Schwalbenschwanzsaum bestanden hatte oder unbedingt ein Neil-Diamond-Streichquartett für den Cocktailempfang und anschließend eine weibliche Neil-Diamond-Tribute-Band, die Sweet Carolines, für den Tanz engagieren wollte, war nicht weiter tragisch. Cara fand es auch nicht schlimm, in letzter Minute eine Kleideranprobe für eine Hochzeitsparty oder einen Empfang für zweihundert heißhungrige Italiener zu organisieren. Und die süßen Ringträger? Auch das war ein Kinderspiel gewesen, obwohl Pater Phelan gegen die Labradorwelpen gewesen war, die ebenfalls den Gang hinunterlaufen sollten.

Nein, all das ließ sich regeln, schließlich war Cara eine begnadete Managerin. Richtig bergab war es eigentlich erst bei dem kombinierten Junggesellen-Junggesellinnen-Abschied in Las Vegas gegangen. Waren solche Anlässe denn nicht zum Scheitern verurteilt? Und obwohl Cara sich am liebsten herausgehalten hätte, hatte sie sich letztendlich doch verantwortlich gefühlt. Sie musste schließlich auf ihre sturzbetrunkenen Verwandten achten und dafür sorgen, dass sie eine verrückte, aber dennoch sichere Zeit hatten. Leider war sie irgendwann selbst nicht mehr ganz nüchtern gewesen, weil sie einen Fehler begangen hatte. Einen ein Meter achtzig großen Fehler mit Augen wie dunkler Bernstein und verstrubbeltem Haar.

Wäre sie doch nur in Chicago geblieben.

Wenn sie an die Ereignisse der vergangenen Woche dachte, wurde sie sofort wieder wütend. Aber sie würde alles in Ordnung bringen. Sobald sie den heutigen Tag überstanden hatte.

Langsam ließ sie den Blick durch den Raum schweifen und versuchte, sich wieder zu beruhigen, indem sie tief durchatmete. Ihr Vater – von seinen Töchtern nur Il Duce genannt – plauderte gerade mit der älteren Verwandtschaft, nachdem er den größten Teil des Abends über immer wieder in die Hotelküche geflitzt war. Bestimmt hatte er sicherstellen wollen, dass das Menü exakt nach seinen Vorgaben zubereitet wurde. Seine Frau und Königin Francesca, die jetzt wieder dasselbe weizenblonde, seidige Haar hatte wie vor ihrer Krebserkrankung, sah lächelnd auf die Tanzfläche, auf der es hoch herging. Cara blickte in dieselbe Richtung und entdeckte ein paar fuchtelnde Arme.

Das darf doch wohl nicht –

»Ich glaube, ich muss mir das alles noch mal überlegen.« Der forsche, britische Akzent riss sie aus ihren Gedanken. Jack Kilroy, ihr Boss und künftiger Schwager, zog seine patrizische Nase kraus und legte demonstrativ seine Gabel beiseite.

»Wenn du nicht mal den Kuchen ordentlich hinbekommst, Cara, dann weiß ich wirklich nicht, ob ich dir die Verantwortung für den wichtigsten Tag meines Lebens übertragen sollte«, fügte er in divenhaftem Ton hinzu. Gott sei Dank würde nicht Cara ihn in sechs Wochen heiraten, sondern ihre Schwester Lili! Natürlich kannte sie seine Stimmungsschwankungen und Ticks nur zu gut – schließlich hatte sie als Jacks TV-Producerin gearbeitet, während er noch *der* Jack Kilroy war. Nämlich ein wahnsinnig erfolgreicher Restaurantbetreiber, Kochshowstar und beliebtes Opfer der Klatschpresse. Jetzt war sie die Managerin der privaten Events seines Chicagoer Restaurants *Sarriette* und wusste, dass Jack beinahe genauso kontrollsüchtig war wie sie selbst. Allein deswegen hätte sie ihn nie an sich herangelassen. Überhaupt hatten in letzter Zeit wenige Leute das Vergnügen gehabt – bis sie dann in Las Vegas gewesen war.

»Der Kuchen war schon bestellt, als ich das Kommando übernommen habe, aber zerbrich dir nicht dein hübsches Köpfchen«, sagte sie und genoss es, wie fuchsig ihr herablassender Tonfall ihn machte.

»Du bekommst die spektakulärste, stylishste, umwerfendste …«

»… künstlerischste, poetischste und gewagteste …«, nahm Lili ein wenig atemlos den Faden auf.

Cara lächelte ihre eben eingetroffene Schwester an, die gerade noch munter das Tanzbein geschwungen hatte.

»… Hochzeit aller Zeiten«, vollendete Cara den Satz, während Jack seine sich halbherzig sträubende Verlobte auf seinen Schoß zog.

»Du bekommst die Hochzeit, die du dir gewünscht hast,

seit du ein kleines Mädchen warst, Jack«, säuselte Lili und küsste hin.

»Du bist so was von frech! Da sind wir beinahe ein Jahr verlobt, und es gibt immer noch Ärger mit dir. Mir wurde gesagt, dass ich ausgesprochen heiratswürdig bin, weißt du?«, sagte Jack.

»Hast du etwa wieder die alten *Vanity-Fair*-Artikel über dich gelesen?«, fragte Cara. Eine Zeit lang konnte man sich nicht umdrehen, ohne dass einem Jacks hübsche Visage von Anzeigetafeln, Magazincovern oder Fernsehbildschirmen entgegenstrahlte. Ob die Aufmerksamkeit wohl fehlte? Immerhin wäre es gut für ihre Karriere als Eventmanagerin, wenn dem so wäre.

»Die meisten Frauen würden dafür sterben, mit mir den Gang hinunter ...« Er strich über Lilis Schenkel. Selbst in dem furchtbaren Brautjungfernkleid sah sie dank ihrer großzügigen Kurven immer noch umwerfend aus.

»Aber die Lady hier hat ja leider kein Interesse an einem Märchen«, fuhr Jack fort. »Märchenprinz inklusive.«

Lili verdrehte liebevoll die Augen. »Mir würde ein ruhiger Termin beim Standesamt genügen. Aber wenn du darauf bestehst, dann werde ich dich verwöhnen.«

»Mach das doch am besten gleich, Süße«, murmelte Jack und zog sie an sich, um sie zu küssen.

Cara seufzte und versuchte, nicht zu neidisch darauf zu sein, wie Lili und Jack sich gegenseitig mit ihren Blicken verschlangen und ganz ohne Worte verstanden. Und darauf, wie sehr sie die Gesellschaft des anderen zu genießen schienen. Da ging ja selbst ihr das zynische Herz auf.

Wenn irgendjemand ein solches Märchen verdient hatte, dann Lili. Ihre jüngere Schwester hatte sich während der

Brustkrebserkrankung ihrer Mutter um sämtliche familiären Belange und die des Restaurants gekümmert, während Cara sich in der Zeit eher rargemacht hatte. Lili hatte eindeutig etwas gut bei ihr – und Cara revanchierte sich, indem sie die perfekte Hochzeit für sie organisierte. Auch wenn ihre Schwester selbst noch nicht wusste, dass sie das wollte.

»Wie schmeckt der Kuchen?«, fragte Lili Cara, sobald Jack von ihr abgelassen hatte.

»Nicht so toll. Mach dir keine Sorgen, an deinem großen Tag gibt es einen besseren.« Sie hatte schon einen Künstler im Auge, und wenn er sich bei Oprahs Abschiedsparty gut machte, dann –

»Um den Kuchen kümmere ich mich«, verkündete Jack.

»Wen hast du im Auge?«, fragte Cara, obwohl sie die Antwort eigentlich bereits kannte.

»Meine Geheimwaffe.« Jack gluckste und nickte Richtung Tanzfläche.

Cara folgte seinem Blick, und wie durch ein Wunder teilte sich die Menge, sodass sie ihn sofort entdeckte. Shane Doyle. Mit den irischen Augen, den süßen Grübchen und dem total bekloppten Tanzstil.

Die Sweet Carolines spielten ihren namensgebenden Song, und Shane wedelte mit den Händen in der Luft herum, wobei er zwischen Ausdruckstanz und wilden Hip-Hop-Moves hin- und herwechselte. Offenbar amüsierte er sich dabei blendend mit Maisey, einer Kellnerin aus dem *Sarriette*. Wieder spürte Cara Wut in ihrer Brust aufwallen. Shane sollte eigentlich gar nicht hier sein! Aber offenbar fühlte er sich bereits nach wenigen Wochen in Chicago wie daheim und hatte sich sogar als Maiseys Begleitung auf die

Hochzeit gemogelt. Wenn es nach Cara ging, konnte sie ihn geschenkt haben!

Sie wollte schon wegschauen, als Shane plötzlich eine ziemlich gewagte Pirouette hinlegte und genau in ihre Richtung blickte. Er zog eine Augenbraue nach oben und starrte sie an. Und dann zwinkerte er ihr zu. Dazu hatte er nach dem, was in Las Vegas passiert war, verdammt noch mal kein Recht!

»Nein«, sagte sie entschlossen und wandte sich von den schokoladenbraunen Augen ab, die in diesem fast lächerlich hübschen Gesicht saßen. Freundlich und fröhlich war es obendrein.

»Was meinst du?«, fragte Jack.

»Nein, wir können Shane nicht mit der Torte beauftragen.«

Jack sah sie neugierig an.

»Er ist noch zu neu im Geschäft«, fügte sie hastig hinzu. »Und er hat viel zu viel im Restaurant zu tun. Denk dran, dass du mir einen ziemlich knappen Zeitplan auferlegt hast. Wenn ich nur zwei Monate Zeit habe, um eure Sause zu organisieren, dann kann ich kein Risiko eingehen.«

Auch wenn Jack und Lili jetzt schon seit fast einem Jahr miteinander verlobt waren, hatte Lili sich erst vor Kurzem auf die Hochzeitsplanung eingelassen. Sie machte jetzt ihren Master an der Kunstakademie, und Jack versuchte schon lang, sie in Mrs Kilroy zu verwandeln. Aber Caras Schwester ließ sich nicht drängen. Eigentlich ließ sich ihre Beziehung so ganz gut zusammenfassen.

Jack und Lili wechselten jetzt einen bedeutungsvollen Blick miteinander. Cara hasste es, wenn sie das taten.

»In Vegas ist etwas passiert. Und die Sache ist definitiv noch nicht ganz abgehakt«, sagte Lili. »Wir wissen alle, dass du mit ihm geschlafen hast.«

Wenn es doch nur so einfach wäre!

»Das wusste ich nicht!«, sagte Jack wütend. »Cara, bitte sag mir, dass das nicht wahr ist.«

»Okay, es ist nicht wahr.« Irgendwie stimmte das ja auch. Sie hatte schon lang mit niemandem mehr geschlafen. Und selbst wenn es mal vorkam, blieb er oder sie nie die ganze Nacht über bei ihr. Das war zumindest immer ihre Regel gewesen, bis sie dann vor einer Woche mit einem üblen Kater aufgewacht war, eng umschlungen von einem Iren.

»Du hast schon meinen letzten Konditor fertiggemacht«, sagte Jack. »Shane ist erst seit ein paar Wochen hier, und schon hast du ihn dir gekrallt.«

»Jetzt mach aber mal langsam, Jack«, beruhigte Lili ihn. »Du kannst doch deinen Angestellten nicht vorschreiben, mit wem sie schlafen dürfen und mit wem nicht.«

»Und wie ich das kann. Sie hat Jeremy das Herz aus der Brust gerissen. Der arme Kerl hat deswegen gekündigt!«

Cara zuckte zusammen, winkte dann aber lässig ab. Es hielten sie nun einmal alle für einen männerverschlingenden Vamp.

»Sei nicht albern. Jeremy und ich haben uns ein einziges Mal miteinander verabredet, und es hat einfach nicht gepasst. Was kann ich dafür, dass du nur unterwürfige Schmusekätzchen anstellst, die alle vor dir katzbuckeln?«

Lili fixierte Cara mit ihren eisblauen Augen. »Wenn du und Shane nicht miteinander geschlafen habt, was ist dann passiert? Du bist aus dem Hotel geflitzt, als ginge es um dein Leben.«

»Es ist gar nichts passiert. Wir haben ein bisschen was getrunken, und das war's.« Ohne dass sie etwas dagegen tun konnte, drehte sich ihr Hals schon wieder in Shanes Richtung.

Und dann stand er plötzlich vor ihr. Lehnte an der Tischkante. Beim Anblick seiner Oberschenkelmuskeln unter dem Stoff seiner Jeans begannen auch ihre eigenen zu zucken.

Wer trug bitte schön *Jeans* zu einer Hochzeit? Alle anderen hatten Smokings und dunkle Anzüge an, aber Shane repräsentierte den Amerikanischen Traum nicht nur mithilfe seiner Levi's-Jeans, sondern hatte sie obendrein mit abgenutzten Cowboyboots und einem Sportsakko kombiniert. An den Schultern spannte es ein wenig – wahrscheinlich hatte er es von einem der anderen Köche geborgt.

Unweigerlich wanderte ihr Blick hinauf zu seinem langen, nerzbraunen Haarschopf. Zu gern hätte sie mit der Hand darübergestrichen. Und dann waren da wieder diese Augen ... Und sein Dreitagebart. Und ... seine großen Hände. An die konnte sie sich nur zu gut erinnern: Immerhin hatte eine davon flach auf ihrem Bauch gelegen, als sie neben Shane aufgewacht war. Leider hatte sie auch nicht vergessen, wie erotisch sich das angefühlt hatte.

»Ich bin auf der Suche nach einer neuen Tanzpartnerin«, sagte Shane in seinem sexy irischen Singsang.

»Was ist mit deiner letzten passiert?« Sie sah sich nach Maisey um, konnte sie aber nirgends entdecken. »Ist ihr von deinem Herumgehopse schlecht geworden?«

»Ich bin einfach zu viel für eine einzelne Frau«, sagte Shane und grinste genauso verschmitzt wie vor einer Woche in der Paris-Las-Vegas-Bar. Er war ihr deswegen sofort aufgefallen. Cara konnte sich nur verschwommen an die unterschiedlichen Bars erinnern, die sie während ihrer Kneipentour besucht hatten. In jeder davon waren die Männer schon vor den Frauen da gewesen. Und immer war Shane Doyle der Erste gewesen, der aufgestanden war und seinen Platz angeboten hatte.

Ein netter Junge, hatte sie gedacht. Höflich und wohlerzogen. Die Art Mann, mit der sie sich gern verabredete, weil sie ihr das Kommando überließen. Sie konnte bestimmen, wohin es ging, was sie machten, welchen Gefallen die Männer ihr tun konnten. Natürlich wurden beim Abschied manchmal ein paar Tränen vergossen − nicht ihre, natürlich −, aber bis jetzt war alles immer glattgegangen.

Wieso also war das mit Shane so furchtbar aus dem Ruder gelaufen?

»Wir sprechen über den Kuchen«, sagte Jack. Beide Köche blickten auf die Torte, die die Gäste jetzt schon durch ihre reine Anwesenheit zu beleidigen schien.

Shane schnaubte. »Wer auch immer diesen Dreck zusammengerührt hat, sollte wegen eines Verbrechens gegen die Backkunst erschossen werden.«

Jack lachte laut auf, und Cara verdrehte die Augen. Typischer Kochhumor!

»Für meine Hochzeit möchte ich jedenfalls eine ganz sensationelle Torte haben.« Jack drückte Lilis Taille. »Das wollen wir beide, oder? Kriegst du das hin, Shane?«

Shane sah sie mit merkwürdigem Blick an, und wenn Cara es nicht besser gewusst hätte, hätte sie gedacht, dass er wütend war. Aber das ergab doch keinen Sinn. War es nicht eine Ehre, von Jack einen solchen Auftrag zu bekommen?

»Ich hätte gedacht, dass du Marguerite aus dem *Thyme* fragen würdest«, sagte Shane gepresst. »Ist sie nicht deine beste Patissière?«

Im *Thyme*, Jacks Stützpunkt in New York, arbeiteten einige kulinarische Schwergewichte. Bis vor zwei Wochen war auch Shane dort angestellt gewesen, aber dann hatte er nach Chicago ins *Sarriette* gewechselt. Jedenfalls war Marguerite eindeutig Jacks talentierteste Mitarbeiterin, in diesem Punkt stimmte Cara Shane aus tiefstem Herzen zu.

»Ja, sie ist toll, aber ich will dich«, sagte Jack. »Deine Desserts sind magisch, und nachdem du mir jetzt monatelang damit in den Ohren gelegen hast, dass du einen Job suchst, bist du doch jetzt sicher bereit für eine größere Nummer.«

Shanes Lächeln wirkte reichlich verkrampft. Irgendetwas stimmte da doch nicht! »Wir könnten Biskuitrolle mit Pistaziencreme machen. Oder vielleicht etwas mit einer Rosmarin-Zitronen-Füllung, um beim italienischen Thema zu bleiben.«

»Ich mag deine Herangehensweise«, meinte Jack breit grinsend. »Mach nur so weiter, und wir unterhalten uns dann nächste Woche noch mal.«

»Klar«, sagte Shane und strahlte Cara an, sodass seine Grübchen erschienen. Da war er wieder, der sonnige, charmante Shane.

Verwirrt griff Cara nach ihrem Champagnerglas, das sie seit den Toasts nicht mehr angerührt hatte.

»Zurück zum Thema Tanzen«, meinte Shane jetzt.

Cara hatte ihm wichtige Dinge mitzuteilen. Sehr wichtige Dinge sogar. Und wenn sie ihm weiterhin aus dem Weg ging, dann würde ihr das nie gelingen. Nachdem sie jahrelang alles immer nur verdrängt hatte, hatte sie sich geschworen, Dinge ab sofort immer so schnell wie möglich zu klären. Deswegen wunderte sie sich selbst, dass sie sich Shane nicht bereits vor einer Woche zur Brust genommen hatte. Um ihm zu sagen, was Sache war.

Aber vielleicht sollte sie ihn erst einmal auf der Tanzfläche milde stimmen. Außerdem war seine Begeisterung irgendwie süß. Sie streckte die Beine aus und drückte einen perfekt gepflegten Fuß in ihrem Peeptoe durch. Fuchsia stand ihren Füßen wirklich ausgezeichnet.

Shane ließ seinen Blick über Cara gleiten, aber dann wandte er sich an ihre Schwester. »Lili, würdest du mir die Ehre erweisen?«

Lili erhob sich, und Caras Herz sank.

»Natürlich nur, wenn du nichts dagegen hast, Jack«, fügte Shane hinzu.

»Oh, Jack würde nur über seine Leiche die Tanzfläche betreten«, sagte Lili. »Der ist viel zu besorgt um seinen guten Ruf.«

»Ich habe überhaupt keine Angst davor, mich lächerlich zu machen«, meinte Jack unbekümmert. »Du hast mich doch singen gehört, oder? Beim Ententanz ist bei mir allerdings Schluss.«

»Der Tanz ist ironisch gemeint«, versuchte Cara sich irgendwie von Shanes Zurückweisung zu erholen. Er hatte sie doch gerade abblitzen lassen, oder?

»Ja, ironisch dämlich«, erwiderte Jack. »Haltet aber bitte ein bisschen Abstand zueinander, okay?«

Lachend führte Shane Lili auf die Tanzfläche und sprang dort mit den Armen rudernd umher. Lili warf sich ebenfalls wild tanzend ins Getümmel.

Tja, Cara war schon klar, weshalb Shane lieber mit Lili tanzte als mit ihr. Sie konnte eben richtig ausgelassen sein, im Gegensatz zu der Spaßbremse Cara. Die musste erst mal jede Menge Wodka in sich hineinkippen, ehe sie sich ein bisschen locker machte.

Das Vibrieren ihres Telefons erinnerte sie daran, dass ihre nächste Aufgabe als Hochzeitsplanerin anstand und dass es wichtigere Probleme gab als diesen Ausrutscher, der ihr aus Vegas bis hierher gefolgt war. Um Shane Doyle konnte sie sich auch später kümmern.

Wie lange wollte Cara eigentlich noch böse auf ihn sein?

Sie ist eine Frau, Doyle. Sie hält das notfalls zehn Jahre durch.

Der Tanzsaal dieses protzigen Hotels war gesteckt voll von Menschen in Sonntagskleidung, und dann waren da natürlich noch die Brautjungfern in ihren schrecklichen Kleidern. Cara aber stach in ihrem eleganten kleinen Schwarzen, das den Blick auf ihre wunderschönen Schultern freigab, eindeutig aus der Masse heraus. Ja, sie hatte die schönsten Schultern der Welt. Als er vor einer Woche seinen Körper um ihren geschlungen hatte, hatte er sachte mit seinen Lippen darübergestrichen. Aber er hatte sich wie ein Ehrenmann verhalten und es nicht gewagt, ihre seidige Haut dort in dem Hotelzimmer in Vegas wirklich zu küssen. Weder ihre schönen Schultern noch sonstige Stellen. Schließlich war er viel zu beschwipst und hätte wahrscheinlich nur den Moment ruiniert. Er hatte gedacht, dass ihnen später noch genug Zeit bleiben würde. Aber der Morgen danach hatte es nun einmal so an sich, dass man die brillanten Entscheidungen der vorhergegangenen Nacht auf einmal schrecklich bereute.

Anstatt nach dem Tanzen zurück zu der frostigen Cara zu gehen, schlenderte Shane zur Bar. Nicht um einen Drink zu bestellen, um Himmels willen! Nachdem er als Kind ständig seinen betrunkenen Vater um sich gehabt hatte, hatte er sich geschworen, nicht selbst in diesen Teufelskreis zu geraten oder das Klischee der irischen Schnapsnase zu erfüllen. In Las Vegas hatte er leider auf diese Prinzipien gepfiffen.

Hätte er doch nur diese Schulter geküsst. Dann würde er jetzt vielleicht besser verstehen, warum Zitronentarte sich so benahm, als wäre das alles seine Schuld. Sie wusste doch, wo sie ihn finden konnte: nämlich bis zu den Ellbogen in Kuchenteig versunken – in dem Restaurant, in dem sie beide arbeiteten. Aber sie hatte sich nicht die geringste Mühe gegeben. Seit Vegas ignorierte sie ihn einfach, kam auf ihren klackernden Absätzen anspaziert, um etwas aus ihrem Büro zu holen und dann wieder zu verschwinden, ehe er sie erwischt hatte. Und jetzt hatte Miss Perfect auch noch den Nerv, auf ihn herabzublicken, sodass er sich wie der letzte Dreck fühlte. Ihm hatte es dafür umso mehr Spaß gemacht, Lili statt ihr zum Tanzen aufzufordern. Caras säuerliche Miene war unbezahlbar gewesen!

Jacks Auftrag in puncto Hochzeitstorte hatte ihn hingegen kalt erwischt. Es war Shanes Chance, diesem arroganten Kerl zu beweisen, was er wirklich draufhatte. Er würde noch zwei Monate bei *Sarriette* bleiben, höchstens. Und dann in London seine eigene Konditorei eröffnen und endlich sein richtiges Leben beginnen.

Zwei Monate boten genug Zeit, um seine Neugier in Bezug auf den großen Jack Kilroy zu befriedigen. Es fiel ihm schwer, den Auftrag als Kompliment zu nehmen. Komplimente waren in der Zusammenarbeit mit Jack generell spärlich gesät.

Ach, er musste aufhören, so viel zu grübeln, so weinerlich und melancholisch zu sein. So irisch. Es war Zeit, die Dinge anzupacken!

Er spürte eine Hand auf seiner Schulter.

»Hey, du verpasst noch das Beste«, sagte Jack und deutete auf die Ansammlung von Frauen in der Mitte des Tanzsaals. Shane hatte bereits genug Hochzeitsfeiern hinter sich, um die Zeichen deuten zu können. Die Damen gaben sich Knüffe und kleine Schubser, um sich die beste Position zu sichern.

»Mädchen, werdet doch nicht gleich so grob!«, sagte Cara so streng und verführerisch zugleich, dass Shane ein warmer Schauer über den Rücken lief. Cara war zart und zugleich extrem tough. Das merkte man ihr bestimmt auch im Bett an, wenn sie nicht gerade ihren Rausch ausschlief.

»Aber wenn ihr wirklich die Nächste sein wollt, die in St. Judes an den Altar geführt wird, dann solltet ihr eure Waffen nicht vergessen. Nägel, Ellbogen und natürlich eure Absätze«, fuhr sie fort.

Sie wandte sich an Gina, die Jack gern als Zwergin bezeichnete – meistens sagte er ihr das sogar direkt ins Gesicht. Gina raffte den weiß-violetten Brautstrauß an sich.

»Seid ihr bereit, ihr Bitches?«, rief sie und drehte sich von der aufgeregten Meute weg. Der blonde Haarschopf von Jacks Halbschwester Jules bildete die einzige Abwechslung in dem Meer aus dunklem Haar. Sie stand am Rand des Pulks, sodass sie ihren sechs Monate alten Sohn Evan im Auge behalten konnte, den Caras Mutter gerade auf dem Arm trug. Aber auch Jules machte sich bereit, den Strauß zu fangen. Und selbst die zuckersüße Maisey mit den violetten Strähnchen im Haar brachte sich in Position. Es war eine ernste Angelegenheit.

Jack schnaubte amüsiert, als Caras Tante, deren Haar zu einer riesigen Wolke aufgetürmt war, ihre Nichte schnappte und zu den anderen Frauen schob. Der Strauß flog in hohem Bogen durch die Luft und landete direkt … in den Händen einer geschockten Cara.

»Oh, das ist nicht gut«, sagte Jack. Mist. Da war Shane ausnahmsweise seiner Meinung.

Er konnte sich nicht erklären, wie Cara ihn entdeckt hatte, weil er wirklich nicht in ihrer Nähe stand, aber irgendwie schaffte sie es, ihn aus ihren eisblauen Augen anzustarren.

Das war wirklich nicht gut.

Die Frauen knurrten, und das klang ziemlich bedrohlich. Cara wiederum drehte den Strauß nachdenklich in ihren Händen.

»Soll ich ihn noch mal werfen, Cara?«, fragte Gina sie. »An dich ist der Strauß ja irgendwie vergeudet.«

Caras Miene verdunkelte sich kurz, dann aber zwang sie sich zu einem strahlenden Lächeln.

»Klar, mach das. Auch wenn es vielleicht Pech bringt, ihn zweimal zu werfen.«

Sie drückte Gina den Strauß in die Hände und marschierte davon. Cara schien eine komplizierte Beziehung zu ihrer Familie zu haben, dachte Shane – nicht, dass das bei ihm anders wäre. Seine eigene Geschichte war Beweis genug dafür, dass man sich auf Familien einfach nicht verlassen konnte.

»Himmel, auf Hochzeiten drehen Frauen wirklich völlig durch«, murmelte Jack, was Shane irgendwie lustig fand. Wollte Jack denn nicht selbst unbedingt heiraten?

»Worum ging es da gerade?«, fragte er Jack. »Ist Cara gegen das Heiraten?«

»Cara ist generell kein Fan von festen Beziehungen.« Jack lehnte sich an die Bar und strich über die abgenutzte Maserung. »Sie ist sehr karriereorientiert«, fügte er hinzu, als würde das alles erklären.

Shane beschloss zu schweigen. Das war manchmal die beste Strategie.

»Versteh mich nicht falsch, ich schätze sie sehr«, fuhr Jack da auch schon fort. »Aber sie ist so verspannt, dass mir der arme Kerl jetzt schon leidtut, der sich in sie verguckt. Selbst wenn es sich nur um eine Affäre handeln sollte.« Seine Stimme klang so stählern, dass alles wie ein Befehl wirkte. Sobald Jack sicher war, dass seine Ansage den gewünschten Effekt auf Shane gehabt hatte, wurde sein Blick ein wenig weicher. Dennoch verstand Shane nicht, was genau er ihm damit eigentlich hatte sagen wollen.

Er entdeckte sie im Foyer neben der Zimmerpflanze mit dem riesigen Kübel. Sein Blick fiel auf ihren glatten, gebräunten Rücken, der von dem Stoff ihres eleganten Kleides in zwei Hälften geteilt wurde. Ihre bebenden Schultern konnten nur eins bedeuten: Sie weinte.

Noch ehe er sie berühren konnte, wirbelte sie auf ihren Absätzen herum. Ihr Blick verriet ihm, dass sie ihn erwartet hatte. Dennoch hatte er sich getäuscht: Sie war nicht traurig, sondern fuchsteufelswild.

»Du hast dir aber Zeit gelassen, Paddy.« Sie verschränkte die Arme vor der Brust.

»Ist alles okay bei dir?«

Am Morgen danach war sie eher beschämt als wütend gewesen. War zu beschäftigt damit gewesen, ein Taxi zu rufen, die vor dem Hotel in einer endlosen Schlange auf die Gäste warteten. Oder ihre Schuhe zu finden, um so schnell wie möglich abhauen zu können. Jetzt hatte sich vor Zorn die Haut in ihrem Dekolleté rosa gefärbt.

»Nein, das ist es ganz und gar nicht«, fauchte sie. »Wir müssen das dringend in Ordnung bringen! Es ist schlimm genug, dass Jack denkt, dass ich eine gefährliche Aufreißerin bin und du mein nächstes sexy Opfer. Aber wenn meine Familie das rausfindet, dann ist der Teufel los.«

Sexy Opfer? Das klang gar nicht mal so schlecht. Er wollte schon einen Witz reißen, entschied dann aber, dass das gerade nicht der passende Moment war. Außerdem stimmte es ja: Sie mussten die Sache klären. Sie abhaken und dann zur Normalität zurückkehren – was auch immer das sein sollte. Momentan war wirklich alles ganz schön kompliziert. Plötzlich hatte er ein schlechtes Gewissen, dass er sie vorhin einfach hatte abblitzen lassen. Denn eigentlich wollte er nichts lieber, als mit ihr zu tanzen.

Himmel, Doyle! Jetzt hör auf, so viel zu grübeln, und konzentrier dich!

Er trat einen Schritt auf sie zu und legte seine Hände auf ihre goldenen Schultern. Am liebsten hätte er ihre Arme gestreichelt, damit sie aufhörte zu zittern. Er zog sie an sich, und ihre Haltung lockerte sich ein wenig.

»Cara«, sagte er. Leise. Beruhigend. »Alles wird gut.«

Sie hob den Kopf und sah ihn aus ihren saphirblauen Augen an.

»Ja«, sagte sie. »Sobald unsere Scheidung durch ist.«

2.
Kapitel

Auf dem Lake Shore Drive war heute Morgen wenig Verkehr, aber Shane verfluchte trotzdem das Tempolimit von siebzig Stundenkilometern, das ihn davon abhielt, mit seiner Harley richtig Vollgas zu geben. Mann, er liebte diese Maschine! Das Vibrieren zwischen seinen Beinen und wie die niedrige Schwerpunkthöhe ihn immer ganz dicht am Asphalt hielt, sodass sein Körper vor lauter Energie pulsierte. Er ging mit dem Motorrad geschickt in Schräglage, um einem Sportwagen auszuweichen. Es war gar nicht so einfach, sich auf die Straße zu konzentrieren, wenn er die ganze Zeit nur an Jacks Nachricht denken konnte. Immerhin hatte sie ihn von seiner ewigen Grübelei über Cara abgelenkt.

Shane hatte endlich sein Ziel erreicht: Er hatte einen Job in Jacks Restaurant bekommen. Das war ihm vor etwa einem Jahr gelungen, als er quasi um einen Patissierjob in Jacks Restaurantdependance in New York gebettelt hatte. Dass er sich dort mit weniger Gehalt als bei dem großen Anton Baillard im *Maison Rouge* zufriedengeben wollte, hatte zunächst für Skepsis gesorgt. Seine Referenzen konnten dennoch alle überzeugen – er hatte immerhin mehrere Jahre in sehr viel verantwortungsvolleren Positionen gearbeitet, in Irland, UK und so weiter – und hatte sogar Jacks beinharten Souschef Laurent Benoit weichgeklopft. Doch erst als er den Job in der Tasche hatte, hatte er die schlechte Neuigkeit erfahren.

Jack verließ New York und ging nach Chicago.

Shane würde also nicht dieselben Küchendämpfe einatmen wie Jack. Er hatte Jacks Siegeszug jetzt tatsächlich schon länger mitverfolgt, als er es sich eingestehen wollte. Hatte zugesehen, wie er umwerfende Schauspielerinnen zu Filmpremieren begleitet und für Magazincover posiert hatte. Er hatte jedes einzelne Interview gelesen und selbst die kleinste Tratschgeschichte begierig aufgesogen. Sein Ziel war es gewesen, mehr über Jack zu erfahren, als dieser selbst über sich wusste. Erst einmal konnte Shane ihn nur als öffentliche Figur kennenlernen, aber jetzt, wo er mit ihm im *Sarriette* in Chicago arbeitete, würde er auch Einblick in seine Persönlichkeit erhalten.

Die letzten zwei Wochen mit Jack kamen Shane wie ein Tornado vor. Bei seiner ersten Abendschicht mit Jack war er so nervös gewesen, dass er drei Gebäckbestellungen falsch notiert hatte und den strengen Blick seines Chefs über sich hatte ergehen lassen müssen. Aus irgendwelchen unerfindlichen Gründen hatte Jack ihn dann zu dem Junggesellenabschied seines künftigen Schwiegercousins in Vegas eingeladen und sogar alles gezahlt.

»Teambuilding« hatte er die Aktion genannt, aber von der Idee war nicht viel übrig geblieben, sobald die glühende Hitze Nevadas sie umhüllt hatte. Wie sollte man sich auch näherkommen, wenn man einen Grappa nach dem anderen in sich hineinkippte, während man auf die Frauen und den Rest der *famiglia* wartete?

Jack war definitiv im Clan der DeLucas angekommen. Seine Leidenschaft für Lili erstreckte sich offenbar auch auf die restliche Familie. Überhaupt schien ihm dieses Familienleben zu liegen, besonders jetzt, wo er sich auch um Jules und Evan kümmerte und sie beschützte.

Sie beschützte! Ha! Shane legte einen niedrigeren Gang ein und trat ordentlich aufs Gas, sodass er fünfzehn Stundenkilometer schneller fuhr als erlaubt.

Als Kind waren Worte wie *Schutz* und *Familie* ihm völlig fremd gewesen. Er hatte einen alkoholabhängigen Vater gehabt, der ihn regelmäßig seine Fäuste spüren ließ – nicht seine Liebe. Hatte in einem System gelebt, das Kinder eigentlich schützen sollte und dennoch gebrochene Knochen nicht zu deuten wusste. Shane hatte keine Ahnung, was Familie bedeutete, und jetzt war er über eine Heirat mit Jacks neuer Familie verbunden. Das war schon ziemlich ironisch.

Und das alles nur wegen Cara DeLuca.

In seiner ersten Woche im Restaurant war ihr Name ihm immer wieder untergekommen. Schon bald hatte er herausgefunden, dass Cara sämtliche Köche hatte abblitzen lassen, was ihr bei vielen den Ruf als frigide Lesbe eingebracht hatte. Die Crew nannte sie auch gern *Zitronentarte,* und das lag nicht nur daran, dass sie Beruf und Privatleben grundsätzlich strikt voneinander trennte. Scheinbar war sie sich auch zu gut, um an dem gemeinsamen Essen mit dem Team teilzunehmen, bei dem normalerweise alle Angestellten vor der Schicht zusammenkamen. Sie hatte sich eine Woche freigenommen, um die Hochzeit ihrer Cousine zu organisieren. Deswegen war er auf den hochgewachsenen Sonnenstrahl namens Cara nicht vorbereitet gewesen, als sie die Bar des Paris-Las-Vegas-Hotels betreten und ihn fast vom Barhocker geworfen hatte.

Cara DeLuca war die schönste Frau, die Shane jemals gesehen hatte.

Und das war seltsam, da er schließlich in Paris, London und New York gearbeitet hatte – allesamt Städte, in denen einem an jeder Straßenecke eine umwerfende Frau begegnete. Aber Cara war noch einmal eine andere Nummer.

Sie hatte eine perfekte Figur, platinblondes Haar, und ihre wohlgeformten Füße steckten in Designerschuhen. Nicht, dass er Ahnung von Schuhen gehabt hätte, aber in diesem Fall war er sich ziemlich sicher. Ihre Beine waren endlos, ihre Hüften schmal und verlockend, und ihre Brüste sahen aus, als würden sie perfekt in seine Hände passen.

Sie hatte ihn angesehen, umringt von ihren dunkelhaarigen Cousinen. Auf den ersten Blick mochte sie ein wenig hochnäsig erscheinen, aber dann kaute sie kurz an ihrer Unterlippe. Diese kleine Geste wirkte eher nervös als erotisch und verwandelte sie von einer kühlen Hitchcock-Blondine in eine Person, die ebenfalls nicht so richtig dazugehörte. Sie ließ ihren Blick auf ihm ruhen und entdeckte dann den Barhocker, den er für sie frei gemacht hatte. Mehr hatte es nicht gebraucht.

Eigentlich hätte er nicht trinken sollen. Das hatte er sich fest vorgenommen. Aber Jack hatte dem glücklichen Brautpaar nun mal eine Nonstopsauftour auf dem Sunset Strip geschenkt. Ständig wurde eine neue Runde ausgegeben, und Cara sah ihn dabei herausfordernd aus ihren saphirblauen Augen an.

Shane schob die Erinnerungen beiseite, um sich auf sein aktuelles Problem zu konzentrieren. Ein lautes *Ping!* hatte eine Nachricht von Jack angekündigt, als er gerade unruhig auf Toms Sofa geschlafen hatte – Tom war ein alter Kochkollege, bei dem er sich die letzten Wochen über einquartiert hatte. *Wir treffen uns um elf Uhr im Ristorante DeLuca*, stand darin. Kein Grund, kein Bitte oder Danke. Musste schön sein, so ein Selbstbewusstsein zu haben.

Shane brauste durch die kühle Mailuft aus Chinatown nach Wicker Park, einer jener trendigen Gegenden, in denen es vor Weinbars oder Hundefriseuren nur so wimmelte. Jack gehörte ein Teil des traditionellen italienischen Restaurants, und der Rest war im Besitz seines künftigen Schwiegervaters, Tony DeLuca. Und seit ein Typ in Hawaiihemd ihn mit Cara vermählt hatte, war er streng genommen auch Shanes Schwiegervater.

Gott, wie verkorkst das alles war!

Jack stand an die Kühlerhaube seines Wagens gelehnt da, einem schwarzen Flitzer, der auch perfekt in die Autokolonne des Präsidenten gepasst hätte. Er blickte auf sein Telefon, und sein Daumen bewegte sich eilig auf dem Display hin und her. Shane war noch nie jemand begegnet, der so hart arbeitete wie Jack. Wenn er nicht im Restaurant war, sah er in seinen anderen Lokalen in Europa und den USA nach dem Rechten. Meistens war er es, der morgens die Lieferungen entgegennahm, und er verließ das Restaurant erst dann, wenn der Betrieb beendet war. Nein, Faulheit konnte man ihm wahrlich nicht vorwerfen.

Sein Boss blickte auf und schob dann das Telefon in seine Jeanstasche.

»Ich hoffe, meine Nachricht kam nicht unpassend«,

sagte er und klang nicht so, als ob ihn das wirklich interessierte.

»Ich fahre an freien Tagen gerne Motorrad«, entgegnete Shane. »Da konnte ich genauso gut hierherkommen.« Er nahm seinen Helm ab und öffnete den Reißverschluss seiner Lederjacke, während Jack ihn einfach nur anstarrte.

Alles klar.

»Also, worum geht es?«, fragte Shane.

»Du hättest es mir erzählen sollen«, sagte Jack mit finsterer Miene.

Das mit Cara? Bestimmt meinte er Cara.

»Was denn?«

Jack fuhr sich mit den Fingern durch sein dichtes, dunkles Haar, sodass es in alle Richtungen abstand. Plötzlich stieg in Shane eine Erinnerung auf, die er ganz besonders tief vergraben hatte. Jack erinnerte ihn so sehr an ... Es war einfach völlig unmöglich, Jack anzusehen und nicht daran zu denken. Aber Shane hatte sich nun einmal für diesen Weg entschieden, da musste er auch die negativen Aspekte in Kauf nehmen.

»Lili hat es mir gesagt.« Jack klang ein wenig gereizt.

Scheinbar hatte Cara sich ihrer Schwester anvertraut. Das war irgendwie logisch, auch wenn er nicht den Eindruck gehabt hatte, dass die Schwestern sich sonderlich nahestanden.

»Es ist einfach passiert«, murmelte er.

»Nun, du hättest dich an mich wenden können.« Jack blickte auf das Gebäude hinter ihm und zog dann einen Schlüsselbund aus der Hosentasche. Dann ging er auf die große Tür aus Eichenholz zu, die etwa vier Meter vom Haupteingang des *Ristorante DeLuca* entfernt war.

»Komm mit«, meinte er ein wenig resigniert.

Shanes Gedanken wirbelten nur so durch seinen Kopf. War das der entscheidende Moment? Du hast meine künftige Schwägerin geheiratet, also komm mit? So hatte er sich das Willkommensritual eigentlich nicht vorgestellt! Dabei hatte er sich diesen Moment so oft ausgemalt ...

Jack war schon hineingegangen und hatte die Tür einen Spaltbreit offen gelassen. Shane folgte ihm die Treppe hinauf in den ersten Stock, wo Jack durch eine weitere Tür verschwand. Schließlich betrat Shane eine vollkommen zugestellte Wohnung, an deren Wänden coole Kunstwerke hingen.

»Es ist ein bisschen chaotisch hier, und ich kann die Möbel natürlich einlagern lassen, wenn du sie nicht willst.« Er musterte Shane von Kopf bis Fuß. »Obwohl du wahrscheinlich ein paar Einrichtungsgegenstände brauchen wirst, wenn man bedenkt, wie du die letzten Wochen über gelebt hast.«

Langsam dämmerte es Shane. »Du willst mir diese Wohnung anbieten?«

Jack verzog den Mund. Vielleicht auch nicht. Er deutete auf das große Wohnzimmer und die kleine Küche.

»Ich habe das Gebäude vor sechs Monaten dem alten Investor des *DeLuca* abgekauft. Lili und ich haben hier zusammengewohnt, ehe wir ein paar Blocks weiter ein Townhouse gefunden haben. Seitdem bin ich noch nicht dazu gekommen, mich um die Wohnung hier zu kümmern. Sie meinte, du bräuchtest eine Unterkunft.«

Okay. Erstens wusste Jack nicht, dass er Cara geheiratet hatte. Zweitens bot er ihm die Wohnung an, wirkte aber nicht richtig glücklich darüber. Shane war erleichtert und verwirrt zugleich.

»Wäre es denn ein Problem, wenn ich hier einziehe?«

»Nein«, sagte Jack, aber es klang wie ein *Ja*. »Lili meinte, dass das Sofa, auf dem du jetzt schläfst, schlecht für deinen Rücken ist. Nicht, dass man dir das auf der Tanzfläche angemerkt hätte.«

Shane hatte einen riesigen Kloß im Hals. Jack sollte nicht denken, dass er sich auf irgendeine Art einen Vorteil verschaffen wollte. Und er wollte auf keinen Fall in Jack Kilroys Schuld stehen.

»Ich wollte mir ganz sicher keinen Schlafplatz erschleichen«, meinte er scharf. »Ich habe nur mit Lili geplaudert, nachdem wir auf der Hochzeit getanzt haben. Ich war mir nicht mal sicher, ob sie überhaupt zugehört hat.«

Jack hielt beschwichtigend die Hände in die Luft. »Ach, das weiß ich doch. Lili kümmert sich nun mal gern um die Leute, und du bist offenbar ihr nächstes Opfer. Du weißt doch, wie die Italiener sind. Haben für jeden Streuner eine Mahlzeit oder sogar ein Bett in petto.«

Shane ging ein paar Schritte Richtung Küche und strich mit dem Finger über die Ecke des robusten Holztischs, auf dem sich sicher gut Kuchenteig zubereiten ließ.

Jack grinste. »Machst du dir Sorgen wegen der Miete?«

»Nein.« Shane sah sich noch einmal um. Es war schwer, in Chicago eine möblierte Wohnung zu finden, und diese hier war so perfekt, dass er es kaum glauben konnte. Über dem Sofa hing ein ziemlich verrücktes Kunstwerk, bei dem offenbar jemand Eierschalen auf ein Stück Teppich geklebt und dann alles mit Holzlack beschmiert hatte.

»Ist die Kunst im Preis inbegriffen?«

Jacks Mund zuckte. »Klar. Was hältst du davon?«

Mist, jetzt musste er aufpassen. Schließlich durfte er nicht die Verlobte seines Chefs beleidigen.

Shane legte den Kopf schief, als musterte er ein Poster aus dem *Playboy*, und wartete einen Moment ab. »Es ist interessant. Beinahe ein dadaistischer Kommentar auf soziale Beziehungen und das Innenleben.«

Jack lachte so herzlich, dass sich die Wohnung im Nu in ein Zuhause verwandelte. »Mach dir keine Sorgen, Kumpel. Lili ist Fotografin. Das Ding ist von einem ihrer Kunstfreunde, aber du hast dich trotzdem geschickt aus der Affäre gezogen.«

Shane konnte sich ein Lächeln nicht verkneifen und merkte, wie ihm viel leichter ums Herz wurde. Trotzdem musste an der Sache hier etwas faul sein. Er konnte das Angebot nicht annehmen.

»Wir werden uns auf eine vernünftige Miete einigen. Die Wohnung hat eine Menge Vorteile – im Erdgeschoss gibt es das beste italienische Essen, im Hinterhof kannst du dein schickes Motorrad abstellen, und von hier aus brauchst du nur zehn Minuten bis ins Restaurant.« Jack lehnte sich an den Tisch und verschränkte die Arme. Es wirkte fast so, als wollte er noch eine Weile hierbleiben. Ein paar Momente schwiegen sie, was sich erstaunlich angenehm anfühlte.

»Du spielst Rugby?«, erkundigte sich Jack.

»Den Sport des Unterdrückers? Ich stehe eigentlich mehr auf Football.«

»Jetzt sag nicht, dass du einer dieser patriotischen Iren bist, die nach fünf Pints Guinness mit verschleiertem Blick irgendwelche Songs über den Aufstand grölen! Die Rugbytradition der Iren ist genauso lang wie die der Briten, wusstest du das? Ich bin übrigens auch irischstämmig. Mütterlicherseits.«

Shane wusste alles über Jacks Mutter, aber er interessierte sich mehr für das, was er nicht gesagt hatte. Jacks Vater war auch Ire, aber diese Tatsache wollte er offenbar lieber unter den Teppich kehren.

Shane sah sich ein weiteres Mal in der Wohnung um, als müsste er sich die Sache noch einmal durch den Kopf gehen lassen. Jack plapperte weiter vor sich hin, was Shane überraschte. Der Kerl war eine echte Quasselstrippe.

»Meine Mannschaft trainiert immer am Samstagvormittag im Lincoln Park«, sagte Jack. »Wir machen uns alle so richtig dreckig und gehen dann in den Pub, bestellen ein schönes Englisches Frühstück und schauen Football auf einem großen Bildschirm. Du solltest nächstes Mal mitkommen.«

In Shane explodierte eine riesige Konfettibombe – Freude. Ein fettiges Frühstück in Kombination mit einem Footballspiel klang nach der perfekten Samstagsbeschäftigung.

Reiß dich zusammen, Junge!

»Klar«, murmelte er so unverbindlich wie möglich.

Jack nickte ihm lächelnd zu – auf diese warme, anerkennende Weise, nach der sich seine Angestellten während jeder Schicht sehnten. Jetzt wusste Shane, wie es einem Hundewelpen ging, der von seinem Besitzer gekrault wurde.

Shit, so wollte er sich aber nicht fühlen! Je schneller Shane sich aus der Situation befreite, desto besser. Denn bereits nach zwei Wochen in Jacks Küche war der Worst Case eingetreten.

Shane begann seinen Bruder zu mögen.

Jetzt könnte er es ihm erzählen. Es ausspucken, während sie unter sich waren. Zwei Köche – nein, zwei Freunde –, die Witze über Sport und seltsame Kunst rissen. Zwei Halbbrüder mit verschiedenen Müttern, vereint nach all den Jahren, in denen sie nicht einmal von der Existenz des anderen gewusst hatten. Nun, einer war schon länger im Bilde gewesen. Vor zwölf Jahren hatte Shane herausgefunden, dass er einen Bruder hatte, der neun Jahre älter war als er. Und es war nicht irgendein Bruder.

Sondern der verdammte Jack Kilroy.

Er war in Großbritannien bereits kein kleiner Fisch mehr gewesen und nahm gerade New York im Sturm ein, als Shanes Vater die Bombe hatte platzen lassen. Etwas mehr als zwanzig Jahre zuvor hatte er Jacks Mutter geschwängert und ihr keine andere Wahl gelassen, als das nächste Schiff nach Liverpool zu nehmen und ihr Kind so gut wie möglich allein großzuziehen. Es hatte Shanes dreizehnjähriges Ich fix und fertig gemacht, wie ähnlich es bei ihm und Jack gelaufen war. John »Packy« Sullivan hatte auch Shanes Mutter nicht geheiratet und seinen zweiten Sohn erst dann zur Kenntnis genommen, als sie fünf Jahre später gestorben war. Der alte Bastard interessierte sich für Jack auch nicht mehr als für Shane, bis er dann seine Chance witterte. Die Chance auf Geld.

Sein Vater hatte darüber gelacht, wie leicht man Jack als Geldquelle anzapfen konnte; wie dieser ohne zu murren die Kohle rüberwachsen ließ. Aber Shane wusste, dass mehr dahintersteckte. Sobald sein Vater ein paar Gläser getrunken hatte, rückte er mit der Wahrheit heraus. Jack hatte ihm das Geld unter der Bedingung gegeben, dass er nie wieder in das verlebte, vom Whiskey gezeichnete Gesicht seines Vaters blicken musste. Bitter und gemein, wie er war, redete Packy Shane ein, dass Jack schlicht nichts mit seiner Familie zu tun haben wollte.

Ja, ihr Vater hatte jede Möglichkeit einer herzzerreißenden Wiedervereinigung der beiden Brüder zerstört. Und jedes Interview, das Jack nach dem Einstellen seiner TV-Show gab, bestätigte Shane mehr in seiner Annahme. Der Mann ließ sich nicht gern ausnutzen. Eine seiner Ex-Freundinnen hatte ihre gesamte Beziehung an die Klatschpresse ausgeplaudert, und es gab immer wieder Leute, die in irgendeiner Weise von seinem Ruhm profitieren wollten. Jack formulierte es zwar nie so deutlich, aber Shane ahnte, dass er heilfroh war, dem ganzen Promizirkus entkommen zu sein und sich jetzt ganz auf Lili konzentrieren zu können. Auf das, was ihm wirklich wichtig war – das Essen und seine Familie. Wenn Shane mit der Wahrheit herausrückte, würde Jack sofort Packy Sullivan vor Augen haben und in ihm nur einen weiteren Mistkerl sehen, der aus ihrer Beziehung Profit schlagen wollte.

Aber Shane brauchte Jack nicht für seine Karriere und wollte auch keine Almosen von ihm. Er hatte die ganze Welt bereist und mit den besten Köchen zusammengearbeitet. Seinen Platz in Jacks Team hatte er sich mehr als verdient! Was also tat er hier, wenn er doch genau wusste, dass Jack sich einen feuchten Kehricht um ihn scherte?

Er war eben furchtbar neugierig. Jetzt, wo Packy tot war, war Jack sein einziger Verwandter. Und Shane interessierte sich genug für ihn, um sein Leben vorübergehend ganz diesem Projekt zu widmen. Es machte ihn nämlich wahnsinnig, nicht mehr über Jack zu wissen.

Die spontane Trauung mit Cara war natürlich nicht geplant gewesen, aber scheinbar kam er in dieser Hinsicht doch mehr nach seinem Vater, als ihm lieb war. Shane sah zwar nicht aus wie er, hatte aber seine schlimmsten Charakterzüge geerbt. Die betrunkenen, selbstsüchtigen und impulsiven. Sobald er sicher sein konnte, dass sein Bruder tatsächlich ein Arschloch war, er das Problem mit Cara gelöst und die beste Hochzeitstorte aller Zeiten gebacken hatte, würde er ein neues Kapitel beginnen.

Leider spielte Jack aber nicht mit, und Shanes brillanter Plan geriet in Gefahr. Es war schlimm genug, mit dem Kerl zusammenzuarbeiten. In den letzten fünf Minuten hatte er auch für das Rugbyspiel zugesagt, obwohl er von diesem Sport keine Ahnung hatte, und diese Kumpelnummer war ebenfalls riskant. Daraus konnte sich eine Freundschaft entwickeln, gegenseitiger Respekt und andere gefährliche, undurchschaubare Dinge.

Es wäre eine richtig dumme Idee, hier einzuziehen.

»Oh, da bist du ja!«, hörte er hinter sich eine leise Stimme sagen. Lili stellte ihre Einkaufstüten im Flur ab und kam dann zu ihnen. Sie berührte ihn leicht am Arm, und sobald sie ihn anlächelte, lösten sich Shanes finstere Gedanken in Luft auf. Diese sanfte, kurvige, warme Frau musste man einfach mögen.

»Nimmst du die Wohnung, Shane?«

»Na klar. Er liebt die Kunstwerke.« Jack grinste Shane verschwörerisch an. Konnte er nicht wenigstens versuchen, ein bisschen unsympathischer zu sein?

Lili warf sich auf das abgenutzte Plüschsofa und zog ihre Schuhe aus.

»Das hier habe ich in einer Straße zwei Blocks entfernt gefunden. Mein Cousin Tad hat sich beinahe den Rücken gebrochen, als er es die Treppe hinaufgeschleppt hat.« Sie gluckste. »Das waren noch Zeiten!«

Lili legte den Kopf schief und sah zu Jack, der immer noch am Küchentisch lehnte.

»Wir zwei hatten hier drin aber auch ziemlich wilde Zeiten«, sagte er so leise und anzüglich, dass Lilis Gesicht sofort flammend rot anlief.

»Jack!«, murmelte sie.

»Lili.«

Shane dämmerte plötzlich, worum es hier ging.

»Wow, ihr habt hier sozusagen jedes einzelne Möbelstück eingeweiht, kann man das so sagen?«

»Shane!« Lili legte ihre Hand auf ihre glühende Wange.

»Nun, der Couchtisch hat es irgendwie nicht so gebracht«, sagte Jack zu Shane. »Nicht, dass wir es nicht probiert hätten.«

Lili war so peinlich berührt, dass Jack und Shane losprusten mussten. Vor Freude wurde Shane kurz ganz warm. Wieder und wieder sagte er sich, dass das hier eine dumme Idee war, aber eigentlich glaubte er sich langsam selbst nicht mehr.

Plötzlich bemerkte er im Treppenhaus eine Bewegung.

»Lili, im Auto sind immer noch Millionen von Tüten – oh, was ist denn hier los?«

Cara. Lili, Jack und Shane blieb das Lachen im Halse stecken. Lilis Schwester klang so angespannt, dass sie glatt den Türrahmen zum Zerbersten hätte bringen können. Sie schnappte sich die Tüten und begann, ungeduldig mit der Spitze ihres Schuhs auf den Boden zu tappen, während sie die Gruppe drohend ansah. Hilflos sah Shane zu Jack.

»Shane, wenn dir mal der Zucker ausgehen sollte, kannst

du dich jederzeit an Cara wenden«, meinte dieser trocken. »Sie wohnt gleich gegenüber.«

Cara hängte ihr neues Spitzenkleid in ihren begehbaren Kleiderschrank und versuchte, alles positiv zu sehen. Leider gelang es ihr nicht.

Shane. Shane Doyle. Ihr Nachbar.

Und Ehemann.

Anstatt mit Lili bummeln zu gehen, hätte sie eigentlich dringend mit ihrem Anwalt telefonieren sollen. Vor zwei Tagen hatte sie ihrem Ehemann noch auf Ginas Hochzeit mitgeteilt, dass sie sich darum kümmern würde – so, wie sie das normalerweise eben tat. Sie packte die Dinge an, kümmerte sich darum, hakte sie ab. Jetzt war sie schon eine ganze Woche lag Mrs Shane Doyle. Klar hatte sie viel zu tun gehabt, aber es war trotzdem ziemlich verrückt.

Nach einem Jahr feierte ein Paar seine Papierhochzeit. Und nach einer Woche? Sie trug ja nicht einmal einen Ring an ihrem Finger!

Nicht, dass es einer Frau um den Schmuck gehen sollte, aber Cara hatte durchaus gewisse Vorstellungen von ihrer Hochzeit. Ein flatterndes Kleid, lächelnde Verwandte und Freunde und ein nüchterner Bräutigam. Noch viel mehr sollte es bei einer Ehe aber um gemeinsame Ziele und eine gewisse Kompatibilität gehen. Seelenverwandtschaft. Und selbst wenn man vielleicht nicht jede seltsame Eigenschaft des anderen verstand, so sollte man zumindest damit umgehen können.

Die Chance, dass Cara so einen Mann jemals finden würde, betrug ungefähr eins zu zehntausend. Darum hatte sie das Problem perfekt gelöst: Sie hatte einen Fremden mit

Schnaps abgefüllt und dann vor den Altar gezerrt. War das wirklich ihre einzige Möglichkeit, jemanden dazu zu bringen, sie zu heiraten? Ja. Welcher Mann würde einen Freak wie sie bei klarem Verstand ehelichen?

Sicher kein netter, umwerfender Typ wie Shane.

Und jetzt lebten sie also unter demselben Dach, wie Mann und Frau das eben taten. Kurz bewirkte dieser Gedanke, dass eine gewisse Aufregung von ihr Besitz nahm, aber das verbot sie sich sofort.

Nein, nicht wie Mann und Frau. Er würde sein Leben leben – späte Schichten im Restaurant und danach der obligatorische Absacker in der Kellerbar – und sie ihres. Sie würde weiter in ihrem perfekt eingerichteten Büro über dem *Sarriette* arbeiten und Brunches für Junggesellinnenabschiede und Probedinner für Hochzeiten organisieren, ehe sie dann ins Fitnessstudio ging und sich so richtig an den Bauchmuskeln von Mikhail, ihrem Personal Trainer, abreagierte. Sie konnte Shane sowohl zu Hause als auch auf der Arbeit wunderbar aus dem Weg gehen.

»Ist alles okay bei dir?«, fragte Lili. Sie hatte völlig vergessen, dass ihre Schwester noch da war. Sie stand in Caras Schlafzimmer und zog exquisite Schuhe und umwerfende Designermode aus den hübschen Tüten.

»Bist du durcheinander wegen Shane?«

»Nein. Warum sollte ich?« Cara bemühte sich, nicht zu hysterisch zu klingen.

»Mir war nicht klar, dass du ihn so unausstehlich findest.«

»Red keinen Blödsinn«, erwiderte Cara. »Das stimmt nun auch wieder nicht.«

Lili griff nach einem von Caras Oberteilen, einem Trägertop aus Seide in Größe achtunddreißig, das für die alte Cara eine echte Katastrophe gewesen wäre. Sie seufzte. »Das sieht aus, als wäre es von einer Puppe.«

Nicht ganz, aber es war süß von Lili, dass sie das sagte. Cara versuchte stolz darauf zu sein, dass sie nicht mehr Größe zweiunddreißig, sondern inzwischen sechsunddreißig oder achtunddreißig trug. Es war Teil ihres Genesungsprozesses, dass sie in der Gewichtszunahme auch die positiven Aspekte sah. Mit dem zusätzlichen Gewicht ging ein neues Selbstbewusstsein einher, mehr Spontaneität und ... ein neuer Ehemann. Das war vielleicht nicht nur positiv, aber die alte Cara hätte bestimmt nicht so instinktiv gehandelt.

Zögernd legte Lili das Top auf Caras silbergrauer Tagesdecke ab, die den einzigen zaghaften Farbklecks in Caras ansonsten ganz in Weiß gehaltener Wohnung bildete. Diese Reinheit sollte Cara nach einem schlechten Tag im Büro oder einem unbefriedigenden Work-out helfen, wieder ihre innere Mitte zu finden. Im Falle ihres Nachbarn half ihr die Einrichtung leider gar nicht weiter.

»Shane hat dringend eine Wohnung gebraucht«, sagte Lili. »Er schläft schon seit ein paar Wochen bei einem Kumpel auf dem Sofa.«

Cara hängte das Top in die Seladongrün-Sektion ihres Schranks. Ja, sie hatte eine, und sie befand sich zwischen dem Jagdgrün- und dem Jadegrün-Bereich. Die wohlsortierten Fächer und die unterschiedlichen Kategorien ihres begehbaren Kleiderschranks entsprachen ihrer strengen Persönlichkeit. Nachdem sie in New York in einer Wohnung gelebt hatte, die eher einer Gefängniszelle glich, hatte ein begehbarer Kleiderschrank ganz oben auf der Liste gestanden, als sie vor einem halben Jahr zurück nach Chicago gezogen war. Nach der Renovierung sah ihre Wohnung aus wie frisch der *Architectural Digest* entsprungen.

»Ist es denn okay für dich, wenn er gegenüber einzieht?«, rief Lili ihr zu.

»Was?«

»Shane. Ist das okay? Du wirktest ganz schön überrumpelt, als du ihn gesehen hast.«

Sorgfältig hängte Cara das Top auf, damit es nicht zerknitterte.

»Hat ja nicht lang gedauert, bis er sich in unsere Familie eingeschlichen hat«, meinte Cara. »Es wundert mich, dass Jack nichts dagegen hat. Hat er denn keine Angst, dass ich den armen, unschuldigen Shane mit mir ins Verderben reiße?« Sie öffnete die nächste Tüte und zog eine schmale Kiste heraus. Darin befanden sich granatapfelrote Sandalen, die mit Silber eingefassten Schmucksteinen bestickt waren.

»Das mit Jack kriege ich schon hin. Irgendwann musst du mir wirklich erzählen, was zwischen euch vorgefallen ist. Hat Shane dich abblitzen lassen?« Lili zog eine Augenbraue nach oben und warf ihr voluminöses Haar über die Schulter.

Am liebsten hätte Cara die Augen verdreht. »Es ist rein gar nichts passiert, Lili.«

»Hast du ihn vergrault? Du kannst ganz schön Furcht einflößend sein, weißt du?«

»Du willst damit sagen, dass ich eine echte Zicke sein kann.« Cara wusste genau, was ihre Kollegen und ihre Familie über sie dachten. Und auch, dass sie von der Crew *Zitronentarte* genannt wurde – auch wenn die wahrscheinlich nicht ahnte, dass Cara den Spitznamen gut fand. Er war so lockerleicht und passend, mit einer frischen, säuerlichen Note.

Sie lächelte Lili an. »Das ist es doch, was die Leute denken, oder?« Plötzlich hatte sie einen Kloß im Hals.

Lilis Blick wurde weich. »Nein, ich meine nur, dass Männer manchmal Angst vor dir haben. Vielleicht ist Shane ja auch gar nicht dein Typ, weil er dir zu nett ist.«

»Tss. So nett ist er gar nicht. Kaum zu fassen, dass du auf ihn reingefallen bist!«

Lili griff nach einem Kissen und zupfte an dem Faden herum, der sich aus dem Bezug gelöst hatte. »Ich glaube, er kann wirklich romantisch sein«, meinte sie, als hätte Cara nichts gesagt. »Bestimmt würde er eine Frau so richtig umwerben, mit Blumen, Wein und einem schicken Abendessen. Und wahrscheinlich hält er auch Händchen. Stimmt, er ist wirklich zu nett für dich.«

»Definitiv«, murmelte Cara, während sie zurück in den Kleiderschrank ging, um ihre neuen Schuhe in einer der Plastikboxen zu verstauen. Als wüsste sie das nicht selbst!

»Zumindest hätte ich das normalerweise gedacht«, fügte Lili hinzu und baute sich vor Cara auf, die Arme unter ihrem üppigen Busen verschränkt. Die beneidete ihre Schwester wieder einmal um ihre atemberaubende Figur, versuchte dann aber, sich auf ihre Worte zu konzentrieren.

»Er wirkt wie ein Mann, der schon beim ersten Date deine Hand hält. Da bin ich mir eigentlich ziemlich sicher.«

»Worauf willst du hinaus?«

»Oh, nichts.« Lili musterte ihre Fingernägel, und Cara krümmte sich. Sie kannte dieses Ausweichmanöver nur zu gut – immerhin hatte sie es erfunden.

»Lili …«

»Weißt du, in Vegas ist was Komisches passiert. Aber lassen wir's gut sein.«

»Liliana Sophia DeLuca, spuck es aus.«

»Erinnerst du dich, dass wir diese pinke Limonade getrunken haben, während wir über den Strip gefahren sind?« Sie lachte ihr raues Lachen. »Angela hat schon geschlafen, und ich musste Gina und ihre Saufkumpaninnen von dem Sonnendach herunterholen, weil eine gewisse Hochzeitsplanerin sich einfach aus dem Staub gemacht hat.«

»Ich habe dir doch gesagt, dass ich müde war. Ich hab mich hingelegt.«

Lili legte den Kopf schief. »War das bevor oder nachdem du Händchen haltend mit einem süßen Iren über den Strip geschlendert bist?«

O. Mein. Gott.

Lilis Augen funkelten vor Vergnügen. »Du kleiner Frechdachs! Ich konnte es ja selbst kaum glauben, als ich gesehen habe, wie ihr mit offenem Mund herumgelaufen seid. Als wärt ihre gerade erst mit dem Greyhoundbus aus irgendeinem Kaff angekommen. Ui, Lichter! Springbrunnen! Nutten!«

Cara drängte sich an ihrer Schwester vorbei und merkte, dass ihre Hände zitterten. »Ich habe ihm einfach die Stadt gezeigt. Er war noch nie in Vegas und hat sich benommen wie ein Kind.«

Plötzlich erinnerte sie sich an Shanes große Augen, seine ansteckende Begeisterung. Seine aufrichtige Neugier. Und an seine große, warme Hand in ihrer.

Manchmal hatte er losgelassen, um auf irgendetwas zu zeigen, wie zum Beispiel die Aufzüge auf der Straße. *Auf der*

Straße, Cara! Oder er war rückwärtsgegangen, um ihr eine Geschichte zu erzählen, und war dabei in irgendwelche Fremden hineingelaufen. Sobald sie sein strahlendes Lächeln gesehen hatten, sahen auch sie plötzlich ganz fröhlich aus. Wenn man mit Shane unterwegs war, waren plötzlich alle Menschen auf dem Strip Freunde, und durch seine Augen betrachtet war Las Vegas schlicht und ergreifend magisch. An den Rest der Nacht erinnerte sie sich nur verschwommen. An die Bars, Taxifahrten und albernen Witze. Sie mochte den größten Fehler ihres Lebens begangen haben, aber Shanes warme Hand in ihrer war ihr am deutlichsten im Gedächtnis geblieben.

»Liegt es daran, dass er ein paar Jahre jünger ist als du?«

Lilis Worte holten Cara zurück ins kühle Chicago.

»Ist er das?«

»Yep, er ist fünfundzwanzig. Wir sind also gleich alt.«

Shane Doyle war fünf Jahre jünger als Cara. Ihr neuer Toyboy-Ehemann.

Cara sah Lili fest in die Augen. »Na schön, wir haben was getrunken, sind ein bisschen herumspaziert, und das war's.«

»Vielleicht sollte ich ihn am Sonntag zum Mittagessen bei unseren Eltern einladen?«, meinte Lili.

»Warum das denn?«

Ihre Schwester zuckte mit den Schultern. »Ich glaube, er ist einsam. Kann dir doch auch egal sein, oder? Du warst schon seit Wochen nicht mehr dabei. Ich dachte ja, wir sehen wieder mehr von dir, wenn du in Chicago wohnst. Aber du bist fast nie im Haus unserer Eltern.«

Das war nur ein Punkt mehr, der einen weiteren Umzug verlockend machte. Vor einer Weile hatte sie einen Plan gefasst. Ihr Leben in New York und ihre sogenannten Freundinnen dort, ihre gefährlichen Diäten und ihr ewiges, vergebliches Streben nach Perfektion brachten sie langsam, aber sicher um. Sie hatte sich mit Frauen umgeben, die genauso drauf waren wie sie, die ihren Körper hassten und Mitleid heuchelten, wenn man ihnen erzählte, dass man zugenommen hatte.

Cara hatte schon gedacht, dass sie ewig so weitermachen würde, aber vor knapp einem Jahr war etwas passiert: Cara konnte nicht länger für Jacks TV-Shows arbeiten, weil er und Lili sich ineinander verliebt hatten und er sich ganz auf sein Leben mit ihr konzentrieren wollte. Das Glück der beiden hatte Cara dazu inspiriert, genauer darüber nachzudenken, was zum Teufel sie eigentlich mit *ihrem* Leben anfing. Der Kampf gegen die Kalorien bedeutete so viel Verzicht. Zum Beispiel auf die Möglichkeit, einfach zufrieden zu sein, oder die auf ein ganz normales Leben. Jetzt, mit dreißig, versuchte sie, ihren Alltag ganz neu zu gestalten.

Es ging nicht darum, glücklich zu werden. Das war Cara zu abstrakt und zu überkandidelt. Aber sie wollte wieder ein engeres Verhältnis zu ihrer Familie haben. Darauf konnte sie sich konzentrieren. Nicht auf Männer oder Beziehungen.

Leider hatte sie vergessen, dass sie für ihren Umzug nach New York damals gute Gründe gehabt hatte. Es war nicht leicht, das schwarze Schaf in einer Familie zu sein, die am liebsten schon beim Mittagessen das Dinner plante. Was gäbe sie darum, nie wieder die überbackenen Ziti von Tante Sylvia essen zu müssen!

»Ich habe einfach zu viel zu tun, um bei Mom und Dad zu Mittag zu essen. Ginas Hochzeit hat so viel Zeit gefressen, und jetzt, wo ich eure ...«

»Hey, benutz meine Hochzeit bloß nicht als Ausrede!«, unterbrach Lili sie. »Du weißt, dass wir schon morgen heiraten könnten, wenn wir wollten. Ganz ohne deine Hilfe. Du musst wirklich nicht so viel Zeit investieren.«

»Aber das will ich doch! Ich will, dass dein großer Tag etwas ganz Besonderes wird. Das ist wichtig.« Sie bemühte sich um einen gelassenen Tonfall. *Ich brauche das. Du schuldest mir das, weil ich es dir schulde.*

Lili lächelte sie nachgiebig an.

»Ich weiß. Du und Jack treibt mich mit dieser sogenannten Wichtigkeit noch in den Wahnsinn. Komm einfach nächsten Sonntag zum Essen. Ich brauche Unterstützung.«

»Warum?«

»Weil ich jetzt fast eine verheiratete, alte Frau bin. Und du weißt doch, welches Thema bei uns am Tisch dann als Nächstes ansteht?«

Na klar. Kinder.

3.
Kapitel

Hallo, hier ist Cara DeLuca. Könnte ich bitte mit Mason Napier sprechen?« Sie versuchte, so energisch wie möglich zu klingen. Es sollte klar sein, dass ihr Anruf rein geschäftlicher Natur war.

»Einen Moment bitte, Miss DeLuca«, erwiderte die gut trainierte Sekretärin höflich, obwohl Cara sicher war, dass sie eine Grimasse zog.

Miss DeLuca. War das nicht lustig? Am liebsten hätte sie sie korrigiert. *Ich bin eine Mrs, Schätzchen.* Eine verheiratete Frau, die all ihre Rechte und den Respekt, der mit ihrem neuen Status einherging, einforderte. So wäre es zumindest, wenn sie in einem Roman von Jane Austen leben würde.

Sie ließ ihren Blick durch das Büro schweifen, das nicht viel größer als ihr begehbarer Kleiderschrank war. An einer Wand hing eine große Pinnwand, die mit Speisekarten, Ideen für Partys und Fotos aus Frauenmagazinen und Hochglanzbroschüren bedeckt war. An der anderen prangte ein riesiger Kalender, an dem jede Menge bunte Post-its klebten. Auf ihnen waren die Termine für die kommenden Privatveranstaltungen notiert. Die meisten Felder waren gefüllt, manchmal fanden an einem Tag sogar zwei Veranstaltungen zugleich statt.

Sie hätte diesen Job mit geschlossenen Augen machen können.

Als Jack sie angestellt hatte, um sich um die Events seines Unternehmens zu kümmern, hatte sie eine echte Herausforderung erwartet. Einen Job, der für eine talentierte, organisationsbegabte Person wie sie geeignet war. Immerhin hatte sie genug TV-Shows produziert und nörgelige Stars betreut, um ein ganzes Buch darüber schreiben zu können. Allerdings würde sich so mancher Prominente auf den Schlips getreten fühlen, wenn er es läse.

Auch wenn Chicago nicht New York war, so lebten hier doch auch einige Persönlichkeiten, die gern ab und an ein Charitybrunch oder einen High Tea mit Martini statt Earl Grey veranstalten wollten. Als sie für eine der wichtigsten Krebsstiftungen der Stadt gearbeitet hatte, hatte sie auch Kontakte zu der sozialen Elite der Stadt geknüpft. Kontakte, mit denen sie die Reichweite ihres Eventunternehmens steigern wollte.

Sie seufzte tief. So hatte sie sich ihre Rückkehr nach Chicago nicht vorgestellt. Kannte man einen dieser reichen Müttersöhnchen, kannte man sie alle. Sie hatte Lust auf größere Events und angesehenere Partys, aber Jack weigerte sich jedes Mal. Und sie wusste, warum.

Weil es ihm, um mit seinen Worten zu sprechen, piepegal war.

Natürlich musste er zugeben, dass die Privatveranstaltungen ein netter kleiner Nebenverdienst waren und dafür sorgten, dass das Restaurant buchstäblich in aller Munde war. Dennoch hatte er sich darauf nur eingelassen, weil Lili ihn darum gebeten hatte.

Jack hatte eine Stelle für Cara geschaffen, weil er sie durch seine Kündigung bei dem TV-Konzern ganz schön im Stich gelassen hatte. Es war Caras größtes Ziel gewesen, seine Show zu produzieren. Die beiden waren das Dream-Team der Kochsender gewesen, und dass Jack das alles einfach so weggeschmissen hatte, hatte Cara mehr verletzt, als sie gedacht hätte. Jetzt hoffte sie immer noch, dass sie an alte Zeiten anknüpfen konnten. Jeden Tag rief sie Jack an und bat ihn, ein Menü für eine Promihochzeit oder den Geburtstag eines Topmanagers zusammenzustellen. Aber sie musste permanent Aufträge ablehnen. Die Kombination aus ihrem Verhandlungsgeschick und Jacks Kreativität hätte sie eigentlich direkt an die Spitze der Chicagoer Veranstaltungsszene befördern müssen, aber Jack weigerte sich hartnäckig, über den Tellerrand seines Sarriette-Geschirrs hinauszublicken. Dafür, dass er einer der ehrgeizigsten Männer war, die Cara kannte, konnte er ganz schön kurzsichtig sein.

»Cara«, ertönte Masons tiefe Stimme. »Was kann ich für dich tun?«

Mason Napier. Der Sprössling der Napier-Bankengruppe. Kunstsammler und Opernliebhaber. Triathlet und Spitzensportler. Und der Sohn von Penny Napier, der Vorsitzenden der Napier-Stiftung – der angesehensten Wohltätigkeitsorganisation Chicagos. Die Leute taten alles, um mit ihr in Kontakt zu treten.

»Ach, Mason, geht es nicht eher darum, was ich für dich tun kann?« Sie bemühte sich um einen möglichst gehauchten Tonfall. Mason Napier war ein Mann, der die Frauen liebte, besonders die, die einem gewissen Klischee entsprachen.

Er gluckste. »Das Gespräch gefällt mir jetzt schon.«

»Hm, also, ich kümmere mich gerade um die Termine im Dezember. Da habe ich mich gefragt, ob deine Mutter sich vielleicht vorstellen könnte, die Jahresfeier ihrer Krebshilfestiftung Pink Hearts hier im *Sarriette* auszurichten.«

Das Hüsteln in der Leitung verriet Cara, dass ihr seine Antwort wahrscheinlich nicht gefallen würde. »Das Dinner von Pink Hearts soll dieses Jahr etwas größer ausfallen, vielleicht so um die sechzig Gäste oder sogar mehr. Hattest du nicht gesagt, dass der Platz bei euch nur für dreißig Leute reicht?«

Genau deswegen hasste sie ihren Job. Da Jack ihr nicht freie Hand ließ, musste sie sich immer weiter mit irgendwelchen mickrigen Junggesellinnenabschieden begnügen.

»Nun, der Speisesaal des *Sarriette* verfügt über etwa siebzig Sitzplätze.« Natürlich würde Jack ihr nie erlauben, das Restaurant für ein solches Event zu schließen, besonders nicht während der Feiertage. Er beharrte darauf, dass das die falsche Botschaft an die Stammkunden sandte. »Und wir haben auch schon neue Räume angemietet, die sind gleich nebenan.« Wenn Mason sie jetzt bloß nicht gleich abblitzen ließ, zumindest nicht, ehe sie mit Jack gesprochen hatte! Die freien Räume hatte sie schon seit drei Monaten im Auge: Sie waren perfekt geeignet, um die Anzahl der Sitzgelegenheiten des *Sarriette* zu verdoppeln.

»Du weißt sicher, dass die Eventlocations und Restaurants sich förmlich überschlagen, um das Dinner ausrichten zu dürfen«, sagte Mason. »Und ich habe gehört, dass dein Boss an großen Events eigentlich nicht interessiert ist.« Tja, jede abgelehnte Buchung traf sie früher oder später wie ein Bumerang. »Ich bin mir ziemlich sicher, dass meine Mutter sich auch dieses Jahr wieder fürs *Peninsula* entscheiden wird. Sie hat dort gute Erfahrungen gemacht.« Das klang nicht sehr vielversprechend, aber immerhin hatte er auch noch nicht aufgelegt, also wartete Cara einfach ab. Ihr Blick wanderte zu der Tischordnung von Lilis und Jacks Hochzeitsempfang. Bunte Aufkleber waren um eine Karte mit Kreisdiagrammen herumgeklebt, weil sie immer noch herausfinden musste, wen sie wohin setzen sollte. Onkel Aldo war eine echte Persona non grata, aber sie würde schon eine Lösung finden.

»Ich müsste mal mit meiner Mutter sprechen«, sagte Mason in fröhlicherem Tonfall. Er klang ganz so, als gäbe es da etwas, worauf er es abgesehen hatte. Würde sie wirklich mit dem Kerl ausgehen müssen, nur um mit seiner Mutter ins Geschäft zu kommen?

Ja, das würde sie. Denn irgendwo musste sie ja anfangen, und wenn dieser Neustart ein bisschen Wimperngeklimper beinhaltete, dann war das eben so. Tief in ihrem Inneren warnte eine leise Stimme sie, dass sie immer noch Mrs Shane Doyle war. *Aber nicht mehr lang!*

»Ich hatte dich doch gefragt, was ich für dich tun kann, Mason«, erwiderte sie. Konnte er nicht endlich mit der Sprache rausrücken?

»Ich will Jack.«

Beinahe wäre ihr das Telefon aus der Hand gefallen. »Jack?!«

»Ich will in seiner Küche essen.«

In Caras Kopf wirbelten die Gedanken nur so durcheinander. Okay. Er wollte nicht mit ihr flirten. Wenn man der letzten Ausgabe des *Restaurant-Magazine* glauben konnte, waren Chef's Tables jetzt wieder richtig angesagt. Dabei fanden die Gäste an einem kleinen Tisch direkt in der Restaurantküche Platz und konnten dem Koch bei seiner Arbeit über die Schulter gucken. Offenbar war Jacks Berühmtheit doch noch etwas wert. Wenn das alles war, was Mason wollte, dann würde sie es irgendwie möglich machen.

»Du willst einen Chef's Table?«

»Ja. Ich würde gern mit ein paar Freunden in Jacks Küche zu Abend essen.«

Es war wahnsinnig verlockend, einfach nur »Ist das alles?« zu sagen. Cara kniff die Lippen zusammen.

»Du kannst das doch einrichten, nicht wahr?«, gurrte Mason.

»Überlass das ganz mir!«, säuselte sie zurück.

Eine alte Regel besagte, dass der Chefkoch bestimmte, welche Musik in der Küche lief. Im *Sarriette* wurde sie besonders streng eingehalten.

Vergangene Woche lief die ganze Zeit Motown aus den Sechzigern, während Shane seinen Brotpudding mit Sommerfrüchten machte, und in der Woche davor war Funk aus den Siebzigerjahren dran – während er mit Madeleines herumexperimentierte (und sich schließlich für die Variante mit dem Haselnussgeschmack entschied). Diese Woche lauschte Jack einem Achtzigerjahre-Best-of, das mit einer ganzen Reihe von New-Order-Songs begann.

Und jetzt, kurz vor dem Abendbetrieb, liefen The Smiths. *Kneten und Klopfen. Kneten und Klopfen.* Shane genoss die

Rituale, die mit dem Backen einhergingen; mehr noch als beim Kochen, das für seinen Geschmack etwas zu willkürlich war. Zu viel Kunst, zu wenig Wissenschaft. Er liebte es, mit welcher Exaktheit sich Brot zubereiten ließ, die winzigen Unterschiede, die schon eine Prise Zimt beim Backen bewirken konnte.

Von außen betrachtet mochte Shanes Leben jenseits der Küche ziemlich chaotisch wirken. Er häufte keinen Besitz an, lebte aus dem Koffer, kam zu den unterschiedlichsten Uhrzeiten nach Hause und schlief oft bis zum Mittag. Nein, sehr diszipliniert lebte er nicht. Und eine Frau zu heiraten, die man erst seit wenigen Stunden kannte, war natürlich wirklich richtig verantwortungslos.

Klopfen und Kneten. Klopfen und Kneten. Der Kuchenteig war der perfekte Boxsack, an dem er jetzt seine Aggressionen auslassen konnte. Gestern Abend hatte er nach dem Umzug an Caras Tür geklopft, aber sie war nicht zu Hause gewesen. Zwei Stunden später hatte er es erneut versucht. Und eine Stunde später wieder. Um ein Uhr morgens war sie noch immer nicht wieder da, und das legte einen gewissen Verdacht nahe.

Seine Frau hatte ein Date. Mit jemandem, der nicht ihr Ehemann war. Was ihm piepegal sein sollte, aber das war es nicht.

Dass er und Cara sich mal unterhalten sollten, war die Untertreibung des Jahrhunderts. Bei der Hochzeit ihrer Cousine vor drei Tagen hatte sie ihm mehr als deutlich gemacht, dass sie sich scheiden lassen wollte, und er hatte ihr zugestimmt. Aus tiefstem Herzen. Es war eine bekloppte Nacht gewesen, die sie mit einer noch bekloppteren Hochzeit gekrönt hatten. Es gab keinen Grund, warum sie das nicht mit ein paar Unterschriften und etwas Geld rückgängig machen sollten.

Warum sie sich nicht längst darum gekümmert hatten, war ihm ein Rätsel. Es kam ihm fast so vor, als *wollte* sie mit ihm verheiratet bleiben. Und auch ihn hielt doch in Wahrheit nichts davon ab, diese magischen Formulare auszudrucken. Noch ehe sie Feierabend hatte, würde er sich Cara vorknöpfen, und wenn er dafür ihre sexy Stilettos auf ihrem Schreibtisch festnageln musste. Jetzt aber drängte sich noch eine wichtigere Frage auf: Was sollte es zu Abend geben?

Shane hatte in ein paar fantastischen und in ein paar weniger fantastischen Läden gearbeitet, und oft hing seine Bewertung eines Restaurants davon ab, wie der Chefkoch oder der Souschef die Sache mit dem Teamessen handhabte. Es war gängig, dafür einfach die Reste zu verwerten und mit Käse zu überbacken. Für Kilroy aber war das keine Option. Heute kümmerte sich der Souschef Derry Jones um das Essen und bereitete gerade ein Cassolette zu, von dessen üppigem, würzigem Duft allen das Wasser im Mund zusammenlief. Mit seinen zahlreichen Tattoos und seinem kahl geschorenen Schädel sah Derry eher so aus, als wäre er in einer Knastküche angestellt. Allerdings bestanden alle Tattoos aus Abbildungen von französischem Wein und Käsemarken. Ganz schön hardcore für jemanden, der nicht einmal eine klassische Ausbildung hatte.

Im Gegensatz zu dem Betrieb im *Thyme* war die Arbeit in der Küche des *Sarriette* eher intim und das Team klein, was sich in den Arbeitsabläufen widerspiegelte. Während größere Küchenteams manchmal einem Orchester glichen, war die Arbeit im *Sarriette* eher mit einem Jazzensemble vergleichbar. Entspannt, lässig, sexy. Jack hatte sein Team sorgfältig zusammengestellt. Jeder kannte seinen Aufgabenbereich, sprang aber auch jederzeit ein, wenn Not am Mann oder der Frau war.

Gerade aber empfand Shane den Leadsänger als reichlich verwirrend.

Er linste zu Jack, der eine Hühnerbrust auf dem Grill zubereitete. Da stand also einer der besten Köche, mit denen Shane je gearbeitet hatte, neben dem langweiligsten Stück weißen Fleisches, das er je gesehen hatte. Keine Marinade. Keine Extras. Nichts.

»Na, Shane? Hast du deinen Kram schon in die Wohnung gebracht?«, erkundigte sich Jack, während er das Hühnerfleisch auf einem Schneidebrett ablegte. Dann arrangierte er ein wenig Babyspinat auf einem Teller.

»So viel habe ich gar nicht.« Eigentlich hatte er so gut wie nichts. Nur ein paar ausgeblichene, fast schon löchrige Jeans und ein paar T-Shirts, die nach der nächsten Wäsche vielleicht zu Staub zerfallen würden.

»Und hat Cara den roten Teppich für dich ausgerollt?«

»Ich habe sie noch gar nicht gesehen.« Außer natürlich, man zählte die neonpinken Post-it-Zettel mit, die sie mit Anweisungen beschriftet auf seine Tür geklebt hatte. Unterdessen hackte Jack die Hühnerbrust geschickt in schmale Streifen und verteilte sie fächerförmig zwischen dem Spinat. In Shanes Gehirn machte es *klick*. Wenn Jack ein Gericht so sorgfältig zubereitete, dann war klar, für wen es bestimmt war.

»Wir haben offenbar einen sehr unterschiedlichen Rhythmus«, meinte Shane.

»Dabei solltet ihr es vielleicht auch belassen.«

Shane presste die Zähne aufeinander. Das war jetzt schon die zweite Warnung, die Jack aussprach, und das gefiel ihm ganz und gar nicht.

Als Shane nichts erwiderte, verschränkte Jack die Arme und sah ihn bohrend an.

»Hör mal. Vor dir liegt hier eine leuchtende Zukunft, aber wenn du das mit Cara vermasselst, dann sehe ich eher schwarz für dich. Wenn ihr hinterher nur noch völlig verkrampft miteinander umgehen könnt, dann ist das gar nicht gut für die Stimmung und die Arbeitsmoral hier im Team. Verstanden?«

Deswegen hatte Jack also gezögert, als er ihm die Schlüssel für die Wohnung überreichen sollte. Zwischen ihm und Cara war es ja jetzt schon kompliziert genug, das war Jack nicht entgangen. Jetzt blickte er ihn aus seinen strahlend grünen Augen streng an. Kaum zu fassen, wie sehr er ihrem Vater ähnelte! Als sie sich vor einem Jahr zum ersten Mal im *Thyme* getroffen hatten, war Shane deswegen fast aus den Latschen gekippt. Er war also quer durch die USA gereist, nur um dem Geist von Packy Sullivan zu begegnen!

»Wüsste nicht, was dich das angehen sollte«, murmelte Shane.

Jack starrte ihn ungläubig an. Offenbar wurde seine Autorität nicht oft infrage gestellt. »Sie wird dich fertigmachen, Kumpel.«

»Ja, die verschlingt dich mit Haut und Haar«, fügte Derry hinzu.

»Und spuckt dich hinterher einfach wieder aus«, sagte Jack. »Dein Vorgänger musste das auf die harte Tour lernen. Spar dir das einfach, okay?«

Der Restaurantkonditor vor ihm war Cara zum Opfer gefallen? Hatte sie irgendeine perverse Vorliebe für Vertreter seiner Zunft? Nicht, dass sie überhaupt schon so weit gekommen wären. Für echte Perversionen musste man ja schließlich nackt sein, oder?

»Denkt der Neue etwa, dass er eine Chance bei Cara hat?«, schaltete sich Aaron Taylor ein, der Restaurantleiter des *Sarriette,* der gerade hereinspaziert kam. »Ähm, sicher nicht.«

Was sollte das denn heißen?! Langsam hatte Shane fast Lust, allen mitzuteilen, dass er und Cara bereits verheiratet waren. Auch wenn es sein konnte, dass die Ehe wegen ihres enormen Alkoholpegels nicht rechtskräftig war.

»Sorry, du Mini-Bono«, fuhr Aaron fort. »Aber mit Cara kannst du echt nicht mithalten. Sie ist eine Zehn, du bestenfalls eine Sechs.«

»Wenn überhaupt«, fügte Derry unnötigerweise hinzu.

»Hey, Jungs, jetzt macht mal langsam«, meinte Jack mit einem gutmütigen Lächeln, das Shane noch zorniger machte. »Ich bin mir sicher, dass er mit dem Akzent eine Menge Frauen rumkriegt.« Er fuhr sich durchs Haar. »Den...«

»Ja, Chef?« Der schlaksige, rothaarige Praktikant Dennis erschien wie von Zauberhand hinter Jack.

»Himmel, du solltest Leute wirklich nicht so erschrecken!«, sagte Jack zu ihm und deutete auf den Teller mit dem Hühnchen und dem Salat. »Bring das Cara, und lass ihn ja nicht fallen.«

Dennis schlurfte mit zitternden Händen davon. Dem armen Tropf fiel permanent etwas herunter, und er war ganz offensichtlich nicht für diesen quirligen Betrieb geschaffen. Aber Jack ließ ihn sein dreimonatiges Praktikum noch zu Ende bringen, damit er Erfahrungen sammeln konnte. Shane hatte das Gefühl, dass Dennis eigentlich gern kündigen würde, sich aber nicht traute.

»Warte mal! Shane, wirf mir eine Zitrone rüber.«

Shane gehorchte, und Jack teilte die Frucht in hübsche Achtel, um dann einen Schnitz an den Rand des Tellers zu legen. Dann zog er sein vibrierendes Telefon aus seiner Tasche, und an seiner gesenkten Stimme erkannten alle sofort, dass Lili am Apparat war. Shane folgte Dennis hinaus aus der Küche.

»Warte, D. Ich übernehme das.«

Der Junge sah ihn verstört an. »Aber Jack hat gesagt ...«

»Ist schon okay«, sagte Shane und zerrte den Teller aus Dennis' verkrampften Händen. Wenn der Praktikant ihn nicht fallen gelassen hätte, hätte er ihn wahrscheinlich versehentlich beim Festhalten zerbrochen. »Geh doch kurz pinkeln, wenn du irgendeine Beschäftigung für deine Hände brauchst.«

Dann holte Shane tief Luft und stieg die Treppe hinauf. Während Jacks Büro und die Umkleide sich unten bei der Küche befanden, lag Caras Büro im ersten Stock neben den Räumen für die privaten Events. Davon gab es zwei: einen, in dem etwa zwölf, und einen zweiten, in dem etwa dreißig Gäste bequem sitzen konnten. Caras Job war es, die Räume zu vermieten, was sie bewundernswert gut hinbekam. Seit Shane im *Sarriette* arbeitete, hatte hier beinahe jeden Abend eine Veranstaltung stattgefunden, die vom Küchenteam mit Essen versorgt werden musste – murrenderweise. Die Crew hasste diese Sonderveranstaltungen, die ihnen eine Menge zusätzlicher Arbeit und wenig Trinkgeld bescherten.

Oben im ersten Stock war es ganz still, und die Tür zu Caras Büro stand halb offen, also drückte er sie auf, ohne zu klopfen.

Hätte er das mal besser getan.

Sie zog sich gerade ihr T-Shirt über den Kopf, das aus irgendeinem elastischen, lavendelfarbenen Stoff bestand. Es betonte das Saphirblau ihrer Augen und das Platinblond ihres Haars einmal mehr. Auch das Aufblitzen ihrer gebräunten Haut und des dünnen, pinkfarbenen Spitzen-BHs machten ihm zu schaffen.

Vielleicht war es doch gut, dass er nicht geklopft hatte.

»Hey, hast du denn überhaupt keine Manieren?«

»Sorry«, sagte er. »Deine Tür war offen, und ich wollte dir dein Essen bringen.« *Dein langweiliges Essen.*

Er nutzte ihr Schweigen, um sich noch einmal in Ruhe an ihrem Anblick zu ergötzen. In der rosafarbenen Jogginghose sah ihr herzförmiger Po bestimmt noch heißer aus als in den Röcken, die sie normalerweise trug. Aber noch hatte sie sich nicht umgedreht, er konnte es also nur vermuten.

Cara band ihr Haar zu einem strengen Pferdeschwanz zusammen. Dann strich sie ihr T-Shirt glatt, sodass er das Muster ihres BHs darunter erkennen konnte. Oder waren es ihre Nippel? Sofort bäumte sich sein Penis auf.

Er stellte den Teller ab und trat einen Schritt zurück, als hätte er gerade die Königin persönlich bedient. So herablassend, wie sie ihn ansah, war der Vergleich wahrscheinlich gar nicht so unpassend.

»Hast du das gekocht?«, fragte sie und sah immer wieder zwischen ihm und dem Teller hin und her.

»Nein, das war Jack. Wirkt ziemlich karg. Machst du

eine Diät?« Die anderen hatten gesagt, dass sie nie mit ihren Kollegen aß, weil sie sich zu fein dafür war. Vielleicht steckte aber eine andere Geschichte dahinter.

Sie seufzte. »Nein. Ich passe einfach nur auf, was ich zu mir nehme.«

Cara schien grundsätzlich gut aufzupassen und sehr vorsichtig zu sein. Aber nicht in Las Vegas. Dort hatte sie so gelöst gewirkt, so quirlig. Dieses langweilige Essen passte überhaupt nicht zu der Frau, die er dort kennengelernt hatte.

Wenn es nach ihm ginge, würde er sie mit rotgoldenen, mit Butter getränkten Garnelen füttern. Mit Roastbeefscheiben in ihrem Jus oder mit irgendeiner reichhaltigen Soße. Zum Dessert würde er sie und sich selbst mit einem opulenten Himbeer-Schokoladen-Parfait einreiben, das sie sich dann gegenseitig von der Haut lecken konnten.

Wenn es nach ihm ginge.

»Rennst du jetzt erst mal ein bisschen herum, um Appetit zu bekommen?«

Cara zog einen Mundwinkel nach oben. »Ich wollte eigentlich Yoga machen.« Sie deutete auf die Matte auf dem Boden, und sofort stellte er sich Cara in den heißesten Verrenkungen vor.

»Ich habe heute Morgen deine Notiz entdeckt«, sagte er. »Und gestern Abend habe ich bei dir geklopft, aber du warst nicht da.« Das klang so, als würde es ihn interessieren, wo sie gewesen war. Dabei war ihm das natürlich piepegal.

»Ich denke, die Notiz hat für sich gesprochen«, meinte sie knapp. »Hinter dem Haus gibt es zwei Parkplätze, und du solltest mit deiner Maschine nicht beide blockieren. Ich wäre fast in dein Motorrad hineingefahren.«

»Ich werde darauf achten.«

»Gut.« Sie verschränkte die Arme unter ihren Brüsten, die er liebend gern berührt hätte. »Du hast wahrscheinlich viel zu tun«, fügte sie mit einem Blick auf die Tür hinzu. Er musste tatsächlich dringend zurück in die Küche, besonders jetzt, wo Jack ihn in Bezug auf Cara gewarnt hatte. Aber er hatte nun mal noch etwas mit ihr zu klären.

Er nahm auf dem rot-weiß gestreiften Sessel gegenüber ihres Schreibtischs Platz. Als sie ihn entgeistert ansah, legte er gleich noch ein Bein über eine Armlehne.

»Wir müssen reden.«

Sie öffnete und schloss den Mund. Sie würde doch wohl nichts gegen eine zivilisierte Unterhaltung über ihre Situation haben, oder?

»Ich habe das mal gegoogelt.« Sie setzte sich an den Tisch und klappte ihren rosafarbenen Laptop auf.

»Wir können die Ehe annullieren lassen. Müssen nur ein Formular ausfüllen, und in etwa drei Wochen ist die Sache erledigt.« Sie klang verdammt zufrieden, und seltsamerweise fühlte sich das für Shane an wie ein Schlag ins Gesicht.

Er stand auf und lehnte sich an den Tisch. »Wir brauchen also gar keine richtige Scheidung?«

»Wir können die Ehe annullieren lassen, weil wir nicht ... Na ja, selbst wenn wir hätten, würde es keine Rolle spielen.« Sie zögerte und er merkte, wie es in ihrem Kopf ratterte.

»Und wenn wir es gemacht hätten?«

»Wenn wir was gemacht hätten?«

»Wenn wir miteinander geschlafen hätten, Cara? Würde das wirklich keinen Unterschied machen?«

Sie sah ihn unsicher an und runzelte die Stirn. »Aber

das haben wir nicht. Wir haben nicht miteinander geschlafen.«

»Nope, haben wir nicht.« Was ziemlich schade war.

»Shane!« Sie gab ihm einen Knuff und brach in Gelächter aus. Die Art von Gelächter, in die er sich in Vegas verliebt hatte. Es hatte eine Weile gedauert, bis er sie zum Lachen gebracht hatte, aber es war jeden einzelnen schlechten Scherz wert gewesen.

Sie verstummte und wirkte wieder ernst. »Es würde keine Rolle spielen, wenn wir es getan hätten, weil … Na, du weißt schon. Leute begehen diesen Fehler die ganze Zeit, deswegen gibt es dafür schon eine Art Standardverfahren.«

»Ein Standardverfahren, um dämliche Fehler zu beheben?«

Wieder runzelte sie die Stirn. Es gefiel ihr wahrscheinlich gar nicht, dass sie die Kontrolle über sich verloren und eine Dummheit begangen hatte. Das sah ihr schließlich gar nicht ähnlich.

»Genau.« Ihre Stimme klang immer noch zögerlich. »Ich kümmere mich um die Papiere, okay?«, meinte sie dann und nickte energisch. Und schluckte.

»Und was, wenn ich nicht unterschreibe?«, fragte er.

Sie sprang auf, sodass es ihren blonden Pferdeschwanz in die Luft riss. »Warum solltest du?«

»Sag mir einfach, was dann passieren würde, ZT.« Der Spitzname war ihm einfach so herausgerutscht. *ZT*, kurz für Zitronentarte. Passte nun mal perfekt.

Jetzt wirkte sie gar nicht mehr so beherrscht. Aber je aufgebrachter sie war, desto attraktiver fand er sie.

»Nun, nur weil eine Partei nicht unterschreibt, wird

64

die Ehe trotzdem annulliert. Es dauert nur länger. Sechs bis acht Wochen.«

Wie kalt das klang, wie klinisch. Er nickte und überlegte, wie er den nächsten Satz formulieren sollte. Die Stille zwischen ihnen wurde immer drückender, und er zögerte die Antwort noch ein wenig hinaus, weil es ihm irgendwie Spaß machte.

»Paddy, du denkst doch nicht wirklich darüber nach, die Unterschrift zu verweigern, oder? Was soll das denn bringen?«

»Eine Ehe, Cara. Die Ehe, die du wolltest.« Er holte tief Luft. »Es war schließlich deine brillante Idee.«

4.
Kapitel

Cara konnte nicht fassen, was sie da eben gehört hatte. Von den irrwitzigen Anschuldigungen einmal abgesehen meinte er seine Drohung, nicht unterschreiben zu wollen, doch wohl nicht ernst?

»Aber das ist doch ... einfach nur verrückt.«

Er verschränkte die Arme vor seiner Brust, sodass sein Bizeps sich deutlich unter den Ärmeln seiner Kochjacke abzeichnete. Ohne auf ihren Kommentar einzugehen, studierte er den Veranstaltungskalender hinter ihr.

»Sieht ganz so aus, als wärst du den nächsten Monat über ziemlich busy.« Er fuhr mit seinem mehlbestäubten Finger über einen der Zettel.

»Hast du nicht gehört, was ich gesagt habe? Du musst die Papiere unterschreiben. Wir können nicht verheiratet sein.«

»Aber wir sind es doch.«

Cara war wie gelähmt. Sie musste sich setzen.

»Was hat Onkel Aldo ausgefressen?«, erkundigte Shane sich.

»Wie bitte?«

Er deutete auf den Sitzplan von Jacks und Lilis Hochzeit. Cara gab ihr Bestes, durch eine geschickte Tischordnung ein familiäres Blutbad zu verhindern.

»Ich vermute mal, dass er hier auf einer Liste mit all den anderen Störenfrieden steht. Findest du keinen Platz für ihn?«

»Es ist eine lange Geschichte, zu der auch die Ehefrau eines Cousins zweiten Grades und eine Schinkenkeule gehören. Außerdem zwickt er Frauen gern in den Po – aber jetzt wechsele nicht das Thema!«

Er sah sie aus seinen braunen Augen an. »Wir können nicht leugnen, dass es passiert ist, Cara.«

»Ich will es ja gar nicht leugnen, du durchgeknallter Torfmoorsiedler!«

»Du schmeichelst mir, Cara.«

Aaarg!

»Ich versuche einfach, erwachsen damit umzugehen«, sagte sie. Irgendwie schaffte sie es aufzustehen, was sie dummerweise noch näher zu Shane brachte. Er duftete nach frischem Brot und furchtbar männlich.

»Es wird schon einen Grund haben, dass es passiert ist, ZT.«

ZT. Sofort schlug ihr dummes Herz einen Salto. In Vegas hatte er ebenfalls diesen Spitznamen benutzt und ihn in ihren ganz privaten Running Gag verwandelt.

Scheinbar versuchte er, sie vom Thema abzulenken. Sie hatte keine Ahnung, wieso.

»Du wolltest sehen, wo Paul Newman geheiratet hat«, sagte sie und bemühte sich um Geduld. »Nicht Elvis oder Sinatra wie jeder normale Mensch. Paul Newman.«

»Ich glaube, das war alles ein großes Missverständnis«, sagte er mit abwesendem Gesichtsausdruck.

»Wie bitte?«

»*Der Unbeugsame.* Das ist einer meiner Lieblingsfilme«, sagte er, immer noch in schrecklich vernünftigem Tonfall.

»Ich weiß. Damit hast du mir so lange in den Ohren gelegen, bis wir zur Kapelle gegangen sind.«

Shane lachte und schloss dann die Augen, als würde er sich an etwas Schönes erinnern. Wieso konnte sie sich nur noch einzelne Fetzen jener Nacht ins Gedächtnis rufen? Schöne Erinnerungen an die eigene Hochzeit waren doch wichtig, oder?

Er setzte sich auf ihren Tisch und zerknitterte dabei einen Stapel Rechnungen. Am liebsten hätte sie die Hände unter seinen Po geschoben und ihn vom Tisch geschubst – natürlich nur der Rechnungen wegen.

Seine Hose mit Hahnentrittmuster, Standardkleidung in der Küche, schmiegte sich an seine muskulösen Oberschenkel. Oberschenkel, die perfekt zu ihren gepasst hatten, als er sie in den Schlaf gewiegt hatte. Na, das war doch immerhin eine deutliche Erinnerung.

»Wir waren betrunken.« Zumindest diese Tatsache stand fest und ließ sich nicht leugnen.

»Stimmt, aber auf den Alkohol allein kannst du es nicht schieben. Wir konnten immerhin noch klar genug denken, um uns die Heiratsurkunde bei der Sekretärin abzuholen. Das war übrigens auch deine Idee.«

Sie schlug auf seine lächerlich harte Brust. Jetzt fing er schon wieder mit dem Quatsch an! »Du spinnst wohl. Nimm das zurück!«

Er lächelte sie mitleidig an. »Nein, werde ich nicht. Du

hast mich gefragt, ob ich dich heiraten will, und ich habe Ja gesagt. Irgendein Teil von dir muss also gewollt haben, dass das passiert. Dass das mit uns passiert. Und das sollten wir respektieren.«

»Nichts an mir wollte das, Shane.« Sobald sie die Worte laut ausgesprochen hatte, merkte sie auch schon, wie falsch sie klangen. Plötzlich fiel es ihr wie Schuppen von den Augen, und sie ließ sich wieder auf den Stuhl fallen.

»O Gott. Ich habe dich wirklich gefragt.«

Er nickte, und seine Augen, die die Farbe von geschmolzener Schokolade hatten, wurden ganz groß.

»Ich muss vollkommen den Verstand verloren haben.«

»Ja, das hast du. Ich schätze mal, dass das sonst nicht so deine Art ist.«

Ganz und gar nicht. Sie war die Selbstbeherrschung in Person. Kontrollierte ihren Kopf, ihren Körper, ihr Leben. Damit hatte sie schon einige Leute vergrault, aber es war wichtig, alles im Griff zu haben, wenn sie nicht wieder in die selbstzerstörerischen Muster ihrer Teenagerzeit und ihres jungen Erwachsenendaseins verfallen wollte.

Aber irgendetwas in ihr war mit diesem disziplinierten Lebensstil und ihrem Kampf um Balance nicht einverstanden. Ein Teil von ihr würde immer gegen die strengen Regeln ihrer italienischen Familie und die hohen Ansprüche, die sie an sich selbst stellte, rebellieren.

»Ich habe dich mehrfach gefragt, ob du dir sicher bist«, sagte er. »Und du hast immer wieder so begeistert *Ja!* gesagt, dass ich mich habe mitreißen lassen. Du kannst sehr überzeugend sein, wenn du dir etwas in den Kopf gesetzt hast.«

Wenn sie genauer darüber nachdachte, hatte sie eine

bessere Erklärung. Als sie in Vegas in der zweiten Bar gelandet waren, war Shanes Interesse an ihr offenkundig geworden, und das hatte Gina gar nicht gepasst.

Die beiden Cousinen hatten sich nie nahegestanden, obwohl sie etwa im selben Alter waren. Konnte sein, dass das an dem unguten Zwischenfall mit dem Peroxid und dem Lockenstab lag, der Gina ein paar kahle Stellen am Kopf beschert hatte. Vielleicht auch an den unzähligen Malen, bei denen sie einander mit gestohlener Kleidung oder flatterhaften Affären überboten hatten. Dass Cara in letzter Minute versprochen hatte, Ginas Hochzeit zu organisieren, hatte die Wogen eigentlich glätten sollen. Aber das hatte nicht gereicht.

Schon im Flugzeug hatte Gina mit den Sticheleien begonnen. Sie hatte bereits mehrere Wodka-Tonics in der Flughafenlounge getrunken und erklärte Cara jetzt immer wieder, dass sie selbst nie einen Junggesellinnenabschied haben würde und deswegen den von Gina umso mehr genießen solle. Dass eine Karrierefrau wie Cara ohnehin nie heiraten würde. Als sie in Vegas vor der dritten oder vierten Bar standen, hatte Gina sie beiseitegenommen und ihr gesagt, dass sie sie und die anderen Mädels auch mal an Shane heranlassen und ihn nicht so in Beschlag nehmen solle.

Sie hatte sich von ein paar blöden Sprüchen und jeder Menge Wodka dazu hinreißen lassen, etwas völlig Verrücktes zu tun. Etwas, wonach sie sich immer gesehnt hatte. Normalität, eine feste Beziehung, eine Ehe. Aber so etwas blieb nun einmal normalen Frauen vorbehalten. Und in dieser Nacht hatte die gestörte Cara eine Abkürzung genommen und war so direkt vor einem Priester in Hawaiihemd gelandet.

77

Sie hatte versucht, das Schicksal auszutricksen. Zum einen hatte sie es den anderen so richtig zeigen wollen. Nicht nur durch die Hochzeit an sich, sondern auch dadurch, dass sie schneller war. Schneller als Gina.

Schneller als Lili.

Nein, das konnte nicht stimmen. Sie hatte das doch nicht wirklich gemacht, um sich ihrer kleinen Schwester gegenüber überlegen zu fühlen? Bei Gina war das etwas anderes, aber hatte Lili nicht nur das Allerbeste verdient, nachdem sie ihre Mutter so sehr bei ihrem Kampf gegen den Krebs unterstützt hatte? Wenn Cara Lili jetzt auch in Sachen Hochzeit übertrumpfen wollte, war das doch nur ein weiteres Beispiel für ihre Selbstsucht. Leider konnte sie nicht rekonstruieren, was genau sie in Vegas gedacht hatte. Aber sie wusste, was sie jetzt dachte.

Sie wollte raus aus der Nummer.

»Es war ein Fehler.«

Er kam ihrem Gesicht so nahe, dass sich ihre Stirnen beinahe berührten. Sie spürte seinen warmen Atem auf ihrer Wange. »Woher sollen wir das denn wissen? Vielleicht sollte es ja einfach so sein.«

Sie wich zurück, weg von seinem unwiderstehlichen Duft. »Vielleicht sollten wir es einfach mal probieren«, fügte er hinzu.

»Was probieren?« Ihre Stimme überschlug sich. »Ich kenne dich doch gar nicht. Und du kennst mich nicht.«

»Dann sollten wir einander kennenlernen, oder?«

Er war verrückt. Vollkommen durchgeknallt. Und auch sie musste von allen guten Geistern verlassen sein, wenn sie diesem verrückten, gut aussehenden Kerl nur eine Minute länger zuhörte.

Ihr langweiliges Mittagessen stand immer noch auf dem Tisch und wurde langsam kalt. Sie wollte es essen. Sie hatte außerdem geplant, das Veranstaltungsbusiness auszubauen. Und sie hatte herausgefunden, wie sie sich aus dieser unerträglichen Situation mit Shane befreien konnte. Es war ein schöner Tag.

»Du wirst also nicht unterschreiben.«

»Noch nicht.«

Ihr Herz klopfte wie wild, und sie schluckte. »Ich werde trotzdem zum Anwalt gehen, damit er die Formulare vorbereitet.« Klar, sie könnte sie auch einfach im Internet suchen und ausdrucken, aber sie wandte sich lieber an ihren Anwalt Marty. Sicher war sicher.

»Dann viel Glück, ZT.« Er ging auf die Tür zu und drehte sich dann noch einmal zu ihr um. Sein Haar fiel ihm in die Stirn, und auch seine Grübchen waren wieder deutlich zu sehen. Das war wirklich zu viel des Guten.

Ein sanftes, irgendwie irritierendes Lächeln erschien auf seinem Gesicht. »Also, was machst du später?« Er blickte auf den Kalender. Heute Abend hatte sie noch keine Pläne, und der verrückte Torfmoorbewohner wusste es.

»Ich werde jedenfalls nicht an meiner Ehe arbeiten«, meinte sie säuerlich.

»Alles klar. Ich hole dich um halb sieben ab.«

Cara trat ins Treppenhaus und überlegte, ob man ein Date mit einem Post-it absagen durfte. Vielleicht war es auch keine richtige Verabredung? Aber es hatte schon danach geklungen.

Eigentlich hatte sie ihren Pilateskurs noch nie verpasst, nicht einmal, wenn sie Bauchschmerzen hatte. Wenn sie das Versäumnis heute doch wenigstens durch eine kleine Yogasession im Büro ausgeglichen hätte ... Aber nicht einmal das hatte sie hinbekommen.

Verdammter Shane.

Sorry, mir ist was dazwischengekommen, stand in Caras ordentlicher Handschrift auf dem Zettel, von der Schwester Mary Margaret immer gesagt hatte, dass die gesamte Casimir Pulaski Highschool sie darum beneidete. Na, die Nonnen vielleicht, aber die anderen Schüler sicher nicht. Sie zogen lieber an ihrem Haar, weil sie ihnen zu perfekt war.

Mit klopfendem Herzen ging sie auf Shanes Tür zu und bekam einen riesigen Schreck, als plötzlich etwas Pelziges um ihre nackten Beine strich. Sie sah hinab und sah ... es.

Sie wusste nicht, wie sie es beschreiben sollte. Das mitleiderregende kleine Bündel starrte zu ihr hinauf und schien nur aus Augen, Fell und einer Menge Trotz zu bestehen. Ein kaputtes, dürres Ding. Zu groß für ein Katzenjunges, zu klein für eine Katze, und nachdem es gehustet hatte, fing es auch noch an zu niesen.

»Wer bist du denn?«, fragte sie und sah sich nach einem möglichen Besitzer um. In dem Gebäude gab es nur zwei Wohnungen, ihre und Shanes, aber manchmal fiel die Eingangstür nicht richtig ins Schloss. Ihr Ehemann – nein, ihr Nachbar – hatte wahrscheinlich nicht darauf geachtet, sodass alle möglichen Eindringlinge ins Haus gelangen konnten. Tja, mit dem Haus ging es seit seinem Einzug definitiv bergab.

Behutsam hob sie das Tier hoch, das ihr jetzt in die Augen sah. Auf seiner Schnauze war eine kleine Wunde, und plötzlich nieste die Katze wieder, direkt in Caras Gesicht. Ihr Fell war grau, und es gab auch ein paar kahle Stellen, ganz so, als hätte die Katze einen Straßenkampf hinter sich. Dieser traurige kleine Körper brach ihr das Herz.

Eigentlich war Cara eine harte Nuss, aber in letzter Zeit war sie viel sensibler als sonst. Offenbar brachen sich plötzlich Gefühle Bahn, die sie sonst immer gut im Griff gehabt hatte.

Vielleicht war es Schicksal, dass sie sich begegnet waren. Cara musste über sich selbst grinsen: Sie konnte ganz schön melodramatisch sein! Gerade wollte sie die Hand an Shanes Tür heben, da öffnete sie sich. Als hätte er auf sie gewartet.

»Hey«, sagte er, und sein Blick fiel auf das fellige Paket in ihren Armen. »Ah, super, du hast ihn gefunden.«

Ihn? Cara hätte schwören können, dass es ein Weibchen war. »Ist das deiner?«

Noch ehe sie sich versah, hatte Shane ihr den Kater auch schon abgenommen und setzte ihn in seiner Wohnung auf dem Boden ab.

»Wir sind quasi zusammen hier eingezogen. Er kam einfach hereinspaziert und hat sich hier häuslich niedergelassen.«

»Ich wollte nur ...«

»Ich fürchte, das klappt nicht, Cara.«

Sie erstarrte. Er wollte doch jetzt nicht absagen?

»Nein?«

Er deutete auf ihren Nadelstreifenanzug und ihre Manolos mit den hohen Absätzen. Sie hatte vorhin ihre Sportsachen gegen ein schickeres Outfit getauscht, weil sie am späten Nachmittag noch einen Termin gehabt hatte.

»Du siehst wie immer fantastisch aus.« Wie schaffte er es nur, ein Kompliment wie eine Entschuldigung klingen zu lassen? »Aber das Outfit passt nicht zu dem Ort, zu dem wir gehen wollen.« Er kam in den Flur und schloss die Tür hinter sich, um sie dann an ihren Ellbogen zu packen und auf ihre Wohnungstür zuzuschieben. »Du musst dich leider umziehen.«

»Ach ja?« Himmel, sie konnte keinen klaren Gedanken mehr fassen.

»Da, wo wir hingehen, geht es ziemlich locker zu.«

Das Wort *locker* existierte nicht in Caras Welt. Meinte er etwa einen Imbiss damit? Die Taqueria an der Ecke vielleicht? *McDonald's?*

»Ich wollte dir sowieso sagen, dass ich schon gegessen habe und ...«

»Schon okay. Ich habe noch gar keinen Hunger.«

Sofort war Cara unendlich erleichtert, und sie konnte wieder tief durchatmen. Er beobachtete ihre Reaktion mit zusammengekniffenen Augen.

»Jedenfalls solltest du dir etwas anziehen, was meinen Klamotten etwas mehr ähnelt.«

Das war ja wohl eine klare Aufforderung, ihn anzusehen. Sie fing bei seinem Hals an und ließ dann ihren Blick über das verblichene graue Longsleeve und das noch verblichenere blaue Hemd wandern, dessen Ärmel er bis zu den Ellbogen hochgekrempelt hatte. Er trug Jeans, die an den einladendsten Stellen Risse hatten und sich eng an seine muskulösen Schenkel schmiegten. Das Outfit wurde von ramponierten Cowboystiefeln vervollständigt, die aussahen, als hätte er darin geduscht. Er hatte sie ja sogar bei der Hochzeit getragen!

»Ich glaube nicht, dass ich solche Klamotten habe«, sagte sie ernst.

Er kam auf sie zu, und sie wich in ihre Wohnung zurück wie eine Schlafwandlerin.

»Schlüpf einfach in eine Jeans, wir treffen uns dann draußen. Ich gebe dir fünf Minuten.«

Er griff in seine Tasche, holte etwas heraus und drückte es ihr in die Hand. Cara spürte einen leichten Stromschlag in der Magengegend, als ihre Finger sich um das warme Stück Metall schlossen.

»Das ist mein Ersatzschlüssel.« Er zog das Post-it aus ihrer anderen Hand. »Aha, es ist also was dazwischengekommen.«

Ohne ihre Antwort abzuwarten, polterte er die Treppe hinab.

Eine Viertelstunde später – sie hatte zum Umziehen nur fünf Minuten gebraucht, dann aber noch eine Weile auf dem Sofa gesessen – kam sie in einer dunklen Jeans, die sie in ihre roten Cowboystiefel gesteckt hatte, nach unten. Ihrer weißen Bluse mit Waffelmuster hatte sie einen ländlichen Touch verliehen, indem sie die Ärmel hochgekrempelt und die Bluse auf Taillenhöhe zusammengeknotet hatte.

Shane lehnte an der Motorhaube ihres königsblauen BMW. Sobald sie auf ihn zukam, sah er sie so eindringlich an, dass alles an ihr zu kribbeln begann.

»Du siehst wunderschön aus«, sagte er.

»Danke«, murmelte sie, als hätte sie das noch nie zuvor gesagt bekommen. Und irgendwie stimmte das auch. Nicht so. Aus Shanes Mund klang dieses Kompliment ganz neu und sehr bedeutsam. Der irische Akzent hatte es wirklich in sich.

Er holte einen Helm aus dem Sitz seines Mordinstruments, das andere auch als Motorrad bezeichneten.

»Setz den auf.«

Sie sah den Helm verächtlich an. »Denke nicht, dass ich das mache.«

»Ohne kannst du aber nicht Motorrad fahren.«

»Umso besser, ich hatte sowieso nicht vor, mich auf das Ding zu setzen. Mein Cousin Tad hat auch so eins, und er hatte schon zweimal einen Unfall.«

»Ich bin aber nicht dein Cousin.« Er grinste sie an, und sofort begann ihr Magen zu flattern. Wahrscheinlich machte sie einfach der Gedanke an die Fahrt nervös.

»Wir können doch mein Auto nehmen«, meinte sie und deutete hinter sich.

Er wirkte vollkommen unbeeindruckt. »Es ist süß, genau wie du. Aber das kommt heute nicht infrage.« Noch ehe sie etwas erwidern konnte, hatte er ihr auch schon den Helm übergestülpt. Sie war überrascht, wie schwer er war.

»Ich weiß, dass er vielleicht eine Spur zu groß ist, aber es wird schon gehen.« Er richtete den Riemen unter ihrem Kinn, sodass seine Fingerknöchel immer wieder die Unterseite ihres Kinns berührten.

Wow, sie hatte wirklich ein Date mit ihrem Ehemann. Das Verkehrsmittel sollte wohl ihre kleinste Sorge sein.

»Ich habe das noch nie gemacht.«

Er strich über ihren Kiefer. »Mach dir keine Sorgen, ZT. Ich kümmere mich um dich.«

Er klang so aufrichtig, dass es in ihrem Bauch erneut flatterte. Eigentlich hatte es nie aufgehört.

»Na, bist du bereit für ein bisschen Spaß?«

»Ich weiß nicht.«

Er grinste. »So kennt und liebt man dich!«

Cara schnupperte vorsichtig. Wieso rochen nur alle Kirchenkeller nach alten Socken?

»Shane!«

Sobald sie die letzten Stufen hinabgestiegen und in einem großen Raum angekommen waren, der schlecht beleuchtet und stickig war, hörten sie verschiedene Menschen aufjubeln.

Während ihrer fünfzehnminütigen Fahrt hatte Shane ihr nicht verraten, wohin es eigentlich ging. Ein Gespräch wäre ohnehin unmöglich gewesen, während sie die Western Avenue hinabjagten. Zum einen konnte sie nicht einmal ihre eigenen Gedanken verstehen, was eigentlich ganz gut war, und ansonsten war sie voll und ganz damit beschäftigt, sich an Shanes stählernem Oberkörper festzuklammern. Schließlich wollte sie nicht sterben.

»Das ist doch nicht dein Ernst!«, murmelte sie jetzt und merkte, wie ihre Knie butterweich wurden. Lag das jetzt an der wilden Fahrt? Oder daran, dass Shane sie tatsächlich zu einem Line-Dancing-Kurs mitgenommen hatte?

Der Kurs bestand aus einer seltsamen Mischung aus Jung und Alt, und offenbar kamen die meisten Teilnehmer nicht aus Chicago. Jeder hatte einen Akzent oder sprach eine andere Sprache. Außerdem waren viel mehr Frauen als Männer da. Shane lief gerade herum, um alle zu begrüßen, als plötzlich ein Kreischen ertönte. »Shane! Ich habe ein Geschenk für dich!«

Shane zog den Kopf auf diese schüchtern bescheidene Art ein, die Cara ihm nicht länger abkaufte. »Maisey, das wäre doch nicht nötig gewesen!«

Maisey. Die Kellnerin aus dem *Sarriette* mit den violetten Strähnchen und außerdem Shanes enthusiastische

Tanzpartnerin auf Ginas Hochzeit. Heute trug sie ein abgeschnittenes Top, das den Blick auf ihre vom Cheerleading gestählten Bauchmuskeln freigab, und einen Jeansrock, der kaum ihren kecken Hintern bedeckte. Maisey zog einen Cowboyhut hinter ihrem Rücken hervor und setzte ihn Shane auf.

»Ah, der ist ja perfekt!« Er strahlte sie an, zog sich den Hut tief in die Stirn und wippte auf seinen Absätzen.

»Hi, Cara«, sagte Maisey, als hätte sie sie jetzt erst bemerkt. »Hätte gar nicht gedacht, dass Line Dancing dein Ding ist.«

»Oh, ich bin offen für alles!«, erwiderte Cara betont munter.

»Es ist toll, dass du mitgekommen bist«, fügte Maisey hinzu. »Aber wahrscheinlich könnte Shane sogar den Papst hierherlocken.«

Shane grinste noch breiter und sah beide an, woraufhin Cara ihre Hände zu Fäusten ballte.

»Ich kann wirklich nicht fassen, dass du mich hierhergebracht hast«, presste sie hervor, während er sie allen vorstellte. *Padma. Kumar. Vladimir. Esme.*

»Wärst du denn mitgekommen, wenn ich es dir gesagt hätte?«

»Wahrscheinlich nicht.« *Vielleicht.*

Roberto und Corinne. Nein, Corina.

»Langsam bekomme ich den Eindruck, dass du generell nicht viel Spaß im Leben hast«, meinte Shane.

»O doch, jede Menge sogar! Außerdem solltest du aufpassen, was du zu einer Frau sagst, die dich problemlos k. o. boxen könnte.«

»Ach ja?«

»Und wie. Ich bin eine sehr gute Kickboxerin.«

Ein kleiner Mann mit gerötetem Gesicht, der ein rosafarbenes, ausgefranstes Hemd trug, fummelte an einem Gettoblaster herum, bis die ersten Takte eines Countrysongs erklangen. Großer Gott!

»Was machst du denn sonst so, wenn du nicht gerade um dich kickst, ZT?«, fragte Shane.

Den größten Teil ihrer Zeit verbrachte sie mit ihrer ehrenamtlichen Arbeit im Kinderkrankenhaus, aber das wollte sie nicht einmal ihrem Ehemann erzählen. Auch ihre Familie hatte keine Ahnung davon.

»Ich arbeite so viel, dass mir nicht viel Zeit für Hobbys bleibt.«

»Außer dem Kickboxen.«

»Ja, und dem Indoorcyclingkurs, Pilates und Yoga.«

»Du entspannst dich also am liebsten im Fitnessstudio?«

Entspannen? Das klang ja so, als würde der Sport ihr Spaß machen, und das war wirklich nicht der Fall. Ihr Körper war eben ihr Projekt, und jeder Kurs brachte sie ihrem Ziel näher, perfekt zu sein. Es bedeutete ihr viel mehr, den krebskranken Kindern im Krankenhaus vorzulesen. Abgesehen davon und von ihrem Bemühen darum, wieder eine engere Beziehung zu ihrer Familie herzustellen, blieb keine Zeit für Freizeitbeschäftigungen.

Das Date mit ihrem Ehemann bildete eine Ausnahme.

»Ich bleibe eben gern in Form. Du hast dein …« Sie deutete in den Raum und schluckte ihre Panik hinunter. Die Leute stellten sich jetzt ziemlich professionell in Reihen auf. Eigentlich sollte sie langsam daran gewöhnt sein, nicht dazuzugehören, aber jede neue Situation brachte nun mal ihre eigenen Schwierigkeiten mit sich. »Ich habe einen Personal Trainer.«

»Es gibt bessere Arten, überschüssige Energie loszuwerden.« Shane berührte sanft ihren Ellbogen, als er sie ein kleines Stück nach rechts beförderte, sodass sie neben ihm stand. Sofort wurde ihr wieder glühend heiß.

Noch nie war Cara einem Mann begegnet, der einen so starken Effekt auf ihren Körper hatte. In Shanes Nähe war sie einerseits wahnsinnig erregt und fühlte sich gleichzeitig geborgen.

Verwirrt linste sie auf die Reihe hinter ihnen. Sie und Shane standen ganz vorn, sodass alle sie dabei beobachten konnten, wie sie die Tanzschritte vermasselte. Wahrscheinlich würden ihr die zehn Jahre Ballettunterricht auch nicht helfen. Warum hatte sie nie irgendwelche Zumbakurse besucht?

»Ich dachte, du wärst gerade erst nach Chicago gezogen. Wieso bist du dann jetzt schon so beliebt hier?«

»Maisey hat mich letzte Woche eingeladen, mitzukommen. Alle sind so nett, und es ist eine tolle Art, Leute kennenzulernen.« Er lächelte, und sofort wurde ihr ein wenig schwindelig. Sie hätte zu Hause wirklich noch einen Joghurt essen sollen. »Ist gar nicht so leicht, in einer Stadt, in der man neu ist, so richtig anzukommen.«

In einer Stadt, in der man nicht neu ist, im Übrigen auch.

Er strich mit dem Daumen über die Krempe seines Hutes und lächelte geheimnisvoll. Es wurmte Cara, wie viel Freude ihm Maiseys Geschenk bereitete.

»Du weißt, dass du total bekloppt aussiehst, oder?« Warum war sie jetzt so fies? Mist.

»Oh, vielen Dank.« In diesem Moment setzte die Mu-

82

sik ein, irgendeine Up-tempo-Nummer, die die Leute hier zum Johlen brachte. Hatte wirklich gerade jemand »Howdy, Partner!« gerufen?

Shane legte den Kopf schief, grinste sie an und tat einen Schritt nach rechts.

»Lass uns tanzen.«

5.
Kapitel

Shane hielt sich selbst nicht für einen guten Tänzer. Er vergaß ständig die Schritte oder verlor sich so sehr in der Musik, dass er manchmal seine Tanzpartnerin einfach stehen ließ. Die meisten Frauen hatten die ungeteilte Aufmerksamkeit ihres Tanzpartners gern für sich, sodass diese Abende oft in einem Streit oder sogar einem klebrigen Drink in seinem Gesicht mündeten.

Aber Line Dance war ja kein richtiger Tanz. Wenn selbst Kumar umhersprang, als gäbe es kein Morgen, ein alter Pakistaner mit Turban auf dem Kopf, konnte es doch nicht allzu schwer sein.

Außer für Cara.

Natürlich war sie die umwerfendste Frau, der Shane je begegnet war, aber sie tanzte miserabel. Er drehte sich nach links und sie sich nach rechts. Er beugte die Hüfte und sah im selben Moment, wie sie sich jäh nach vorn stürzte, nur um sich dann wieder aufzurichten und nervös nachzusehen, ob jemand ihren Fehler bemerkt hatte.

Shane beachtete sie schon den ganzen Abend mehr, als

ihm lieb war – und das seit dem Moment, in dem sie in dieser hautengen Jeans auf ihn zugekommen war. Außerdem hatte sie ihr weißes Hemd bis über ihren Bauchnabel hochgezogen, sodass es wie ein Segel um ihren schlanken Körper wehte, und wenn das Licht richtig fiel, konnte er ihre Brüste unter dem Stoff erkennen.

Man konnte wirklich nicht behaupten, dass sie sich keine Mühe gab. Immer wieder biss sie sich auf die Unterlippe, die aussah, als sei sie vom Küssen geschwollen. Ihre Stirn glänzte leicht vor Anstrengung, und die Hitze ihrer Haut ergab zusammen mit ihrem Parfüm einen unwiderstehlichen floralen Duft, von dem ihm ganz schwindelig wurde.

»Na, wie schlägst du dich?«, fragte er und gab ihr mit einem Blick zu verstehen, dass sie jederzeit gehen konnten.

Ihr Lächeln wurde breiter, und es war, als wäre im tiefsten Winter plötzlich ein Lichtstrahl durch die Wolken gebrochen.

»Ich habe einfach kein Rhythmusgefühl«, meinte sie.

»Jeder hat eines, Süße.«

»Vielleicht ist es besser, wenn ich weiter hinten stehe und sehen kann, wie die anderen es machen.«

»Okay, Darling, lass uns in die letzte Reihe gehen«, sagte Shane mit seiner besten Cowboystimme. Es klang ziemlich gut.

Sie zog eine Augenbraue nach oben. »Die letzte Reihe, ja? Soll das etwa eine Anmache sein?«

»Ich versuche es eben immer wieder.«

Sie lachte frech auf, sodass ihm ganz warm wurde. Wenn er doch nur lustiger wäre! Sie machte eine schnelle Pirouette und verschwand dann so schnell in den hinteren Teil des Raums, dass ihm gar nichts anderes übrig blieb, als ihr zu folgen.

Als sie wieder zu tanzen begannen, konzentrierte sie sich ganz auf die Füße der Leute. »Hey, schau, jetzt hab ich es raus!«, rief sie und begann natürlich wieder mit dem falschen Fuß. »Oh, schau lieber doch nicht.«

Er lachte. »Du warst so nah dran.«

Shane fand es toll, dass sie nicht aufgab. Das hatte er nicht erwartet, aber Cara schaffte es immer wieder, ihn zu überraschen.

»Hast du was dagegen, wenn ich ...« Er trat hinter sie.

»Tu dir keinen Zwang an«, murmelte sie, aber da hatte er schon seine Hände um ihre Taille gelegt, die so schmal war, dass seine Finger sich beinahe über ihrem Bauchnabel berührten. Sie gab ein leises Keuchen von sich, und ihr kompliziert geflochtener Zopf schwang zur Seite, sodass er ihren schlanken Hals sehen konnte. Wieder stieg ihm ihr blumiger Duft in die Nase. Eigentlich sollte er ihr beibringen, das Gleichgewicht zu halten, aber jetzt hatte er selbst Schwierigkeiten damit.

»Beug dich nach vorn und stell gleichzeitig deinen rechten Fuß nach vorn«, sagte er mit rauer Stimme.

»So?« Sie bückte sich nach vorn und presste dadurch ihren hübschen Hintern an seinen immer steifer werdenden Penis. *Ja, genau so.*

»Eher so.« Er legte eine Hand auf ihren Bauch, die andere auf ihre Wirbelsäule und drückte sie ein Stück nach unten.

»Hm«, machte sie, woraufhin sein Penis noch härter wurde. Ein kleiner Laut von ihr genügte da schon. Sie standen in einem Kirchenkeller voller Leute, die einfach nur einen Tanz erlernen wollten, und er konnte nur noch daran denken, wie er seine Hand unter den Bund ihrer Hose schob, bis sie an ihrer engen, feuchten ...

»Shane?«

»Ja?«

Sie drehte sich zu ihm um, sodass seine Lippen über ihre Wange strichen. Viel zu spät merkte er, dass er sich fest an sie geschmiegt hatte. Er lehnte sich zurück, konnte sie aber noch nicht loslassen.

»Hast du es jetzt verstanden?«

»Ich glaube schon«, meinte sie lächelnd. Ein paarmal probierte sie es noch ohne ihn, dann hatte sie es wirklich drauf. Schließlich stellten sie sich wieder zu den anderen Tanzenden in die Reihe.

»Danke, dass du so geduldig warst«, sagte sie und klang beinahe fröhlich. »Ich weiß ja, dass ich nicht die unkomplizierteste Schülerin bin.«

»Kein Problem. Wir können es uns ja gegenseitig beibringen.«

»Tschüs, schöne Cara.«

»Oh, mach's gut ...«

»Kumar«, flüsterte Shane ihr zu.

»Kumar«, rief Cara dem älteren, aber erstaunlich beweglichen Gentleman nach.

Die restlichen Kursteilnehmer brachen plappernd und lachend auf, sodass Cara mit Shane und ein paar weiteren Trödlern zurückblieb. Sie konnte kaum fassen, wie viel Spaß sie gehabt hatte, und das hatte sie nur Shanes Geduld und seiner guten Laune zu verdanken. Niemand wusste besser als Cara selbst, wie schwierig es mit ihr war, wie verkrampft sie sein konnte. Er hatte eine Seite an ihr zum Leben erweckt, von der sie gar nicht gewusst hatte, dass sie noch existierte oder je existiert hatte. Die Seite, der es egal war, wie sie aussah oder was andere Leute über sie dachten. Und sie hatte dafür nicht einmal Alkohol gebraucht.

Sie drehte sich wieder zu Shane um, den Maisey jetzt in ihren Fängen hatte. Sie legte jedes Mal ihre Fingerspitzen auf seine Brust, wenn er etwas Lustiges gesagt hatte. So lustig war es zwar gar nicht, aber Maisey tat so, als wäre Shane ein echter Comedian. Cara entging nicht, dass Shane offenbar nichts gegen Maiseys Aufmerksamkeit einzuwenden hatte.

»Wir wollten alle noch einen Happen essen gehen«, sagte Maisey, ohne ihren Blick auch nur einen Moment lang von Shane abzuwenden. Sie klimperte heftig mit den Wimpern. »Letzte Woche meintest du doch, dass du gern mal *Sunita's Kitchen* in der Devon Avenue ausprobieren würdest.«

Shanes Augen funkelten, und Cara fühlte sich plötzlich ganz verzagt. »Stimmt. Die machen dieses krasse rote Curry, von dem alle so schwärmen. Das, von dem du blind werden kannst.«

»Na ja, lieber werde ich vom Essen blind als von etwas anderem«, meinte Maisey und kicherte anzüglich.

Er schenkte ihr ein warmes Lächeln. *Konnten die sich nicht zusammenreißen?*

Offenbar war Maisey jetzt noch motivierter. Sie strahlte ihn an, aber in diesem Moment rückte Shane ein Stück näher zu Cara. *Strike!*

»Oh, du solltest auch mitkommen, Cara«, meinte Maisey großzügig.

»Was denkst du?«, fragte Shane Cara. »Hat das Tanzen

dir Appetit gemacht?« Er legte seine Hand auf ihr Kreuzbein, sodass sofort ein warmer Schauer über ihren Rücken lief. Gleichzeitig breitete sich Panik in ihr aus. An diesem Punkt wurde es nämlich normalerweise kompliziert. Vielleicht wäre es etwas anderes, wenn sie zu zweit wären. Dann könnte sie sich irgendwie durchmogeln, aber in Gruppen gelang ihr das nicht. Da ließen sich alle gegenseitig von ihren Gerichten probieren und wollten ihr Essen miteinander teilen. Cara fragte sich dann ständig, wie sie aussah, während sie kaute, oder ob die anderen merkten, dass sie nur ein Drittel ihrer Portion gegessen hatte. Mit indischem Essen kannte sie sich außerdem nicht aus, deswegen würde sie sich garantiert blamieren. Auch wenn Restaurantbesuche das Normalste der Welt waren, kriegte sie das einfach nicht hin.

»Ich mag scharfes Essen nicht so gern und habe noch etwas zu erledigen. Geh du nur.«

Kurz zögerte er. Dann aber machten sich seine guten Manieren bemerkbar, und er tippte leicht an die Krempe seines Hutes. »Vielleicht nächstes Mal.«

»Shane, du solltest bleiben.« Cara ging auf die Tür zu, und ihre Füße waren schwer wie Blei. Natürlich wollte Shane den Abend lieber mit dieser quirligen, interessierten und vor allem normalen Maisey verbringen.

»Die Dame ist sich wohl zu fein dafür, mit der Belegschaft zu essen«, hörte sie Maisey hinter ihrem Rücken murmeln.

Cara, du dummes, dummes Mädchen. Dachtest du wirklich, dass es so leicht sein würde?

Zitternd verließ sie den Raum, auf die Treppe zu, die hinaus auf die Straße führte. *Hau schon ab, du Freak. Los, hau ab.* Das Blut rauschte in ihren Ohren, sodass sie um sich herum nichts mehr hörte.

Nur noch, wie jemand ihren Namen rief. In ihrem Nacken prickelte es, und sie drehte sich um. Shane.

»Geh bitte nicht einfach so weg«, sagte er mit fester Stimme. »Ich dachte, du hättest einen schönen Abend gehabt.«

»Hatte ich auch!«, stieß sie hervor. »Aber jetzt muss ich gehen.«

»Hat Maisey denn recht?« Er trat näher. »Bist du dir wirklich zu gut, um mit deinen Kollegen essen zu gehen?«

Sie brachte kein Wort heraus.

»Oder willst du einfach allein mit mir sein? Ist es das, Cara?« Er klang so amüsiert, als glaubte er selbst nicht, was er da sagte.

»Wow, dein Selbstbewusstsein möchte ich haben, Doyle«, brachte sie schließlich heraus.

Er grinste, aber schon einen Moment später wirkte er wieder so angespannt, dass sie einen Schritt zurücktrat.

»Ich glaube, ich weiß, was das Problem ist.«

Er hatte garantiert keine Ahnung. Dennoch hielt sie den Atem an.

»Du versteckst dich, Cara. Etwas passiert, und es macht dir Angst, weil es nicht in deine ordentliche kleine Box passt, die du dir gebastelt hast. Nein, es ist zu groß dafür.«

»Lass mich gehen«, sagte sie und merkte, wie melodramatisch das klang. Als wäre sie eine Art Gefangene in ihrer Pseudoehe. Dabei durfte sie gehen, wann immer sie wollte.

Warum konnte sie sich dann nicht von der Stelle rühren?

Sie wich zurück, stieß aber gegen die Stufen. Plötzlich

sah sie nur noch glänzende schokoladenbraune Augen und einen Cowboyhut. Shane legte seine warmen Finger auf die nackte Haut über ihrem Hosenbund. Sie sog seinen Duft ein.

»Versteck dich nicht vor mir. Denn ich werde dich finden.« Er drückte seine Lippen auf ihre und raubte ihr den Atem, die Balance und jegliche Kontrolle über sich selbst. Sanft spielte er mit ihrer Zunge, und sofort wollte Cara mehr. Hatten sie sich bei ihrer Hochzeit geküsst? Wenn ja, dann müsste sie sich doch daran erinnern, oder? Jetzt konnte sie ihn endlich schmecken und spürte einen Appetit, den sie beim Essen noch nie gehabt hatte. Aber wer brauchte schon einen vollen Bauch, wenn ihr das Herz beinahe überging vor Freude?

Kurzerhand schob Cara Shane zurück ins Treppenhaus und lehnte sich dann an die Kirchenmauer, nur um ihn dann noch stürmischer zu küssen. Shane presste sich an sie, und Cara merkte, dass ihre Körper perfekt zusammenpassten. Haut. Sie wollte seine Haut spüren. Wollte wissen, ob seine Muskeln sich genauso gut anfühlten, wie sie aussahen. Cara riss sein Hemd noch oben und strich über seine Bauchmuskeln, die sich unter ihren Fingern leicht zusammenzogen.

Shane stöhnte unter ihren Berührungen auf, was sie als Einladung interpretierte. Also schob sie sein Hemd noch weiter hinauf. Es war relativ dunkel hier, sodass ihre Fantasie die Leerstellen füllen konnte. An Shane schien es kein Gramm Fett zu geben. Kurz verharrten ihre Finger an seinen Brustwarzen, die ganz hart geworden waren. Sie hatte Lust, an ihnen zu reiben. Zu lecken. Also tat sie es.

Langsam blickte sie zu ihm hinauf, mit dem Mund nur

wenige Millimeter von seiner Brust entfernt. Er hielt den Atem an, genau wie sie. Dann leckte er sich über seine leicht geschwollene Unterlippe.

»Bitte«, sagte er leise.

Cara begann an seiner Brustwarze zu saugen. Als er beide Hände um ihren Hinterkopf legte und sie festhielt, wusste sie, dass er es mochte. Und als er laut aufstöhnte, war ihr klar, wie sehr er das alles genoss.

»Dein Mund, Cara. Gott, dein Mund.«

Er massierte mit seinen rauen Händen ihren Nacken, und sie keuchte auf. Dann stöhnte er wieder, so innig, dass es sofort zwischen ihren Beinen zu ziehen begann. Es war, als spielte ihre Lust Pingpong. Vorsichtig zog er sie zu sich hoch, und sie sah, dass er lächelte. Nein, er strahlte. Das war ihr in solch einer Situation noch nie passiert.

»Gefällt dir das?«, fragte sie.

»Du kannst dir gar nicht vorstellen, wie sehr.«

O doch. Gut, dass sie eine dunkle Jeans trug. Ihr Höschen war so feucht, dass sie es deutlich spüren konnte. Sie küssten sich lang und innig, und ihr Blut prickelte wie Champagner. Sie war betrunken von Shane, und all ihre Sinne strebten gen Chaos. Es war eigentlich wie in Vegas, nur dass sie es heute nicht auf den Alkohol schieben konnte. Nichts als schmutzige Wollust, und das im Keller einer Kirche.

Sie würde garantiert in der Hölle landen.

Plötzlich war sie so schockiert über sich selbst, dass sie zurückweichen wollte. Das ging aber nicht, weil sich direkt hinter ihr die Backsteinmauer befand. Sofort war Shane wieder ganz dicht bei ihr, nahm ihren Mund in Besitz. Es war Wahnsinn. Purer Wahnsinn, und sie genoss ihn in vollen Zügen.

Die Kellertür wurde aufgestoßen, sodass Licht ins Treppenhaus strömte und Cara die Augen aufschlug. Shane schob sie weiter in den Schatten der Treppe, als ein paar Nachzügler hinauskamen und lachend stehen blieben. Cara erkannte sofort Maiseys Kichern.

Sie presste ihr Gesicht an Shanes Brust, die Hand auf seinem muskulösen Bauch. Auch wenn sie theoretisch den Blicken der anderen ausgesetzt waren – wenn nur einer sich umdrehte, hätte er sie sofort entdeckt –, fühlte Cara sich seltsam sicher. Sie hob ihren Kopf ein wenig, sodass sie ihr Gesicht in Shanes Halsbeuge vergraben konnte. Sein Atem ging unregelmäßig, und seine Bauchmuskeln pulsierten im selben Rhythmus wie ihr Herz. An ihrer Hüfte spürte sie seine Erektion. Vielleicht könnte sie ... Nein. Schluss damit. Sie schob ihre freie Hand in seine Gesäßtasche und spürte die Muskeln seines heißen irischen Hinterns an ihrer Handfläche. Er legte den Kopf zurück und zog eine Augenbraue nach oben, während die Stimmen langsam leiser wurden.

Sie konnte einfach nicht aufhören und begann, an seiner Kehle zu lecken. Es war verrückt, aber sie war eben auch nur ein Mensch. Seine Haut schmeckte nach Salz und Brot, nach Mann und nach Lust.

Shane gab sich alle Mühe, sich zu beherrschen, und Cara konnte spüren, wie sich seine Kehle immer wieder unter ihren Küssen zusammenzog. Dann legte er plötzlich seine Hände auf ihre Brust und begann, ihre harten Nippel zwischen seinen Fingern zu rollen.

Es war so intim. So sinnlich. Cara stöhnte auf.

»Hallo?« Schritte näherten sich. »Oh, sorry.«

Maisey stand mit offenem Mund vor ihnen. Ihr Gesicht

wurde von der Sicherheitsleuchte an der Wand erhellt, und Cara konnte sehen, dass ihre Wangen glühten. Shane löste sich aus Caras Griff, schluckte laut und zog sein Hemd wieder über seinen Bauch.

»Oh, ist schon okay.« Maisey wich stolpernd zurück, und Cara spürte kurz einen Anflug schlechten Gewissens. Schließlich verschwand Maisey, ihre Freunde im Schlepptau.

»Ah, shit«, sagte Shane und rückte seinen Hut zurecht. »Das hat ihr offenbar zugesetzt.«

»Willst du ihr nachgehen?«

Kurz zögerte er. »Nein, natürlich nicht. Ich stoße Leute nur nicht gern vor den Kopf, das ist alles.«

Sie musste doch wirklich verrückt sein, wenn sie dachte, dass das mit ihnen klappen könnte. Dass eine Zynikerin wie sie die Richtige für einen netten Kerl wie Shane sein könnte. Sein lässiger Charme würde in dem Moment verpuffen, in dem er ihr wahres, unnachgiebiges Ich kennengelernt hatte.

»Du und Maisey wärt doch ein furchtbar süßes Paar, findest du nicht?«

Mit rasendem Puls stieß sie ihn beiseite und lief los. Einen Block weiter wäre sie dann schon auf dem Broadway, wo es eine Menge Taxis gab. Sie merkte, wie sich Panik in ihr ausbreitete und der selbstbewussten Frau, die eben noch heftig herumgeknutscht hatte, den Garaus machte. War das wirklich sie gewesen? Nein, nicht wirklich. Die Hormone hatten einfach die Kontrolle über ihren Körper und sogar ihren Verstand übernommen. Vergnügen und Schuldgefühle gingen bei ihr nun einmal Hand in Hand. Und wenn ihr Körper etwas wollte, dann war es für sie garantiert nicht gut. Auch wenn es schön gewesen war.

Cara eilte die belebte Straße hinab und betete inständig, dass Maisey ihr nicht hinter irgendeinem Wagen mit einem Baseballschläger auflauerte.

Plötzlich spürte sie eine Hand an ihrer Hüfte.

»Cara«, sagte Shane. »Sprich mit mir.«

»Worüber denn?«

»Darüber, was du denkst.«

Oh, das wollte er gar nicht wissen. Männer taten zwar immer so, als ob, konnten aber eigentlich nicht mit der Wahrheit einer Frau umgehen.

»Ich kann das nicht noch einmal machen.«

»Was denn? Das Tanzen oder das Knutschen?«

»Beides.«

Er bewegte seine Hand auf ihrer Hüfte, und sofort spürte sie wieder dieses Kribbeln. Aber konnte er denn nicht spüren, wie spitz ihre Knochen waren? War ihm nicht klar, dass es ihn zerreißen würde, wenn er sie streichelte, ganz egal, wie sanft er das tat? Sie war eine Waffe, und sie zu berühren war gefährlich.

Er legte den Kopf schief. Der Hut stand ihm immer noch hervorragend. »Hattest du heute Abend Spaß?«

»Ja ...«

»Also magst du keinen Spaß?«

»Nein ...«

»Du hattest Spaß, würdest das aber ungern wiederholen?«

Wieso quälte er sie so? Wieso sorgte er dafür, dass sie sich vorkam wie die letzte Idiotin? Eine Frau, die ihr Leben nicht im Griff hatte und so notgeil war, dass sie sich an einen völlig ungeeigneten Kerl herangeschmissen hatte? Sie konnte ihre Verrücktheit einfach niemandem zumuten.

Cara seufzte lange und dramatisch auf.

»Shane, ich versuche dich gerade so höflich wie möglich loszuwerden. Du bist einfach nicht mein Typ. Wir haben keine gemeinsame Zukunft und sollten auch nicht versuchen, irgendetwas zu erzwingen.«

Er nickte langsam. »Ist es wegen Maisey?«

Sie lachte. »Oh, das ist aber süß. Du denkst, ich wäre eifersüchtig?«

»Na, du hast sie auf jeden Fall mit deinen Blicken getötet, ZT.« Sie hörte den Spott aus seiner warmen Stimme heraus.

»Habe ich gar nicht! Glaub mir, wenn ich das gemacht hätte, wäre jetzt nicht mehr viel von ihr übrig.« Mist, jetzt klang sie tatsächlich eifersüchtig. »Das hätte nie passieren dürfen. Nichts von all dem.« Sie spähte über ihre Schulter und sah die Taxis langsam an ihnen vorbeifahren. Eilig streckte sie einen Arm aus. Ein Taxi hielt, und sie brauchte mehrere Versuche, um die Tür mit ihren zittrigen Händen zu öffnen.

Shane stellte sich ihr in den Weg. »Cara, ich weiß, dass du denkst, ich hätte dich in Vegas ausgenutzt ...«

»Oh, fang jetzt bloß nicht damit an!« Sie legte ihre Hand an seine Brust und ballte sie dann zu einer Faust, weil sich das zu intim angefühlt hatte.

»Mich nutzt niemand aus«, sagte sie in einem möglichst geschäftsmäßigen Tonfall. »Mich kann man nicht verarschen. Du bist nicht der erste Fehler, den ich gemacht habe, und du wirst auch sicher nicht der letzte sein, aber ich übernehme die volle Verantwortung dafür. Und jetzt lass uns die Sache mit der Ehe endgültig abhaken, okay?«

Er sah sie nachdenklich an, als wäre sie ein kompliziertes Puzzle. Er musste sich keine Mühe geben, sie durchschaute sich selbst ganz gut. Und sie brauchte wirklich keinen Hobbytherapeuten an ihrer Seite.

»Willst du damit mich überzeugen oder dich selbst?«, erkundigte er sich. Darauf hatte sie keine passende Antwort, und außerdem war sie plötzlich sehr erschöpft. In den vergangenen Wochen war eine Menge los gewesen. Sie schlüpfte an ihm vorbei ins Taxi und bemühte sich, ihn nicht zu berühren. Shane starrte sie an, und Cara fühlte sich plötzlich unwohl. Normalerweise war sie doch diejenige, die ihr Gegenüber aus dem Konzept brachte!

Sie bemühte sich, Shane nicht im Rückspiegel zu beobachten, als das Taxi losfuhr, aber das war schwierig. Er rührte sich nicht von der Stelle, als wollte er ihr zeigen, dass er sich nicht einfach aus dem Staub machte. Wenn er es doch nur täte! Dann hätte sie nicht mehr selbst entscheiden müssen, was das Richtige war.

Aber wenn man sämtliche Entscheidungen den anderen überließ, musste man morgens eigentlich überhaupt nicht mehr aufstehen. Jahrelang hatte sie sich selbst als eine Zahl begriffen: das Gewicht auf der Waage, die Kleidergröße ihrer Klamotten, die Ziffer auf dem Maßband. Es war, als wäre ihr Leben eine permanente Verhandlung. *Wenn ich noch fünf Kilo abnehme, dann finde ich einen Mann, der mich liebt. Wenn ich dünn bin, werde ich endlich glücklich sein.*

Das Streben nach Perfektion hatte ihr nichts gebracht. Und das ewige Verhandeln war doch sowieso etwas für Versager. Heute war sie gesund, fühlte sich selbstbewusster denn je – und auch wenn sie vielleicht nicht ganz zufrieden war, so hatte sie doch die Mittel, um dafür zu sorgen. Sie zog ihr Telefon hervor und tat, was sie schon am berühmten Morgen danach in Vegas hätte tun sollen.

Bei ihrem ersten Anruf antwortete die Mailbox ihres Anwalts. Und beim zweiten auch. Sie versuchte es so lange, bis er endlich persönlich abhob.

»Marty, ich habe da ein rechtliches Problem, um das wir uns sofort kümmern müssen.«

6.
Kapitel

Cara gratulierte sich selbst zu ihrem eleganten Parkmanöver in einer belebten Wohnstraße in Andersonville, nur einen Katzensprung entfernt vom Lake Michigan. Dann rüstete sie sich innerlich für das, was ihr bevorstand. Ein Sonntagsessen im Casa DeLuca. *Juhu!*

Irgendwo hatte sie mal gelesen, dass die Menschen, die man am meisten liebte, einem gleichzeitig auch am fremdesten waren. Nichts erschien ihr zutreffender, wenn sie Zeit mit ihrer Familie verbrachte. Sie zweifelte nicht daran, dass sie ihre Verwandten liebte. Und auch die Liebe ihrer Familie zu ihr stellte sie nie infrage. Sie hatte nur stets das Gefühl, nicht zu genügen.

Sie folgte dem Essensduft und ging in die Küche. Hier standen ihr Vater und Jack am Herd und diskutierten darüber, wie man die Gasflammen am besten einstellte, damit alles gleichzeitig serviert werden konnte. Tante Sylvia war damit beschäftigt, Backpapier mit Olivenöl zu bestreichen, auf das später die Gnocchi gelegt werden sollten. Wenn ihre Sinne sie nicht trogen, waren sie mit Asiagokäse gefüllt. In einer Ecke pickte Lili verstohlen an etwas herum, das auf der Granitarbeitsfläche lag. Bestimmt naschte sie heimlich von Jacks Trüffelöl-Focaccia! Cara lächelte. Manche Dinge änderten sich eben nie.

»Hi, Cara.« Eine gertenschlanke Blondine mit einem noch blonderen Kind auf dem Arm trat in ihr Blickfeld. Jacks Schwester Jules. Sie schenkte ihr ein sanftmütiges Lächeln, und Cara erwiderte es ein wenig verkrampft. Die beiden standen sich nicht sonderlich nah, was auch daran lag, dass Cara mit Jules' hilflosem Gehabe nicht viel anfangen konnte. Jules spielte gern das Opfer und trug ihr Single-Mutter-Dasein wie eine Medaille vor sich her, während sie jeden um ihren kleinen Finger wickelte. Caras Eltern bildeten da keine Ausnahme. Sie hatten sie damals aufgenommen, als Jules mitten in die Aufnahmen von Jacks Show im *Ristorante DeLuca* geplatzt war. Die Show, die Cara produziert hatte.

Seitdem hatte sie sich hier im Casa DeLuca eingenistet und war die perfekte Ersatztochter für ihre Eltern. Ja, sie war wie eine sanftere, fruchtbarere Version von Cara. Es war schlimm genug, dass sie sich von jeher in ihrer Familie, der Essen über alles ging, wie eine Außenseiterin vorkam. Neben Jules fühlte Cara sich einfach ... minderwertig. Aber dafür hatte sie eine Schwäche für Jules' sechs Monate alten Sohn Evan.

Seit sie zurück nach Chicago gezogen war, hatte es ein paar Momente gegeben, in denen sie alles für möglich gehalten hatte: eine feste Beziehung, Kinder, eine Zukunft – aber jeder Schritt nach vorn ging mit zwei Schritten zurück einher. Immer wieder wurde sie brutal daran erinnert, dass sie für ein solches Leben nicht normal genug war.

Wie sollte eine Frau, die sich ständig Sorgen um ihre Fingernägel machte, ein kleines Wesen angemessen versorgen können? Ihre Hüften waren für Prada gemacht, nicht fürs Kinderkriegen.

Als Cara eine weitere Blondine entdeckte, die gerade vom Innenhof hereinkam, musste sie lächeln.

Auch wenn Cara etwas größer als ihre Mutter war, waren sie sich ziemlich ähnlich. Jetzt, wo Francesca wieder zugenommen hatte und ihr Haar nachgewachsen war, merkte man ihr nicht mehr an, dass sie vor ein paar Jahren gegen den Krebs gekämpft hatte. Dennoch hatte Cara jedes Mal ein schlechtes Gewissen, wenn sie sie sah. Niemand hatte ihr vorgeworfen, dass sie sich in dieser schlimmen Zeit so rargemacht hatte. Ihre Familie hatte verstanden, dass jeder anders mit einer solch Furcht einflößenden Situation umging – auch wenn Lili natürlich die richtige Herangehensweise hatte. Die italienische. Ihre kleine Schwester hatte sich pflichtbewusst um ihre Mutter und das Restaurant gekümmert und dabei stoisch die diktatorischen Launen ihres Vaters ertragen. Zwischen den Schwestern herrschte in Bezug auf diese Zeit eine Art Waffenstillstand. Mit der Hochzeit würde Cara sich für Lilis Opferbereitschaft revanchieren.

»Cara, ciao«, sagte ihre Mutter und drückte sie fest an sich. Dann fiel Francescas Blick auf die Weinflasche, die Cara auf der Anrichte abgestellt hatte.

»Ein Kalifornier«, sagte sie enttäuscht. »Du weißt, dass das deinem Vater gar nicht passen wird.«

»Zeig mal her«, sprang Tad ein, schnappte sich die Flasche und musterte sie gründlich. Ihr Cousin war der Verwalter des Weinkellers des *Ristorante* und begeisterte sie immer wieder mit seinen Fachkenntnissen.

»Eine gute Wahl, Cara. Eines Tages wird Onkel Tony sich wohl doch eingestehen müssen, dass auch die Neue Welt im Hinblick auf das Weinangebot etwas zu bieten hat.«

»Freut mich, dass du den Wein gutheißt«, sagte Jules. »Schließlich weißt du immer alles am besten, nicht wahr?«

Wow, was war denn hier los? Tad presste die Lippen fest aufeinander und wirkte mit einem Mal sehr angespannt, aber Jules konzentrierte sich schon wieder auf Evan.

»Was hast du ausgefressen?«, flüsterte Cara ihrem Cousin zu. Tad und Jules hatten eigentlich regelrecht aneinandergeklebt, seit Jules in Chicago angekommen war. Was auch immer zwischen den beiden lief, hatte Tad allerdings nie davon abgehalten, seinen Bad-Boy-Charme auch anderen Frauen gegenüber einzusetzen. Vielleicht war ja genau das das Problem.

»Warum denkst du denn automatisch, dass es meine Schuld ist? Da versucht man nur, nett zu sein ...« Er warf Jack einen finsteren Blick zu. Oh. Hatte Jack Tad verboten, sich an seine kleine Schwester heranzumachen? Würde zu ihm passen.

»Hey, Shane. Schön, dich zu sehen«, sagte ihr Cousin da. Cara wirbelte eine Spur zu hastig herum. »Was machst du denn hier?«, krächzte sie.

»Freut mich auch sehr, dich zu sehen«, meinte Shane.

Der Duft seiner Lederjacke vermischte sich mit dem Babygeruch von Evan. Wow, das war wirklich harter Tobak. Die vergangenen fünf Nächte über hatte sie sich schlaflos im Bett gewälzt und sich den Kopf über ihren Nachbarn und Ehemann zerbrochen. Immerhin hatte ihre Wohnung in der Nacht nach dem Tanzkurs von ihrer Schlaflosigkeit profitiert: Sie hatte Staub gesaugt wie eine Besessene. Und in der nächsten Nacht war es dasselbe gewesen. Sie war hellwach. Der Kuss ... dieser Kuss, der ihren Körper mit aller Macht zum Leben erweckt hatte.

Ihr Körper und sie waren sich lange uneinig gewesen, aber seit Kurzem gab es zwischen ihnen ein neues, ein tieferes Verständnis. Es war, als wäre sie aus dem Winterschlaf erwacht und könnte jetzt wieder in eine engere Beziehung zu den Basisfunktionen ihres Körpers treten. Sie genoss das Essen wieder. Den Sex. Das Leben.

»Du musst Shane sein«, sagte ihre Mutter fröhlich. »Lili hat schon gesagt, dass du auch kommst. *Benvenuto.*«

»Danke für die Einladung, Mrs DeLuca. Ich hoffe, es ist in Ordnung, dass ich einen Nachtisch mitgebracht habe. Einen Brombeer-Cheesecake.« Er lächelte so strahlend, dass man seine Grübchen sehen konnte.

»Zu einem Dessert sagen wir nie Nein! Nenn mich doch bitte Francesca. Taddeo, hol unserem Gast was zu trinken«, befahl ihre Mutter und versuchte, auf der Arbeitsfläche ein wenig Platz für den Kuchen zu schaffen.

»Was soll das werden?«, fragte Cara so leise, dass nur Shane sie hören konnte. »Ich dachte, ich hätte klargestellt ...«

Er lehnte sich zu ihr, und von seinem warmen, beruhigenden Duft wurden ihre Knie ganz schwach. »Wie hast du geschlafen, ZT?«

»Wunderbar!«

»Oh.«

»Was heißt das?«

Er zog eine Augenbraue nach oben. »Hast du noch meinen Ersatzschlüssel?«

»Ja, ich wollte dir sowieso ...«

»Wenn du das nächste Mal irgendwie deinen Frust ablassen musst, dann darfst du dich gern mal an dem Staub in meiner Wohnung abreagieren. Das wird dich sicher entspannen.« Mit diesen Worten schlenderte er zu Lili und ließ Cara mit rasendem Puls stehen.

Tad reichte ihr ein Glas des kalifornischen Weins.

»Treibt ihr zwei es miteinander?«

»Wie alt bist du, zehn?« Sie kippte direkt das halbe Glas hinunter.

»Ah, also nicht. Noch nicht. Bestimmt ist es bald so weit. Bei Jack und Lili habe ich es auch vorhergesagt.«

»Wow. Ich glaube, in Wahrheit bist du sechs.«

»Übrigens habe ich eine geeignete Location für die Weinbar gefunden und könnte deine Hilfe gebrauchen. Marketing, Einrichtung, all das fantastische Cara-Know-how.«

»Tad, das ist ja toll!« Ihr Cousin hatte sich richtig ins Zeug gelegt, um sich auf seine eigene Weinbar vorzubereiten, und war jetzt sogar zertifizierter Sommelier.

»Weiß Dad schon Bescheid?«

»Noch nicht, aber ich kümmere mich drum. Ich kann ja nicht mein Leben lang Barkeeper bleiben, also packe ich jetzt die Gelegenheit beim Schopf.«

Cara lächelte. Sie und Tad waren sich nicht immer ganz einig, aber er gehörte zur Familie, und sie half ihm gern dabei, seinen Traum zu verwirklichen. Ihr Blick fiel auf Jack, dem Schlüssel zur Verwirklichung *ihrer* Ambitionen. Sie wusste immer noch nicht, wie sie ihm gegenüber die Sache mit dem Essen für Mason Napier thematisieren sollte. Als sie Shane ansah, wurde sie noch ratloser.

»Ruf mich morgen an, dann reden wir in Ruhe drüber«, wandte sie sich jetzt an ihren Cousin.

»Cara, komm her!«, ertönte die strenge Stimme ihres
Vaters aus der Küche.

»Ich sehe besser nach«, murmelte sie, und Tad grinste
sie schief an.

»Probier mal«, sagte ihr Vater, als sie neben ihm stand,
und hielt ihr einen Holzlöffel vor die Nase, der mit dicker,
blutroter Marinarasoße bedeckt war.

»Ähm, kann ich vielleicht erst mal meinen Wein aus-
trinken?«, fragte sie mit einem nervösen Lachen.

»Tony, nun lass sie doch in Ruhe«, erklang die beruhi-
gende Stimme ihrer Mutter hinter ihr.

»Sie isst doch nie«, mischte Tante Sylvia sich ein. »Nur
so behält sie ihre mädchenhafte Figur.«

»Cara«, sagte ihr Vater warnend, genau in dem Moment,
als ihr Blick Shanes traf. Er sah sie neugierig und ein wenig spöttisch an.

Tony musste man gehorchen, ansonsten ging das ewig
so weiter. Sie neigte den Kopf und schob die Kante des Löf-
fels in den Mund, gerade genug, um ihre Lippen mit der
Soße zu benetzen. Sie nahm den süßen und stechenden Geschmack von Tomate und eine starke Rosmarinnote wahr.
Gott sei Dank. Es war alles in Ordnung.

»*Bene?*«, fragte ihr Vater, aber er konnte nicht verbergen,
dass er enttäuscht war. So lief es jedes Mal. Bei den DeLucas
galt es fast schon als Kapitalverbrechen, nicht jede Mahlzeit, jeden Bissen und jede Kostprobe zu genießen. Als sie
noch ein Kind war, hatte er versucht, sie fürs Kochen zu be-
geistern – ohne Erfolg. Also hatte er all seine Ambitionen
an Lili ausgelebt. Das Essen verband ihn und ihre Schwester auf eine Weise, die Cara nie erleben würde. Und jetzt
hatte Lili einen Mann gefunden, der verstand, wie wich-

tig ihr das Essen war und der jede ihrer Kurven anbetete. Konnte ja sein, dass Liebe durch den Magen ging, aber dieser Weg war für Cara versperrt. Ihr – vorsichtig formuliert – schwieriges Verhältnis zum Essen machte auch alle anderen Verhältnisse kompliziert. Besonders die zu Männern.

»Es ist gut«, sagte sie so munter wie möglich. Als sie aufblickte, sah sie, dass Shane sich bereits wieder mit Lili unterhielt.

Sie fragte sich oft, weshalb das, was ihr so viel Kummer bereitete, sie trotzdem wie magisch anzog. Erst war sie die Producerin von Jacks Kochshow gewesen, dann die Managerin seiner Privatevents. Und jetzt hatte sie auch noch einen Konditor geheiratet. All ihre Wege führten sie zurück zum Essen. In masochistischen Momenten sagte sie sich, dass das ihre Art war, sich selbst herauszufordern. Sie umgab sich selbst mit Versuchungen, den Dingen, nach denen sie sich sehnte, und machte sie gleichzeitig kaputt. Sie widerstand ihnen, wies sie zurück, erhob sich über sie.

Aber tief in ihrem Herzen wusste sie auch, dass es noch einen anderen Grund gab. Ein Topf voller blubbernder Soße hatte nun einmal eine ähnlich magnetische Wirkung wie eine warme Feuerstelle.

Denn auch wenn sie in ihrer Teenagerzeit die großen Familienessen gefürchtet hatte, den fast obszönen Exzess mit all den Nudeln und den Brotbergen, so sehnte sie sich doch immer noch nach dem Trost und der Kameraderie, die nur Essen einem vermitteln konnte. Freude und Leid zugleich.

Wie gestört war das denn bitte?

»Shane, hast du Tony schon kennengelernt?«, fragte Jack und nickte in Richtung des Familienpatriarchen, der am Herd stand.

Tony, sein Schwiegervater? Der Tony? »Wir sind uns bei Ginas Hochzeit kurz begegnet, oder? Vielen Dank für die Einladung!«

Tony, der mit seinen knapp einen Meter neunzig ohnehin eine imposante Erscheinung war, hatte die Ausstrahlung eines zufriedenen, urbanen Italieners. Das silbergraue Haar an seinen Schläfen umrahmte sein Gesicht, das nicht älter als fünfzig aussah. Das bedeutete, dass er ziemlich jung Vater geworden war.

Kurz hörte Tony auf, in der Soße herumzurühren, und sah Shane prüfend an. »Jack hat gesagt, dass du für die Hochzeitstorte zuständig bist.« Die Torte, die Shane hoffentlich nicht vermasseln würde – das wollte er wohl damit sagen.

»Yep. Ich freue mich sehr darüber.« Und das tat er wirklich. Ihm wurde immer klarer, dass Jack ihm eine ganz besondere Aufgabe übertragen hatte.

»Natürlich setzt Jack gerne mal aufs falsche Pferd«, sagte Tony jetzt und schwieg einen Moment lang. »Jeder, der mit mir gemeinsam ein Kochbuch herausbringen will, muss doch den Verstand verloren haben!«

Jack, der offenbar an Tonys Schrullen gewöhnt war, lachte. »Unser Werk über die Synergie zwischen italienischer und französischer Küche wird rechtzeitig zur Weihnachtszeit in den Läden stehen. Zumindest, wenn Tony aufhört, ständig anderer Meinung zu sein als ich.«

Tony zuckte lässig mit den Schultern und wandte sich dann wieder seinem Topf zu. Hiermit waren sie offiziell entlassen. Jack bedeutete Shane, die Platte mit den Gnocchi hinüberzubringen, und griff seinerseits nach ein paar farbenfrohen Salatschüsseln.

Während sich der restliche DeLuca-Clan lachend und gutmütig scherzend um den Tisch versammelte, verfinsterte sich Shanes Stimmung. Er hatte heute eigentlich nicht herkommen wollen, aber Lili war so nett zu ihm gewesen, dass eine Absage ihm unhöflich erschienen wäre. Das hier war nicht das erste Familienessen, zu dem er während seiner Reisen eingeladen worden war, aber das gefährlichste. Es war riskant, diesen Leuten näherzukommen, da ihr Verhältnis auf tönernen Füßen stand.

Selbstverständlich war er auch neugierig gewesen, wie Jack sich in seiner neuen Familie so schlug. Aber in erster Linie wollte er Cara in ihrem natürlichen Umfeld erleben. Bis jetzt wirkte es allerdings eher wie ihr unnatürliches Umfeld! Er hatte bereits einen interessanten Moment zwischen ihr und ihrem Vater beobachtet, als dieser sie von der Soße probieren ließ. Kurz hatte sie richtig panisch gewirkt …

Hier am Tisch war sie schon entspannter; sie lächelte viel und riss Witze mit Lili. Und natürlich sah sie in ihrem Seidentop und den engen weißen Jeans, die sie über dem Knöchel abgeschnitten hatte, wahnsinnig gut aus. Sie hielt sich hauptsächlich an den köstlichen Sommersalat aus Rucola, gelben Rüben und Ziegenkäse. Kein Brot, keine Pasta und nur ein halbes Glas Wein.

Vielleicht hatte sie ja Angst, auf das falsche glückliche Paar anzustoßen?

Er war so in seine Gedanken versunken, dass er erst gar nicht merkte, dass Francesca ihm eine Frage gestellt hatte.

»Hast du denn Familie in Irland, Shane?«

Ihm blieb beinahe das Herz stehen. »Nicht mehr.«

»Du kommst doch irgendwo aus der County-Clare-Ecke, oder?«, schaltete Jack sich ein. »Du sprichst wie meine Mutter. Ich habe den Akzent sofort erkannt.«

Shane schob sich eins der köstlichen Gnocchi in den Mund und kaute langsam, um sich zu beruhigen.

»Ja, Ennis.« Das war die nächstgrößere Stadt in der Nähe von Quilty, wo er aufgewachsen war. Quilty war ein vom atlantischen Wind gepeitschtes verschlafenes Nest, in dem es nichts als drei Pubs, einen einsamen Gemischtwarenladen und ein heruntergekommenes Postamt gab. Es war die Stadt, die Jacks Mutter verlassen hatte.

Shane hatte immer angenommen, dass Jack Quilty nie besucht hatte und nichts über die Familie von John Sullivan wusste. Hätte es sich nicht herumgesprochen, wenn ein berühmter leiblicher Sohn den Ort besucht hätte? Vielleicht hatte Shane die Lage falsch eingeschätzt?

»Shane, bist du katholisch?«, begann Tante Sylvia jetzt ihr Kreuzverhör. Sie hatte ihr Haar zu einem hohen Turm aufgesteckt, der aussah, als hätte sie mehrere Vogelnester übereinandergestapelt.

Alle stöhnten leise auf.

»Willkommen im Schützengraben der DeLucas«, meinte Tad freundlich.

»Fragen ist doch nicht verboten! Es gibt immerhin noch eine Menge unverheirateter Nichten, und die Iren sind noch katholischer als die Italiener, das kann ich euch sagen.«

»Antworte bloß nicht, Shane!«, rief Lili. »Sonst landest du direkt auf ihrer Verkupplungsliste.«

»Ich bin ehrlich gesagt gar nicht mehr auf dem Markt«,

erwiderte Shane und zwang sich, Sylvia anzusehen, auch wenn es seinen Blick immer wieder zu Cara zog.

»Warum denn nicht? Ein gesunder junger Mann wie du?«, fragte Tante Sylvia.

»Ich habe schon jemanden im Auge. Sie ist zwar furchtbar kompliziert, aber ich bin sicher, dass ich sie noch von mir werde überzeugen können.«

Caras Wangen begannen zu glühen, sodass sie noch schöner aussah als ohnehin schon. Sie versuchte, eine finstere Miene aufzusetzen, aber das minderte ihre Anziehungskraft nicht im Geringsten.

Sylvia ließ nicht locker.

»Angela sucht sich immer furchtbare Männer aus! Der Letzte war der schlimmste. Hat nie Wein oder Nachtisch mitgebracht.«

Alle blickten auf den Käsekuchen von Shane, der in der Mitte des Tischs thronte und sowohl seine guten Manieren als auch seine Schwiegersohn-Tauglichkeit bewies. Außerdem erinnerte er Francesca daran, dass es jetzt Zeit fürs Dessert war. Alle griffen beherzt zu, nur Cara nahm nichts von dem Kuchen.

»Möchtest du denn nichts, Cara?«, fragte er ein klein wenig beleidigt, weil es einer seiner Lieblingskuchen war. Wenn sie seine Kreationen grundsätzlich nicht einmal kostete, dann fand er das viel schlimmer als eine Hochzeit unter Alkoholeinfluss.

»Nein, danke. Ich stecke nie etwas in den Mund, wovon ich die genaue Kalorienzahl nicht kenne.«

»Was ist mit Nicola? Sie hat sich gerade von dem Jungen getrennt, der bei der Straßenreinigung arbeitet«, fuhr Sylvia ungerührt fort.

»Cara hat auch keinen Freund«, sagte Tad verschmitzt. »Oder, Cara?«

Sylvia winkte ab.

»Oh, für Cara ist Shane doch viel zu jung.« Sie blickte Cara an. »Du bist die älteste Cousine. Mit dreißig sollte man schleunigst heiraten und sich niederlassen, ehe man sein gutes Aussehen verliert oder die Eierstöcke vergammeln.«

Francesca warf ihr einen strafenden Blick zu. »Sylvia, Cara ist sehr glücklich mit ihrem Leben. So, wie es ist. Nicht jeder sehnt sich nach Ehe und Kindern.«

Shane war sich sicher, dass Francesca ihre Tochter eigentlich hatte beruhigen wollen. Cara aber blinzelte heftig und sah einen Moment lang sehr unglücklich aus. Dann aber fing sie sich und strahlte ihre Tante an.

»Dehnungsstreifen und die stinkenden Socken meines Ehemannes auf dem Fußboden ... Ach, danke. Ich verzichte.«

»Weißt du, Jack könnte sich etwas viel Besseres leisten als das hier.« Cara fummelte an dem Etuikleid aus Organzaseide herum, das an einer Kleiderstange in der Boutique hing. Die Qualität war besser, als sie erwartet hatte, aber es war immer noch nicht ganz das, was ihr für Lilis und Jacks Hochzeit vorschwebte.

Lili seufzte erschöpft auf. Während Cara nichts für Essen übrighatte, konnte Lili mit Shopping nicht viel anfangen. Sie trug lieber ausgefallene Vintage-Outfits, was gut zu ihrer künstlerischen Ader passte. Wenn man sie auf die Michigan Avenue mitnahm, um ihr anständige Klamotten zu kaufen, fühlte man sich wie die Mutter einer mauligen Zehnjährigen, die man von Laden zu Laden schleifen musste.

»Für die drei Brautjungfern muss ich preiswerte Outfits finden. Jack hat zwar angeboten, die Kosten zu übernehmen, aber die Brautjungfern sollen eigentlich selbst zahlen.«

»Hm, hast du das denn nicht mit ihm besprochen?«

»Nein. Er hat gerade viel zu tun, und ich habe mich ganz auf mein Abschlussportfolio konzentriert. Wenn wir uns dann mal sehen, reden wir nicht über Kummerbunde und Gastgeschenke.« Sie zog die Augenbrauen nach oben. »Wenn du verstehst, was ich meine.«

»Ich habe noch nie ein Pärchen getroffen, das so schlecht die Finger voneinander lassen kann wie ihr! Ist eure Leidenschaft nicht langsam etwas abgekühlt?«

Lili grinste sie vielsagend an. »Ich dachte, du als alte Jungfer würdest vielleicht gern von den Sexabenteuern deiner Schwester hören. Sie sind echt heiß und finden an den interessantesten Orten statt. Erst gestern …«

»O nein, sollte ich künftig die Küche meiden?«

»Jack würde Sex in der Küche niemals erlauben.« Sie kicherte. »Aber vielleicht klopfst du lieber an, ehe du das Büro betrittst.« Sie sah Cara mitleidig und erstaunt zugleich an. »Ich weiß wirklich nicht, warum du keine Dates mehr hast. Wir sind gerade mal eine Stunde unterwegs, und es haben bereits zwei Männer versucht, dich in ein Gespräch zu verwickeln.«

»Genau, während sie darauf gewartet haben, dass ihre Ehefrauen aus den Umkleidekabinen kommen.«

»Okay, manchmal stehen auch Loser auf dich. Aber es sind doch nicht alle Männer Trottel.« Lilis Augen funkelten verschmitzt.

»Er ist mein Nachbar!«

»Eigentlich habe ich über den Typ da gesprochen.« Sie deutete auf einen schrägen Kerl, der einer älteren, blauhaarigen Frau als eine Art lebendige Kleiderstange diente. »Aber interessant, dass du sofort an Shane denkst.«

Wie denn auch nicht? Seit ihrem Kuss vor einer Woche bekam sie ihn einfach nicht aus dem Kopf. War es wirklich richtig gewesen, ihn so abblitzen zu lassen? Schon in ein paar Wochen war die Ehe Geschichte, und sie konnte tun und lassen, was sie wollte. Moment, eigentlich konnte sie das jetzt schon. Sie und Shane Doyle verband nichts weiter als ein Stück Papier, und schon morgen würde sie die Unterlagen zur Annullierung der Ehe von ihrem Anwalt holen und direkt an ihren Nachbarn weiterreichen. Konnte ja sein, dass sie rein rechtlich gesehen an ihn gebunden war, aber tief in ihrem Inneren war sie vollkommen unabhängig.

»Hey, Erde an Cara!« Lili wedelte mit ihrer Hand vor Caras Gesicht herum. »Denkst du über den irischen Eintopf nach?«

»Er ist mein Nachbar«, wiederholte Cara.

»Ganz genau. Vielleicht solltet ihr einfach ein enges nachbarschaftliches Verhältnis pflegen.« Lili leckte über ihre Lippen. »Du hast diesen rattenscharfen Kerl direkt gegenüber von deiner Wohnung und willst mir ernsthaft weismachen, dass du dir nie vorgestellt hast, wie es mit ihm wäre?«

Einen Moment lang stellte sich Cara vor, wie Shane nackt aussähe. Ein wunderbares Bild.

»Du findest also, ich sollte mich auf ihn einlassen, weil es geografisch gesehen praktisch wäre? Denk bitte dran, dass wir zusammenarbeiten. Himmel, Lili, das ist doch die Regel Nummer eins: Arbeit und Privates wird so streng wie möglich getrennt.«

Lili sah aus, als wäre sie nicht ganz dieser Meinung, aber zum Glück läutete ihr Telefon, ehe sie etwas erwidern konnte. Während sie mit Jules plauderte, grinste der süße Verkäufer Cara an. Er sah verlässlich, still und anständig aus ... Kein bisschen wie Shane.

Lili legte seufzend auf. »Arme Jules. Sie hat sich so gefreut, morgen mit uns zu dieser coolen Restauranteröffnung zu gehen, aber Mom muss arbeiten. Gina sollte eigentlich schon aus den Flitterwochen am Comer See zurück sein, aber ihr Flug wurde verschoben.«

»Ich habe frei und könnte auf Evan aufpassen«, meinte Cara.

»Bist du dir sicher?« Lili sah sie überrascht und ein wenig misstrauisch an. »Ich dachte, Kinder sind nicht so dein Ding, Baby.«

»Hey, ich spiele gern mal die glamouröse Tante«, meinte Cara und lächelte verkrampft. Gleichzeitig spürte sie, wie ihr ein dünnes Rinnsal aus Schweiß über den Rücken lief. »So kann ich die Kinder hinterher wieder abgeben und kann außerdem versuchen, sie zu beeinflussen, solange sie noch jung und formbar sind.«

»Na, wenn du dir sicher bist?«, meinte Lili und rief dann Jules zurück.

Es gab viele Dinge, die für Cara tabu waren: Beziehungen, All-you-can-eat-Buffets, Camping – und das waren nur ein paar Beispiele. Auch Sehnsucht hatte sie sich eigentlich verboten. Und dennoch sehnte sie sich jetzt nach Dingen, auf die sie kein Anrecht hatte.

Es war Shanes Schuld! Las Vegas und der verdammte Wodka hatten sich gemeinsam mit ihm gegen sie verschworen. Cara war in der vergangenen Nacht erst um drei Uhr morgens eingeschlafen, nur um eine Stunde später aus einem Traum hochzuschrecken, in dem sie einen Säugling mit Grübchen gestillt hatte.

Warum konnte sie nicht einfach erotische Träume haben wie jede andere Frau auch?

Die erotischen Fantasien lebte sie dafür in Form von Tagträumen aus. Seit sie Shane einen Korb gegeben hatte, stand ihr ganzer Körper unter Strom. Dass Lili ihr gesagt hatte, dass sie es einfach mal mit ihm probieren sollte, hatte die Sache nicht besser gemacht. Unter keinen Umständen wollte sie die Ehe wiederaufleben lassen, aber vielleicht würde es ihr guttun, ein bisschen Spannung abzubauen. Mit ihrem Nachbarn ... Ihrem Kollegen ... Ihrem Ehemann. Wow. Wenn sie es so formulierte, klang es wirklich so, als sollte sie die nächste Gummizelle direkt für sich reservieren lassen.

Sie musste es jetzt einfach langsam angehen lassen und dafür sorgen, dass ihr Leben in Balance blieb. Ihre Liebe würde sie für ihre Familie und sich selbst aufsparen. Konnte ja sein, dass die Brustwarzen von Shane Doyle wahnsinnig gut schmeckten und dass es das schönste Gefühl der Welt war, Hand in Hand mit ihm den Sunset Strip entlangzulaufen, aber es war alles nichts als eine Illusion.

Caras Sehnsucht nach Shane war stärker als ihr Wunsch, ihn nicht zu wollen. Und genau deswegen konnte sie ihn nicht haben.

7.
Kapitel

Als Shane die Stufen zu Lilis und Jacks Sandsteinhaus auf der Evergreen Street erklomm, war er nicht sicher, was für ein Haus er eigentlich erwartet hatte. Vielleicht etwas Herrschaftlicheres, etwas, das nicht so einladend und gemütlich aussah. Immerhin gab es hier auf der Straße, die nur ein paar Blocks von seiner Wohnung entfernt war, jede Menge Zweimillionendollar-Grundstücke. Die Straße war ruhig und friedlich – und somit der perfekte Wohnort für einen superreichen Starkoch. Shane drückte auf die Klingel und drehte sich dann wieder zur Straße um, um nicht wie ein trauriger Waisenjunge zu wirken, der sich die Nase am Türfenster platt drückt.

»Was machst du denn hier?!«

Er wirbelte herum. Cara. »Ich bin wegen Lili hier«, sagte er. Seine Nachbarsgattin trug ein altrosa Kleid, das wie ein Männerhemd geschnitten und auch nicht viel länger war. Cool und sexy. Und leider wirkte sie nicht begeistert.

»Lili ist mit Jack und Jules zu einer Restauranteröffnung gegangen. Ich bin allein hier. Also, mit Evan.«

119

»Eigentlich hatte sie mich gebeten, mit ein paar Torten-
kostproben für die Hochzeit vorbeizukommen.« Er wedelte
mit seiner Tüte. »Aber scheinbar habe ich mich in der Uhrzeit geirrt.« Sie wussten beide, dass das nicht stimmte.
Offenbar war Lili jetzt ebenfalls in Tante Sylvias Verkupp-
lungsgeschäft eingestiegen.

Cara ignorierte die Tüte, trat einen Schritt zurück und
winkte ihn ins Haus. Das war seine Chance zu sehen, wie
Jack lebte! Aufgeregt ging Shane mit Cara durch den langen Flur, an dessen Wänden Fotografien von halb nackten
Menschen hingen.

In der Küche angekommen stellte er seine Tüte auf der
Arbeitsfläche ab und war gespannt, wie Cara mit der Situation umgehen würde.

»Möchtest du vielleicht was trinken?«

»Ein Glas Wasser wäre schön.«

Während sie das Wasser aus einer Plastikkanne mit Fil-
tervorrichtung eingoss, nahm er die Umgebung in sich auf.
Die Küche war natürlich der absolute Knaller. War ja klar,
dass Jack sich etwas ganz Besonderes leisten würde! Die offene Kücheninsel befand sich mitten im Wohnzimmer und
war der feuchte Traum eines jeden Kochs. Das Neueste vom
Neuen, blitzender Edelstahl. Hier würde selbst Gott gern
den Kochlöffel schwingen. Shane vermutete, dass Jack für
die Gestaltung des Raums zuständig gewesen war. Im Restaurant redete er beim Kochen in einem fort, und bestimmt
machte er das zu Hause gern genauso. Kochte für seine Familie und erklärte dabei, was genau er gerade tat oder wie
der vergangene Abend gelaufen war.

Sie reichte ihm das Glas, und er nahm einen tiefen
Schluck.

»Was hast du denn mitgebracht?«

»Ein paar Vorschläge.« Sorgfältig holte er Schachtel um Schachtel aus der Tüte. »Biskuitkuchen mit Pistaziencreme. Schokoladen-Ganache mit Minze. Und dann noch Ananastorte mit Mascarponeglasur.«

Er hatte den ganzen Tag damit verbracht, in der Küche des *Sarriette* zu backen – die Ananastorte hatte er sogar ein zweites Mal backen müssen, nachdem Dennis aus Versehen die Ofentemperatur zu stark erhöht hatte – und dass Lili jetzt nichts davon kosten konnte, deprimierte ihn ein wenig.

Cara betrachtete die Kuchen misstrauisch, als könnten sie sie anspringen wie Killerspinnen.

»Willst du mal probieren? Die Hochzeitsplanerin sollte doch auch im Bilde sein.«

Sie sah ihn an, als würde sie viel lieber ihn kosten. Das ergab doch keinen Sinn – hatte sie ihn denn nicht abblitzen lassen? Dann holte sie eine Gabel aus der Schublade und tat etwas Seltsames.

Sie zählte die Kuchen aus.

Auch wenn sie nicht laut sprach, sah er, wie ihr Blick zwischen den Kuchen hin und her sprang. Die meisten Leute entschieden sich sofort für ein bestimmtes Stück. Cara wirkte so, als würde sie am liebsten alle probieren und bräuchte eine Methode, um sich im Griff zu behalten.

Schließlich schnitt sie einen hauchdünnen Schnitz von der Ananastorte ab, und er sah fasziniert zu, wie sie ihn sich zwischen ihre vollen, glänzenden Lippen schob. Nach dem zweiten Bissen wandte sie sich ab und legte die Gabel in die Spüle, und Shane spürte einen leisen Triumph in sich aufsteigen. Es hatte ihr geschmeckt.

»Und die anderen willst du nicht probieren?«, fragte er, obwohl er die Antwort schon kannte.

»Wir sollten Jack und Lili die Entscheidung überlassen. Nicht schlecht, Doyle. Echt nicht übel.« Sie lächelte, und es war, als würde er einen Sonnenuntergang über dem Lake Michigan beobachten. Ein umwerfendes Glühen, dem ein Hauch von Melancholie beigemischt war. Wow, er konnte ja richtig poetisch sein.

Auf dem Küchentresen lag Caras Ordner, den sie überall mit sich hinschleppte.

»Wie läuft die Planung?«

»Nicht schlecht.« Sie biss sich auf die Unterlippe. »Willst du mal reinschauen?«

»Warum nicht?«

Sie begann, einen Vortrag über die laufenden Vorbereitungen zu halten. Schwärmte von bestimmten Blumenarrangements, ließ sich über die Vor- und Nachteile der fünf verschiedenen Gastgeschenke aus, die zur Debatte standen. Ausdrucke und Tabellenkalkulationen, auf denen überall Post-its klebten, zeugten von ihrer effizienten Arbeitsweise und ihrem Organisationstalent. Und von ihrer Aufregung. Ihr Gesicht leuchtete, ihre Hände bewegten sich flink von Seite zu Seite. Plötzlich erinnerte sie ihn wieder an die Frau, die er geheiratet hatte. Es hatte weiß Gott nicht nur am Alkohol gelegen. Sie schlug die Seite mit der Tischordnung auf, und er legte seine Hand flach darauf.

»Sorry, ich plappere die ganze Zeit vor mich hin ...«

»Nein, das ist toll. Ich wollte nur sehen, ob du Onkel Aldo schon integriert hast.«

Sie schien sich darüber zu freuen, dass er sich daran erinnern konnte.

»Ich schaue mal nach Topfhandschuhen, um seine Grapschereien ein wenig einzudämmen«, sagte sie schmunzelnd. »Aber meine Hauptsorge ist gerade der Tischschmuck.«

»Wie haben sie sich kennengelernt?« Er wusste, dass Jacks und Lilis erste Knutscherei ein Internethit gewesen war, aber Details kannte er bislang noch nicht.

»Sie hat in der Küche des *Ristorante* mit einer Bratpfanne auf seinen Kopf geschlagen, weil sie ihn für einen Einbrecher gehalten hat. Und dabei war sie gerade als Wonder Woman verkleidet.« Sie schüttelte den Kopf.

»Fast genauso erinnerungswürdig wie unsere erste Nacht.«

»Beinahe.«

»Nun, alle Restaurants von Jack sind nach Kräutern benannt«, begann Shane dann zu überlegen. »Du könntest doch was mit Kräutern machen, die die Leute dann mit nach Hause nehmen können. Die könnte man in britische Teebüchsen oder italienische Weinflaschen packen.« Er rieb an seinem Kinn und merkte, dass er sich dringend rasieren sollte. »Oder sogar Zuckerskulpturen.«

»Zuckerskulpturen?«

Er sah sich nach einem Stück Papier um. Sein Blick fiel auf eine handgeschriebene Liste, die wie eine Art Gebrauchsanweisung für Evan aussah. Seine Lieblingsgeschichte, die Temperatur, auf die die Milch erhitzt werden sollte, der Name seines Kinderarztes. Sah ganz so aus, als hätte Jules Schwierigkeiten mit der Rechtschreibung.

Auf einen freien Klebezettel kritzelte er schließlich Wonder Woman, die eine Pfanne in die Luft hob und mit ihrem Lasso einen Mann einfing, der entfernt Ähnlichkeit mit Jack hatte. Er schob Cara den Zettel hin, als verhandelten sie über etwas.

»Hm. Man braucht ganz schön viel Talent für solche Skulpturen.«

»Ich könnte sie machen«, meinte er. Sie sah ihn misstrauisch an. »Möchten Sie vielleicht meinen Lebenslauf sehen, Miss DeLuca?« Er sprach das Wort *Miss* überdeutlich aus. Dann griff er nach seinem Telefon, um ihr ein paar Fotos zu zeigen. »Ich habe im *Maison Rouge* viel mit Zucker gearbeitet, wenn wir dort private Feierlichkeiten ausgerichtet haben.«

Als sie die Fotos ansah, spürte er ihren süßen, warmen Atem an seiner Wange. Schnell wischte er von Foto zu Foto, um ihr einen Überblick zu verschaffen, bis sie mit ihrem kirschrot lackierten Fingernagel auf eines davon tippte.

»Das kenne ich. Damit hast du doch einen Preis gewonnen oder so.«

»Ja, für das beste Design auf der International Exhibition of Culinary Art.« Es war zwar bereits ein Jahr her, aber er war immer noch ziemlich stolz darauf. Er hatte sich an den Skulpturen der Renaissance orientiert und eine engelsgleiche Frau geformt, die einem Meer aus vielfarbigem Glas entstieg. Es war außerdem ziemlich cool, dass er der jüngste Preisträger aller Zeiten in dieser Kategorie war. Er hatte Jack nicht gebraucht, um das zu schaffen.

»Das ist ja großartig, Shane.« Sie runzelte die Stirn. »Was zum Teufel tust du dann im *Sarriette?* Da kannst du solche Sachen doch gar nicht machen.«

Wie wahr. Die Events im *Sarriette* waren im Vergleich zu denen im *Maison Rouge* ein echter Kindergeburtstag, und auch die Dessertkarte war recht simpel, weil Jack das Angebot betont schlicht halten wollte. Aber Chicago hatte auch andere Attraktionen zu bieten, und eine davon befand sich direkt neben ihm.

»Ich habe einfach mal eine Luftveränderung gebraucht.« Ob sie das wohl verstehen konnte? Ehrgeizige Menschen fanden Entscheidungen, die nicht förderlich für die Karriere waren, meist schwer nachvollziehbar. Sie nahm ihm den Zettel ab und fügte selbstbewusst ein paar Linien zu seiner Zeichnung hinzu.

»Es könnte cool aussehen, wenn Lili aus ihrem Hochzeitskleid steigt, um ihr Superheldinnenkostüm anzuziehen. Als würde sie sich verwandeln.« Bei dem Gedanken begann Cara zu kichern. »Du steckst wirklich voller Überraschungen, du Ire.«

Sein Puls begann zu rasen, aber das kannte er bereits. Diesen Effekt hatte Cara immer auf ihn. Sie versetzte ihn in Hochstimmung und machte ihn gleichzeitig furchtbar nervös.

Er rückte ein wenig näher an sie heran und atmete ihr Parfüm ein. Heiß, blumig, sexy.

»Du machst es schon wieder!«

»Was denn?«

»Dieses geheime Lächeln. Als könntest du dich an Dinge erinnern, die ich vergessen habe.« Sie musterte ihn. »Worüber haben wir uns in dieser Nacht unterhalten?«

»Über die verrückte Braut, den Exzess in Vegas, deinen Traum, Chicagos neue Veranstaltungsqueen zu werden ...«

Sie blinzelte. »Das habe ich dir erzählt?«

»Yep, du hast große Pläne und warst deshalb ziemlich aufgeregt. Hast erklärt, wie du Topevents für das Restaurant an Land ziehen und die Meisterin der Partyplanung werden willst. Du hast auch darüber gesprochen, was für ein tolles Paar Jack und Lili sind.«

»Das kommt mir bekannt vor.« Sie blickte so sehnsüchtig auf die Zeichnung, dass es ihm das Herz zusammenzog.

»Es tut mir leid, wie ich dich nach dem Tanzkurs behandelt habe«, sagte sie. »Ich war echt unhöflich.«

»Es ist nun mal eine vertrackte Situation, und du willst sie gern hinter dir lassen. Keiner von uns will diese Ehe, ZT. Das habe ich schon verstanden.« Wieder zog sich sein Herz zusammen. »Dann … haben wir eben erst mal nur Sex.«

Sie blinzelte. »Wie bitte?«

»Na ja, quasi eine Ehe mit gewissen Vorzügen.«

Jetzt hatte er sie. Er merkte, wie sie ein Lachen unterdrücken musste.

»Und danach können wir dann als Ex-Mann und Ex-Frau mit gewissen Vorzügen weitermachen.« Er wackelte mit den Augenbrauen, und jetzt musste sie wirklich prusten.

»Apropos, morgen hole ich die Papiere ab.« Ihre Worte waren wie eine kalte Dusche.

»Hm.«

Sie legte den Kopf schief. »Lili findet, dass ich dich ausnutzen sollte.«

»Ich mochte sie schon immer. Kluge Frau!«

»Shane, ich fühle mich von deinem Angebot wirklich geschmeichelt, aber du bist nicht mein Typ.« Sie lächelte ihn mitleidig und brutal zugleich an. »Du bist einfach viel zu nett für mich.«

Er hörte das nicht zum ersten Mal, und es machte ihn ziemlich sauer. War das nicht der Mist aus den Sitcoms und Liebesfilmen? Dieses Gerücht, dass Frauen auf Bad Boys standen und die netten Kerle in die Röhre guckten?

»Ach so, wäre es dir also lieber, wenn ich alten Omas die Handtaschen klauen und mich permanent prügeln würde? Du willst jemanden, der nicht nett zu dir ist?!« Er atmete tief durch. »Warst du denn nicht erregt, als wir im Treppenhaus der Kirche standen?«

Der Mund stand ihr offen und sie sah immer noch gut aus.

»Als du mich geküsst hast und ...«

»*Du* hast *mich* geküsst!«

Sanft tippte er an ihre Wange. Sie begann zu beben, wich aber nicht zurück.

»Ich glaube, du brauchst mich, um dich daran zu erinnern. An all die Leidenschaft und das Feuer, das sich hinter deiner kühlen Fassade verbirgt. Ich wette, niemand weiß davon, oder? Niemand weiß, wie sehr du außer Kontrolle gerätst, wenn jemand die richtigen Knöpfe drückt. Vielleicht genügt es schon, wenn ich einmal ganz leicht über deine Brüste streiche ...« Er blickte nach unten auf ihr wunderschönes Dekolleté. Ja, ihre harten Brustwarzen drückten sich bereits durch den dünnen Stoff ihres Kleides. »Oder vielleicht macht dich mein warmer Atem an deinem Ohr oder mein Daumen an deiner Unterlippe ganz heiß.«

Sie leckte sich über die Lippen. Zu gern hätte er jetzt darübergestrichen. Hätte einmal daran gesaugt. Daran geknabbert. Die Luft zwischen ihnen wurde immer schwerer. Da war der süße Duft der Torten und der von Caras Haut. Er hörte ihren stoßweise gehenden Atem.

»Denkst du denn immer noch, ich wäre nicht dein Typ? Dein Körper spricht eine andere Sprache. Der sagt, dass wir sehr kompatibel sind. Ich wette, wenn ich jetzt mit meiner Hand ...« Er fuhr mit den Fingerspitzen an dem Schlitz ihres Kleides entlang, dann zwischen ihren Brüsten und schließlich über ihren Bauch, bis er an dem Bündchen ihres Tangas angelangt war.

»Ich wette, du bist wegen mir bereits genauso feucht, wie ich deinetwegen hart bin. Nett? Ich kann dir sagen, dass das, was ich gerade denke, das Gegenteil von nett ist.«

In ihren Augen konnte er ihr Begehren aufblitzen sehen. Gierig, roh, unverfälscht. Er bemerkte auch andere, schwer benennbare Dinge, die ihm Angst machten und ihn gleichzeitig noch weiter befeuerten. Plötzlich erschien ihm die Idee, ihre Beziehung auf reinen Sex zu beschränken, völlig idiotisch. Er wollte mehr. Hoffnung.

In der Zwischenzeit hatte Cara ihre Hand auf seine Brust gelegt.

»Es gibt natürlich auch noch andere Vorzüge«, meinte er.

»Und zwar?«, flüsterte sie rau.

Mein Laken würde nach dir riechen. Ich könnte mir neue Tricks überlegen, um dich zum Lachen zu bringen ...

»Kalorienarme Süßigkeiten.«

»Ähm ...« Skeptisch linste sie zu den Torten.

»Nein, Cara. Ich denke da an meine Brustwarzen. Ich weiß doch, dass du sie noch mal kosten willst. Vielleicht glasiere ich sie eines Tages sogar mit Schokolade, wer weiß.«

Sie begann am ganzen Körper zu beben.

»Nachdem du letzte Woche so unanständig warst, halten wir uns von Kirchen lieber fern. Wir wollen ja nicht in die Hölle kommen.« Er schüttelte gespielt entsetzt den Kopf. »Das war ja beinahe eine Todsünde, Cara.«

Jetzt konnte sie nicht mehr. Sie prustete los und vergrub ihren Kopf in seiner Armbeuge. »Shane, das ist zu viel. Bitte hör auf!«

Auf gar keinen Fall. Plötzlich gab es für ihn nichts Wichtigeres, als sie zum Lachen zu bringen.

Sie legte den Kopf in den Nacken, und dann waren ihre vollen Lippen ganz nah an seinem Gesicht. »Von Nippelglasur steht aber nichts in deinem Lebenslauf!«

»Das stimmt, auf dem Gebiet habe ich noch nicht viele Erfahrungen sammeln dürfen. Aber Frauen kommen wirklich auf lustige Ideen, wenn sie hören, dass man Konditor ist. Du kannst dir nicht vorstellen, wie oft ich schon gehört habe: ›Du kennst dich mit Süßigkeiten aus? Super, dann her mit dem Wasserbad und der Sprühsahne, und dann lassen wir es so richtig krachen!‹«

Sie schnaubte vor Lachen und schlug sich die Hand vor den Mund. Dieses lustige Geräusch hatte sie auch in Las Vegas gemacht und war sehr bemüht darum gewesen, es vor ihm zu verbergen. Er liebte es, wenn sie sich gehen ließ. Es dauerte noch eine Weile, bis sie aufhörten zu prusten und sich plötzlich bewusst wurden, wie nah sie einander gekommen waren. Ihre Hand lag immer noch flach auf seiner Brust.

»Ich weiß, dass du dich fragst, wie wir in diesen Schlamassel geraten konnten, Cara. Wie es passieren konnte, dass wir so etwas Verrücktes tun.« Er streichelte ihre Hand und genoss ihre Wärme. »Genau das ist in dieser Nacht passiert. Dieses Gefühl.«

Er wünschte sich, er könnte es besser formulieren. Sie hatte inmitten ihrer Familie und ihrer Freunde gestanden und so gewirkt, als wäre ihr ihre Umgebung völlig fremd. Als hätte ihr Mutterschiff sie ausgesetzt, sodass sie keine einzige Person mehr erkannte. Shane kannte dieses Gefühl ganz genau – nirgendwo dazuzugehören und nicht sicher zu wissen, wo der eigene Platz war. An jenem Abend hatten sie erst erkannt, dass sie sich ähnlich waren, und hatten dann gemerkt, dass sie genau das miteinander verband. Sie hatten sich betrunken, hatten sich Geschichten erzählt, viel gelacht. Und anstatt die Dinge einfach ihren natürlichen Gang gehen zu lassen, hatte er diesem alkoholisierten, verrückten Impuls nachgegeben und war seinem Dad plötzlich verdammt ähnlich gewesen. Und auch wenn er es sich nur ungern eingestand, so hatte sich sein Leben seit dem Teenageralter eigentlich nur um eine Sache gedreht: Jack kennenzulernen, damit er ihm persönlich grollen konnte anstatt nur aus der Ferne. Von diesem Gedanken war er völlig besessen gewesen, aber gemeinsam mit Cara hatte er die Angelegenheit eine Weile vergessen können. Sie hatte es ihm ermöglicht, eine andere Person zu sein.

Mit ihr fühlte er sich wie die beste Version seiner selbst.

Sie blickte ihn jetzt unter ihren dunkelblonden Wimpern hervor an. Am liebsten hätte er ihr sofort alles erzählt. Eine Frau, die ebenfalls eine schwierige Beziehung zu ihrer Familie hatte, würde ihn verstehen. *Seine* Frau.

Weil er der größte Pechvogel der Welt war, läutete ausgerechnet jetzt ihr Telefon. Auf dem Bildschirm leuchteten das Wort *Mom* und ein Foto von Francesca auf.

Cara seufzte. »Die ruft an, um nach dem Rechten zu sehen. Sie hasst es, wenn ich ihr die Babysitterschicht klaue ... Ciao, Mom.« Sie sah ihn an und verdrehte die Augen. »Es ist alles bestens. Ich habe alles im Griff.«

O nein, das hatte sie ganz und gar nicht. Und sobald sie aufgelegt hatte, würde er ihr zeigen, wie sehr hier alles außer Kontrolle geraten konnte. Um sie in Ruhe telefonieren zu lassen, schlenderte er ein bisschen durch das Wohnzimmer. Lili und Jack waren vor etwa sechs Monaten eingezogen, und mittlerweile hatten sie sich hier richtig eingelebt. Alles war ein bisschen zusammengewürfelt und ziemlich chaotisch; überall lagen Bücher, Magazine und Kinderspielzeug herum. In der Küche, in der Jacks eisernes Regiment herrschte, war es dagegen blitzsauber. In dieser Hinsicht ähnelte Shane seinem Bruder: Auch er war ein echter Putzteufel, und die beiden wetteiferten regelrecht darin, wer die Oberflächen im *Sarriette* sauberer halten konnte.

Ein leises Gurgeln aus dem Babyfon auf dem Couchtisch verriet Shane, dass Evan aufgewacht war. Er linste über seine Schulter und sah zu, wie Cara wild gestikulierend mit ihrer Mutter sprach. »Ja, Mom, ich weiß.«

Das Baby meldete sich ein wenig lautstärker zu Wort. Bei dem Gedanken an das einsame Kind im ersten Stock zog sich Shanes Herz zusammen.

»Mom, ich muss jetzt wirklich auflegen«, sagte Cara. Sie hatte von Evans Quengelei Wind bekommen und sah Shane besorgt an. Der hob die Hand, um sie wissen zu lassen, dass er sich darum kümmern würde, und sie lächelte ihn dankbar an. Zwei Stufen auf einmal nehmend lief er nach oben.

Beinahe jeder Zentimeter der Wand zeugte von Lilis und Jacks gemeinsamem Leben. Während unten hauptsächlich professionelle Aufnahmen von Lili hingen, spiegelten die Bilder weiter oben im Haus eher ihr privates Glück wider. Es gab Schnappschüsse von Jack beim Kochen oder Rasieren oder einfach beim Lachen. Oder von Lili, die gerade aufgewacht war und ganz verschlafen und zugleich wunderschön aussah. Die Bildkompositionen waren nicht ganz so gekonnt, weil Jack kein professioneller Fotograf war. Es gab auch Bilder von Cara und Francesca, als sie gerade kein

Haar hatte und trotzdem beeindruckend aussah, und dann noch von anderen DeLucas auf Familienfesten. Seine Frau stach mit ihrem blonden Haar zwischen all den brünetten Verwandten immer hervor.

Jetzt aber brauchte ein weinendes Baby seinen Trost. Er trat ins Zimmer und entdeckte Evan eingekuschelt in seinen Einteiler, die speckigen Wangen erhitzt und feucht. Shane hob ihn hoch und drückte ihn an seine Brust, während er sein Köpfchen mit seiner Hand stützte.

»Hey, mein Kleiner. Was ist denn das für ein Drama, hm?«

Evan holte tief und angestrengt Luft, und sofort fühlte Shane sich in alte Zeiten zurückversetzt. Er konnte sich nicht so gut an seine Mutter erinnern, aber er würde nie dieses Gefühl von Hilflosigkeit vergessen, als sie gestorben war und er mit fünf Jahren in die Obhut seines Vaters gegeben wurde. Ein Alkoholabhängiger war nun einmal nicht wirklich in der Lage, sich um ein Kind zu kümmern, aber das irische Sozialsystem, das von der katholischen Kirche geprägt war, stellte Familienbande über die Grundbedürfnisse eines Kindes. Wenn es nötig war, konnte sein Vater auch nüchtern und charmant auftreten – besonders, wenn es um finanzielle Belange wie Unterhaltszahlungen vom Staat ging.

Shane tappte durch das Zimmer, und nachdem er ein paarmal Evans Rücken gestreichelt hatte, hatten sie sich beide ein wenig beruhigt. Die Decke war mit einem Himmelszelt bemalt, das mit Sternen beklebt war, die im Dunkeln leuchteten. In Evans Zimmer standen Spielzeuge in sämtlichen Formen und Größen, wobei viele davon für ein Kind, das vermutlich noch nicht einmal sitzen konnte, noch lange nicht geeignet waren. Die Botschaft aber war klar.

Evan, du wirst geliebt.

Shane lauschte dem regelmäßigen Atem des Babys und atmete seinen pudrigen Duft ein.

Auf der Kommode lag ein Foto, auf dem Jack neben Jules stand und Evan auf dem Arm hielt. Er lachte und sah völlig gelöst aus, und plötzlich hämmerte Shanes Herz so heftig, dass er Angst hatte, den kleinen Evan aufzuwecken. Er griff nach dem Bild und blickte auf die Familie Kilroy: unzertrennlich, glücklich, unbezwingbar.

Er spürte Schmerz und Wut zugleich in seiner Brust aufsteigen. Was zum Teufel machte er hier? Konnte ja sein, dass Jack und er dieselben Gene hatten, aber das war es auch schon. Jack wollte die biologische Verbindung zwischen ihnen nicht zur Kenntnis nehmen. Er hielt sie für ein Problem, das sich mit ein paar Tausend Euro klären ließ. Plötzlich fühlte Shane sich innerlich wund und zerfetzt. Sein Lächeln kam ihm dünn und falsch vor.

Nett? Sie hatten ja keine Ahnung.

»Ist alles in Ordnung?« Caras sanfte Stimme drang durch den Nebel aus Bitterkeit, der ihn umgab. Sie stand in der Tür wie eine Fata Morgana in der Wüste.

Shane blinzelte und stellte das Foto wieder zurück. Er würde Jacks Hochzeitstorte machen und dann die Sache abhaken. Zurück nach London gehen und das Businessangebot annehmen, das er schon so oft ausgeschlagen hatte. Hier in Chicago zu bleiben wäre viel zu schmerzhaft.

»Richte Lili doch bitte aus, dass ich hier war«, würgte er hervor und drückte Cara Evan in die Arme. »Und bring mir die Annullierungspapiere bei Gelegenheit vorbei.«

Cara biss sich auf die Unterlippe, und er wandte sich ab. Er musste Abstand zu ihr gewinnen, zu ihnen allen, und endlich wieder seinen Verstand und seinen Körper miteinander in Einklang bringen.

Hinter sich hörte er einen leisen, unzufriedenen Laut. Er war sich nicht sicher, ob er von Cara oder von Evan kam.

Shane setzte einen Fuß vor den anderen, ging an all den Fotos vorbei, die von der Liebe innerhalb dieser Familie zeugten, und atmete einmal tief durch, als er endlich allein draußen auf der dunklen Straße stand.

8.
Kapitel

Die Gäste wurden langsam unruhig, und auch die Vertretung an der Bar war eine Katastrophe. Während Cara dem Praktikanten Dennis dabei zusah, wie er mehr Martini auf dem Tresen verteilte als in den Gläsern, kaute sie wie eine Besessene auf ihren Lippen herum. Mist, Mist, Mist.

Wieder schaute sie auf ihr Telefon und hoffte, dass es ihr die ersehnten Neuigkeiten bringen würde: Ihr Cousin Tad fuhr gerade auf seiner Harley hierher ins *Sarriette,* wo ein Probedinner für eine Hochzeit stattfand. Eigentlich sollte er alle mit perfekten Cocktails und einer ordentlichen Dosis Charme versorgen.

Und sobald er endlich ankam, würde sie ihm erst mal die Meinung geigen!

Sie ließ ihren Blick über den perfekt gedeckten Tisch schweifen, den schönen Tischschmuck aus Pfingstrosen, den sie zusammengestellt hatte, und die ziemlich hibbeligen Gäste, die auf ihre Cocktails warteten.

Immerhin war mit den Vorspeisen alles gut gelaufen. Stoisch hatte Cara Maiseys beleidigte Blicke ertragen, während sie die Blätterteigschweinsöhrchen mit Basilikum und die Gemüsestäbchen unter den Gästen verteilte. Die meisten schlangen sie nur so in sich hinein, während die Schlange an der Bar immer länger wurde. Dennis hatte behauptet, dass er Erfahrung an der Bar hatte, aber gerade schien diese sich auf das Abwischen des Tresens zu beschränken. Und nicht einmal das konnte er besonders gut! Sie musste wirklich etwas unternehmen.

Cara holte ein paar Flaschen Champagner aus dem kleinen Kühlschrank bei der Bar und bedeutete Maisey mit einem leichten Kopfnicken, dass sie herüberkommen sollte. Scheinbar war das zu unauffällig gewesen, denn Maisey ignorierte sie einfach.

»Maisey!«, rief Cara ihr über das Ploppen der Champagnerflasche hinweg zu und rechnete nebenbei aus, wie viele Flaschen davon sie verbrauchen musste, um die Gäste bei Laune zu halten.

Maisey kam mit dem Flunsch einer schmollenden Teenagerin auf sie zugeschlurft. Kaum zu fassen, dass sie bereits fünfundzwanzig war. Genauso alt wie – nein, sie würde jetzt keinen Gedanken an Shane verschwenden.

»Bitte servier unseren Gästen doch den Champagner.« Cara goss das schäumende Getränk in die Gläser. »Und bitte guck ein bisschen fröhlicher.«

Caras Telefon läutete. »Wo bist du?«, zischte sie.

»Hey, so begrüßt man doch seinen Lieblingscousin nicht!«

Shit. Er würde nicht kommen.

»Tad, was ist deine Entschuldigung? Hat sich eine deiner Freundinnen einen Fingernagel gebrochen?«

Tad seufzte, als würde Cara es wieder einmal unnötig kompliziert machen. »Ich bin mit Evan im Krankenhaus. Er hatte Fieber, und Jules hat sich Sorgen gemacht.« Caras Magen sackte ihr in die Kniekehlen. »O Gott. Ist alles in Ordnung mit ihm?«

»Ja, der Doktor hat gesagt, dass es nur eine schwere Erkältung ist und keine Meningitis oder gar Schlimmeres. Ich wollte gerade ins *Sarriette* fahren, aber dann hat Jules angerufen, und alles ging furchtbar schnell.«

Cara atmete erleichtert auf. Konnte es sein, dass sie den Kleinen gestern Abend nicht richtig zugedeckt hatte und er deswegen krank geworden war? Ein Beweis mehr dafür, dass sie zur Kinderpflege nicht taugte.

»Ich bleibe bei ihnen«, sagte Tad. »Jetzt, wo Jack und Lily in New York sind, ist Jules ja ganz allein. Es tut mir leid, dass ich nicht eher angerufen habe, aber hier im Krankenhaus darf man keine Mobiltelefone benutzen.«

»Sag Jules, dass ich in Gedanken bei ihr bin.«

»Klar. Hey, sie kommen gerade raus. Bis dann, Cousinchen.« Er legte auf, und ein lautes Gläserklirren kündete von einem weiteren Missgeschick des Barkeepers.

Fünf Minuten später war sie kurz davor, die Grappaflasche zu leeren, die sie für Notfälle in der untersten Schublade ihres Schreibtischs verwahrte. Keine der üblichen Vertretungen hob ab, wenn sie anrief, und auch bei der Agentur für Aushilfskräfte hatte man ihr keine großen Hoffnungen gemacht. Nervös lief sie in den vorderen Teil des *Sarriette,* um zu sehen, ob Aaron vielleicht einen der Kellner abtreten konnte. Normalerweise ging es in den Restaurants an einem Mittwochabend relativ ruhig zu, aber nicht hier. Da Jack sich trotz des hochwertigen Essens für eine moderate

Preispolitik entschieden hatte, war es hier jeden Abend rappelvoll. Es sah also schlecht für sie aus – bis sie an der Umkleide des Personals vorbeikam. Durch die offene Tür sah sie Shane, der sich über eine Bank beugte und sich den Nacken massierte. Und er war nackt.

Okay, das war ein wenig übertrieben. Nicht nackt, aber er hatte einen freien Oberkörper. Und von dem Anblick seiner perfekt definierten Rückenmuskeln klappte ihr der Kiefer herunter.

Auch als sie ihn gestern Abend mit Evan auf dem Arm gesehen hatte, hatte sie kaum an sich halten können. Der Kleine hatte sich an Shanes Nacken geschmiegt, und die beiden hatten ein solch perfektes Bild abgegeben, dass Cara an die Poster denken musste, die zu Highschool-Zeiten alle aufgehängt hatten. Auf ihnen war irgendein heißer, oberkörperfreier Typ abgebildet gewesen, der ein Baby auf dem Arm trug. Heute stolperte man auf Pinterest dauernd über diese Bilder.

Als sie am Vorabend gesehen hatte, wie Shane das Foto von Jack, Evan und Jules betrachtete, wurde ihr noch seltsamer zumute. Auf seinem Gesicht zeichneten sich alle möglichen Emotionen ab. Schmerz, Sehnsucht und Angst. Gefühle, die sie sofort erkannte, weil sie ihr sehr vertraut waren. In diesem Moment begriff sie, wie wenig sie über ihn wusste und wie gern sie mehr über ihn erfahren würde. Aber noch ehe sie hatte nachfragen können, war Shane auch schon verschwunden. Natürlich nicht, ohne sie an die Scheidungspapiere zu erinnern.

Wen hatte sie da bloß geheiratet?

»Cara.«

Shane stand vor ihr, und plötzlich bemerkte Cara die

silbrige Narbe, die sich von einer seiner starken Schultern bis zu seinem Schlüsselbein zog. Kreisförmige dicke Striemen bedeckten einen Teil seiner Brust. Und ein rötliches Geflecht zog sich über seine linke Seite. Ob das wohl die Spuren einer wilden Jugend waren?

Irgendetwas an ihm löste in ihr den Wunsch aus, ihn zu berühren und seinen Körper zu erkunden. Erst als er nach ihrer Hand griff, bemerkte sie, dass sie sie nach ihm ausgestreckt hatte.

»Es tut mir leid«, murmelte sie. »Ich wollte nicht …«

Was genau hatte sie nicht gewollt? Hatte sie ihn nicht anfassen wollen, so wie sie als Ehefrau es eigentlich gedurft hätte? Sie fand ihn in diesem Moment anziehender denn je. Sein Haar, die Stoppeln an seinem Kiefer, die dunklen Brustwarzen, über die sie ganze Gedichte hätte schreiben können – und jetzt auch noch die Narben an seinem Körper. Ob es wohl ein Mutterkomplex war, den sie da hatte?

Bloß nicht!

»Was ist passiert?«

Seine Miene verfinsterte sich. »Beim Backen kann es manchmal ganz schön ruppig zugehen.«

»Ach ja?« Sie wollte ihn nicht drängen, aber sie musste mehr über ihn erfahren. Sie wollte so gern etwas Persönliches von ihrem Ehemann wissen.

»Ist eine alte Geschichte. Brauchst du was von mir?«

Ja, und wie.

»Ich stecke in der Klemme. Evan ist krank geworden …«

»Ist alles okay mit ihm?« Er hielt ihre Hand immer noch fest und trat einen Schritt näher. Sie konnte seinen Puls an ihren Fingerspitzen spüren.

»Weiß Jack Bescheid?« Seine Stimme klang gepresst.

»Bestimmt. Jules hat ihn sicher gleich angerufen.« Sie musterte ihn. »Jedenfalls sollte Tad eigentlich oben an der Bar aushelfen, und jetzt kommt er nicht, und Dennis ist der absolute Chaot ...«

Er war jetzt so nah bei ihr, dass sie sich kaum noch konzentrieren konnte.

»Kannst du Drinks mischen?«, fragte sie.

»Denkst du, nur weil ich Ire bin, bin ich automatisch Barprofi?«

»Oh, so habe ich das nicht ...«

»Cara, ist schon okay! Ich mache nur Spaß.«

Noch vor vierundzwanzig Stunden hatten sie miteinander gelacht und geflirtet. Aber seit er gestern so abrupt abgehauen war, war sie verunsichert.

»Ich habe sogar einen Abschluss im Mixen und nettem Bargeplauder«, sagte er. »Ich helfe gern.« Er strahlte sie an, und sofort begann ihr dummes Herz zu flattern.

»Ist es okay, was ich anhabe?«

Widerwillig ließ sie seine Hand los.

»Ähm, du siehst gut aus.« So gut. »Ich kann dir ein Hemd besorgen.«

Sie versuchte, nicht zu melancholisch deswegen zu klingen. Ein Drinks mixender Shane mit nacktem Oberkörper war eine herrliche Vorstellung, aber es sollten schließlich nicht sämtliche weiblichen Gäste in den Genuss dieses Anblicks kommen.

Ein paar Minuten später stand Shane in einem schwarzen Hemd an der Bar, das er in seine gut sitzende Jeans gesteckt hatte. Dennis umarmte ihn vor Erleichterung, und Cara fragte sich, weshalb ihr die Idee nicht gleich gekommen war.

Shanes herzliches Lachen zog nicht zum ersten Mal an diesem Abend Caras Aufmerksamkeit auf sich, und sie spähte hinüber zu der Gruppe von Frauen, die ihr Dinner an der Bar in flüssiger Form zu sich nahmen. Während Shane ihnen die Drinks eingoss und sie mit seinem Charme beglückte, vergaßen sie fast zu atmen.

Wieder lachte er über irgendeinen Spruch. Sie wusste ja, dass er nur seinen Job machte. Trotzdem wurmte es sie, und sie hoffte, dass sie dieses Gefühl später im Fitnessstudio als Antrieb nutzen konnte. Cara wusste, dass sie Männer nicht gerade zum Witzereißen motivierte. Dafür war sie zu verkrampft, zu verunsichert, weil sie nicht genau wusste, wie sie aussah, wenn sie lachte. Weil sie zu große Angst hatte, beim Lachen peinliche Geräusche von sich zu geben. In Vegas war das anders gewesen. Shane hatte sie zum Lachen gebracht, und auch sie hatte ein paar gute Gags gemacht. Aber war mit genug Wodka nicht alles lustig? Und jetzt war sie eifersüchtig, weil der Ehemann, den sie nicht wollte, andere Frauen lustig fand. Das war doch unter ihrer Würde, oder nicht?

Dennoch hielt es sie nicht davon ab, jede einzelne Frau am Tresen aus tiefstem Herzen zu hassen.

Shane nickte ihr zu, und sie trat zu ihm hinter die Bar.

»Wie läuft es so?«, fragte er sie, während er ein Fingerbreit Scotch in ein paar Whiskeygläser goss.

»Gut. Die Desserts werden jeden Moment serviert, und dann wird auch schon das Ende des Abends eingeläutet. In einer halben Stunde, maximal einer Dreiviertelstunde, sollte alles erledigt sein.«

»Hast du dem Küchenpersonal …«

»… Bescheid gegeben, dass sie den Schokotrüffelkuchen

aus dem Kühlschrank holen sollen? Yep. Schon vor einer Stunde.«

»Und ...«

»Mona weiß, welche Tülle sie für die Verzierung auf der Zitronentarte benutzen soll, ja.«

»Sie will immer die kleinste verwenden«, knurrte er.

»Genau, aber jetzt hat sie es begriffen.« Mona war Shanes Assistentin beim Backen und ein wenig seltsam, aber dennoch zuverlässig.

Lächelnd stieß Shane mit seiner Hüfte an Caras. »Wir kriegen es also super hin!«

Ja, das taten sie. Shanes ruhige, entspannte Kompetenz war die perfekte Ergänzung zu ihrer energiegeladenen, etwas flatterigen Art.

Eine Frau mit einem ledrigen Gesicht reichte ihm eine Fünfzigdollarnote und strich dabei wie zufällig über seine Hand.

»Die Getränke sind gratis, Mädels. Ihr müsst nicht bezahlen.«

»Das ist für dich, Shane«, sagte sie grinsend.

»Dann bedankt sich das Personal für die großzügige Spende.« Shane steckte den Schein in ein großes Glas hinter der Bar, das bereits randvoll mit Fünf- und Zehndollarnoten war. Ein paar Zwanziger waren auch dabei.

Als Shane Cara ansah, zwinkerte er ihr zu, und sie musste ein Kichern unterdrücken. Es war wirklich zu komisch, dass er sein gutes Aussehen benutzte, um mehr Trinkgeld zu bekommen. Er warf einen Blick auf die Festtafel.

»Hey, der Nachtisch ist da, Ladys. Ihr solltet schnell zurück an den Tisch, wenn ihr meine herrliche Zitronentarte und meinen üppigen Schokoladenkuchen nicht verpassen wollt.«

Sie starrten ihn an. »Du machst auch die Desserts?«

»Ich habe viele Talente, ja.«

Die Frau mit dem ledrigen Gesicht glitt von dem Barstuhl und griff nach einem der Scotchgläser. »Ich hoffe, sie bezahlen dich anständig.«

»Ich würde ihn sogar *sehr* anständig bezahlen!«, erwiderte eine andere. »Vielleicht käme ich ja dann auch in den Genuss seiner anderen Talente.«

Lüstern lachend verschwanden die Damen in Richtung Tisch.

»Wow, Doyle«, meinte Cara anerkennend. »Ich wusste ja gar nicht, was in dir steckt.«

Shane räumte die zur Hälfte geleerten Gläser zur Seite und kippte die Reste in die Spüle. »Wie meinst du das?«

»Na, dass du deinen Körper auf diese Art einsetzt …«

»Ich weiß nicht, wovon du redest. Willst du damit sagen, dass ich das hier …«, er deutete auf seine Brust und dann hinunter auf seinen Hosenbund, »benutze, um ein paar Dollars extra zu verdienen? Für wen hältst du mich bloß, Cara?«

»Oh, ich wollte damit nicht etwa sagen …«

»Ich stehe jederzeit gern zur Verfügung.« Er grinste sie verschmitzt an und beugte sich zu ihr. Wieder einmal roch er unglaublich gut. »Wir sind ein tolles Team, oder?«

Sie schluckte laut. Hoffentlich hatte er das nicht gehört.

»Auf jeden Fall.«

Auf jeden Fall? Hatte sie das gerade wirklich gesagt?

»Wir sollten uns an größere Veranstaltungen heranwagen, meinst du nicht?«, fragte Shane.

Als sie das Wort *wir* hörte, begann ihr Herz hoffnungs-
voll zu flattern.

»Jack hält nicht viel von dem Eventkram«, sagte sie.

»Warum nicht?«

»Ach, das ist für ihn nicht interessant. Bringt mehr Probleme, als dass es etwas nützt. Sagt er.«

»Das ist doch albern!« Er runzelte die Stirn. »Du machst
großartige Arbeit und schaffst es fast jeden Abend, hier für
eine volle Bude zu sorgen. Wir sollten expandieren! Nebenan gibt es einen Raum ...«

»Ich weiß!«, unterbrach sie ihn aufgeregt. Jack hielt sie
immer hin, wenn sie das Thema ansprach, und auch sonst
schien sich niemand dafür zu interessieren. Sie infor-
mierte Shane über ihren Plan, die Jahresfeier von Penny
Napiers Krebshilfestiftung auszurichten, und erklärte ihm,
warum das ein guter Start sein könnte.

»Jack hat für Catering nicht viel übrig, so nennt er solche Anlässe zumindest. Er sagt, dadurch würde das Niveau
des Essens im Restaurant sinken, weil nicht alles nach seinen Standards gekocht werden kann. Du weißt ja, wie ego-
istisch Köche manchmal sind.«

»Anwesende ausgeschlossen«, erwiderte er mit einem
charmanten Grinsen.

»Oh, na klar. Du bist überhaupt nicht wie Jack.«

Seine Miene verfinsterte sich kurz, ehe er sich wieder zu
diesem heiteren Gesichtsausdruck zwang, den sie so liebte.

»Außer du wärst doch gern wie er.«

»Wie kommst du denn darauf?«

»Na, du hast eine Weile lang alles dafür gegeben, Teil
seines Teams zu werden, oder?« Lili hatte ihr erzählt, dass
Shane ein Jahr lang jeden Monat seine Bewerbung an das

Thyme in New York geschickt und sich dann massiv dafür eingesetzt hatte, mit nach Chicago zu kommen.

Shane nickte langsam. »Das stimmt.« Er wirkte so, als wollte er noch etwas hinzufügen und hätte es sich dann in letzter Sekunde anders überlegt. »Ich lerne eine Menge von ihm, aber ich glaube, die Leitung einer Küche würde mir nicht liegen. Das Talent dafür hätte ich zwar, aber ich kommandiere nicht gern andere Leute herum.«

Sie drehte den Kopf ein Stück zur Seite, um ihr Lächeln zu verbergen. Genau das liebte sie so an Shane: dass er anders war als die Männer, die sie sonst kannte: Jack, ihr Vater, die meisten Männer, die sie in New York gedatet hatte.

»Eigentlich würde ich gern eines Tages meine eigene Konditorei eröffnen«, sagte er.

In Chicago, schoss es Cara durch den Kopf. Dann schalt sie sich selbst dafür.

»Ich bin mir zwar sicher, dass Jack dich nur ungern gehen ließe, aber er würde dich in Bezug auf den Laden bestimmt finanziell unterstützen.«

»Ich brauche ihn nicht!«

Die Worte klangen wie ein Fluch. Cara hatte nicht zum ersten Mal den Eindruck, dass Shane ein Problem mit ihrem künftigen Schwager hatte.

»Jack hat in das Restaurant meiner Familie investiert und wird auch ein Partner von Tads neuer Weinbar sein. Er hat ein gutes Händchen für Geschäfte, aber ich verstehe auch, wenn du auf eigenen Beinen stehen willst.«

Am Tisch wurde gejohlt, weil eine von Shanes Verehrerinnen gerade bereits recht wackelig von den Drinks einen Toast aussprach und gleichzeitig aufzustehen versuchte. Cara wurde klar, dass in einer halben Stunde noch lang nicht Schluss mit dem Gelage sein würde. Da hatte sie sich leider verschätzt.

»Ich wollte nicht so heftig klingen«, meinte Shane mit gepresster Stimme.

»Läuft die Arbeit mit Jack denn nicht so, wie du sie dir vorgestellt hattest?«, fragte Cara. Manchmal war es ja enttäuschend, wenn man seine Idole tatsächlich kennenlernte.

»Genau«, sagte er und sah ihr in die Augen. »Er ist ganz anders, als ich ihn mir vorgestellt hatte.«

»Nun«, meinte Cara. »Ich habe noch ein paar Dinge zu erledigen und sollte mich noch mal an die Arbeit machen.« Außerdem wäre das jetzt der passende Moment für die Grappaflasche in ihrem Schreibtisch. Ein wenig zittrig stakste sie auf ihren hohen Absätzen davon, und sie konnte den heißen, begehrlichen Blick auf ihrem Rücken spüren, mit dem er ihr nachsah.

9.
Kapitel

Kurz vor Mitternacht war es im Veranstaltungsraum ganz leise geworden. Die Gäste hatten sich in die Taxis gesetzt, und Shane sprach mit sich selbst. Die flirtwütigen Ladys waren noch zu ihm an die Bar gekommen und hatten ihm diverse unmoralische Angebote gemacht. Eine hatte ihn sogar als irischen Leckerbissen bezeichnet, und ihm war ein kalter Schauer über den Rücken gelaufen, als er höflich abgelehnt hatte.

Manchmal war sein Akzent ein echter Fluch. Jetzt machte er die Bar dicht und quatschte die Flaschen im Regal zu, um herauszufinden, wie er die Sache mit Cara handeln sollte.

Heute Abend war ihm aufgefallen, dass sie eifersüchtig auf seine Verehrerinnen gewesen war. Nicht, dass er es darauf angelegt hätte ... Aber seit sie sich in Jacks Haus begegnet waren und sie ihm heute wieder viele Fragen gestellt hatte, war er sich sicher, dass es zwischen ihnen wirklich eine ziemlich prickelnde Verbindung gab.

Gestern war er aus Jacks Haus geflohen, weil ihm der

Gedanke, Cara und allen anderen restlos zu verfallen, eine Heidenangst eingejagt hatte. Aber die Sache mit Cara konnte er doch bestimmt getrennt von den anderen Verstrickungen betrachten, oder? Konnte ja sein, dass seine atemberaubende Frau eine Zehn war und er eine Sechs, aber warum sollten sie der Anziehungskraft, die zwischen ihnen herrschte, nicht einfach nachgeben?

»Ja«, sagte er zu einer Whiskeyflasche. »Warum nicht?«

»Pass bloß auf, das ist das erste Anzeichen von Wahnsinn«, ertönte Caras sanfte Stimme. Sie nahm auf einem der Barhocker Platz.

»Los, Barkeeper. Bring mir die Kunst des Trinkens bei.«

Er griff nach einem noblen Scotch und wurde mit einem leisen Pfiff belohnt.

»Wow, wenn schon, denn schon, was?«, meinte sie ein wenig spöttisch und sah zu, wie er ein Glas füllte und das Getränk mit Wasser verdünnte. »Lässt du mich etwa allein trinken?«

»Ich werde dir sagen, wenn du genug getrunken hast, aber ich kann nicht mittrinken. Ich hab's nicht so mit Alkohol.« Sie sah ihn skeptisch an. »Außer auf wilden Junggesellenabschieden natürlich.«

»Machst du dir Sorgen, dass ich dich wieder benutzen könnte?«

»Na, vielleicht erneuern wir ja auch unser Ehegelübde!«

Sie lachte, und er spürte, wie das Geräusch in seiner Brust widerhallte.

»Ich hätte nicht gedacht, dass ich es mal mit Humor sehen könnte, aber offenbar bin ich mittlerweile entspannter.« Sie blickte ihn unter ihren Wimpern hervor an. »Alkohol hilft immer.«

Shane hatte eher die Erfahrung gemacht, dass Alkohol höchstens Feiglingen dabei half, sich in Tyrannen zu verwandeln. Und Schwächlingen, ihren Schmerz zu betäuben. Sie schob ihm ihr Glas zu. »Mehr davon, Barkeeper.« Auf keinen Fall. Sie hatte das Glas noch nicht einmal ausgetrunken. Auf dieses Spielchen würde er sich nicht einlassen.

»Hast du seit dem Lunch noch was gegessen? Von dem bisschen Hühnchen kannst du doch nicht mehr satt sein.« Jetzt, wo Jack nicht da war, bereitete er Caras Essen genau nach ihren Vorgaben zu – auch wenn er das Hühnchen mit ein wenig Rosmarin-Zitronen-Marinade aufgepeppt hatte.

»Ich esse was, wenn ich nach Hause komme.«

»Ich könnte dir gleich hier was machen. Wir gehen einfach in die Küche, und ich bin dein Kochsklave.«

Er marschierte los und war froh, dass sie ihm folgte. In der Küche öffnete er die Tür der Kühlkammer und rief: »Dein Wunsch ist mir Befehl!« Er betrat die Kammer und konnte hören, wie sie laut überlegte. Schließlich seufzte sie.

»Sind noch Morcheln übrig? Ich habe gesehen, dass sie heute als Tagesangebot auf der Karte standen.« Zum Glück waren tatsächlich noch welche da. Hübsche, schwarze Exemplare, die wunderbar zu ... Steak passen würden. Aber damit wäre Cara bestimmt nicht einverstanden.

»Würdest du Eier essen?« Er streckte den Kopf aus der Tür, zwei Eier in der Hand, als würde er gleich jonglieren. »Die Morcheln würden sicher toll zu Rührei passen.« Ein simples, unkompliziertes Gericht für seine ganz und gar nicht simple Frau.

Sie nickte. »Kann ich dir helfen?«

Er ließ sie die Eier verquirlen und reichte ihr die Zutaten: einen Schuss Milch, ein wenig Salz, eine Prise gemahlenen Pfeffer. Währenddessen briet er die Morcheln mit Butter und Pfeffer an, bis die wabenartige Oberfläche sich golden färbte. Ihr schwerer, erdiger Duft erfüllte die Küche.

Shane sah zu Cara hinüber und merkte, dass sie aufgehört hatte zu rühren.

»Ich versaue es bestimmt. Das Kochen, meine ich.«

»Du? Du könntest doch nicht mal was vermasseln, wenn du es wolltest!«

»Da kennst du mich aber schlecht.«

Aber er wollte sie kennen! Shane ließ die fertigen Morcheln auf einen Teller gleiten.

»Kipp die Eier einfach hier hinein.«

Sie kam seiner Bitte ganz vorsichtig nach, als wären die Eier geschmolzenes Gold. Dann stand sie unbeholfen neben ihm, fast wie ein Kind. Sie schluckte. Nicht einmal der Praktikant Dennis war in der Küche so nervös wie sie!

»Weißt du«, sagte er und trat näher an sie heran, »beim Kochen geht es mindestens so sehr ums Selbstbewusstsein wie ums Talent.« Sie sah ihn an. »Manchmal muss man auch einfach so tun, als ob.«

»So tun, als wäre man der Koch?«

»Ja. Als wäre man eine selbstbewusste, sexy Köchin. Wenn du keine Angst hast, etwas falsch zu machen, dann tust du es wahrscheinlich auch nicht.« Er löste ihren Haarknoten, und ihr Haar flutete über ihre Schultern.

»Ich finde ja, nichts ist so sexy wie eine selbstbewusste Frau in der Küche. In allen anderen Bereichen bist du doch von dir überzeugt, warum also nicht hier?«

»Okay«, sagte sie misstrauisch und schüttelte ihr Haar.

Er legte eine Hand auf ihre Taille und spürte, wie sie tief durchatmete. »Hast du was dagegen, wenn ich …«

Ohne ihre Antwort abzuwarten, öffnete er den obersten Knopf ihrer Seidenbluse, sodass ihr wunderschönes Dekolleté sichtbar wurde. Er strich mit den Fingerknöcheln über die Schwellung ihrer Brüste, während er mit der anderen Hand einen weiteren Knopf öffnete. Jetzt war ihr rosafarbener Spitzen-BH zu sehen, der höllisch sexy war. Rosa war ihre Lieblingsfarbe und würde ab jetzt auch auf seiner Favoritenliste stehen.

»Und so soll ich besser Rührei kochen können, ja?« Ihre Stimme klang rau, und das machte ihn wahnsinnig an.

»Klar. Eine sexy Köchin macht sexy Essen.« Er strich über ihre Hüften. »Dein Rock ist nicht kurz genug.« Der Saum reichte ein paar Zentimeter über ihre Knie, und er wusste, dass sie wunderschöne Oberschenkel hatte. Die wollte er jetzt sehen.

Dass der Rock eng war, stellte kein Problem für seine geschickten Hände dar. Er ließ Cara nicht aus den Augen, während er ihn langsam über ihre Hüfte schob und dann so faltete, dass er mehr entblößte als bedeckte.

»So, jetzt stehe ich halb nackt vor dir. Und nun?«

»Immer mit der Ruhe. Schauen wir erst mal, wie du das mit dem Rührei hinbekommst.«

Er drehte sich um und drehte an einem Knopf, um eine Gasflamme zu entzünden. Eine Hand ruhte auf ihrer Hüfte, mit der anderen reichte er ihr einen Holzlöffel. »Komm, rühr um.«

»So schwer wird es nicht sein«, murmelte sie und biss sich auf die Unterlippe.

Wenn du meinst. Mittlerweile hatte sich all sein Blut in

seiner Erektion gesammelt, und er konnte sich nur mit reiner Willenskraft davon abhalten, sich an ihr zu reiben.

»Hat dein Vater dir nicht beigebracht, wie man kocht?«

»Nein, das war eher Lilis Ding. Mich hat das nicht so interessiert.« Sie klang ein wenig traurig.

»Hier schlägst du dich doch ganz wacker. Was isst du also zu Hause? Holst du dir dein Essen immer im *Ristorante DeLuca?*« Er hatte schon mehr als einmal eine Schüssel mit Tonys berühmten Gnocchi mit nach oben genommen. Die waren wirklich unglaublich.

Sie erschauerte. »O Gott, nein. Ich hatte genug Pasta für den Rest meines Lebens! Ich halte mich an Fertiggerichte und Salate aus dem Biomarkt. Ich habe so viel zu tun, dass es leichter ist, eine Routine zu haben und nicht über Nahrung nachdenken zu müssen. So vergesse ich sie immerhin nicht.«

Nahrung. Interessante Formulierung.

»Vergessen? Isst du denn nicht einfach dann, wenn du Hunger hast?«

»Ich war schon immer eine sehr wählerische Esserin, es gibt also nicht viel, das ich mag. Irgendwie esse ich immer dasselbe. Das klingt bestimmt langweilig ... Oh, sieht aus, als wäre es fertig«, meinte sie und nahm die Pfanne vom Herd. Shane nahm sich vor, später noch einmal auf das Thema Ernährung zurückzukommen. Aber erst einmal würde er sich um ihre kulinarischen Bedürfnisse kümmern. Er füllte das Essen auf zwei Teller, stellte sie auf den Tresen und füllte noch ein großes Glas mit Wasser. Schließlich sollte Cara morgen keine Kopfschmerzen haben!

Der Geschmack der Morcheln warf ihn fast vom Barho-

752

cker. Dieser nussige, buttrige Geschmack war unfassbar gut! Und die komplexe Kombination aus Geschmäckern – Erde, Butter, Gewürz – passte perfekt zu dem schlichten Rührei.

»Gute Eier«, murmelte er kauend.

»Gute Morcheln!«

Er konzentrierte sich ganz auf sein eigenes Essen, ohne genau zu wissen, warum. Sie aß nicht mit dem Team, wollte damals nach dem Tanzkurs nicht mit ihnen essen gehen, und als sie bei ihrer Familie zum Essen eingeladen gewesen waren, schien sie beim Kosten der Soße kurz in Panik zu geraten. Irgendetwas Seltsames ging da vor sich – etwas, das über das reine Kalorienzählen hinausging.

Cara schob ihren leer gegessenen Teller beiseite und strahlte ihn an. »Hat toll geschmeckt! Danke.«

»Nachtisch?« Noch ehe sie ablehnen konnte, stand er schon in der Kühlkammer und holte ein Stück Zitronentarte für sie beide. Gab es etwas Romantischeres, als sich den Nachtisch zu teilen?

Als er die Tarte vor ihr abstellte, zog sie eine ihrer schönen dunkelblonden Augenbrauen nach oben. Er hielt ihr die Gabel hin.

»Wie reizend, Paddy.«

Es dauerte einen Moment, bis er es begriff. »Hey, als ich die Tarte in die Speisekarte aufgenommen habe, kannte ich deinen Spitznamen noch gar nicht! Das Personal scheint übrigens zu denken, dass du deine Kollegen nicht magst.«

»Oh, die sind schon okay. Ich esse nur nicht gern mit anderen Leuten zusammen.«

Er wartete darauf, dass sie das näher erklärte, aber sie schwieg. Offenbar mochte Cara die soziale Komponente des gemeinsamen Essens nicht. Die Kombination aus Leuten und Essen war schwierig für sie, und dennoch saß sie hier mit ihm und aß. Und darauf war er fast ein wenig stolz.

Er stach mit der Gabel in die Tarte und sorgte dafür, dass er auch ein großes Stück des Teigbodens erwischte. Der Zitronenduft war ein wenig abgeschwächt, da die Tarte noch kühl war, aber er fand dennoch seinen Weg in seine Nase und ließ ihm das Wasser im Mund zusammenlaufen. Die Tarte schmeckte so gut, dass ihm ein leises Stöhnen entwich.

»Gut, hm?«, fragte Cara und leckte sich über die Lippen.

»Das bin ich, ja.« Er grinste. »Die Tarte ist auch nicht übel.«

Sie nahm ihm die Gabel ab und schob sie in die Zitronencreme, ohne etwas von dem Teigboden aufzuspießen. Er wollte ihr schon sagen, dass beide Teile des Kuchens zusammengehörten, aber andererseits hielt er nichts davon, den Leuten zu sagen, wie sie zu essen hatten. Essen war viel zu aufregend für Regeln. Stattdessen genoss er es, ihr beim Essen zuzusehen. Es war einfach faszinierend, wie ein bestimmter Geschmack den Gesichtsausdruck der Menschen verändern konnte, besonders, wenn es um Süßes ging. Der Nachtisch galt nicht ohne Grund als der beliebteste Teil einer Mahlzeit.

Cara leckte an der Gabel und dann gleich noch einmal, begleitet von einem glücklichen Seufzer. Als sie ihn ansah, zog sie die Nase kraus. »Was ist denn?«

»Ich war noch nie vorher eifersüchtig auf eine Gabel.«

Lächelnd reichte sie sie ihm, und er gönnte sich den nächsten Bissen, während Cara an ihrem Scotch nippte.

Shane schob ihr das Wasserglas hin.

»Du bist sehr talentiert, Shane.«

»Danke.«

»Es muss toll sein, wenn man etwas so gut kann«, meinte sie seufzend.

»Ah, es hat doch jeder ein bestimmtes Talent.«

»Hm, wahrscheinlich.«

»Das klingt jetzt aber nicht nach der sexy, selbstbewussten Cara. Du bist gut in Millionen von Dingen!« *Küssen, Brustwarzensaugen, Hüftschwung* ...

Sie dachte nach. »Ich kann Dinge und Menschen organisieren. Das ist nicht besonders kreativ – ich mache damit die Menschen nicht so glücklich wie du mit deinen Desserts oder Lili mit ihrer Kunst –, aber es ist notwendig. Kontrolle ist notwendig. Sonst herrscht Chaos.«

Bis zu einem gewissen Punkt konnte er sie verstehen. Er war vielleicht kein solcher Überflieger in Sachen Kontrolle wie Cara, aber er konnte sich an einen Plan halten und das Ziel im Blick behalten. Zumindest hatte er das gedacht, bis sein Leben vor ein paar Wochen diese verrückte Wendung genommen hatte.

Wieder griff sie nach der Gabel und schob sich ein Stück Tarte in den Mund.

»Wer hat dir denn das Kochen beigebracht?«, fragte sie.

»Meine Tante Josephine. Na ja, sie war nicht meine richtige Tante, sondern die Nachbarin meiner Mutter.« Als Kind war er dauernd in ihrer warmen, gemütlichen Küche gewesen und hatte sie angebettelt, ihm zu zeigen, wie man typisch irisches Sodabrot und Obstkuchen machte. Und das, obwohl sein Vater behauptete, dass nur Schwuchteln sich fürs Backen interessierten. Josephine hatte ihm alles beigebracht, was sie wusste, und als er von ihr nichts mehr lernen konnte, begann er, nach der Schule in der O'Connell's Bäckerei zu arbeiten. Und als er auch dort nichts Neues mehr aufschnappen konnte, ging er auf die Kochschule. »Josephine war für mich da, als meine Mutter gestorben ist. Da war ich noch ein Kind.«

Sie sah ihn mitleidig an. »Was war denn mit deinem Dad?«

»Ach, der hat die meiste Zeit im Pub oder in Wettlokalen verbracht. Pferdewetten waren sein Ding.«

Eigentlich sollte es nicht mehr wehtun, an seinen Vater zu denken. Aber in den vergangenen Wochen waren alte Wunden wieder aufgerissen. Wie auch nicht, wenn Jack vor ihm stand? Er hatte dieselben hohen Wangenknochen, die ausdrucksstarken Augenbrauen, den harten, eckigen Kiefer. Jack war John Sullivan wie aus dem Gesicht geschnitten, während Shane eher nach seiner Mutter kam. Und da er nicht so finster und grüblerisch aussah wie sein Vater, war es für diesen ein Leichtes gewesen, ein Kind zurückzuweisen, das keine Ähnlichkeit mit ihm hatte.

Cara fuhr mit ihrem schlanken Finger über die Tresenkante.

»Lebt dein Vater noch?«

Shane spürte einen Kloß im Hals. »Nein, er ist tot. Seit achtzehn Monaten. Er hat schon besonders früh Alzheimer bekommen.«

»Das tut mir leid.« Sie legte ihre Hand auf seine. Sie war wärmer, als er erwartet hatte.

»Muss es nicht. Er war ein Arschloch.«

Als sie ihn schockiert ansah, merkte er, dass er eine Reaktion hatte provozieren wollen.

»Es ist nur …« Er drückte ihre Hand. »John Sullivan war kein unkomplizierter Zeitgenosse.«

»Du heißt nicht wie er?«

Verdammt. Wenn sie das Jack erzählte ... Er sah in Caras warme, mitfühlende Augen. Bestimmt waren Geheimnisse bei ihr gut aufgehoben.

»Er hat meine Mutter nie geheiratet. Hat nicht einmal die Vaterschaft anerkannt, bis sie dann gestorben ist und Jo mit einem Nudelholz und der Drohung, ihn vor Gericht zu zerren, auf ihn losgegangen ist.«

Manchmal wünschte Shane sich heute, Jo hätte das nicht getan. Denn auch wenn sein Vater ihm vielleicht nicht ähnlich sah, so hatte er doch die Optik seines Körpers geprägt. Mit Narben.

Jo hatte gedacht, dass es Packy, dem nutzlosen Alkoholiker, vielleicht guttun würde, ein Kind großzuziehen. Dass ein Kind ihn ein wenig weicher und verantwortungsbewusster machen würde. Irinnen einer bestimmten Generation hatten immer noch diesen nachsichtigen Blick auf Männer: *War nicht eigentlich der Alkohol schuld daran? Es war wirklich, als wäre der arme Kerl von einem Dämon besessen, wenn er ein paar Bierchen zu viel getrunken hatte! Dafür konnte man ihn doch nicht zur Verantwortung ziehen, oder?*

Er hatte die Frau geliebt und sehr um sie getrauert, als sie vor drei Jahren gestorben war. Aber der Alkohol genügte ihm nicht als Entschuldigung für das Verhalten seines Vaters. Dass er selbst in Vegas die Kontrolle über sich verloren hatte, war wie ein Schlag ins Gesicht gewesen. Er ähnelte seinem Vater eben mehr, als ihm lieb war.

»Klingt, als hättest du es ganz schön schwer gehabt«, meinte Cara sanft.

Er ließ ihre Hand los und ballte sie zu einer Faust, um nicht über seine Narbe zu streichen. »Er war ein engstirniger, ätzender Alkoholiker, der nicht viel von einem Sohn gehalten hat, der vom Backen leben wollte. Für ihn war das Frauenarbeit und keinesfalls männlich genug.«

»Aber du wolltest davon leben, nicht wahr? Das Essen spricht wirklich zu dir, oder?«

Tja, Cara war eben sehr clever. Sie bemerkte Dinge, die anderen gar nicht auffielen. »Ja, tut es. Essen bedeutet mir viel.«

Mit Jo und ihrer großen, lärmenden Familie zu essen hatte ihn durch schwere Zeiten gebracht. Aber wahrscheinlich hätte er dennoch nie in diesem Bereich Karriere gemacht, hätte er nicht von Jack erfahren. Sobald er von ihm wusste, interessierte Essen Shane noch mehr, und er baute auf diese Weise eine Verbindung zu einem Mann auf, dem er noch nie begegnet war. Wenn man es so beschrieb, klang es irgendwie dumm, aber so war es nun mal. Erst später hatte er begonnen, Jack gegenüber eine gewisse Feindseligkeit zu entwickeln. Er wusste, dass das absurd war – wie konnte man jemandem vorwerfen, dass er einen nicht gerettet hatte, wenn er nicht einmal wusste, dass man existierte?

Cara grinste ihn schief an. »Du klingst wie ein DeLuca. Die sind auch besessen vom Essen.«

Interessant, wie sie über ihre Familie sprach. Als wäre sie selbst kein Teil davon.

»Aber du nicht?«

»Bei den DeLucas wird erwartet, dass du die Gnocchi anbetest und dich vor gewissen Nudelarten verneigst.« Sie erhob die Hände wie zum Gebet. »Leuten, die nicht kochen oder backen, begegnet man in der italienischen Kultur grundsätzlich mit großer Skepsis, besonders, wenn es sich um Frauen handelt. Und ob es nun männlich ist oder nicht ... Ein Stück Kuchen kann Frauen doch direkt in paradiesische Sphären katapultieren. Für manche Frauen ist das sogar besser als Sex! Wenn das nicht der Inbegriff von Männlichkeit ist, dann weiß ich auch nicht.«

Mist, Cara war offenbar ganz schön beschwipst. Erst jetzt fiel ihm ein, dass die Mischung aus Morcheln und Alkohol eine seltsame Wirkung haben konnte. Zu spät.

»Klar, mein Nachtisch hat schon diverse Frauen ins Nirwana befördert. Ich höre ihr Stöhnen ja jeden Abend aus dem Speisesaal klingen! Aber wenn du denkst, dass ein Stück Kuchen besser ist als Sex, dann hast du vielleicht noch nicht den Richtigen getroffen.«

Sofort röteten sich ihre Wangen, und sie sah so hübsch aus, dass er am liebsten ihr Gesicht gestreichelt hätte. Die Luft zwischen ihnen stand förmlich vor Sex und Begehren – fast so, als würde der kleinste Funke genügen, um alles um sie herum zum Explodieren zu bringen.

Sie ließ sich vom Stuhl gleiten und tappte barfuß mit ihrer Gabel zur Spüle. Irgendetwas war da an ihren nackten Füßen, was in seiner Brust ein leichtes Ziehen auslöste. Er wollte wirklich nichts mehr, als mit ihr zu vögeln und sie ganz fest an sich zu drücken.

Aber sie war angetrunken und brauchte dringend frische Luft. Das taten sie beide.

»Komm schon, Cara. Zeit, nach Hause zu gehen.«

Dann hast du vielleicht noch nicht den Richtigen getroffen. Es hatte wie eine Einladung geklungen, aber dann hatte er direkt vorgeschlagen, nach Hause zu gehen. Hatte sie seine Signale denn so falsch interpretiert?

»Ich hole nur schnell meine Handtasche und den Autoschlüssel«, murmelte Cara und senkte den Kopf, während
sie umständlich ihre Schuhe anzog. Na toll, ihre Füße waren zu stark geschwollen, um sie noch in ihre Schuhkäfige
zu sperren.

»Okay, aber deine Autoschlüssel wirst du nicht brauchen. Du fährst mit mir Motorrad.«

Das hieß, dass sie die nächsten zwanzig Minuten über
ihre Schenkel an diesen heißen Kerl pressen konnte. Wow.
Dann aber wurde ihr klar, dass Shane einfach nur dachte,
sie sei betrunken.

»Ich bin total nüchtern«, meinte sie. Es war ihr Ernst.
Okay, sie hatte ein paar Schlückchen aus der Grappaflasche
getrunken und ein bisschen Scotch. Aber nach dem Essen
fühlte sie sich so klar im Kopf wie schon lange nicht mehr.

»Komm, hol deine Sachen«, meinte er streng. Da war er
ja wieder: Bad Cop Shane.

Als sie hinaus auf die leere Straße trat, begrüßte sie ein
wolkenloser Himmel und ein strahlend heller Mond. Die
Luft war angenehm kühl. Während sie auf Shane wartete,
der gerade die Alarmanlage des Restaurants aktivierte und
die Tür absperrte, blickte sie an sich hinab. Wow, die Bluse
war immer noch halb offen, und der Rock war so weit nach
oben gerutscht, dass man ihre Unterwäsche sehen konnte.
Hastig begann sie, die Blusenknöpfe zu schließen, als sie
etwas Schweres auf ihren Schultern spürte. Sie roch den
Duft von Shanes Lederjacke. Wie konnte ein Kleidungsstück nur so gut riechen?

Es war nicht die Kleidung. Es war der Mann.

»Zieh sie dir an, damit du nicht frierst«, sagte er ihr leise
ins Ohr.

Gehorsam schlüpfte sie in die Jacke. Er drehte sie um und schloss langsam den Reißverschluss, nicht ohne einen langen Blick auf ihre Brüste zu werfen. Es war ein sinnlicher Moment. Und gleichzeitig war jeder seiner Blicke ein Versprechen.

Dann drückte er diesen dämlichen Helm auf ihren Kopf.

»Muss ich den tragen?«, quengelte sie.

»Dein Gehirn ist mir eben wichtig. Ich muss dir dringend mal einen eigenen Helm organisieren.« Er blickte an ihr hinab. »Brauchst du Hilfe mit dem Rock?«

»Wie bitte?«

Er grinste sie ein wenig hinterhältig an. »Na, du musst damit immerhin auf einem Motorrad sitzen.« Sie sah die Maschine verächtlich an und zog ihren Rock dann ein paar Zentimeter nach oben. Langsam konnte sie wirklich Karriere als Stripperin machen!

Shane schwang ein Bein über das Motorrad, und sie tat es ihm gleich, wenn auch etwas weniger elegant. Als sie hinter ihm saß, merkte sie, wie aufgeregt und nervös sie war. Wie erregt.

O Gott.

»Halt dich gut fest.« Er wartete, bis sie ihre Arme um seine Taille geschlungen hatte. Warum musste sie einen Helm tragen? So konnte sie gar nicht ihre Wange an seinen Rücken schmiegen.

Sie war überrascht, als er gen Osten und somit Richtung City fuhr, anstatt gen Norden über die Hauptverkehrsadern zu kurven. Obwohl sie die Skyline von Chicago schon Millionen von Malen gesehen hatte, hatte sie aus dieser Perspektive noch einmal eine ganz besondere Wirkung. Majestätisch, leuchtend und natürlich wahnsinnig romantisch.

Der Wind strich durch Shanes langes Haar, und sie wünschte, sie wäre mutig genug, es zu berühren.

Nur Augenblicke später jagten sie auf dem Lower Wacker Drive durch die Unterwelt der Stadt. Das Dröhnen des Motors hallte an den Wänden wider, und irgendwann tauchten sie wieder auf. Die Rückkehr an die Oberfläche war ein befreiendes Gefühl. Cara drückte sich fester an Shane und spürte seine festen Bauchmuskeln unter ihren Fingern. Diese Intimität hätte ihr Angst machen können, aber sie hielt sich schließlich nur fest, um nicht vom Motorrad zu fallen. Kurz schloss sie die Augen und genoss den Moment. Wie es mit ihm wohl wäre? Mit ihrem echten Ehemann, ihrem echten Liebhaber. Ihrem echten Leben.

Irgendwann hielten sie an. Sie waren zu Hause angekommen, und das viel zu früh.

Er schien es nicht eilig zu haben, vom Motorrad zu steigen, und sie schmiegte sich weiterhin an ihn, lockerte aber ihren Griff ein wenig. Shane verflocht seine Finger mit ihren.

»Ist dir kalt?«, fragte er mit rauer Stimme. Sie schüttelte den Kopf und rieb ihren behelmten Kopf an seinem Rücken. Sie hielten sich immer noch an den Händen, und sie begann, über seinen Bauch zu streichen. Als sie bei seinen Brustmuskeln angekommen war, sog er scharf die Luft ein.

Nur widerwillig löste sie schließlich den Griff und setzte den Helm ab, um mit wackeligen Beinen vom Motorrad zu steigen. Ob er wohl wieder das Kommando übernehmen würde wie nach dem Tanzkurs? Und würde sie das wollen?

Er schlang einen Arm um ihre Taille und zog sie an sich.

Dann legte er eine Hand auf ihren Po und drückte leicht zu. Sie konnte die Lust in seinen Augen ablesen, und der Helm entglitt ihr.

»Sorry«, murmelte sie.

»Kein Problem.« Und da waren seine Lippen. Weich und süß, so süß. Erst als sie leise aufstöhnte, wurde ihr Kuss stürmischer, und sie packte sein Hemd. Am liebsten wäre sie auf ihn geklettert.

Geschickt schob er seinen muskulösen Oberschenkel zwischen Caras Beine, was ihren Schritt regelrecht in Flammen setzte. Shane schob seine raue Hand unter ihren Rock und umschloss ihre Pobacke, während er ihren Nacken mit Küssen bedeckte. Während sie zu wimmern begann, blieb er ganz ruhig. Ein echter Profi.

»Shane«, flüsterte sie.

»Ich weiß«, erwiderte er. Aber er konnte nicht alles wissen. Und sie wollte, dass er das tat.

»Ich war magersüchtig«, stieß sie hervor. Jetzt war es raus. Was für ein Stimmungskiller. Sie bewegte sich nicht, zumindest nicht absichtlich. Ihr Oberschenkel begann zu zittern, und die Zeit schien stillzustehen. Vielleicht hatte er sie nicht gehört?

»Und jetzt? Wie geht es dir jetzt?«, fragte er leise.

Körperlich ging es ihr gut. »Ich bin gesund und esse meist drei Mahlzeiten pro Tag. Manchmal esse ich auch eine Kleinigkeit zwischendurch. Und natürlich besaufe ich mich dann und wann so richtig.«

Er schnaubte gutmütig, und ihr Zittern ließ ein wenig nach. »Das weiß ich! Isst du denn deswegen nicht mit der Crew?«

Sie nickte. »Das klingt vielleicht etwas ichbezogen,

aber ich fühle mich die ganze Zeit von den anderen bewertet. Deswegen sind gemeinsame Mahlzeiten schwierig für mich. Eigentlich mag ich Essen, ich habe nur mit bestimmten Nahrungsmitteln meine Probleme. Mit sozialen Situationen. Meinen Angstzutaten.«

Er runzelte die Stirn. »Angstzutaten?«

»Weißt du, Leute wie ich hassen ja nicht alles, was wir essen. Wir hassen den Effekt, den Essen auf unsere Körper haben kann.« Es fiel ihr leichter, über sich zu sprechen, wenn sie so tat, als wäre sie Mitglied einer seltsamen Sekte. Das klang weniger persönlich.

»Manche Zutaten sind besonders schwierig, Nudeln zum Beispiel. Ich weiß, das klingt komisch, aber als ich ein Kind war, hat unsere Familie quasi nichts anderes gegessen. Wow, so viele Nudeln! Wir haben uns regelrecht damit vollgestopft.«

Er sah sie nachdenklich an. »Essen ist wichtig für Familien. Es verbindet, und man kann damit seine Liebe ausdrücken. Oft vermeiden Leute dadurch auch Gespräche.«

Wie recht er hatte. »Wenn du in meiner Familie nicht viel für Essen übrighast, dann fühlst du dich nicht richtig zugehörig. Ich zumindest hatte nie das Gefühl, wirklich akzeptiert zu werden.« Plötzlich war sie furchtbar traurig. Nicht nur, weil es stimmte, sondern auch, weil sie nichts daran ändern konnte. Sie würde immer diese Distanz zwischen sich und ihrer Familie wahrnehmen.

»Es gibt doch andere Arten dazuzugehören.«

Sie seufzte. »Aber nicht in meiner Familie. Die hat gewisse Erwartungen.«

Ehe, Kinder, all die Dinge, nach denen auch sie sich sehnte. Es war sicherer, so zu tun, als würde sie es gar nicht

wollen. So war sie vor Verkupplungsaktionen einigermaßen sicher und konnte ihren Kinderwunsch in Schach halten. Auch wenn das schwierig war, wenn sie bei den tollen
Kindern im Krankenhaus war oder die niedlichen Spröss-
linge ihrer Verwandtschaft sah.

»Aber die DeLucas sind doch so wunderbare Menschen!
Sie würden bestimmt verstehen, was du da durchgemacht
hast.« Er strich in Kreisen über den unteren Teil ihres Rü-
ckens. »Oder was du immer noch durchmachst.«

Ihr Herz klopfte schneller. »Sie wissen es nicht.«

Seine Hand hielt still. »Warum nicht?«

»Als es losging, habe ich mich dafür geschämt. Ich
wusste, dass es falsch war, zu hungern. Aber es war wie
eine Droge. Eine Perfektionsdroge. Und da war es dann
auch leicht, zu lügen und zu behaupten, ich hätte schon bei
einer Freundin gegessen oder so. Auf dem College hatte ich
dann das Gefühl, dass fast jede Frau eine kleine Essstörung hat, die sie geheim zu halten versucht. Für mich war es
lange normal, das zu verbergen. Seit ein paar Jahren versuche ich, wieder ein normales Leben zu führen, aber es war
auch eine schwere Zeit für meine Familie. Meine Mutter hat
gegen den Krebs gekämpft, und das Restaurant hätte fast
dichtmachen müssen. Wenn ich da auch noch mit meinen
Problemen angekommen wäre ... Und ich will auch nicht,
dass sie mich jedes Mal komisch anschauen, wenn ich nach
der Gabel greife oder auf die Toilette gehe.«

»Du hast es also niemandem erzählt?«, fragte er ungläubig.

Nur ihrer Therapeutin in New York. Aber das zählte
nicht, weil sie sie dafür bezahlt hatte, dass sie ihr zuhörte.
Bei einer anderen Person hatte sie noch die Vermutung,

dass sie Bescheid wusste; allerdings hatten sie nie darüber gesprochen. »Nein. Niemandem.«

Es war befreiend, sich Shane anzuvertrauen. Aber ihre Gründe dafür waren nicht so harmlos, wie es vielleicht schien. Shane hatte ihr gerade gesagt, wie wichtig ihm Essen war – und sie hatte erklärt, dass Essen auch für sie eine große Bedeutung hatte, aber auf eine ganz andere Art und Weise. Jedes Wort aus ihrem Mund brachte sie einem endgültigen Abschied näher. Mehr als jedes Scheidungsdokument. Ein Mann, der sein Geld in der Küche verdiente, konnte doch gar nicht an einer Frau interessiert sein, die quasi eine Negation seiner Leidenschaft war.

Eine Weile schwiegen sie.

»Du erzählst es doch niemandem, oder?«, fragte sie irgendwann.

»Ich? Nein. Ich bin ein wahrer Meister in Geheimhaltung.« Er klang nicht so, als meinte er damit nur ihre geheime Ehe. Sie dachte daran, wie traurig er ausgesehen hatte, als er Evan im Arm gehalten oder von seinem Vater erzählt hatte. Wahrscheinlich behielt auch Shane eine Menge für sich. Und vielleicht konnte auch er sich niemandem anvertrauen, so wie sie. Er hatte keine Familie mehr, und er war neu in der Stadt. Tanzkurs hin oder her, noch war er fremd hier.

»Danke«, sagte sie und rutschte von seinem Oberschenkel. Kurz spürte sie noch die Wärme zwischen ihren Beinen und wusste, dass sie später daran denken und sich daran erfreuen würde. Ansonsten konnten sie ja jetzt wieder beginnen, einander eifrig zu ignorieren. Sie bohrte ihre Fingernägel in ihre Handflächen, um nicht in Tränen auszubrechen.

Seine Hand lag immer noch besitzergreifend auf ihrem Po.

»Netter Versuch, meine Schöne. Aber so leicht lasse ich mich nicht vergraulen. Wir ziehen das jetzt durch.«

»Das heißt, du willst es immer noch?«, fragte sie unsicher.

»Schaff deinen hübschen Hintern nach oben, wenn du nicht willst, dass ich mich gleich hier auf dem Motorrad um dich kümmere!«

Kurz musste sie sich sammeln. »Ach, und das wäre ein Problem, oder was?«, fragte sie schließlich in möglichst geschäftsmäßigem Tonfall.

Shane hob den Helm auf. »Wir wurden schon mal in aller Öffentlichkeit unterbrochen, und das will ich nicht noch einmal riskieren. Das zwischen uns wird keine schnelle Nummer, Cara. Es wird lange dauern und sehr langsam vonstattengehen. Und es wird sehr, sehr heiß.«

Himmel, das klang so sexy. Gleichzeitig machte es ihr Angst.

Shane trug sie förmlich durch die Haustür und dann die Treppen hinauf.

»Es wäre aber eine einmalige Sache«, meinte sie und sah ihn an.

»Wenn du das sagst.«

»Und du kannst auch nicht bei mir schlafen.«

»Wie gut, dass ich es nicht weit bis zu mir habe.«

»Es ist nur, dass in unserer Situation ...«

Statt einer Antwort küsste Shane sie auf die Stelle zwischen Schulter und Nacken. Es fühlte sich himmlisch an.

»Und welche Situation meinst du? Die Kollegensituation? Die Nachbarnsituation? Oder vielleicht die Ehesituation?«

Uff, da kam wirklich einiges zusammen!

»Lass uns doch wie Erwachsene damit umgehen«, schlug sie zaghaft vor.

»Ja, können wir machen.« Er saugte an ihrem Ohrläppchen, ganz sanft und erotisch. »Sehr erwachsen. Und sehr nachbarschaftlich.«

Um ein Haar hätte sie lüstern aufgekichert. Gott, sie hatte sich in der Gegenwart eines Mannes noch nie so mädchenhaft verhalten. Und noch nie hatte sie sich so weiblich gefühlt.

»Auf gute Nachbarschaft«, murmelte sie.

»Ich wollte mir nur etwas Zucker leihen.« Er packte sie an den Hüften und drehte sie um, sodass sie auf die Tür guckte. »Und jetzt geh da rein, ehe ich mich zum Affen mache, Frau.«

Sie drehte sich um. »Hast du da nicht was vergessen, Riverdance?«

Er grinste, und sie sah seine Grübchen. »Mach dir keine Sorgen. Ich habe Kondome.«

»Nein, das meine ich nicht.« Sie drehte sich wieder zur Tür um und blickte ihn dann über ihre Schulter hinweg an. »Der Hut, Shane. Hol den Hut.«

10.
Kapitel

Bereits eine halbe Minute später kam Shane mit seinem Hut zurück. Er warf Cara über seine Schulter und knurrte: »Schlafzimmer.«

So heiß. Und überhaupt nicht nett.

Jetzt lag sie in ihrem weiß gestrichenen Schlafzimmer auf dem Bett, und Shane kniete über ihr, um die Kuhle an ihrem Hals ganz langsam und geschickt zu erkunden. Und seine Lippen wanderten ganz langsam immer weiter abwärts ...

Plötzlich bekam Cara Angst. Eben im Treppenhaus hatte sie noch das Gefühl gehabt, alles im Griff zu haben, aber jetzt ...

Warum konnten sie nicht einfach einen Quickie haben und es hinter sich bringen? Damit das süße Ziehen zwischen ihren Beinen endlich aufhörte? Als sie ihm ihr Geheimnis anvertraut hatte – das sie zu einem Freak machte –, hatte Shane nicht mit der Wimper gezuckt. Er hatte kein Drama veranstaltet und sie auch nicht bemitleidet. Er wollte sie einfach nur. Langsam und heiß.

»Cara, ist alles okay?«

Sie blinzelte und sah ihm tief in die braunen Augen.

»Ja, äh, klar. Mir geht's prima. Es ist nur … schon eine Weile her. Und ich will dich nicht enttäuschen.«

Er gluckste. »Allein von deinem Anblick könnte ich jeden Moment einen Orgasmus bekommen. Kann gut sein, dass ich dich enttäusche!«

Er legte sich neben sie aufs Bett.

»Wie wäre es denn, wenn ich den Anfang mache?«, fragte er.

Sie schluckte. Ja. Bitte.

Er stand auf und tippte sich an die Hutkrempe, als hätte er sie eben erst in einem staubigen Saloon entdeckt. Ihr sexy irischer Cowboy. Dann begann er, langsam sein Hemd aufzuknöpfen und sie gleichzeitig mit seinen Blicken auszuziehen. Das Hemd fiel zu Boden.

»Und jetzt du«, sagte er.

Zitternd öffnete sie jeden einzelnen Perlmuttknopf ihrer ärmellosen Seidenbluse, und das Kleidungsstück glitt ihr über die Schultern. Da sie es nicht ertragen hätte, das gute Stück auf dem Fußboden zu sehen, behielt sie es auf ihrem Schoß.

Seine Wangen glühten. »Gib her, ich kümmere mich drum.« Er ging auf die Tür ihres begehbaren Kleiderschranks zu. Shane hängte doch tatsächlich ihre Bluse auf!

Cara bückte sich, um sich die Schuhe auszuziehen.

»Die bleiben an!«, rief er ihr aus dem Kleiderschrank zu. Seine Stimme klang viel rauer als vorher.

Cara hörte das leise Ratschen seines Reißverschlusses, und sie sah die Beule unter seiner Hose.

»Und jetzt dein Rock.«

Langsam stand sie auf, rollte ihren Rock wieder hinunter und öffnete dann den Verschluss, um sich aus ihm herauszuwinden. Dabei hüpften ihre Brüste auf und ab.

Shane sog scharf die Luft ein, und zu merken, wie erregt er war, bereitete auch ihr leichte Atemprobleme. Sie trat aus dem Rock und reichte ihn ihm. Wieder hängte er ihn ordentlich auf.

In diesem Augenblick verliebte sie sich ein kleines bisschen in ihn.

Seit sie wieder richtig aß, stachen ihre Rippenbögen nicht mehr hervor, und auch ihre Brust und ihre Hüften hatten sich ein wenig gerundet. Auch wenn sie sich selbst niemals als kurvig bezeichnet hätte, fühlte sie sich jetzt, als sie in ihrer teuren Unterwäsche vor ihm stand, fast ein wenig sexy. Vielleicht lag es auch daran, wie er sie ansah. Als wüsste er gar nicht, wo er zuerst hinschauen sollte.

Sie hingegen wusste es genau. Zuallererst blickte sie auf die Narbe auf seiner Brust. Dann auf seinen flachen Bauch und das offene V seiner Jeans. Seine Boxershorts saßen so tief, dass sie die dunklen Haare seiner Scham sehen konnte.

Offenbar sprach ihr lüsterner Gesichtsausdruck Bände. Provozierend langsam schob Shane seine Boxershorts noch ein Stück tiefer und entblößte seine Erektion. Sie keuchte, und Shane griff nach ihrer Hand, um Cara in einer einzigen Bewegung an sich zu ziehen und umzudrehen, sodass ihr Rücken an seine Brust gepresst wurde und sie seinen steifen Penis an ihrem Kreuzbein spüren konnte. Shane hakte ihren BH auf und zog ihn ihr aus, um dann seine Hände auf ihre Hüften zu legen. Wenn er sie berührte, fühlten sie sich voll und sinnlich an.

Überhaupt fühlte sie sich vollständig, wenn Shane sie anfasste.

Er begann zärtlich an ihrem Nacken zu knabbern und dann daran zu lecken. Mit seinem Daumen strich er über die Unterseite ihrer Brüste, ehe er sie ganz in die Hand nahm. Seine Handflächen waren so groß und rau! Als er ihre Schulter küsste, streifte seine Hutkrempe ihre Wange, und seine Zunge fühlte sich auf ihrer Haut an wie Feuer. Ihre Brüste kamen ihr mit einem Mal schwer vor. Ihre Nippel waren fest und schmerzten.

Plötzlich schob er seine Finger unter den Spitzenbund ihres Höschens. Sie rieb ihren Po an seinem offenen Reißverschluss, und er schob seine Hand ein wenig tiefer. Erneut sog er scharf die Luft ein.

Er drehte sie zu sich um. »Du bist rasiert.«

»Gewachst«, kicherte sie.

Ganz langsam schob er ihren Tanga nach unten, bis er nur noch ein paar Fingerbreit von ihren Oberschenkeln entfernt war.

»Überall?«, fragte er.

»Schau doch nach.«

In Windeseile hatte er sich auf die Knie sinken lassen und zog den Tanga ganz nach unten. Jetzt war er plötzlich gar nicht mehr langsam! Noch ehe sie sich versah, hatte er sie auf das Bett geschubst und ihre Schuhe und das Höschen über seine Schulter geworfen. Er spreizte ihre Beine, und als sie versuchte, sie beschämt wieder zusammenzudrücken, ließ er sie nicht.

»Lass mich schauen, Cara.«

Er zog sie zu sich und legte dann ihre Beine über seine Schultern. Jetzt war sie wirklich komplett entblößt. O Gott.

Shane sah sie voller Lust an, und zwischen ihren Beinen wurde es noch feuchter. Eine Weile sah er sie einfach nur an, dann grinste er. »Ich sehe schon, du als Fashionqueen stimmst wirklich alles farblich aufeinander ab. Hast pinke Lippen. Pinke Nippel. Und eine wunderschöne pinke Pussy.«

Caras Erregung wuchs und wuchs, und da strich Shane mit seinen Fingern zwischen ihren Beinen entlang, um sich dann den Daumen in den Mund zu schieben und daran zu saugen. Das Geräusch klang beinahe obszön.

»Du schmeckst so gut.«

»Wirklich?«

»Und wie. Und ich muss es ja wissen als Profikoch.«

Sie lachte ein wenig hysterisch auf, stöhnte dann aber, als er begann, sie zu streicheln, seine Finger in sie hineinzuschieben und dafür zu sorgen, dass sie sich wirklich pink *fühlte*. Sie stützte sich auf ihren Ellbogen ab und blickte nach unten. Und sosehr sie die Cowboyversion von Shane auch mochte, so gern wollte sie ihm jetzt direkt in die Augen sehen. Also nahm sie ihm den Hut ab und legte ihn neben sich aufs Bett.

»Du hast Glück, ich habe mich ein paar Tage lang nicht rasiert. Das wird sich gleich richtig gut anfühlen, ZT.«

Oh. Ohhhhh. Er begann an dem Knick zwischen ihren Beinen und ihrer Hüfte zu lecken, sodass sie seine Bartstoppeln an der zarten Haut ihrer inneren Oberschenkel spüren konnte.

»Normalerweise mache ich das nicht.«

Seine Zunge war mittlerweile gefährlich nah an ihren Schamlippen angekommen. »Was denn?«

»Oralsex.«

»Geben oder nehmen?«

»Beides.«

Er legte seine Stirn an ihre Hüfte, und sie hörte ihn leise vor sich hin murmeln. »Jesus, Maria und Joseph!«

»Shane?«

Seine Schultern begannen zu beben. Der Mann lachte! »Cara DeLuca«, sagte er, »du treibst mich wirklich in den Wahnsinn! Würdest du mir bitte erklären, warum?«

Weil es so intim war und es zu lang dauerte, bis sie sich genug entspannte, um zu kommen. Meistens taten die Kerle so, als brächten sie ein riesiges Opfer und als müsste sie einen Orgasmus haben, sobald ihre Zunge ihre Klit berührte. Und das führte ihrer Erfahrung nach meist dazu, dass sie ihren Höhepunkt nur vortäuschte. Mit Shane könnte es vielleicht anders sein, aber sie wollte nicht riskieren, dass ihre kostbaren Fantasien sich so schnell in Luft auflösten.

»Es langweilt mich«, meinte sie so lässig wie möglich. »Die meisten Männer haben nicht genug Geduld.«

Er sah sie herausfordernd an. »Oh, wir Iren sind ein sehr geduldiges Völkchen. Immerhin haben wir achthundert Jahre Unterdrückung ertragen.« Er pustete ihr zwischen die Beine, sodass sie sich unter seinen Händen anspannte. Langsam wurde ihre Erregung beinahe unerträglich.

»Shane, ich brauche …«

Sie sahen sich an. Seine Augenlider waren halb geschlossen, aber sie konnte dennoch erkennen, wie begehrlich sein Blick war.

»Was, Cara? Was brauchst du?«

Deinen Mund, dein Herz — alles, was du zu geben hast.

»Mach es einfach.« Sie wollte bestimmt klingen, wirkte aber eher zittrig.

Grinsend drückte er seinen Mund zwischen ihre Beine und begann zu saugen. Er wirbelte mit seiner Zunge umher, leckte mal sanft, mal fest. Sie fühlte sich so lebendig wie nie zuvor in ihrem Leben. Es war Folter und Ekstase zugleich, und sie wollte, dass es niemals aufhörte. Cara drückte seinen Kopf fester in ihren pulsierenden Schritt und stemmte sich ihm entgegen. Begann vor Lust zu schreien, sagte schmutzige Dinge zu ihm. Wurde rot vor Verlegenheit. Aber seine Zunge ... Oh, seine Zunge. Sie tauchte in Cara ein und leckte, zart, hart und so feucht. Cara stieß einen letzten, durchdringenden Schrei aus. Dreißig Sekunden. Sie war innerhalb einer halben Minute gekommen. Wie peinlich.

Shane ließ von ihr ab und ersetzte seine Zunge durch seine Finger. Er rückte ein Stück nach oben und schwebte über ihr, sein Mund dicht an ihrem, glänzend vor Erregung.

»Hätte nicht gedacht, dass es bei dir so leicht geht«, meinte er. »Cara. Du zitterst ja.«

Vibrieren beschrieb es besser. Sie schaffte es einfach nicht, ihren Körper stillzuhalten. Vielleicht hatte sie gleich einen Herzinfarkt?

»Ich wollte ja eigentlich, dass du dich entspannst«, sagte er besorgt. »Ist alles okay?«

»Ich bin nur ein bisschen aus der Übung.« Die Wahrheit war, dass sie einen solchen Orgasmus noch nie erlebt hatte. Wow.

»Wir können eine Pause machen, wenn du magst.« Er klang nicht so, als würde er das wirklich wollen.

Sie grinste. »Zurück an die Arbeit, Doyle.«

»Hm, ich kümmere mich gleich darum. Aber du solltest wissen, wie gut du schmeckst, wenn du kommst.«

Während er ihre Vagina immer weiter liebkoste, küsste

er sie. Es war ein süßer, sanfter Kuss, der ihr den Atem, den Verstand und sämtliche Zweifel raubte. Zusammen schmeckten sie unfassbar köstlich. Ihre Küsse wurden dringlicher. Unterdessen liebkoste er sie immer weiter, immer heftiger, und es dauerte nicht lang, bis Cara von Neuem erbebte, die Hüften nach oben stemmte und in Millionen kleiner Schreie explodierte.

Was zum Teufel? Es passierte selten genug, dass sie überhaupt kam, und jetzt gleich zweimal? Es war fast so, als würde jetzt jeder vorgetäuschte Orgasmus auf sein Recht pochen.

»Ich hoffe, ich langweile dich nicht«, meinte er und schenkte ihr ein sexy Grinsen.

»Na ja, noch gelingt es dir, mein Interesse zu wecken. Einigermaßen zumindest.«

Er lachte so ausgelassen, dass die weißen Wände ihres Zimmers in den buntesten Farben zu leuchten begannen. Das war Shane. Ein funkelnder Regenbogen, der sich durch ihre monochrome Existenz spannte.

»Du warst ganz schön laut, meine Liebe. Ich glaube trotzdem, dass du noch mehr Krach machen kannst.«

Sie versuchte, ihr Grinsen zu verbergen.

»Da musst du mir aber was besonders Spektakuläres bieten.«

»Oh, das ist kein Problem. Ich habe schon mehrere Preise bekommen! Mit oder ohne Hut?«

»Mit.«

Er wackelte mit den Augenbrauen und griff nach der Kopfbedeckung. Dann rückte er sie so zurecht, dass er in einem perfekten Winkel über seinen Augen saß. Es sah unglaublich sexy aus.

»Und wenn du noch was Süßes brauchst, kannst du dich gern an meinen Brustwarzen bedienen.«

Sie lachte prustend.

Ich weiß, warum ich dich geheiratet habe. Du sorgst dafür, dass ich mich gut fühle. Dass ich überhaupt etwas fühle.

»Ich liebe dieses Geräusch, ZT. Alle deine Geräusche.«

Er grinste. »Und jetzt rutsch nach oben.«

Sie rutschte auf ihren Ellbogen zurück und sah mit großen Augen zu, wie er auf sie kroch und an ihrem Bauchnabel und dann an ihren Brüsten leckte. Ganz leicht fuhr er mit seinen Zähnen über einen ihrer harten Nippel und nahm dann den anderen in seinen warmen, feuchten Mund.

Ihre Haut schien sich vor Lust zusammenzuziehen. Wieder wuchs ihre Erregung, aber dieses Mal wollte sie, dass er bei ihr war. Als er den Kopf hob, schubste sie ihn neben sich, damit auch sie seinen Körper erkunden konnte. Ein großes Vergnügen.

Sie begann bei seiner Brust, malte mit ihrem Finger Kreise auf seine Haut und genoss es, wie seine Muskeln dabei ganz leicht zuckten. Sie leckte an der silbrigen Narbe auf seinem Schlüsselbein und strich mit dem Finger darüber, ließ sich Zeit, die raue Topografie seines Körpers zu erschließen. Die rauen, unebenen Stellen auf der Haut und das narbenüberzogene Gewebe verrieten ihr, dass das passiert sein musste, als er noch sehr jung gewesen war. Jemand hatte ihm etwas angetan.

Und das machte sie sehr wütend.

Er schloss mit flatternden Lidern die Augen, und sein Atem wurde flach, als leise, verzweifelte Laute aus seiner Kehle drangen. Noch berührte sie seinen Penis nicht, strich nur immer wieder über seine Bauchmuskeln, während seine Erektion rhythmisch gegen ihren Bauch schlug.

Jeder andere Mann hätte längst in sie eindringen wollen, aber Shane hielt ganz still und überließ ihr das Kommando.

Und das gab ihr den Rest.

Über seine Schulter hinweg konnte sie ihre Reflexion in der verspiegelten Tür des begehbaren Kleiderschranks erkennen. Ihre Haut schien zu leuchten und ihre Augen waren hellwach. Lebendig. Seine Jeans und seine Boxershorts hingen ein Stück unter seiner Hüfte, sodass die helle Haut seines zur Hälfte entblößten Pos zu sehen war. Es wirkte, als wäre er so scharf auf sie gewesen, dass keine Zeit zum Ausziehen geblieben war. Nicht einmal die Schuhe hatte er abgestreift!

Er öffnete seine großen braunen Augen und lächelte sie an.

»Schau mal«, flüsterte sie und nickte über seine Schulter hinweg.

Er drehte sich um und blickte in den Spiegel.

»Wow!« Er senkte die Stimme. »Wir sehen so heiß aus. Als würden wir in einem sexy Film mitspielen.«

Ein *sexy Film*. Warum klang aus seinem Mund alles so begeistert, so … unschuldig? Als wäre er ein Junge.

Sanft drückte er sie aufs Bett und kniete sich über sie, sodass sie sich beide betrachten konnten. Sie strich über seine Eichel und verteilte die Flüssigkeit, die ausgetreten war. Dann griff sie nach seinem Penis und fuhr mit ihrer Hand an dem Schaft auf und ab.

»Das ist es, Cara. Oh, das ist so gut.«

Er stieß in ihre Hand, sodass sein Penis immer wieder ihren Bauch berührte.

178

»Kondom. In der Hosentasche«, krächzte er.

Mit fliegenden Fingern zog sie ein Kondom aus seiner Jeans, und während sie das Päckchen öffnete – ja, auch in diesem Fall war sie ein bisschen aus der Übung –, zog er sich komplett aus. Ein halb nackter Shane war schon nicht ohne. Aber jetzt, wo er gar nichts mehr anhatte ... Wow. Schnell rollte sie das Kondom über seinen Penis und war erleichtert, dass sie es immer noch konnte.

Shane positionierte sich zwischen ihren Beinen und ließ sich auf seine Ellbogen hinab, ehe er langsam in sie eindrang. Sein Penis füllte sie ganz aus, und in ihrem Körper begannen sämtliche Nervenbahnen zu summen. Genau so fühlte es sich an, wenn man ganz im Moment lebte. Freude empfand.

»Ich bin ganz vorsichtig«, murmelte Shane.

Aber sie brauchte es jetzt nicht vorsichtig oder sanft. Sie wollte es hart, und zwar sofort. Es sollte jetzt nicht mehr nur um sie gehen. Also schlang sie ihre Beine um seine Hüften und packte seinen Po.

»Nimm dir, was du willst, Honey.«

Sie sahen sich tief in die Augen, ehe er fest in sie hineinstieß und mit seinen Händen ihren Po umschloss, um sie fest an sich zu pressen. Bei jedem seiner Stöße zogen sich ihre Muskeln rhythmisch zusammen.

»Wir sehen gut zusammen aus«, murmelte er. Ihre Blicke trafen sich im Spiegel. Ihre Körper ergänzten sich perfekt – hart und weich, Feuer und Eis. Aber er lag falsch: Zusammen sahen sie nicht gut aus, sondern perfekt.

»Und wir fühlen uns gut zusammen.« Er zog sich aus ihr zurück und drang dann erneut in sie ein. »Sag mir, dass du es auch fühlst, Cara.«

Er sah ihr tief in die Augen. Ihr, nicht dem Spiegelbild. Der Version von Cara, die nicht länger taub war.

Das ist es, was in dieser Nacht passiert ist. Genau dieses Gefühl.

»Ja, Shane. Ich fühle es.«

Wieder übernahm er die Kontrolle. Hatte er sie je abgegeben? Sie spürte, wie die Schwere von ihr wich und sich stattdessen Schwerelosigkeit in ihr breitmachte. Ein schwebendes Gefühl, dem sie nicht traute.

Wieder zog sie die Muskeln ihrer Vagina zusammen und wurde von ihm mit einem tiefen Knurren belohnt. Seine Stöße wurden dringlicher, tiefer und ließen einen vibrierenden Strom von Lust durch ihren Körper fließen, der sich zwischen ihren Schenkeln sammelte. Als sie sich ganz an Shane verlor, warf sie den Kopf zurück und kam heftig. Jetzt wartete sie darauf, dass auch er einen Orgasmus hatte. Normalerweise wandte sie sich in solchen Momenten von dem Mann ab, weil sie Angst vor seiner Enttäuschung hatte.

Aber nicht jetzt. Sie umschloss Shanes Kinn mit ihrer Hand, während er sich Stoß um Stoß in sie ergoss. Sein Körper spannte sich an, während ihrer immer weicher und gelöster wurde.

»Noch mal«, flüsterte er.

»Was?«

»Komm noch mal.«

»Ich glaube nicht, dass ich ...« Aber dann veränderte er seine Position, und sie spürte, wie sein Penis ihr Zentrum jetzt in einem schnelleren Tempo stimulierte. Wieder breitete sich die Lust in ihr aus – so schnell, dass sie es kaum glauben konnte.

Und wieder kam sie, dieses Mal mit einer solchen Wucht,

dass sie das Gefühl hatte, in ihrer eigenen Lust zu ertrinken. Es war ein Glücksgefühl, das sie nicht kannte und nicht verstand. Sie war sich nicht einmal sicher, ob sie ein Recht darauf hatte. Sein Stöhnen vermischte sich mit ihrem leisen Wimmern, und sie hielt ihn so fest, wie sie nur konnte. Als hätte sie Shane verdient.

Irgendwie schaffte Cara es, sich einzureden, dass er in dieser wunderschönen Nacht wirklich zu ihr gehörte. Sie war immer schon gut darin gewesen, sich etwas vorzumachen.

Shane hatte interessante Ideen, was man mit dem Sims in Caras Dusche anstellen konnte. Er fand, dass es eine Verschwendung war, es nur für Shampooflaschen zu benutzen. Als sie aus dem Bad stolperten, war sie zufrieden, verschrumpelt und ein bisschen ausgekühlt. Schnell wickelte sie eines ihre flauschigen Handtücher um sich und sah in dem halb beschlagenen Spiegel zu, wie Shane sich abtrocknete. Was für ein sexy Digestif!

Er schämte sich kein bisschen für seinen Körper, und warum sollte er auch? Er war wie eine feine, mächtige Maschine, und jedes seiner Körperteile war perfekt. Sein braunes Haar, sein Gesicht, sein perfekt geformter Oberkörper und diese Beine, die stark genug waren, um jedes Gewicht tragen zu können.

Sie holte tief Luft und begann, ihr Haar mit einem Kamm zu entwirren, während sie beobachtete, wie er ein Handtuch um seine Hüften wickelte und seinen Cowboyhut aufsetzte. Zitternd bürstete sie ihr Haar und wäre zu gern mutig genug gewesen, um ihn zum Bleiben zu überreden.

»Jetzt haben wir doch noch herausgefunden, was du

gut kannst.« Er schlang von hinten seine Arme um ihre Taille und küsste ihre Schulter. »Ich liebe deine Schultern. Ich glaube, die sind mein liebstes Körperteil an dir.« Jetzt küsste er ihren Nacken, und sie spürte seine Hutkrempe an ihrer Wange.

»Shane, ich muss mein Haar trocknen.«

Er nahm ihr den Kamm ab und warf ihn auf den Frisiertisch.

»Shane!«

»Shane!«, ahmte er sie nach. Sie spürte etwas Hartes an ihrem Rücken. Er konnte doch nicht schon wieder mit ihr schlafen wollen – oder vielleicht doch?

»Cara, ich habe so viele schmutzige Fantasien von dir. Wie ich dich auf den Arbeitsflächen in der Restaurantküche nehme, auf deinem Bürotisch, in der Gasse hinter dem *Sarriette*. Dein fester Arsch in diesen engen Röcken ... der macht mich wild. So wild.« Er biss in ihr Ohrläppchen. »Ich kann es kaum erwarten, wieder in dir zu sein. Zu spüren, wie heiß und feucht du bist.«

Er übersäte ihre Wange mit Küssen, und Cara fühlte sich, als würde sie in die Tiefe stürzen. Das Gefühl war gefährlich und köstlich zugleich. Vielleicht noch *ein* Mal?

»Wie sieht es in deinem Kühlschrank aus?«, erkundigte er sich.

»Wie bitte?!«

Als Shane von ihr wegtrat, spürte sie die kühle Luft an ihrem nackten Rücken.

»Sex macht mich immer hungrig. Ich werde schon ein Sandwich brauchen, wenn ich die restliche Nacht durchhalten soll.« Mit diesen Worten schlenderte er in ihre Küche.

»Shane!«, rief sie ihm nach, weil er garantiert enttäuscht sein würde, wenn er in ihren Kühlschrank sah. Rasch folgte sie ihm in die Küche.

»ZT, wo ist das Essen für den Mann, der dich gerade in ungeahnte Höhen der Lust befördert hat? Du hast ja nur Salat und ... griechischen Joghurt.« Er klang ein wenig beleidigt, beinahe melancholisch, und ließ die Schultern hängen. Um ein Haar hätte Cara losgekichert.

»Du musst dringend ein bisschen Männeressen anschaffen.«

»Männeressen?«

»Brot. Fleisch. Käse.« Er nahm sie in die Arme, und es fühlte sich sehr, sehr gut an. »Cara, wenn du willst, dass ich zufrieden bin, musst du dich um mich kümmern.«

Cara fröstelte. Die Sache schien eindeutig aus dem Ruder zu laufen. »Ich kann nicht meinen Kühlschrank für dich füllen ...«

»Klingt irgendwie schmutzig. Red weiter.« Er küsste sie auf die Stirn. Widerwillig löste sie sich aus seiner starken Umarmung. »Shane, das war's.«

»Schon okay. Ich habe noch was in meinem.«

»Nein, Shane, das *war's*.«

»Aber die Nacht ist doch noch nicht vorbei.« Er sah sie vielsagend an.

»Ich habe dir schon gesagt, dass du nicht hier schlafen kannst.«

»Aber ich bin doch noch wach.«

»Aber ... irgendwann wirst du müde sein. Du wirst auf mir einschlafen, so wie du das schon einmal gemacht hast.« Das Wort *Las Vegas* brachte sie nicht über die Lippen. Sie war wohl immer noch nicht darüber hinweg.

»Ich bin nicht auf dir eingeschlafen, sondern ich habe dich sanft festgehalten.«

»Ich habe dir gesagt, wie es aussieht, Shane. Du warst einverstanden.« Sie ging ins Schlafzimmer und sammelte die Klamotten und Schuhe ein, um ihre zitternden Hände irgendwie zu beschäftigen. Außerdem schnupperte sie kurz an seinem herrlich duftenden Hemd.

Shane stand immer noch in der Küche.

»Ich habe es vermasselt, oder? Als ich nach dem Essen gefragt habe?« Er sah unglücklich aus. »Ich hatte die Sache mit deiner Magersucht kurz vergessen. Lag vielleicht an dem unglaublichen Sex. Du musst mir das noch mal erklären, glaube ich.«

Es war toll, dass er es einfach vergessen hatte. Schade, dass es ihm wieder eingefallen war und dadurch alles wieder so verkorkst wurde. Sie war einfach nicht gut in diesen Dingen. Es gab zu viele Tretminen.

»Es ist doch nicht verboten, darüber zu reden, Shane. Das ist nicht das Problem.« Das Problem war die Erwartungshaltung, die ein voller Kühlschrank mit sich brachte. Die Hoffnung, dass sie Leute füttern und ernähren konnte. Denn das konnte sie nicht.

»Ich dachte, wir hätten gerade Spaß.«

»Haben wir auch.« Sie schüttelte den Kopf, um sich zu korrigieren. »Hatten wir auch, meine ich. Aber jetzt musst du gehen.«

Ihr Blick fiel auf das Handtuch, unter dem sich seine Erektion überdeutlich abzeichnete. Sofort wurde sie feucht. Eigentlich hasste sie das Wort, aber leider traf es absolut zu. Sie stolperte zur Wohnungstür und warte darauf, dass er ihr folgte.

»Cara. Willst du ernsthaft behaupten, dass eine Frau wie du sich schon mit so wenigen Orgasmen zufriedengibt? Das kann ich nicht glauben.«

Sie hatte fünf Orgasmen gehabt, wenn sie genau nachzählte. Sie fummelte an der Türklinke herum. »Kannst du aber.«

»So ein Benehmen kann ich nicht gutheißen. Damit verstößt du ganz eindeutig gegen deine eigenen Interessen.«

Tss, das hatte doch nur die alte Cara getan. Die neue hingegen kümmerte sich sehr gut um ihr Wohlbefinden. Das hieß auch, dass sie alles und jeden sofort aussortierte, das oder der es in irgendeiner Weise gefährdete. Und Shane Doyle war eindeutig gefährlich für ihre Vernunft. Außerdem würde er bestimmt im Nu genug von ihren seltsamen Angewohnheiten und ihrer Bedürftigkeit haben, und bis es so weit war, hätte sie sich schon viel zu tief in diesem Netz verheddert. Sie war ja jetzt schon fast verliebt in ihn.

Also öffnete sie die Tür und hielt seine Klamotten hinaus. Als er verteidigend die Arme vor seiner Brust verschränkte, legte sie die Klamotten einfach im Treppenhaus ab. Sie erinnerte sich daran, wie sorgfältig Shane ihre Kleidung aufgehängt hatte, verdrängte diese Tatsache aber rasch.

»Es war toll«, sagte sie zuckersüß zu dem Mann, mit dem sie die schönste Erfahrung ihres Lebens gemacht hatte. Dann deutete sie mit zittrigen Fingern auf seine Tür. Dramatisch seufzend schritt er über ihre Schwelle. Als er sich umdrehte, um noch etwas zu sagen, schloss sie einfach die Tür. Aber Moment. Sie öffnete sie wieder, und er stand vor seiner Wohnung, die Tür bereits geöffnet. Er grinste sie breit an, als er sie sah. Das Fellknäuel, das nur ein großzügiger Betrachter als Kater bezeichnet hätte, war in den Flur entwischt.

»Vegas, geh wieder rein!«, befahl er dem Katerknäuel.

Er hatte ihn *Vegas* genannt? Der Mann machte sie wahnsinnig.

Schluss.

Damit.

Er grinste sie an. »Na, siehst du wieder etwas klarer?«

Sie zog hinter ihrer Tür einen großen Umschlag hervor und reichte ihn ihm. »Logisch. Hier, unterschreib das und gib es mir so schnell wie möglich zurück.«

Shane nahm den Umschlag entgegen und verzog das Gesicht, als ihm aufging, worum es sich handelte. Sofort hatte Cara ein schlechtes Gewissen. Vegas hingegen witterte seine Chance und huschte an ihren Beinen vorbei.

»Verräter«, meinte Shane verächtlich.

Und weil sie Cara DeLuca war — die Zitronentarte und Spielverderberin, die verdammt stolz auf ihre teuren Handtücher war —, zog sie ihm das Handtuch von den Hüften und warf einen letzten Blick auf seinen herrlichen, harten Penis. Und dann riss sie sich endgültig zusammen und warf die Tür ins Schloss.

11.
Kapitel

Shane, du bist an der Reihe.«

Jack warf einen schläfrigen Blick auf Shane, der jetzt der Crew seine Desserts für den heutigen Abend präsentieren sollte. Gerade fand wieder ihr gemeinsames Essen statt, und die meisten von ihnen waren immer noch vollauf mit den Miesmuscheln in Safran-Weißwein-Bouillon beschäftigt, die der Chefkoch persönlich zubereitet hatte. Aber nicht mehr lang.

Shane stellte seinen Nachtisch in die Mitte des Tischs im Hauptspeisesaal, um den sich ein Großteil der Crew versammelt hatte. Ein Kuchen in der Größe eines Hockeypucks. Einer war noch ganz, ein anderer bereits in mundgerechte Stücke zerteilt.

»So, das ist ein Schokoladen-Ganache-Kuchen mit Zitronen-Basilikum-Füllung. Ich habe ihn *Bella Donna* getauft.«

Es war wirklich ein wunderschöner Kuchen. Er hatte jetzt eine ganze Weile mit Cremefüllungen herumexperimentiert, und das hier war bis jetzt seine beste – eine Kombination aus Zitrusfrucht und Kräutern, die auch hervor-

ragend zu einem italienischen Rezept mit Huhn passen
würde. Aber in der Kombination mit der Valrhonaschoko-
lade entfaltete der Geschmack noch einmal ganz neue Di-
mensionen. Durch die Füllung schmeckte die Schokolade
noch besser, was an sich schon eine Meisterleistung war.

Und die Crew war ganz seiner Meinung!

»Köstlich«, meinte Aaron und stieß mit seiner Gabel an
Monas, ehe beide noch mehr von dem Kuchen aßen.

Mona schüttelte den Kopf. »Ich kann ebenso gut aufgeben. So brillant werde ich nie sein.«

Der Rest der Brigade murmelte anerkennend oder
stöhnte genussvoll auf. Mission erfolgreich beendet.

»Sieht nach einem weiteren Sieger aus«, meinte Jack.
Er war der Einzige, der nicht gekostet hatte. Das wurmte
Shane mehr, als ihm lieb war. »Aber wir geben unseren
Desserts keine Namen. Ist Atropa Belladonna nicht außer-
dem ein giftiges Kraut?«

»Es ist eine Pflanze, die Schwarze Tollkirsche. Es bedeutet auch ...«

»... schöne Frau«, brachte Jack den Satz in dem Moment
zu Ende, indem Cara auf turmhohen Absätzen und in einem hautengen Rock hereingeschwebt kam.

Alle sahen sie neidisch und bewundernd an, und Shane
hatte immer gedacht, dass eine attraktive Frau wie Cara genau das von ihren Mitmenschen erwartete. Seit vergange-
ner Nacht war er sich allerdings nicht mehr so sicher, ob
Cara wirklich so selbstbewusst war. Als er sie in seinen Armen gehalten hatte, hatte sie einen ängstlichen und unsi-
cheren Eindruck gemacht. Und dann wollte sie nicht, dass
er blieb, weil ein Schlussstrich für sie leichter war. Ein
Schlussstrich unter ihrer Ehe.

Die Erinnerung an ihren Orgasmus war umso kostbarer, als sie ihm in diesem Augenblick voll und ganz vertraut hatte. Shane konnte immer noch nicht fassen, dass sie nie jemandem von ihrer Magersucht erzählt hatte. Oder dass sie ausgerechnet mit ihm darüber gesprochen hatte. Und dann hatte er alles vermasselt, indem er sie um *Männeressen* gebeten hatte. O Mann. Jetzt sahen sie sich in die Augen, und sofort färbten ihre Wangen sich pink. Normalerweise wäre sie einfach mit einem kühlen Lächeln am Tisch vorbeigegangen und hätte der Crew erneut Stoff für ihre Vermutungen und Lästereien gegeben. Zitronentarte. Lesbe. Hochnäsige Kuh. Aber heute blieb sie stehen.

»Was gibt es denn heute Abend?«, fragte sie lässig, als plauderte sie ständig mit der Crew. Sie griff nach einem Stück Knoblauchtoast, tunkte es in den duftenden Miesmuscheleintopf und hob es an ihren Mund.

»Hm, damit hast du dich selbst übertroffen, Jack«, murmelte sie kauend.

»Schön, dass du zu uns gestoßen bist«, meinte Jack mit einem merkwürdig väterlichen Gesichtsausdruck.

Shane zog einen Stuhl für Cara heran. Sie nahm Platz und zog den Kopf ein, als sie nach der Gabel griff.

Die Crew setzte ihr Gespräch über irgendeine Belanglosigkeit fort, aber Shane hörte ihnen nicht mehr zu. Er konnte nichts anderes mehr hören oder sehen als Cara, die gerade ein Stück von seinem Nachtisch nahm und sich in den Mund schob.

Er hielt den Atem an. Sie schluckte. Er atmete aus.

»Nette Füllung, Ire.«

»Ich habe mein Bestes gegeben.«

»Also, ich bin ein großer Fan deiner Arbeit!« Sie leckte an ihrem Mundwinkel, und Shane musste lächeln. Gleichzeitig spürte er, wie er hart wurde. »Es ist schön, wenn jemand mal etwas anderes mit den klassischen italienischen Zutaten ausprobiert. Sich von den alten Kategorien befreit.«

»Ich fand Regeln schon immer blöd. Ich teste lieber Grenzen aus und schaue, was dann passiert.«

Ihre blauen Augen leuchteten auf. Shane griff nach ihrer Stuhllehne und sah zu, wie seine Fingerknöchel sich weiß färbten. Was würde sie tun, wenn er die Hand jetzt einfach auf ihren einladenden nackten Nacken legte? Genauso einladend wie ihre süße, pinke – *Schluss jetzt!*

Er beugte sich hinüber, um ihr etwas ins Ohr zu flüstern. »Ein Bissen wird nicht genügen.«

»Es kann ja sein, dass du gern deine Grenzen austestest«, erwiderte sie. »Aber manche Menschen sind sich ihrer eigenen Grenzen nun einmal viel zu bewusst.«

Sie erhob sich, und alle sahen sie an.

»Ich wünsche euch einen erfolgreichen Abend!«

»Und euch wünsche ich einen schönen Mädelsabend«, meinte Jack. »Macht keinen Blödsinn!«

»O Jack«, gurrte Cara. »Klingt ja ganz so, als hättest du Angst, dass der Wein Lilis Zunge löst und sie mir von deinem riesigen … Talent erzählt. Keine Angst, das Thema ist längst durch. Jetzt sprechen wir nur noch über deine Makel.«

Mit diesen Worten ließ sie die völlig verdatterte Crew einfach sitzen. Die arrogante Cara hatte doch tatsächlich einen Witz gerissen! Grinsend schüttelte Jack den Kopf und klatschte dann in die Hände, um alle wieder an ihre Plätze in der Küche zu schicken.

Shane sammelte ein paar Teller ein und versuchte, sich zu beruhigen. Er war sauer, verwirrt und angeturnt zugleich. Einerseits hatte sie ihm gesagt, dass das zwischen ihnen eine einmalige Angelegenheit gewesen war, andererseits hatte sie doch tatsächlich die Dreistigkeit, mit ihm zu flirten – während sie sein Dessert aß! Das Dessert, das von ihr inspiriert war. Reichhaltig und dekadent. Italienische Zitrusfrucht. Seine *Bella Donna*.

Ob sie wohl gute Laune hatte, weil sie gestern Nacht so viel Spaß im Bett und in der Dusche gehabt hatten? Oder gab es einen anderen Grund? Oder ging es darum, dass sie die Kontrolle über eine schwierige Situation gewonnen hatte und diese dadurch hinter sich gelassen hatte – ihre Ehe? Er müsste nur die Annullierungspapiere unterzeichnen, dann hätte sie ihre Ruhe vor ihm. Sah ganz so aus, als könnte sie Privat- und Berufsleben tatsächlich voneinander trennen. Leider hatte er damit seine Schwierigkeiten.

Cara nahm auf einem Stuhl neben der Kochinsel in Lilis Haus Platz und schnupperte andächtig. Konnte es sein, dass Essen jetzt, wo sie endlich einen richtigen Orgasmus gehabt hatte, viel besser roch als früher?

»Was gibt es denn?«

Lili entkorkte den Rotwein und holte die Weingläser aus dem Regal.

»Eines von Jules' Pizzaexperimenten. Gerösteter Sommerkürbis, Thymian und Büffelmozzarella. Manchmal schmeckt ihr Essen irre toll. Ich sage dir, sie könnte Jack wirklich Konkurrenz machen.«

»Jack würde garantiert die ganzen Lorbeeren einsacken und es auf die Kilroy-Gene schieben.«

Lili kicherte. »Ganz bestimmt.«

Sie goss einen ordentlichen Schluck Montepulciano in das Glas und schob es hinüber zu Cara. Der letzte Mädelsabend war eine Weile her. Er hatte in ... Vegas stattgefunden.

Cara zog ihren Ordner hervor und ließ sich von dem Anblick der wohlgeordneten Papiere beruhigen. Manche Leute hatten seltsame sexuelle Fetische, Cara genügten ihre Unterlagen.

»Hier ist die Genehmigung für die Fotos am Buckingham-Brunnen. Und ich warte noch auf ein Angebot von einem der Kutschenunternehmen, aber ich schlage Folgendes vor.« Sie zeigte auf ein paar Fotos von antiken Kutschen.

»Also, wir könnten uns natürlich für den Jane-Austen-Stil entscheiden.« Sie deutete auf die Kutschen mit offenem Verdeck, die alle aussahen, als kämen sie direkt von der Theaterbühne. »Jack würde in einem dunklen Mantel und Koteletten à la Mr Darcy sicher gut aussehen.«

»O ja.« Lili kicherte.

»Aber ich glaube, dass die Cinderellakutsche am besten geeignet wäre. Besonders zusammen mit dem Kleid, das mir vorschwebt.«

»Cara«, setzte Lili an. »Das ist doch ein bisschen übertrieben. Das ganze Prinzessinnending ist nicht so meins. Erinnert mich zu sehr an Disney.«

Caras Wirbelsäule versteifte sich. Verstand Lili denn nicht, dass die Hochzeit perfekt sein musste?

»Es ist doch *deine* Hochzeit! Und hoffentlich bleibt es deine einzige. Da willst du doch sicher, dass es so erinnerungswürdig und verträumt und toll wird, dass jeder ganz grün vor Neid wird! Du willst, dass die Leute hinterher denken, dass das die beeindruckendste Hochzeitsfeier ihres Lebens war.«

Lili starrte sie an. »Ja ... tue ich das?«

»Natürlich.« Cara rutschte nervös auf ihrem Stuhl herum.

»Hey. Ich dachte, du willst was ganz Besonderes. Ihr beide.«

»Tun wir ja auch. Du machst deine Sache toll.«

»Du brauchst immer noch ein Kleid, Lili.«

Normalerweise gab man ein Kleid bereits Monate vorher in Auftrag, aber bislang hatte Lili noch keiner von Caras Vorschlägen gefallen. Jetzt war es so weit, dass sie irgendetwas von der Stange kaufen und ein Vermögen dafür bezahlen mussten, wenn es noch rechtzeitig umgeändert werden sollte.

Ihre Schwester lächelte sie an. »Keine Angst. Ich trage das von Mom.«

»Das kannst du nicht«, platzte es aus Cara heraus.

»Warum nicht?« Lili runzelte die Stirn. »Wenn du denkst, dass es mir nicht passt, dann mach dir keine Sorgen. Sylvia lässt was an den Säumen raus.«

Auch wenn ihre Mutter sehr viel schmaler gebaut war als Lili, war das nicht Caras Hauptsorge gewesen.

Das sollte doch mein Kleid sein!, hatte sie vielmehr gedacht.

Als Mädchen hatte sie Stunden damit zugebracht, das Kleid ihrer Mutter vor sich zu halten und sich im Spiegel zu betrachten. Außerdem hatte sie liebend gern mit Lili und ihren Cousins und Cousinen Fantasiehochzeiten veranstaltet, deren wunderschöne Braut sie selbst spielte. Es war ein altmodisches Kleid mit einem herzförmigen Ausschnitt und Spitzensaum. Es war fast ein bisschen hippiemäßig und kein bisschen schick. Aber Cara hatte es immer geliebt und es insgeheim immer als ihr Hochzeitskleid betrachtet.

Völlig verwirrt starrte sie auf die Wände, an der Lilis wunderschöne Kunst hing. Sie dachte an all die Jahre, als sie das unschuldige kleine Mädchen gewesen war, dessen beste Tage noch vor ihm lagen. Heute war sie eine törichte Frau, die einen dämlichen Fehler begangen hatte. Es wäre also kleinlich, es Lili zu verübeln, dass sie es tragen wollte. Für Cara gab es eben keine Hochzeit in Weiß. Nur eine Blitztrauung mit anschließender Annullierung.

»Ist alles okay bei dir?«, fragte Lili besorgt.

»Klar. Ich habe nur darüber nachgedacht, was noch alles zu tun ist.«

Lili presste ihre Lippen aufeinander. »Ich muss das Kleid nicht unbedingt tragen. Es ist nur … Mom hat es mir angeboten, und jetzt, wo die Zeit knapp wird, fand ich die Idee ganz gut.«

Cara lächelte sie so strahlend wie möglich an und riss die Augen auf, um nicht loszuheulen. »Lili, das ist doch ein prima Plan. Ich habe zwar schon ein paar Termine gemacht, aber die kann ich noch absagen. Da haben wir direkt weniger zu tun.«

Ihre Schwester sah sie an, als wollte sie noch etwas hinzufügen. Aber in diesem Moment piepte der Ofen und rettete Cara aus der unangenehmen Situation. »Könntest du Jules sagen, dass die Pizza fertig ist? Sie bringt gerade Evan ins Bett.«

Cara ging nach oben und versuchte, sich ein wenig zu sammeln. Aus Evans Zimmer war Jules' leises Murmeln zu hören, und nach einer Weile bemerkte Cara, dass sie Evan aus einem Kinderbuch vorlas, das auch die krebskranken Kinder im Krankenhaus, wo sie sich ehrenamtlich engagierte, sehr gern mochten. Über manche Wörter stolperte Jules.

Cara streckte ihren Kopf durch die Tür und sah, dass Evan bereits tief und fest schlief. Seine süßen, leisen Atemzüge erfüllten den Raum, und Jules saß auf dem Sessel, das offene Buch im Schoß.

»Hi«, sagte Cara leise, um sie nicht zu erschrecken. »Die Pizza ist fertig.«

Jules schluckte. »Oh, klar, danke.« Sie stellte das Buch zurück in den niedlichen kanariengelben Bücherschrank, und Cara merkte, dass ihre Hände zitterten.

»Hey, ist alles okay bei dir?«

»Klar«, meinte Jules, aber ihr Lächeln war dünn, und ihre Augen glänzten. Sie fuhr sich mit der Hand durch ihr zerzaustes Haar. »Ich weiß, er ist noch zu jung für das Buch. Aber ich will, dass er bereit ist, wenn er alt genug ist.«

»Kann nicht schaden, denke ich.« Ganz verstand Cara aber trotzdem nicht, warum Jules das tat.

»Weißt du ...« Jules rieb ihr Handgelenk. »Es wird nicht lang dauern, bis er mit mir lesen wird, und deswegen beschäftige ich mich schon mal mit den Klassikern. Ehe er mich überholt.« Sie sah ihren Sohn liebevoll an. »Ich bin Legasthenikerin und übe mich gerade im Lesen. Jack hat auch einen Lehrer für mich organisiert.«

Oh. Cara erinnerte sich an die Liste mit Tipps für ihren Babysitterabend mit Evan. Die Hälfte der Wörter war falsch geschrieben gewesen, und sie hatte Jules einfach nicht für sonderlich helle gehalten.

Jetzt hatte sie ein schlechtes Gewissen wegen ihres vorschnellen Urteils. Sie rieb Jules' Schulter und fühlte sich schrecklich unbeholfen.

»Es tut mir leid, dass ich dich nicht ... so richtig herzlich willkommen geheißen habe.«

Jules riss die Augen auf. »Ach, Quatsch! Deine Familie war in meiner schlimmsten Zeit immer für mich da ...«

»Ja, aber *ich* war keine besonders gute Freundin. War einfach zu sehr mit meinen eigenen Sorgen beschäftigt.«

Jules lächelte sie so lieb an, dass Cara sich wie die schlimmste Person der Welt vorkam.

»Wir kreisen eben alle um uns selbst, oder nicht? Aber sobald ich schwanger wurde, wurde mir klar, dass ich meine Prioritäten ändern muss, weil es da einen kleinen Menschen gibt, der mich braucht. Ich musste mich sehr bemühen, mich mehr zu öffnen, besonders Jack gegenüber. Und ich musste lernen, um Hilfe zu bitten, weil ich es allein nicht geschafft hätte. Wenn ich eine gute Mom, Schwester und Freundin sein will, muss ich mich eben anderen anvertrauen.« Sie lächelte so strahlend, dass die aufgeklebten Sterne über ihr noch heller zu leuchten schienen. »Immer eine Einzelkämpferin zu sein ist doch auch blöd.«

Wie recht sie hatte! Letzte Nacht hatte sie sich Shane anvertraut, aber so leicht ließ sich ihre Angewohnheit, alles für sich zu behalten, nicht ablegen. Sie mochte jetzt körperlich gesund sein, aber von ihrer Magersucht konnte sie trotzdem noch niemandem erzählen. Gleichzeitig sehnte sie sich danach, ihre Geschichte mit anderen zu teilen.

»Cara, ist bei dir alles in Ordnung?«

»Nein. Nein, gar nicht.« Sie streichelte über Evans Haarschopf und bewunderte seine rosa Wangen und seine winzigen Zehen. »Ich habe in Las Vegas Shane geheiratet.«

Jules schlug die Hand vor ihren Mund. »Nicht dein Ernst!«

»Doch.« Sie seufzte. »Ich sollte wohl von vorn beginnen.«

»Also«, meinte Lili. Ihr Blick war nach drei Gläsern Wein ein wenig verschwommen. »Shane.«

Cara schluckte, und Jules sah sie über ihr Rotweinglas hinweg wissend an. Cara bereute jetzt schon, dass sie ihr von der Hochzeit erzählt hatte, und hatte Jules beschworen, nur ja dichtzuhalten.

»Ja, Cara«, sagte Jules mit einem schiefen Grinsen. »Wir wollen Details. Wenn du dafür Papier und Stift brauchst, können wir da sicher was auftreiben.«

»Ich habe keine Ahnung, wovon du redest«, meinte Cara. »Er ist mein Nachbar.«

»Tss. Gina hat dich letztens auf seinem Motorrad gesehen, als sie aus dem *DeLuca* gekommen ist. Sie hat gesagt, dass du halb nackt warst! Also raus mit der Sprache.«

Mist. »Meine Güte, dieses alte Klatschmaul«, murmelte Cara. »Es war eine einmalige Angelegenheit.«

»Was, war es etwa nicht gut?«, fragte Jules. »Er sieht eigentlich so aus, als hätte er es voll drauf.« Sie lehnte sich nach vorn. »Wir wissen doch alle, dass es nichts Besseres gibt als einen jungen, topfitten Schwanz.«

»Mhm. Toller T-Shirt-Spruch.« Lili nahm Jules das Weinglas ab. »Das reicht jetzt. Wenn das dein Bruder gehört hätte!«

»Soll das ein Witz sein?« Jules sah sie beleidigt an. »Ich habe kaum einen Tropfen getrunken, seit ich stille.«

Cara begann plötzlich unkontrolliert zu kichern. »Gott, sie hat recht. Er ist wie einer dieser mechanischen Aufziehhasen! Gerade als ich dachte, wir wären fertig, ging es von vorn los!« Sie fächelte sich selbst Luft zu und biss dann von dem erkalteten Pizzastück ab, das fantastisch schmeckte. Wer hätte gedacht, dass ihre Geschmacksknospen plötzlich wieder zum Leben erwachen würden, sobald sie sich gestattete, das Leben zu genießen?

»Ich kann nur deswegen noch gerade gehen, weil ich ihn direkt danach rausgeworfen habe.«

Die beiden starrten sie an.

»Du hast ihn vor die Tür gesetzt? Wow, das ist brutal«, meinte Lili. »Er hat also lang durchgehalten, aber war er auch gut?«

Jules nahm Lili ihr halb volles Glas ab. Cara öffnete den Mund, brachte aber kein Wort heraus. Wenn sie ehrlich sein sollte, hatte ihr Körper sich noch nicht ganz erholt. Eigentlich hatte sie gedacht, dass vierundzwanzig Stunden ausreichen würden, um ihr Hormonhoch wieder abflauen zu lassen und sie zurück auf den Boden der Tatsachen zu befördern, aber sie war immer noch ein einziges Energiebündel. Und als sie heute Morgen unter der Dusche gestanden hatte, hatte sie sich sofort daran erinnert, was sie und Shane dort zusammen angestellt hatten.

Er war einfach ... unwiderstehlich.

Jules seufzte. »Ich müsste auch mal wieder so richtig rangenommen werden.«

Lili und Cara prusteten los.

»Was ist denn mit Tad?«, erkundigte sich Cara, froh, von sich ablenken zu können. »Ich dachte, ihr zwei ...«

»Nein, nein.« Jules winkte ab. »Das mit uns beiden geht gar nicht. Er hat mir mehr als klargemacht, dass wir nur Freunde sind.«

»Könnte aber auch sein, dass Jack ein Verbot ausgesprochen hat.«

»Würde mich nicht überraschen. Mein Bruder übertreibt manchmal total«, erwiderte Jules trocken.

»Er meint es nur gut!«, versuchte Lili wie immer zu schlichten.

»Du weißt schon, dass du Dad heiratest, oder?«, sagte Cara zu ihrer Schwester. »Dad mit einem britischen Akzent.«

»Ich – nein, äh, tue ich nicht.« Sie drehte sich Hilfe suchend zu Jules um.

»Sie hat leider recht«, meinte diese grinsend. »Aber ich glaube, du hast ihn im Griff.«

Wie wahr. Jack stärkte Lilis Selbstbewusstsein, und sie bremste ihn in seiner exzessiven Art, gab seinem Leben ein Zentrum. War das nicht die perfekte Kombination? Zwei Menschen füllten die Leerstellen des anderen und holten das Beste aus einander heraus.

Auf alle Fälle hatte ihr Herz wieder zu schlagen begonnen, seit dieser sexy irische Cowboy in ihr Leben getreten war. Und war es nicht verrückt, dass er sie auch nach ihrem Geständnis noch haben wollte?

Aber bestimmt würde die Sache zwischen ihnen nicht von Dauer sein und schmerzhaft enden. Sie würde durch das Schlüsselloch beobachten, wie er Frauen mit in seine Wohnung brachte, und versuchen, ihm nicht mehr im Treppenhaus zu begegnen.

Auf keinen Fall! Sie war nun einmal eine suchtgefährdete Person, und Shane war eine Droge, die sie sich nicht leisten konnte. Sie musste dringend aus der Nummer raus, ehe sie ihr Herz an ihn verlor.

12.
Kapitel

»Ich habe die falschen Schuhe an«, murrte Cara. »Du hättest ruhig sagen können, wo wir hingehen.«

»Aber dann wärst du doch gar nicht gekommen«, erwiderte Lili über den außergewöhnlich kühlen Wind hinweg, der über das flache Gras des Lincoln Park strich. Sie hatten auf dem Cannon Drive geparkt und stiefelten jetzt an das südliche Ende des Parks. Den befestigten Weg hatten sie bereits vor einiger Zeit verlassen, und der Boden war wegen des Regens in der vergangenen Nacht furchtbar schlammig. Mit jedem Schritt sanken sie tief in die Erde ein.

In der Ferne entdeckte sie einen Haufen Männer, die im Kreis standen und einander die Arme um die Schultern gelegt hatten.

Rugby. Sie knurrte.

»Oh, sag jetzt nichts«, meinte Lili.

Schließlich standen sie am Spielfeldrand. Der Männerknoten hatte sich aufgelöst, und ein armer Kerl war etwa zwanzig Meter weit gekommen, ehe drei andere ihn zu Boden rissen. Ein sehr zivilisierter Sport.

Lili gab ihr einen Knuff. »Jack wollte so gern, dass ich ihm mal zusehe. Und da sind wir.«

»Aber warum wir und nicht nur du?«

Lili blickte bedeutungsvoll in eine Richtung. Cara sah ebenfalls hin und entdeckte ... Mason Napier.

»Moment mal, Mason Napier spielt Rugby mit Jack?« Wenn er Jack bereits kannte, wieso versuchte er dann über *sie* an ein privates Dinner bei ihm zu kommen?

»Wer?« Lili sah sie verwirrt an. »Nein, der ist im anderen Team. Ich rede natürlich von Shane.«

In diesem Moment trat er hinter Mason hervor. Ihr Ehemann, dessen muskulöser Körper von Kopf bis Fuß mit Schlamm bedeckt war. Sofort begann es zwischen Caras Beinen zu ziehen, aber dann blickte sie zu Boden und merkte, dass sie quasi feststeckte. Sie zog einen Absatz aus dem Matsch.

Jack hatte die beiden Schwestern mittlerweile entdeckt und kam zu ihnen herübergetrottet.

»Süße, ihr seid gekommen!« Er schlang einen schlammbespritzten Arm um Lilis Taille und küsste sie innig. Dann sah er Cara skeptisch an. »Hätte nicht gedacht, dass das dein Sport ist, Cara.«

»Es war meine Idee«, gestand Lili. »Sie hatte keine Ahnung, wo es hingeht!«

Jemand rief nach Jack.

»Wir gehen später noch in einen Pub, um kiloweise fettiges Essen in uns hineinzuschaufeln. Also haut ja nicht einfach ab!«, sagte er und verschwand.

»Mich würden keine zehn Pferde hier wegbekommen«, sagte Cara laut und flüsterte dann Lili zu: »Also, warum haben wir uns noch mal herbegeben?«

Lili wischte ihre Schuhsohle am Gras ab, aber es half nicht viel. »Ich dachte, es würde Spaß machen, an der frischen Luft zu sein.«

Cara sah gedankenverloren zu Shane, der irgendwie noch größer wirkte, wenn er dreckig war. Er war auch ziemlich verschwitzt, und an den Härchen auf seinen Unterarmen klebte getrockneter Matsch. Na gut, so genau konnte sie das aus der Ferne nicht erkennen, aber sie stellte es sich vor. Er würde hinterher dringend duschen müssen!

Sie sah Lili so verächtlich wie möglich an. »Irgendwann wirst du aufgeben müssen. Ich bin nicht an Shane interessiert.«

»Warum denn nicht?«

»Er ist nicht mein Typ. Ich stehe eben nicht auf Hundewelpen!«

»Wer war es?«, fragte Lili düster.

»Hm?«

»Der Mann, der dich in eine echte Männerhasserin verwandelt hat.« Sie runzelte die Stirn. »Früher wolltest du das doch auch. Liebe, eine Hochzeit, ein Märchen eben.«

Das brachte Cara aus dem Konzept. Sie hasste Männer ja nicht, sie wusste einfach nur, dass sie ihren Partner nicht glücklich machen konnte. Das war ein großer Unterschied.

»Nur weil ich anspruchsvoll bin, heißt das doch noch lange nicht, dass ich Männer hasse!«

»Hmpf. Wäre dann jemand wie dieser blonde Schönling eher was für dich? Ich schätze mal, er sieht gut aus.«

Cara blickte zu Mason, und sofort winkte er ihr zu. Sie lächelte angestrengt. Ja, er war ganz hübsch. Hatte so etwas Teutonisches, Exquisites an sich. War erfolgreich, ein echter Macher – eigentlich genau die Art Mann, von der sie als

Mädchen immer geträumt hatte. Neben ihm wirkte Shane, als wäre er gerade aus einer Kohlenmine gekrochen. Er war viel rauer, ihr abgerissener Cowboy eben. Zu lässig, zu jung, vollkommen verkehrt. Und dennoch gelang es nur ihm, ihr Herz zum Rasen zu bringen und ein Lächeln auf ihr Gesicht zu zaubern. Die Knoten in ihrem Hirn zu lösen. Und ihr Hoffnung zu schenken.

Shane hatte ganz vergessen, was für ein dreckiger Sport Rugby war. Besonders, wenn man gar keine Ahnung hatte, was man da tat. Sobald er den Dreh einigermaßen raushatte, hatte auch das Spielfeld ihn schon vollkommen im Griff. Nach nur zwanzig Minuten auf dem Spielfeld war ihm der matschige Boden bereits wohlvertraut, und auch mit dem Ellbogen dieses großen Trottels hatte er bereits mehrfach Bekanntschaft gemacht. Er hatte jetzt schon genug Gründe, den Kerl in dem perfekt gebügelten Rugbytrikot und Schuhen, die so neu waren, dass sie bei jedem Schritt quietschten – oder wenn er wieder einmal auf Shanes Fuß trat –, aus tiefstem Herzen zu hassen. Dann winkte der Kerl auch noch Cara zu und sie … lächelte ihn an.

Sobald er ihre schlanke Gestalt neben Lili entdeckt hatte, war ihm trotz der kühlen Temperatur warm geworden. Sie trug eine strahlend weiße Jeans, die so eng war, dass er wahrscheinlich nicht einmal seine Hand in ihren Hosenbund hätte schieben können. Oh, er würde es dennoch liebend gern versuchen! Schade, dass sie seine Dienste nicht länger in Anspruch nehmen wollte, weder als Ehemann noch als Lover.

Als einer der Spieler an der Ziellinie medizinisch betreut werden musste, ergab sich eine kurze Pause im Spielverlauf.

»Du kennst Cara also?«, fragte er seinen Gegner so locker wie möglich.

»Ja. Sie hat mal ehrenamtlich bei einer Krebs-Charityveranstaltung meiner Mutter geholfen, und wir haben ein wenig geplaudert.« Er kniff die Augen zusammen. »Und du?«

Ich bin ihr Ehemann, du Vollpfosten.

»Ich arbeite mit ihr zusammen.«

Der andere reichte ihm die Hand. »Mason Napier.«

Shane drückte sie so fest er konnte. »Shane Doyle.«

»Bist du Ire? Rugby habt ihr Kerle doch drauf, oder?«

»Kann man so sagen«, antwortete Shane knapp.

»Cara ist eine tolle Frau. Ich kenne eine Menge Männer, die liebend gern mit ihr ausgehen würden.«

Auch wenn es in ihm zu brodeln begann, biss Shane sich auf die Zunge. Napier nickte langsam, als hätte Shane etwas gesagt. Dieses Arschloch. In diesem Moment ertönte die Trillerpfeife. Shane joggte das Feld hinab und wartete darauf, dass der Ball in seine Richtung flog. Napier klebte an ihm wie eine Schmeißfliege.

»Hat sie eigentlich einen Freund?«, erkundigte er sich.

»Ja, ich glaube schon.«

»Sie ist wunderschön«, sagte Napier ein wenig atemlos. »Der würde ich es gern mal so richtig besorgen.«

Shane blieb so abrupt stehen, dass er beinahe ein Schleudertrauma hatte. »Sie hat definitiv einen festen Freund.«

»Ehrlich?« Mason legte einen Zahn zu, als der Ball sich stetig aufs gegnerische Tor zubewegte. Shane wechselte auf seine linke Seite, um einen Pass zu empfangen.

»Sie ist vergeben. Hundertpro.«

In diesem Moment gelangte Shane zwischen Napier und

den Ball, bekam einen Ellbogen ins Gesicht gerammt und wurde zu Boden befördert, ehe sich dreihundert Kilo Muskelmasse auf ihn warfen. Der Aufprall und der stechende Schmerz kamen gleichzeitig, und plötzlich wurde Shane schwarz vor Augen.

»Shane? Ist alles in Ordnung bei dir?«

Er öffnete zögernd die Augen und sah, wie Jack sich über ihn beugte, die Augen ganz groß vor Sorge. Shane versuchte, sich aufzusetzen, aber seine gesamte linke Körperseite brannte wie Feuer.

»Fuck, tut das weh.« Er versuchte noch einmal aufzustehen, um ganz sicherzugehen. Ja, es schmerzte immer noch.

»Beweg dich nicht, der Arzt kommt gleich.«

»Es ist schon einer hergekommen?«, murmelte Shane verwirrt. »Wie lange war ich denn ohnmächtig?«

»Gar nicht, du hast nur einmal geblinzelt. Der Arzt gehört zum Team.« Jack grinste ihn an.

Ein großer Mann mit Bart, der sich vorhin als Max vorgestellt hatte, näherte sich und begann an ihm herumzudrücken. Es half kein bisschen. Shane stöhnte auf und drehte sich auf seine unverletzte Seite.

»Sorry, Kumpel. Du hast einen Haken in die eine und ich in die andere Richtung geschlagen«, sagte Napier aus der Ferne. Idiot.

»Shane, geht es dir gut?« Cara kniete sich in ihrer schneeweißen Jeans neben ihn in den Matsch und griff nach seinen Händen. »Sorry, das ist wahrscheinlich eine blöde Frage.«

»Nein, gar nicht. Danke.« Sie sahen sich in die Augen. Ihre waren so groß und blau wie der Himmel über ihrem Kopf. »Du versaust dir doch deine Klamotten, Süße.«

Sie drückte seine Hand und ... davon ging es ihm auch kein bisschen besser.

»Shane, sieh mich an.«

Cara war ganz blass, und sie starrten einander weiter in die Augen. Eine Nanosekunde lang bekam Shane einen Cara-bedingten Endorphinschub. Dann renkte Max seine Schulter wieder ein, und er biss sich so fest auf die Unterlippe, dass es blutete.

»Du musst deine Schulter kühlen und darfst sie auf keinen Fall bewegen«, erklärte Max, während er ihn an den Spielfeldrand führte. »Kann dich jemand nach Hause bringen?«

»Lili kann das machen«, ertönte Jacks Stimme hinter ihnen. »Wo sind deine Sachen?«

Shane deutete auf sein Motorrad, auf dem auch sein Trainingsanzug und sein Rucksack lagen.

»Jack Kilroy, denk nicht einmal daran, mit diesem Motorrad zu fahren«, sagte Lili. »Du weißt gar nicht, wie das geht.«

»Klar weiß ich das! Ich habe mir ab und zu Tads Harley für ein paar Runden geborgt.« Er strich mit einem schlammbedeckten Finger über ihr Kinn. »Und glaub *du* ja nicht, dass ich nicht wüsste, dass du es auch getan hast. Obwohl ich dir gesagt habe, dass ich das nicht gut finde.«

Lili sah ihn liebevoll und gelangweilt zugleich an und grinste Shane dann verschwörerisch an. Wieder einmal wurde Shane klar, dass er ein Problem hatte. Er mochte nicht nur Cara und Jack, sondern langsam auch den Rest der Sippe.

Lili lud ihn weiterhin ins Haus ihrer Familie ein, und er fand nach wie vor Ausflüchte. Es war irgendwie komisch, mit der Schwiegerfamilie zu essen, wenn die über Caras und seine Ehe gar nicht im Bilde war.

Max redete immer noch. »Ein paar Wochen wird es weh-tun. Am besten gehst du am Montag mal zu einem Arzt. Ich schreibe dir noch ein Rezept für ein Schmerzmittel auf – und zwar ein richtig gutes, nicht das, das du rezeptfrei bekommen würdest.«

»Danke.« Der Schmerz wurde langsam dumpfer, vielleicht würde er also weder Tabletten noch einen Arzt brauchen. Die hatte er noch nie gemocht.

»Wie geht es dir jetzt?«

Er sah wieder in das blasse Gesicht von Cara, deren Jeans schlammbeschmiert war. »Ich werde es wohl überleben, aber es könnte eine Weile dauern, bis ich wieder tanzen kann.«

Sie lächelte ihn an.

»Ich glaube, heute Abend kann ich nicht arbeiten. Aber ich rufe Mona an, die wird mich vertreten«, sagte Shane zu Jack, der gerade mit seinem Rucksack zurückgekehrt war. Er fischte den Schlüssel fürs Motorrad heraus und reichte ihn ihm.

»Nimm dir so viel Zeit, wie du brauchst.« An Jacks Kiefer zuckte ein Muskel. »Dieser Napier war ja wohl von allen guten Geistern verlassen!«

»Es war bestimmt ein Unfall!«, sagte Cara rasch.

Wieso verteidigte sie diesen Idioten?

»Wie auch immer. Es war richtig mies von ihm.« Jack öffnete die Tür seines SUV und reichte Lili die Schlüssel.

»Ich fahre ihn!«, sagte Cara und nahm Lili den Rucksack ab. Alle starrten sie an, und sie errötete. »Er wohnt doch gleich gegenüber. Liegt also auf dem Weg.«

»Cara, er wird Hilfe brauchen«, sagte Lili und sah Jack zweifelnd an.

»Nein, werde ich nicht«, murmelte Shane.

»Doch«, erwiderte Jack. »Du kannst dir ja nicht mal ohne Hilfe das Shirt ausziehen.«

»Ich bin doch auch nicht völlig nutzlos. Komm schon, Shane«, sagte Cara und zog an seinem verletzten Arm.

Er stöhnte auf, als ihn ein heißer Schmerz durchschoss.

»Oh, tut mir leid!«

»Bist du dir sicher?«, fragte Lili und sah ihre Schwester besorgt an.

»Ich kriege das hin«, erwiderte diese entschlossen.

Nach einem kurzen Stopp in der Apotheke, wo sie Tabletten und nach einigem Hin und Her auch eine Armschlinge gekauft hatten, waren sie schließlich zu Hause. Vor seiner Tür blieb er stehen.

»Danke fürs Fahren. Ich brauche nur noch meine Klamotten.« Er deutete auf den Rucksack in ihren Händen.

»Ich wasche dich.«

»Ach, das muss nicht sein. Das kann ich schon selbst.« Shane spürte, dass er gereizt war. Er fühlte sich dumm und beschämt. Warum waren sie nur alle so nett zu ihm?

»Shane, du gehst schon mal rein, und ich komme in einer Minute nach.«

Im Badezimmerspiegel studierte er den Schaden genauer. Eine Beule, die immer noch zu wachsen schien, überschattete sein rechtes Auge. Immerhin blutete es nicht mehr. Die Haut über seinen Rippen – die, wie er jetzt bei jedem schmerzhaften Atemzug merkte, wahrscheinlich angeknackst waren – war so gespannt und wund, als hätte sie jemand mit einer Stahlbürste abgeschrubbt. Allein die

Vorstellung, sein T-Shirt auszuziehen, bereitete ihm Höllenqualen. Nach einem kurzen Kampf mit der Kindersicherung an seinen Medikamenten warf er ein paar Tabletten ein.

Die Badezimmertür öffnete sich einen Spaltbreit, und Vegas, der vorwitzige kleine Kerl, streckte seinen Kopf herein. Allerdings war er wie verwandelt: glänzend, gepflegt und tatsächlich ... hübsch! Um seinen Hals trug er ein rosafarbenes – rosafarbenes! – Halsband, das mit Strasssteinchen besetzt war.

Shane sog scharf die Luft ein und hob das magere Bündel auf seinen gesunden Arm. »Wo kommst du denn her, und was hat man dir angetan?«

»Ich dachte, als Patient würdest du dich über Besuch freuen.«

Cara hatte ihre schmutzige Jeans gegen ein knappes Paar Shorts eingetauscht, in der beinahe ihre gesamten goldbraunen Oberschenkel zu sehen waren. Offenbar wollte sie ihn wirklich ins Grab bringen. Was das Tier anging – Shane hatte schon davon gehört, dass man manchen Patienten Tiere vorsetzte, um ihre Stimmung aufzuhellen. Cara hob Vegas hoch und streichelte ihn. »Der Katzenfriseur hat sein Bestes gegeben, um Vegas wieder in Form zu bringen. Hat ganz gut geklappt, oder?«

Shane grunzte unbestimmt. Irgendetwas hatte sich geändert. Cara wirkte lockerer, unbekümmerter, und obwohl er auch die nervöse Cara mochte, gefiel ihm diese Seite an ihr. Seine Frau war ein sehr kompliziertes Wesen, und das machte ihn so richtig an.

»Sitz!«, sagte sie und setzte den Kater auf dem Fußboden ab. Er setzte sich. Der Kater auch.

Sie griff nach dem Waschlappen und hielt ihn unter den Wasserhahn. Dann begann sie mit seiner Stirn, wischte sanft den Matsch und Dreck weg und damit auch jede Hoffnung, dass er sie jemals aus dem Kopf bekommen würde. Cara arbeitete sich methodisch zu seinem Hals vor, ehe sie sich hinkniete, um die Schuhe und Socken von seinen Füßen zu streifen.

Shane genoss es, wie sie seine Waden mit dem warmen Waschlappen abrieb, obwohl er natürlich ebenso gut hätte duschen gehen können. Da wäre er wahrscheinlich sogar sauberer geworden. Wenn das hier so weiterging, dann würde es zwangsläufig richtig schmutzig werden.

»Der Typ, der mich umgehauen hat, meinte, dass er dich kennt. Von irgendeiner Wohltätigkeitsveranstaltung oder so.«

»Masons Mutter ist die Frau, von der ich dir erzählt habe. Die, mit der ich gern im Restaurant zusammenarbeiten würde. Ich habe auch schon mal ehrenamtlich in ihrer Stiftung gearbeitet.«

»Was war das für eine Arbeit?«

Ihr Hals rötete sich. »Ich helfe ihr dabei, Spendensammler zu organisieren. Oder Spendenläufe. Und anderen Kram.«

»Anderer Kram?«

»Na ja, ich lese krebskranken Kindern im Krankenhaus vor«, sagte sie leise und wandte den Blick ab.

Wow. Immer wenn er dachte, dass er die Frau verstanden hatte, kam sie mit einer neuen Überraschung um die Ecke. Was sollte er dazu bloß sagen? Leider fiel ihm nur etwas furchtbar Dämliches ein.

»Dieser Napier will mit dir vögeln.«

Sie unterbrach ihre Arbeit mit dem Waschlappen keine Sekunde lang. »Hat er das gesagt?«

»So ungefähr. Seine Freunde wollen das offenbar auch.«

»Vielleicht wollte er dich nur ablenken, damit du dich nicht mehr auf das Spiel konzentrieren kannst.«

Mist, da hatte sie wahrscheinlich recht. Dieses Arschloch hatte ihn sofort durchschaut.

»Er ist also nicht dein Typ?«

»Um Himmels willen, nein! Der Mann ruft wahrscheinlich seinen eigenen Namen, wenn er einen Orgasmus hat.«

Shane lachte laut auf und versuchte, dabei nicht an den Schmerz zu denken. Cara konnte so furchtbar ernst sein, aber wenn sie mal einen Scherz machte, dann war er meistens wirklich lustig.

Der feuchte Waschlappen jagte einen warmen Schauer über seinen Rücken. Er griff nach ihrer Hand und biss sich vor Schmerz auf die Zunge. Wenn sie weitermachte, würde er noch etwas sehr Dummes tun. Und sich dabei weitere Rippen brechen. »Cara, du musst das nicht machen. Wenn du mir aus meinem Shirt hilfst, dann kann ich auch einfach duschen.«

Sie blickte auf und sah ihn entschlossen an. Dann schrubbte sie an seinem Knie, und die Muskeln in seinem Oberschenkel zogen sich zusammen.

»Was war das eigentlich vorhin mit Jack und Lili?«

Sie hielt inne. »Was meinst du?«

»Sie haben so komisch geguckt, als du angeboten hast, mich heimzubringen.«

»Ach, ich bin keine gute Krankenpflegerin. Wahrscheinlich haben sie sich gesorgt, dass ich dir gleich noch die zweite Schulter auskugle.«

»Das klingt ein bisschen extrem.«

Sie stand auf, um die Dusche anzustellen, und obwohl es wehtat, sich umzudrehen, tat er es trotzdem. Er war ein Mann, und ein paar angeknackste Rippen würden ihn nicht davon abhalten, sie anzusehen.

»Sie haben gute Gründe dafür«, meinte sie. »Ich war nicht wirklich für die Leute da, als sie mich gebraucht haben.«

»Welche Leute?«

»Meine Mutter. Sie ist vor ein paar Jahren krank geworden, und ich habe sie hängen lassen. Lili ist eingesprungen und ist deswegen verständlicherweise ziemlich skeptisch, wenn ich mich um jemanden kümmern soll.«

Sie klang bitter.

»Also, bei mir machst du deine Sache ziemlich gut.«

Sie ging nicht darauf ein und zog stattdessen ihren Pullover aus, sodass ein weißes Stretchtop zum Vorschein kam, dessen Träger dünner als die ihres violetten BHs waren.

»Fühlst du dich denn schon etwas besser?«, fragte sie ihn.

Er begann zu lachen, auch wenn es höllisch wehtat. Was für ein Timing! *Ganz schön heiß hier drin. Ups, ich habe meinen Pulli ausgezogen! Geht es dir schon besser, Baby?*

»So habe ich das nicht gemeint, alter Perversling.« Sie schnaubte leise.

»Ja, aber ich musste leider sofort daran denken. Ich würde mich übrigens noch besser fühlen, wenn du dein Top ausziehen und für mich die sexy Krankenschwester spielen würdest.«

Sie strich mit dem Finger über sein Kinn. »Auf keinen Fall!«

Er warf einen Blick in seinen Schoß. »Das ist jammerschade, Süße.«

Kurz spielte er mit der Idee, ihr Haar aus dem Dutt zu lösen oder eine Hand auf die Schwellung ihrer Brust zu legen. Aber seine Hände waren nass, und er war schon schuld daran, dass sie ihre Jeans ruiniert hatte. Am liebsten hätte er dafür gesorgt, dass sie genau dort feucht wurde, wo es sich am allerbesten anfühlte.

»Das kommt wirklich nicht infrage«, wiederholte sie und senkte ihren Kopf. Sie leckte sich über ihre Lippen, die seinen jetzt so nah waren, dass er sich einfach vorneigen und –

– einen nassen Waschlappen ins Gesicht bekommen könnte. Sie war ein wenig grob, aber sie machte es wieder wett, indem sie mit ihren Fingern durch sein nasses Haar strich. Das Medikament wirkte noch immer, sodass der Schmerz nichts weiter als ein dumpfes Pochen war. Er spürte ihren Atem an seinem Hals wie ein leises Flüstern und griff nach dem Saum ihres Tops.

»Wenn wir bei deiner unverletzten Seite beginnen, ist es wahrscheinlich etwas leichter.«

Sie schafften es, sein Shirt so einfach wie möglich auszuziehen. Es tat weniger weh, als er vermutet hatte.

»Shane, das sieht ja schrecklich aus!«

Er warf einen Blick in den Spiegel und entdeckte die dunkelroten Flecken auf seinem Oberkörper, die der Brandnarbe, die seine rechte Seite bedeckte, in Sachen Hässlichkeit in nichts nachstanden.

»Mir geht es prima.«

»Nein, He-Man, tut es nicht. Du musst zum Arzt.«

»Nix da. Keine Ärzte.« Die Vorstellung, in der Notauf-

nahme zu sitzen, jagte ihm eine Heidenangst ein. Er hatte
als Kind bereits viel zu viel Zeit in Wartezimmern verbracht
und dann das Blaue vom Himmel heruntergeschwin-
delt, wenn er den Ärzten erklären sollte, woher seine Verletzungen stammten. Kinder können erstaunlich gut Geheimnisse bewahren, und Shane hätte in Bezug auf seine
Heimlichtuerei eine Medaille verdient.

Cara sah ihn erstaunt an.

»Mach dir keine Sorgen, meine Liebe. Sieht schlimmer aus, als es ist. Ich habe mir schon vorher mal die Rippen angeknackst. Zeit und Medikamente – mehr braucht es
nicht für die Heilung.« Und die Fähigkeit, die Vergangenheit ruhen zu lassen.

Sie runzelte die Stirn und fuhr mit dem Finger über
seine Narbe.

»Du kannst mir auch Dinge anvertrauen. Ich bin gar
nicht so ichbezogen, wie die Leute immer denken.«

Sein Vater hatte ihn zehn Jahre lang als eine Art Boxsack benutzt – so lange, bis Shane groß genug war, um zu-
rückzuschlagen. Er wusste, wie es sich anfühlte, den Schuh
des Vaters im Genick zu haben, Glassplitter in der Schulter,
einen gebrochenen Arm und gebrochene Rippen zu haben.
Er hatte Dinge gesagt bekommen, die schmerzhafter waren
als all diese Verletzungen zusammen.

Nutzlos, wertlos, ein großer Fehler. Auch Alzheimer hatte
John Sullivan nicht milder gemacht, sondern ihn ledig-
lich vergesslich werden lassen. Shanes Erinnerungen hingegen waren noch klarer geworden und sein Zorn auf Jack,
der nicht für ihn da war, noch größer. Auch wenn er wusste,
dass das vollkommen unlogisch war.

Caras Mitgefühl hatte bedenkliche Auswirkungen auf

sein Herz. Er drückte ihre Taille sanft und bemerkte sofort seine schmuddeligen Fingerabdrücke auf dem weißen Stoff.

»Ehrlich, du musst dir nicht den Kopf zerbrechen«, sagte er und lächelte. Sie seufzte resigniert.

»Steh auf«, meinte sie dann und legte ihre Hände auf seine Schultern. Als er es tat, strich sie seitlich an seinem Körper entlang und vermied dabei die wundesten Stellen. Dann schob sie die Finger unter den Bund seiner Hose, die sich bereits wieder beulte.

»Ab jetzt mache ich allein weiter«, sagte er.

»Shane, ich habe das doch alles schon gesehen.«

»Das ist nicht der Punkt! Aber ich komme langsam nicht mehr gegen meine Fantasie an.«

»Oh, und was passiert in dieser Fantasie?«

»Na ja, du beugst dich über das Waschbecken, und ich dringe so tief in dich ein, wie es geht.«

Sie warf einen Blick aufs Waschbecken. »Habe ich denn auch ein Wörtchen mitzureden?«

»Leider ist es meine Fantasie, ZT. Und in der schreist du wie ein Pornostar und rufst, dass du es noch härter brauchst.«

»Ich schätze mal, ich kann dich da kaum bremsen. Allerdings werden solche Träume natürlich nur sehr selten Wirklichkeit.« Ihre Finger verweilten an seinem Hosenbund, und ihr Blick ruhte auf seinen Lippen.

»Cara, diese Fantasie wird nur deswegen nicht Realität, weil ich dann wirklich in der Notaufnahme enden würde.«

Sie sah ihn unendlich cool und gelassen an. »Shane, diese Fantasie wird in erster Linie deswegen nicht real, weil ich da nicht mitmache. Klar?«

Sie trat einen Schritt zurück und hob Vegas hoch.

»Gut, dann viel Erfolg mit der Hose.« Ihre Stimme klang rau, und er spürte sie förmlich an seinem Penis. Cara blickte auf seine Erektion und blinzelte.

»Wenn ich hier unter der Dusche stehe, werde ich an dich denken. Kannst gern hierbleiben und zuhören. Oder wonach auch immer es dir beliebt.«

Er küsste sie sanft, und der Kater fauchte, weil er zwischen ihnen eingequetscht war.

»Aber ich werde später Hilfe beim Anziehen brauchen. Und ich brauche ein Mittagessen. Und dann muss mich wieder jemand ausziehen. Also geh nicht zu weit weg.« Er zog seine Hose aus und den Duschvorhang zurück. Als er sich nach vorn beugte, zog er vor Schmerz kurz eine Grimasse und stellte vorsichtig die Dusche an, während er immer noch ihren Blick auf seinem Rücken spürte.

Aus dem Augenwinkel konnte er sehen, wie sie seinen Körper musterte und dann das Bad verließ. Eine gefährliche Hoffnung machte sich in ihm breit. Und dieses Mal versuchte er nicht, sie im Keim zu ersticken.

13.
Kapitel

Vegas sprang von ihrem Arm und Cara massierte sich die Schläfen. Nur mit viel Mühe hatte sie sich davon abhalten können, sich einfach auszuziehen und zu Shane unter die Dusche zu treten. Seine schokoladenfarbenen Augen, aus denen er sie so verlangend angesehen hatte, und sein Mund ... Sobald seine Lippen ihre berührt hatten, war sie in seine Welt hineingezogen worden. In seine süße, heiße, sexy Welt. Eine Welt, in der sie leben wollte. Schlafen wollte. Kinder haben wollte.

Sie sollte abhauen. Wegrennen, so, wie sie es immer getan hatte. Aber sie wusste, dass hinter dem Sexgott Shane noch ein anderer Mann steckte, der sehr litt – und zwar nicht nur unter körperlichen Schmerzen. Seine Seele war verwundet, und nicht einmal sein strahlendes Lächeln konnte darüber hinwegtäuschen.

In seinem spartanisch eingerichteten Schlafzimmer, in dem es nur eine Kommode, einen Futon und natürlich seine Cowboystiefel gab, waren weder Fotos noch andere persönliche Habseligkeiten zu sehen.

Als sie ihn ausgezogen hatte, war sie besonders sanft gewesen, um ihm nicht noch mehr Schmerzen zuzufügen. Jetzt legte sie ihm eine Jogginghose mit einem elastischen Bund und eine Kapuzenjacke mit Reißverschluss aufs Bett, weil das bequemer war als eine Jeans mit T-Shirt.

Der Manila-Umschlag, den sie ihm vor drei Tagen zugesteckt hatte, lag immer noch unschuldig auf seiner Kommode. Kein Knick zu sehen. Hatte er ihn überhaupt angerührt, geschweige denn darüber nachgedacht? Sie linste in den Umschlag und sah, dass ihre Unterschrift immer noch allein auf weiter Flur war. Sie waren jetzt schon fast drei Wochen verheiratet, und sie drehte trotzdem noch nicht durch.

Könnte es sein, dass sie diese verrückte Situation tatsächlich irgendwie genoss? Diese Achterbahnfahrt der Gefühle? Himmel, ja, das tat sie. Sie war schließlich alt genug!

Und sie würde ihrem Mann ein Mittagessen machen. Aber was? Was konnte sie denn? Nicht viel.

Sie konnte ihm ein Fertiggericht anbieten oder einen Becher Joghurt, aber damit konnte sie bei einem ausgezeichneten Koch natürlich nicht punkten. Cara war das Produkt einer essensbegeisterten Kultur und arbeitete jeden Tag mit Köchen zusammen, aber mit ihren Händen streichelte sie lieber über muskulöse Rückenpartien, als sie zum Gemüseschneiden zu benutzen. Aber irgendetwas würde ihr doch sicher einfallen?

Der Kater strich ihr um die Beine und miaute.

»Ja, Vegas. Ab in die Küche.«

Nach ein paar Fehlversuchen waren sie auf einem guten Weg. Während geschmolzener Käse die Luft mit einem tröstlichen Aroma erfüllte, fütterte sie die Katze mit unappetitlichem Trockenfutter, das sie in einer Tüte entdeckt hatte.

»Hey.« Bei dem Klang von Shanes Stimme begann es in ihrem Bauch sofort zu flattern.

Er hatte es geschafft, die Jogginghose anzuziehen, und war halb in die Kapuzenjacke geschlüpft, die von einer seiner Schultern herunterhing. Klatschnasse Haarsträhnen klebten an seiner Stirn, und es war das Traurigste und zugleich Schönste, das sie je gesehen hatte.

So vorsichtig wie möglich half sie ihm, den leeren Ärmel über seinen Arm zu ziehen. Plötzlich war sie in seiner Gegenwart ganz schüchtern. Cara fummelte am Reißverschluss herum und sah ein wenig bedauernd zu, wie seine schöne nackte Brust hinter dem Stoff verschwand.

Sie nahm die Armschlinge, die auf dem Tisch lag, und legte sie ihm schon ein wenig selbstbewusster um. Seine Augen funkelten amüsiert und herausfordernd zugleich. Er machte sie fix und fertig!

»Irgendwas brennt.«

»Tut deine Schulter noch weh?«

»Nein«, sagte er. »Na ja, ja, aber das, was du kochst, brennt gerade an.«

»Oh, shit!« Sie sprang auf und nahm die Pfanne vom Herd. Das mickrige Käsesandwich war auf der oberen Seite goldbraun geworden. Sie war wahnsinnig stolz auf diese Seite, aber die andere würde leider nicht so gut aussehen.

»Ich habe es vermasselt. Dabei habe ich versucht, deinen Rat zu befolgen.«

»Welchen denn?«

»Na, dass nichts so sexy ist wie eine selbstbewusste Frau in der Küche.«

Seine Lippen zuckten, und er ließ sich am Küchentisch nieder. »Dann servier dem Bad Boy mal sein Essen!«

Sie stellte den Teller vor ihn hin und versuchte, den verbrannten Geruch zu ignorieren. Wie konnte man denn zu dumm für ein Käsesandwich sein? Selbst Evan würde das hinbekommen. Großer Gott!

»Ich könnte noch was anderes machen.«

»Quatsch, es schmeckt sicher toll.« Er sah ihr tief in die Augen. »Ich freue mich sehr, dass du geblieben bist, Cara.« Er sagte es ganz leise, aber trotzdem begann ihr Herz zu rasen. Einen Moment lang schien die Welt einfach stehen zu bleiben, da ertönte ein lautes Klopfen an der Tür und riss sie aus ihrem Bann. Sie öffnete, und vor ihr standen Tad und Jack. So ein Mist!

Ihr Cousin hielt ihr eine Tüte vom *DeLuca* hin.

»Lili hat eine Bestellung für den Patienten aufgegeben.« Ohne eine Antwort abzuwarten, schlenderte er in die Wohnung. Jack folgte ihm grinsend. Ohne weitere Umschweife füllte Tad die berühmten Gnocchi ihres Vaters auf einen Teller.

Shane warf Cara einen Blick zu. »Ich bin schon bestens versorgt. Cara hat mir was zu essen gemacht.«

»Cara hat gekocht? Und ist es genießbar? Lass mich mal sehen!«, scherzte Tad.

Shane nahm einen Bissen von dem Sandwich und kaute. Sie wusste nicht, ob sie es sich nur einbildete, aber sein Lächeln wirkte ziemlich gequält – so, als hätte er noch nie etwas so Schlimmes gegessen.

»Hmmm, das ist …« Er überlegte. »Wirklich gut.«

Ihr Ehemann war ein fantastischer Lügner.

Vielleicht war sie ein wenig zu experimentierfreudig

gewesen, was die Zutaten anging. In seinem Kühlschrank hatte sie noch ein wenig Brie gefunden und ihn kurz entschlossen hinzugefügt. Und weil er nun mal ein Gourmetkoch war, hatte sie noch ein paar extrageschmacksintensive Komponenten verwendet. Dijonsenf zum Beispiel. Und Pimentpfeffer. Dann noch ein paar Kapern, weil ihre Mutter die die ganze Zeit benutzte.

Tad musterte das Sandwich in Shanes Hand kritisch. Dann sah er Cara an.

»Also, C, danke für die Gestaltung und das Marketingkonzept für die Weinbar. Mir gefallen deine Ideen für die Möbel richtig gut.« Sie hatte einen ihrer dicken Ordner mit Dekoideen und PR-Strategien für Tads neues Lokal gefüllt. Zum Beispiel hatte sie die Idee gehabt, die Tischplatten aus recycelten Weinkorken herzustellen. Nachdem sie seinen Businessplan gelesen hatte, machte sie sich große Hoffnungen, was den Erfolg seines Ladens anging. Außerdem war es vielleicht ein guter Ort für weitere Privatveranstaltungen.

»Kein Problem.«

Jack reichte Shane die Schlüssel seiner Harley mit einem bedauernden Lächeln. Offenbar hatte die Fahrt ihm Spaß gemacht.

»Wie geht es dir?«, fragte er.

»Könnte schlimmer sein. Die Schmerzmittel wirken langsam.«

Jack schnappte sich eines der Biere, die Tad mitgebracht hatte, und öffnete sie. Dann lehnte er sich an den Küchentresen, den er aus Lilis Zeit in dieser Wohnung nur allzu gut kannte.

»Ich habe mich noch mit Mason Napier unterhalten, nachdem du aufgebrochen bist, Cara.«

Auwei. Sie zog eine Augenbraue nach oben und wartete auf eine genauere Erklärung.

»Er scheint zu denken, dass wir so eine Art Cateringunternehmen sind. Dass wir irgendeine Party für hundert Leute für ihn ausrichten würden.« Er machte eine wegwerfende Bewegung mit der Hand, und Cara wappnete sich innerlich für einen Wutausbruch.

»Könnten wir doch.« Sie klang selbstbewusster, als sie sich fühlte.

Er lächelte sie gequält an. »Cara, vielleicht ist es dir bislang entgangen, aber wir führen ein todschickes, hoffentlich bald Michelin-Stern-würdiges Restaurant.«

»Ja, und du hast mich als deine Eventmanagerin angestellt«, meinte sie. Diese Diskussion stand schon lange an, und auch wenn sie sie lieber ohne Publikum geführt hätte, war es jetzt an der Zeit.

»Mason Napier … Dass Mason Napier tatsächlich uns ausgewählt hat, ist an sich schon ein Ereignis! Ein einziges Kopfnicken von ihm würde das Restaurant in ungeahnte Höhen katapultieren. Wir wären die erste Wahl für jede Party und jedes Charityevent auf dem Kalender der Chicagoer High Society.«

Er schnaubte. »Cara, ich bewundere ja deinen Elan, aber das machen wir nicht. Ich habe dich angestellt, damit du kleine Events in unserem privaten Speisesaal organisierst. Events, die mein aktuelles, handverlesenes Team neben dem regulären Betrieb stemmen kann. Ich habe diese großen Veranstaltungen in meinen Restaurants in London, New York und Vegas ausgerichtet. Und die Qualitätskontrolle ist in solchen Fällen ein echter Albtraum! Ich kann nicht riskieren, dass unter meinem Namen Tiefkühlkost serviert wird und Zeitarbeiter eingestellt werden, nur um ein paar Dollars extra zu verdienen!«

Obwohl er es jetzt schon seit einem Jahr langsamer angehen ließ, waren die unangenehmen Erinnerungen an seine Zeit als Promikoch immer noch frisch. Er hatte damals sehr unter den Gerüchten, die die Klatschpresse über ihn verbreitete, gelitten. Und bei dem Gedanken daran, dass sein Name mit einem minderwertigen Produkt in Verbindung gebracht werden könnte, lief es ihm kalt den Rücken hinunter.

»Jack«, sagte sie so überzeugend wie möglich. »Dann stellst du eben ein paar Leute mehr ein. Solche, auf die du dich verlassen kannst.«

»Und was ist mit dem Platz? Wir müssten das Restaurant für eine solche Veranstaltung schließen, und ich weiß, dass du an diesem Punkt noch nicht aufhören wollen wirst. Sollen wir jetzt jedes Mal den Betrieb einstellen, wenn der Platz in den oberen Räumlichkeiten knapp wird?«

»Nebenan gibt es ja auch noch einen Raum«, meinte Shane.

Danke, Shane! Sie musste ihn gar nicht ansehen, um zu wissen, dass seine irischen Augen funkelten.

Jack ignorierte ihn und sah Cara weiterhin herrisch an. »Bist du immer noch darauf aus, ihn zu mieten?«

Sie zuckte unbestimmt mit den Schultern, als wäre das nicht jeden Morgen ihr erster Gedanke. Nach Shane natürlich. Und danach riss sie sich zusammen und ging ins Fitnessstudio.

»Der Raum steht jetzt schon seit einem halben Jahr leer. Irgendwann ist er weg!«

»Cara«, sagte Jack ein wenig erschöpft, begann dann aber plötzlich über beide Backen zu grinsen.

Cara drehte sich um und entdeckte Lili, die gerade hereingekommen war und Jack küsste.

»Dein Verlobter ist der absolute Neandertaler«, sagte Cara zu ihr. »Überhaupt nicht up to date, was sein Geschäft angeht.«

Jacks Schultern lockerten sich, und er lächelte Lili an. »Aber Lili mag den Neandertaler. Für sie ist das okay.«

»Ich versuche, uns zu einer Topadresse in Chicago zu machen«, fuhr Cara eilig fort, ehe Jacks Hirn zu lustvernebelt wurde. »Es ist ja schon schlimm genug, dass du dich für Preise im mittleren Segment entschieden hast, wenn wir eigentlich das Doppelte verlangen könnten.«

»Du weißt, warum ich das mache. Ich will, dass jeder sich das Essen im *Sarriette* leisten kann, nicht nur die Mason Napiers dieser Welt.«

Diesen Streit hatten sie schon so oft geführt, dass sie ihn im Schlaf hätte aufsagen können.

»Aber in der Zwischenzeit haben die Mason Napiers dieser Welt – oder vielmehr ihre Mütter – Bedürfnisse, deren wir uns annehmen können! Wenn wir Penny Napiers Segen bekämen, dann …«

»Penny Napier?«, unterbrach Lili sie. »Du meinst die Gründerin der Pink-Hearts-Krebsstiftung?«

Cara nickte. »Sie veranstalten immer im Dezember ihr jährliches Dinner, und Mason meinte, wir könnten, ähm, die Bewirtung übernehmen, wenn wir genug Platz haben.«

»Das sollten wir machen«, sagte Lili zu Jack.

Er seufzte. »Süße, so einfach ist das nicht.«

Lili schmiegte sich an ihn. »Ich bin mir ganz sicher, dass ihr euch auf etwas einigen könntet. Ihr zwei seid doch echte Macher.«

»Pst!«, sagte Jack, aber Cara spürte schon eine gewisse Siegesstimmung. Sie hätte Lili früher mit ins Boot holen sollen. Und Shane.

Den starrte Jack jetzt an. »Ich schätze mal, du hältst das auch für eine gute Idee.«

»Sie ist nicht schlecht«, erwiderte Shane leichthin. »Du könntest die Speisekarte entwerfen, und es gibt bestimmt genug tolle Köche, die sofort für dich arbeiten würden.«

»Und Cara würde alles für dich organisieren«, meinte Tad.

»Zombieapokalypse, Jack«, meinte Lili grinsend.

»Was soll das denn heißen?«, fragte Cara und sah fragend in die Runde.

Jack lächelte sie an. »Kann sein, dass ich mal gesagt habe, dass ich dich im Falle einer Zombieapokalypse gern an meiner Seite hätte.«

»Das ist das Netteste, was du je zu mir gesagt hast, Jack.«

Alle fingen an zu lachen, sogar Shane, auch wenn er sofort vor Schmerz das Gesicht verzog.

Von dem Gedanken an ein Familienunternehmen wurde Cara ganz aufgeregt. Vielleicht gab es ja doch andere Arten, dazuzugehören, und sie hatte jetzt eine für sich entdeckt. Ihre Gedanken wirbelten nur so durcheinander. Tolle Köche wie Jack und ihr Vater. Lili könnte sich um die Fotos kümmern. Tad um den Wein. Und Shanes magische Kreationen passten auch perfekt ins Konzept. Ja, Shane wäre Teil des Familienbetriebs.

Wow.

Vielleicht sollten sie es für heute gut sein lassen. Sie warf Shane einen bedeutungsvollen Blick zu, der daraufhin in übertriebenes Gähnen ausbrach. »Danke, dass ihr gekommen seid, Leute«, meinte er. »Aber ich glaube, ich sollte mich mal ein Weilchen aufs Ohr legen.«

Als die Gäste zur Tür gingen, entdeckte Lili Vegas. »Wo kommt denn die Katze her?«, fragte sie.

»Es ist ein Kater. Er gehört Shane«, meinte Cara, auch wenn sicher allen klar war, dass das rosafarbene Halsband von ihr stammte.

»Hmm.« Lili trat in den Flur und sah sie dann gespielt überrascht an. »Oh, du bleibst hier?«

»Ich versuche nur, eine gute Nachbarin zu sein«, meinte Cara und ignorierte das Grinsen ihrer Schwester.

Sie ließ Jack und die anderen ein paar Schritte fortgehen, ehe sie die Bombe platzen ließ. »Oh, der Deal ist übrigens noch nicht in trockenen Tüchern! Mason wünscht sich ein Chef's Table am kommenden Samstagabend!«

Jacks Miene verfinsterte sich. »Das gibt es doch wohl nicht!«

Sie schloss die Tür und überließ ihn Lilis tröstenden Händen.

»Ich habe doch gesagt, dass wir ein gutes Team sind«, ertönte Shanes Stimme plötzlich so nah, dass sie zu zittern begann. Nur mit viel Mühe konnte sie sich davon abhalten, ihn einfach zu umarmen.

»Auf jeden Fall«, erwiderte sie und wich so lange zurück, bis sie die Tür im Rücken hatte.

»Zu dumm aber auch.« Er klopfte auf seine Armschlinge. »Ich hätte jetzt liebend gern beide Hände frei.«

»Ja?«

Er legte den Kopf schief und musterte sie von Kopf bis Fuß. »Ich hoffe, du kannst gut Anweisungen ausführen, Cara. Denn du wirst meine jetzt haargenau befolgen müssen.«

Berühr mich hier, Cara. Genau da, Baby. Und jetzt dich …
»Was hast du denn vor?«

Er lächelte sie anzüglich an. »Ich werde dir beibringen, wie man kocht.«

14.
Kapitel

Am Montag hatte Shane so starke Schmerzen, dass er keine andere Wahl hatte, als einen Arzt aufzusuchen. Cara bestand darauf. Weil sie ein Treffen mit einem potenziellen Kunden hatte, hatte sie Jack gebeten, ihn bei einem orthopädischen Chirurgen abzusetzen, der zu ihren Kontakten gehörte. Shane hatte den starken Verdacht, dass sie bereits einen Ordner angelegt hatte, in dem sie seine Genesung dokumentierte. Oder zumindest einen Zettel!

Im Auto plauderten Shane und Jack über das Hochzeitsmenü und verfielen dann in eine gemütliche Stille, bis Jack ein paar Blocks weiter wieder zu sprechen begann.

»Ich habe gehört, dass du uns vielleicht verlässt«, sagte er, ohne den Blick von der Straße abzuwenden.

»Wer sagt denn das?«

»Cara meinte, dass du gern eine eigene Konditorei eröffnen würdest.«

Es wurmte ihn ein wenig, dass Cara mit Jack darüber gesprochen hatte. Andererseits hatte er sie auch nicht um Stillschweigen gebeten, oder? Dennoch bestätigte es ihn in seinem Grundinstinkt, sich den Menschen nicht so schnell anzuvertrauen. »Ach, das war nur so ein Gedanke. Da steht noch nichts fest.«

»Wenn du einen Investor brauchst, dann weißt du ja, an wen du dich wenden kannst.«

Was? Shane hatte die letzten sechs Jahre über Geld gespart und brauchte das Geld nicht, aber dennoch freute er sich wahnsinnig über das Angebot. Ohne so richtig zu wissen, warum, hatte Shane jetzt beschlossen, in Chicago zu bleiben, solange er hier willkommen war. Er konnte hier einen Laden eröffnen. Über dem *Ristorante DeLuca* wohnen. Und mit Cara zusammen sein.

»Warum sollte dich das interessieren?«

»Na komm schon! Ein Laden des Gewinners fürs beste Design auf der International Exhibition of Culinary Art? Von dem Typ, nach dessen Kreationen alle Kundinnen verrückt sind?« Jack runzelte die Stirn. »Ähm, genau deswegen bin ich interessiert. Versteh mich nicht falsch, du würdest mir in der Küche sehr fehlen. Aber so könnte ich trotzdem noch von dir profitieren. Ich bin keineswegs so selbstlos!«

Jack hatte also Bescheid gewusst, hatte den Design-Award Shane gegenüber aber nie thematisiert. Shane hatte gedacht, dass Jack vermeiden wollte, dass sein Assistent zu selbstbewusst wurde. Langsam ließ sein Freudenrausch ein wenig nach, aber er wollte sich für immer an dieses Gefühl erinnern.

»Natürlich würde ich dich in diesem Zuge auch um einen Gefallen bitten«, fügte Jack hinzu.

»Worum geht's?«

»Ich dachte, du könntest vielleicht ein Rezept zu dem

Buch beisteuern, das ich mit Tony herausgebe. Ein paar tolle Desserts haben wir schon – Frankie macht zum Beispiel diese fantastische Zabaglione –, aber wir brauchen noch etwas mit dem gewissen Wow-Effekt. Zum Beispiel den Schokokuchen mit der Zitronen-Basilikum-Füllung ...«

»*Bella Donna.* Es wäre mir eine Ehre«, sagte Shane ergriffen.

»Gut.« Jack bog in die Einfahrt des Krankenhauses. »Wie geht es Cara denn? Sie schien ja sehr besorgt um dich zu sein.«

»Sie ist einfach eine gute Nachbarin.«

»Sie hat für dich gekocht. Aber ich vermute, das geht mich nichts an, oder?«

»Könnte man so sagen«, murmelte Shane, woraufhin Jack ihn scharf ansah.

»Tu ihr nicht weh, okay? Sie bedeutet mir viel.«

Shane blinzelte überrascht. »Und ich dachte, anfangs hättest du dir Sorgen um *mich* gemacht! Hieß es nicht, sie sei ein Männer verschlingendes Monster oder so?«

»Ach, die Gerüchte sind etwas übertrieben. Sie ist ...« Er schien zu überlegen, wie er es formulieren sollte. »Sie ist nicht so tough, wie sie tut.«

Wie recht er hatte. Cara war ganz und gar nicht tough. Jede Minute, die er mit ihr verbrachte, förderte neue Verletzlichkeiten zutage – allerdings nicht nur ihre.

»Und richtig unkompliziert ist sie auch nicht«, nutzte Shane den Moment.

Jack trommelte auf das Lenkrad. »Natürlich nicht. Sie ist ja auch eine DeLuca. *If she's amazing, she won't be easy* ...«

»*If she's easy, she won't be amazing*«, vollendete Shane das Zitat des großen Bob Marley. *Wenn sie unkompliziert ist, ist sie nicht umwerfend.* Mit einer gewissen Eifersucht stellte Shane fest, dass Jack offenbar von Caras Magersucht wusste.

»Danke fürs Fahren«, sagte er knapp. Er öffnete die Tür und stieg aus, was mit seinem nutzlosen Arm gar nicht so einfach war.

»Willst du, dass ich dich in einer Stunde wieder abhole?«, fragte Jack.

»Nope, ich kann die Bahn nehmen.«

»Und brauchst du ein paar Dollar für das Ticket, Berufseinsteiger?«

»Hey, du kannst mich mal!«

Lachend fuhr Jack davon.

Als Shane die Praxis eine Dreiviertelstunde später verließ, glänzte der blaugraue See im Sonnenlicht. Der Arzt hatte seine Rippen bandagiert und ihm gesagt, dass er mindestens zwei Wochen lang nicht im *Sarriette* arbeiten konnte, während die Bänder in seiner Schulter heilten.

Unweigerlich musste er an Cara, Jack und alle anderen denken. Sie waren so verdammt nett zu ihm, und er ... machte allen etwas vor. Anders konnte man es nicht sagen. Er drängte sich unter einem Vorwand in ihr Leben, und je länger er die Sache nicht richtigstellte, desto mehr verstrickte er sich in diese Familie. Je mehr das passierte, desto mehr wollte er es.

Ja, er wollte es alles. Sonntagsessen mit den DeLucas, den Onkel für den kleinen Evan spielen, Bier mit Tad trinken, Anerkennung von Jack bekommen. Und nicht nur das, er wollte eigentlich ein voll akzeptiertes Mitglied seiner Familie werden. Er hatte sich immer allein durchgekämpft. Seit Jo tot war und auch Packy an einem langen Bartresen im Himmel saß, war es ein Leichtes gewesen, alle Beziehungen auf einem oberflächlichen Level zu halten. Freundlich, aber distanziert. Und so hatte eigentlich auch dieser lächerliche Plan laufen sollen. Shane wollte mit allen klarkommen, im Restaurant brillieren und seine Neugier in Bezug auf Jack befriedigen. Er war tatsächlich etwas arrogant und eitel, so wie er es sich aufgrund seiner Interviews und Auftritte schon gedacht hatte. Aber er war auch ein richtig feiner Kerl.

Shane gestattete sich selten, darüber nachzudenken, wie es wäre, Jack die Wahrheit zu sagen. Aber wenn, dann war er sich sicher, dass sein Bruder einfach ausrasten würde und Shane sich in seinen Befürchtungen bestätigt fühlen würde. Dann konnte er seinen eigenen Laden eröffnen und ein freies, wohlgeordnetes Leben führen. Nun aber musste er immer an die Menschen denken, die er in diesem Fall zurücklassen müsste.

Er wollte Teil von etwas Echtem sein. Jacks echter Bruder, Caras echter Ehemann, eine echte Person.

Seine gesamte Existenz hier war erstunken und erlogen. Er hatte Jack angelogen, Cara, alle hier. Hatte sich wie ein Dieb in die Familie gemogelt und gedacht, er könnte sich ihre Zuneigung mit ein bisschen Charme und Gebäck erkaufen.

Wie sollte er diesen Menschen erklären, dass er schon so lange auf der Suche nach einem Zuhause war? Dass er sich aber nicht hatte niederlassen können, solange er gewusst hatte, dass sein Bruder irgendwo da draußen war? Er hatte sich bis jetzt ja nicht einmal selbst gekannt. Jack würde denken, dass er auf sein Geld aus war. Immerhin hatte er ihm sogar schon angeboten, in seinen Laden zu investieren oder bei seinem Kochbuch mitzumachen.

Und Cara? Jede Sekunde, die sie miteinander verbracht hatten, würde von seiner Lüge überschattet werden.

Wenn er die Wahrheit sagte, würde es aus und vorbei sein, und dafür war er noch nicht bereit. Noch lange nicht.

Er entfernte sich vom See und ging Richtung Bahnstation, die sich vier Blocks westlich befand, und versuchte, sich am Anblick der Frauen in ihren Sommerkleidern zu erfreuen. Das war eigentlich gar nicht so schwer. Seine Schulter mochte völlig kaputt sein, aber der Rest von ihm funktionierte noch ganz gut. An der Kreuzung fiel sein Blick auf ein paar schöne Knöchel in Schuhen mit hohen Absätzen. Er sah einen herzförmigen Po in einem engen Rock und dann eine kerzengerade Wirbelsäule, die in einen wunderschönen Hals mündete. Ein paar Haarsträhnen hatten sich aus ihrem Dutt gelöst, und er hätte sie zu gern auf den Nacken geküsst.

»Hallo, Mrs Doyle«, flüsterte er ihr ins Ohr.

Sie drehte sich um, und ihr Blick wurde sofort weich, als sie seinen bandagierten Arm in der Schlinge sah.

»Hey, was hat der Arzt gesagt?«

»Ich soll mich ein paar Tage lang schonen«, spielte er seine Verletzung herunter. »Und ich soll mich nicht scheuen, Freunde um Hilfe zu bitten. Oder Römer. Oder Frauen.«

»Die DeLucas sind keine Römer«, meinte sie. »Wir stammen aus Fiesole, das ist bei Florenz.«

»Ich liebe Fiesole. Da gibt es tolle Pizza.«

Als er lachte, zog sich ihr Herz zusammen. *Genau das ist in dieser Nacht passiert. Dieses Gefühl.*

»Wo wolltest du denn gerade hin?«, fragte er, obwohl er die Antwort schon kannte. Sie gingen über die Straße, und schon ein paar Blocks weiter waren sie im Mekka des

Einzelhandels angekommen, der Michigan Avenue. Caras Welt.

Sie warf ihm über die Schulter hinweg einen Blick zu und lenkte seine Aufmerksamkeit auf die farbenfrohen Kunstwerke, die an den bodentiefen Fenstern eines Gebäudes klebten und vom Ozean inspiriert zu sein schienen. Das große, mattierte Logo, ein Handabdruck über einem Ball, markierte den Eingang des Kinderkrankenhauses.

»Ach, hier arbeitest du ehrenamtlich und liest den Kindern vor?«

»Ja, und ich bin schon viel zu spät dran.« Sie trat einen Schritt von ihm weg, ihr schlanker Körper war angespannt. Dann warf sie einen weiteren zögerlichen Blick über die Schulter. »Möchtest du mich vielleicht begleiten?«

Unbedingt!

Fünf Minuten später war er registriert, hatte ein Namensschildchen erhalten und saß in der Spielecke der Onkologischen Abteilung im sechzehnten Stockwerk. Es war hell, einladend und so ganz anders als in den düsteren Krankenhäusern, in denen er nach seinen »versehentlichen Stürzen« so viel Zeit verbracht hatte. Alle Zimmer hatten Blick auf den stahlblauen Lake Michigan, und die Ärzte und Krankenschwestern flatterten durch die Türen hinein und hinaus. Wenn sie sich kurz öffneten, konnte man einen Blick auf die Kinder erhaschen, die an Geräte und Schläuche angeschlossen waren, die eigentlich kein Kind je hätte sehen und mit denen erst recht keines hätte verkabelt sein sollen. Aber so leicht es auch wäre, in Melancholie und Verzweiflung zu stürzen, so wenig war davon zu spüren. Das Personal lächelte und lachte, obwohl die Arbeit an diesem Ort auch ihnen gewiss oft genug das Herz brach. Vielleicht waren sie mittlerweile auch immun gegen diese Art von Traurigkeit. Er wusste nur zu gut, dass das möglich war.

»Alles okay bei dir?« Cara sah ihn prüfend an. In letzter Zeit war ihm seine charmante Maske immer wieder entglitten, und er hatte vor Cara mehr preisgegeben, als er das je bei irgendjemandem getan hatte. Er musste vorsichtiger werden.

»Manchmal verstört es Leute, Kinder in einem solchen Zustand zu sehen«, fügte sie sanft hinzu.

»Mir geht's bestens.«

Shane setzte sich in einen weichen Sessel und war sofort von einer Gruppe von Kindern umgeben, die so taten, als wäre Krebs ein Spaziergang. Eigentlich hätte er nicht überrascht sein sollen, dass die Kinder trotz ihrer Krankheit eine Menge Energie hatten. Genau das liebte er ja so an ihnen. Ihre Anpassungsfähigkeit.

Außerdem überraschte Cara ihn schon genug. Seine Frau verhielt sich den kleinen Energiebündeln gegenüber wie eine Jedimeisterin. Sobald sich auch die Wildesten unter ihnen ausgetobt hatten, rief sie sie zur Ordnung, um ihnen vorzulesen. Es sollte um eine Maus und irgendeinen Schabernack gehen, den sie des Zuckers wegen anstellte – die Details entgingen ihm, weil er zu beschäftigt damit war, die ganze Situation zu verarbeiten.

Cara war nicht nur kompliziert, sie war ein absolutes Mysterium. Er hätte nicht gedacht, dass es ihn so berühren würde, sie so zu erleben ... Alle Kinder lauschten ihrer Geschichte vollkommen gebannt. Ein blasser Junge ohne Haare, der etwa fünf Jahre alt war, kletterte auf ihren Schoß und starrte sie voller Bewunderung an. Shane konnte ihn nur zu gut verstehen!

Als die Geschichte beendet war, fingen die Kinder an zu nörgeln. Waren diese kleinen Nimmersatte denn nie zufrieden?

»Hey, ich würde euch gern meinen ...«, Cara hielt kurz inne und zog eine Augenbraue nach oben, »... meinen Freund Shane vorstellen, der als Konditor arbeitet. Weiß jemand von euch, was das ist?«

Die Kinder schüttelten den Kopf und musterten Shane neugierig.

»Das heißt, dass er ganz tolle Dinge backen kann«, fuhr Cara fort. »Und dass er den ganzen Tag lang Kuchen isst.«

»Ist er deswegen so groß?«, fragte ein niedliches blondes Mädchen, das wie eine Miniaturversion von Cara aussah.

Sie nickte. »Ja, Lizzie, genau. Er isst und isst. Wahrscheinlich wächst er immer weiter.«

»Und was ist mit seinem Arm passiert?«, fragte der Junge auf ihrem Schoß.

»Er hat ein dummes Spiel auf einem matschigen Feld gespielt, und plötzlich saßen fünf Männer auf ihm.«

»Eher fünfzig«, korrigierte Shane sie.

»Dumm«, sagte die kleine Lizzie.

»Sehr dumm«, stimmte Cara ihr zu.

Ein paar weibliche Mitarbeiterinnen kamen vorbei, um ihn zu begrüßen und unter die Lupe zu nehmen. Aus den Gesprächsbrocken schloss er, dass Cara schon seit Langem hierherkam und man ihre Arbeit sehr schätzte.

Eine Stunde später waren die Kinder wieder bei ihren Eltern oder Ärzten, und Cara und Shane machten sich bereit für den Aufbruch. Ob ihre Familie wohl von dem Job wusste?

»Du überraschst mich immer wieder, Mrs Doyle.«

Sie strahlte ihn an, als plötzlich ein großer, dunkelhaariger Arzt vorbeikam und Cara seinerseits anlächelte.

»*Hola, mi cariña.* Du siehst toll aus«, sagte der gut aussehende Arzt. Er gab ihr einen Kuss, und seine Lippen verweilten eine Spur zu lang auf ihrer Wange. Am liebsten hätte Shane ganz laut »Meins!« geknurrt.

»Hi, Darian«, sagte sie. »Danke, dass du mir von der freien Position im Vorstand erzählt hast.«

»Die Sache ist aufgrund deiner fantastischen Arbeit hier eigentlich schon geritzt. Wir brauchen nur noch den Segen von Madame Napier.« Er streckte Shane die Hand hin. »Darian Fuentes, ein Freund von Cara.«

Shane richtete sich auf, was höllisch wehtat, und schüttelte seine Hand. Das schmerzte noch mehr. »Ich bin Shane Doyle, Caras Ehemann.«

Cara keuchte. Wow. Der Gesichtsausdruck des Arztes war unbezahlbar.

Seine Hand wurde ganz schlaff. »Cara, Glückwunsch! Ich hatte ja keine Ahnung.«

Siegessicher ließ Shane seine Hand los. »Es war eben eine umwerfende Romanze. Es hat uns einfach so erwischt.« Er klopfte auf seine Schulter. »Ich muss mich immer noch davon erholen. Diese Frau hat es ganz schön in sich.«

Der Arzt verkrümelte sich sofort, und Shane trat in den Aufzug, während seine Schulter, sein Arm und sein Rücken immer noch höllisch wehtaten. Aber es hatte sich gelohnt! Als Cara und er sich ansahen, seufzte Cara laut auf, als wäre er ein ungezogenes Kind.

»Mach dir keine Sorgen, ZT. Dieser unmögliche Arzt wird dich nicht noch einmal belästigen.« Cara verdrehte die Augen. Yep, er war dem Tode geweiht.

»Deine Familie weiß nicht, dass du hier arbeitest, oder?«, fragte Shane.

»Sie würden es nicht verstehen. Wahrscheinlich würden sie einfach denken, dass ich mich damit von meinen Sünden reinwaschen will.«

Kurz schwieg er. »Das ist ein sehr harsches Wort, Cara.« Er sah sie mitfühlend an, und sie musste wegsehen, obwohl er ihre Hand hielt. »Meinst du damit, dass du nicht da warst, als deine Mutter krank war?«

»Sie haben den Krebs bei ihr ziemlich früh entdeckt, aber sie musste sich trotzdem operieren lassen, eine Chemotherapie machen und sich bestrahlen lassen. Wenn ich sie ansah, sah ich mich selbst zu meinen schlimmsten Zeiten. Die Knochen zeichneten sich unter ihrer Haut ab, sie hatte dunkle Augenringe. Ich wusste, dass sie keine Wahl hatte, und habe mich geschämt, weil ich freiwillig gehungert habe. Jahrelang hatte ich das meinem Körper angetan. Ich habe ihn behandelt wie ein wissenschaftliches Experiment, weil ich dachte, dass ich dadurch liebenswerter werde.«

Sie wischte sich eine Träne weg, aber die nächste kam sofort. »Ich habe mich davongestohlen, als sie mich gebraucht hätte, und habe Lili die ganze Arbeit allein machen lassen. Ich war immer schwer beschäftigt mit der TV-Show, die ich produziert habe, mit dem ach so wichtigen, glamourösen Leben, das ich vorgetäuscht habe. Es ist das Egoistischste, was ich je getan habe.«

Er ließ ihre Hand los, um ihr die Tränen mit seinem Daumen wegzuwischen. Sofort fühlte sie sich von der Berührung getröstet. »Du musstest für dich selbst sorgen, Cara. Dich darum kümmern, dass es dir wieder besser geht. Das würde dir doch niemand vorwerfen.«

Aber sie warf es sich vor. An jedem einzelnen Tag. »Ich hätte da sein sollen«, presste sie hervor.

»Und jetzt bist du da. Und hilfst Lili und Jack bei ihren Hochzeitsplanungen. Du machst das großartig.«

Er strich mit dem Daumen über ihre Lippen. »Wenn du die kleinen Dinge hinbekommst, dann schaffst du das auch bei den wichtigeren Sachen. So funktioniert es doch, oder?«

Sie nickte. »Irgendwie so, ja. Aber manchmal kommt es mir so vor, als würde ich überhaupt nichts hinkriegen.«

Er schnaubte ungläubig. »Was? Cara DeLuca, du hast es doch voll drauf! Es ist fast so, als wärst du dazu geschaffen, dich von einer Essstörung zu erholen.«

Als sie schockiert auflachte, merkte sie, wie sich etwas in ihrer Brust löste. »Aha, und wie kommst du darauf?«

»Tss, denkst du nicht, dass ich auch so meine Theorien habe?«

Sie trat näher, um seine Wärme zu spüren. »Okay. Erzähl mir davon.«

»Nun, wer auch immer uns von dort oben aus beobachtet, an welche höhere Macht auch immer du glaubst, er ...«

»Oder sie.«

Er nickte weise. »Er oder sie kreiert die Probleme auf dieser Erde aus einem ganz bestimmten Grund. Du hast also dieses perfektionistische Gen bekommen, aber auch diese innere Stärke. Die Fähigkeit, alles mit echten Cara-Eierstöcken zu überstehen.«

»Cara-Eierstöcken?«

»Ja, oder natürlich *coglioni*, wie ihr Italiener sagt.« Er lächelte. »Ich spreche viele Sprachen! Jedenfalls bist du dank dieser Kombination perfekt dafür geeignet, jedes Problem zu managen, das des Weges kommt. Hey, du hast sogar der Magersucht gezeigt, wo es langgeht! Ich sage damit nicht, dass das leicht war oder ist. Aber bis jetzt machst du deine Sache doch super. Und das wirst du auch weiterhin. Du bist Cara DeLuca. Du kriegst alles hin.«

Auch wenn er klang, als hätte er die Texte sämtlicher Glückskekse und Lebensratgeber auswendig gelernt, so saugte ihr Gehirn seine Plattitüden dennoch begierig auf. Vielleicht bekam Cara DeLuca nicht alles auf die Reihe, aber Cara DeLuca Doyle auf jeden Fall.

»Du denkst also, dass dieses Kontrollfreak-Perfektionisten-Gen, das mit schuld an meiner Magersucht war, mir gleichzeitig bei deren Bewältigung geholfen hat?«

»Hey, jetzt bring meine Theorie nicht durcheinander, Cara. Du darfst nicht vergessen, dass du jetzt eigentlich nicht länger so tun musst, als wärst du furchtbar tough. Das ist doch sehr anstrengend, oder?«

Er klang besorgt, und sie sah in seine schokoladenbraunen, traurigen Augen. Shane hatte ihr mal gesagt, dass auch er ein großer Geheimniskrämer war. Vielleicht würde er sie eines Tages einweihen?

»Cara, du musst nicht mein Gebäck in dich hineinschlingen oder deine Klamotten auf dem Schlafzimmerboden verteilen. Du musst einfach nur du selbst sein. Ich weiß nicht, ob du schon bereit bist, das auch in aller Öffentlichkeit zu tun. Aber bei mir kannst du wirklich mit der Show aufhören.«

Wie schaffte er das nur? So tief in sie hineinzublicken? Während sie Hand in Hand mit ihm den Sunset Strip hinabgelaufen war, hatte sie sich gefestigt und stark gefühlt. Und jetzt begriff sie, dass es in Ordnung war, sich Dinge zu wünschen. Träume zu haben.

Der Kloß in ihrem Hals verhinderte, dass sie etwas erwiderte. Aber das schien Shane auch gar nicht zu erwarten.

15.
Kapitel

*P*robieren wir vielleicht noch mal einen anderen Winkel aus?«, fragte Cara.

»Ich denke, wir haben ein gutes Ergebnis«, erwiderte Lili. »Eigentlich schon seit einer halben Stunde.«

Obwohl sie in den Speisesaal des *Sarriette* umgezogen waren, war es auch hier fast so warm wie in der Küche. Das bedeutete, dass die Schokoladenglasur jeden Moment schmelzen konnte. Und wenn sie das Foto nicht bald im Kasten hatten, würde Shane von vorn beginnen müssen. Lili verzog sich wieder hinter die kompliziert aussehende Kamera, und Jack warf Shane einen wissenden Blick zu. Dann klickte es ein paarmal.

Der Bella-Donna-Kuchen von Shane war jetzt Teil der Fotostrecke, die Jacks und Tonys Kochbuch zieren würde. Nie war Shane stolzer gewesen!

Das hier war der perfekte Abschluss eines perfekten Tages, den er kochend und lachend mit Jack, den DeLuca-Frauen und der Crew des *Sarriette* verbracht hatte. Da er wegen seiner Armschlinge nicht in der Küche arbeiten konnte, hatte er stattdessen Jack und Mona herumkommandiert. Er hatte jede Sekunde davon genossen und sogar die Musik aussuchen dürfen! Derry hatte Jack als Shanes Sklaven bezeichnet, was auch die restliche Belegschaft sehr amüsant gefunden hatte. Jack grummelte, war aber grundsätzlich einverstanden mit seiner Rolle.

»Obwohl du mir gerade wahnsinnig auf die Nerven gehst, würde ich heute Abend trotzdem noch einen mit dir trinken gehen«, sagte Lili zu Cara, während sie ihre Kamera einpackte.

»Ich kann leider nicht«, sagte Cara etwas zu schnell. »Ich habe schon was vor.« Sie bemühte sich krampfhaft, nicht zu Shane zu sehen. *Sehr unauffällig, ZT!*

»Wie steht es mit dir, Ire?«, wandte Lili sich an Shane. »Hast du Lust, mir Gesellschaft zu leisten, während mein Mann die Kohle verdient?« Sie zog eine Augenbraue nach oben. »Mit dem Arm kannst du ja sowieso nicht arbeiten und wahrscheinlich auch sonst nicht viel machen.«

»Oh, du wärst erstaunt, was ich alles hinkriege. Heute Abend bin ich leider auch schon verplant.«

»Hmm.« Sie warf ihm den berühmten DeLuca-Blick zu, hakte aber nicht weiter nach.

Während Lili eine Kameralinse in die weiche Hülle packte, sahen Cara und Shane sich an, und er lächelte. O ja, er war heute in der Tat verplant. Mit ihr. Allerdings waren ihre Pläne vollkommen unschuldiger Art. Seit dem Tag im Kinderkrankenhaus hatten sie viel Zeit miteinander verbracht und gemeinsam mit dem Kater auf dem Sofa Filme angesehen. Er hatte ihr das Kochen beigebracht, und sobald der Abspann der Filme lief, war sie hinüber in ihre Wohnung verschwunden und er unter die Dusche. Wenn er sich dann abtrocknete, verstummte drüben gerade das Rauschen des Staubsaugers. Er war sauber, ihre Wohnung war sauber; so hatten doch alle etwas davon. Natürlich gab es genug, was sie trotz seiner verletzten Schulter miteinander hätten anstellen können. Aber war Vorfreude nicht die schönste Freude?

Und auch wenn Shane sich natürlich keine unrealistischen Hoffnungen machen wollte, so hatte er schon das Gefühl, dass seine Beziehung zu Jack sich verändert hatte. Es waren eher die kleinen Momente, die ihm diesen Eindruck vermittelten. Ein kleiner Witz hier, eine Bitte um Rat da. Er hatte das beglückende Gefühl, dass Jack ihn tatsächlich mochte.

Was wäre gewonnen, wenn er allen die Wahrheit sagte? Wenn er wieder ausgeschlossen von allem wäre? Da draußen war es ungemütlich und kalt. Noch hatte er einen Fuß in der Tür und konnte die Wärme der Familie DeLuca genießen. Darauf wollte er nicht verzichten.

Jack und Cara verkrümelten sich mit einem dicken Ordner an die Bar, aber Lili machte keine Anstalten, sich anzuschließen. Shane kam mit zwei Gabeln auf sie zu, und Lili griff seufzend nach einer, um sie in die Torte zu versenken.

Sobald sie sie gekostet hatte, breitete sich ein strahlendes Lächeln auf ihren Lippen aus.

»Ist alles in Ordnung bei dir?«, erkundigte er sich, nachdem er sie den Geschmack hatte genießen lassen.

»Jetzt schon.« Sie schloss die Augen, und ihr Gesichtsausdruck war beinahe ekstatisch. »Habe ich dir gesagt, dass ich dich liebe, Shane?«

»Pass bloß auf! Du bist immerhin die Frau meines Chefs!«

Sie spähte hinüber zu Jack und Cara, die gerade an der Bar die Köpfe zusammensteckten. »Und du bist ein Heiliger.«

»Woher weißt du das?«

»Dein Boss ist ein Tyrann, und die Frau, mit der du möglicherweise schläfst, ein absoluter Kontrollfreak.«

Er grinste. Lili war offenbar nicht auf den Kopf gefallen.

»Na ja, man braucht schon eine bestimmte Persönlichkeitsstruktur, um damit klarzukommen. Wir haben es eben drauf.« Er schob sich ein Stück *Bella Donna* in den Mund. »Wie kommt es, dass du die beiden einfach so über dich hinwegtrampeln lässt, was deine Hochzeit angeht?«

Sie sah ihn finster an. »Tue ich doch gar nicht.«

»Ich habe das Gefühl, dass du gar nicht der Typ für so ein riesiges Spektakel bist. Dass du eher eine ruhigere Feier willst, aber Jack und Cara zuliebe bei ihren Plänen mitspielst.«

Lili verdrehte die Augen. »Die beiden sind eben keine Fans von bescheidenen Veranstaltungen.«

»Das steht fest, ja!«

Beide lachten.

»Mal im Ernst, wenn du keine Lust auf diese fancy Feier hast, dann solltest du ihnen das sagen.«

Sie seufzte. »Ich will, dass der Tag sie glücklich macht.«

»Aber es ist doch auch dein Tag. Also, in erster Linie sogar.«

Einen Moment dachte sie darüber nach. In dieser Hinsicht ähnelte sie Cara: Beide überlegten erst, ehe sie sprachen.

»Als wir noch klein waren, mussten wir immer bei Caras Fantasiehochzeit mitspielen. Sie hat Moms Brautkleid angezogen und alle Cousins, Cousinen und Nachbarskinder mit eingespannt. Cara hatte schon mehr Ehemänner als Elizabeth Taylor! Hat ganze Notizhefte mit Fotos aus Magazinen gefüllt und hatte tausend Ideen für ihre künftige Hochzeit. Schon als sie neun war, konnte niemand Nein zu ihr sagen.«

Das Problem kannte Shane nur zu gut!

»Sie war immer schon furchtbar romantisch, genau wie Jack.« Sie lächelte. »Jage ich dir Angst ein?«

»Gott, nein«, zwang er sich zu einem lockeren Tonfall. »Männer lieben doch hochzeitsbesessene Frauen.« Konnte ja sein, dass Cara früher einmal sehr romantisch gewesen war, aber heute war sie anders. Irgendetwas in ihr musste kaputtgegangen sein.

Lili runzelte die Stirn. »Ich bin mir nicht sicher, was sich geändert hat. Immer, wenn ich mit ihr übers Dating sprechen will, wimmelt sie mich ab. Es kommt mir fast so vor, als wäre sie mal an den falschen Mann geraten, der ihr die Sache mit der Romantik gründlich verdorben hat.« Lili schwieg einen Moment lang. »Sie ist wohl fest davon überzeugt, dass sie nie ihre eigene Märchenhochzeit erleben wird. Wenn es sie also glücklich macht, sich bei meiner Hochzeit auszutoben, und Jack auch — warum sollte ich ihnen diese Freude nehmen?« Sie legte den Kopf schief. »Damit will ich wohl sagen, dass eine Menge Arbeit auf dich zukommt, Shane.«

»Ich habe jetzt schon sechs Wochen in Jack Kilroys Küche überlebt.« Er grinste. »Ich denke, ich bin der Sache mit Cara gewachsen!«

Cara betrat Shanes Wohnung und tappte leise über den Parkettboden. Shane stand gerade unter der Dusche und trällerte vor sich hin, und kurz darauf hörte Cara ein leises Maunzen. Sie blickte hinab und entdeckte das dritte Mitglied ihres Triumvirats, das sie aus großen grünen Augen anstarrte und noch einmal miaute.

»Kleinen Moment, Vegas. Gleich gibt es Essen.«

Sie öffnete eine Dose mit Gourmet-Katzenfutter – Soufflé aus Wildlachs, Gartengemüse und Eiern – und kippte es in die Schüssel. Sofort stürzte der Kater sich darauf und hatte Cara im Nu vergessen.

Nachdem sie sich die Hände gewaschen hatte, widmete Cara sich ihrer wahren Mission. Schon zehn Minuten später blubberte der Kaffee, die Bratpfanne war heiß, und Shanes fantastische Brioche saugte die Zimt-Muskat-Eier-Mischung auf, deren Zubereitung sie von Shane gelernt hatte.

Seit seinem Unfall vor drei Wochen schlichen sie umeinander herum wie zwei Löwen in der afrikanischen Savanne. Er hatte ihr auch noch Dinge wie Reissalat oder sautierte Aubergine beigebracht, und sie revanchierte sich, indem sie ihre Hände bei sich behielt. Leicht war es nicht.

»Hey, Nachbarin.« Vom Klang seiner rauen Stimme begann es sofort überall in ihr zu kribbeln.

»Hey.«

Er gluckste. »Cara, ich habe dir doch gesagt, dass Vegas nur Trockenfutter bekommen soll. Du verwöhnst ihn!«

»Na, ab und zu braucht unser Schmusekater eben einen kleinen Leckerbissen.«

Er kam zu ihr und beugte sich schnuppernd über die Pfanne, die Hand locker auf ihrer Hüfte. *Tiefer, Süßer. Tiefer.*

»Ah, du machst *pain perdu*«, murmelte er. »Riecht gut!«

»Es ist French Toast, Mister. Wir sind hier immer noch in den USA!«

Er lehnte sich an den Tresen, sodass sie ihn von Kopf bis Fuß mustern konnte. Sein Haar war noch feucht vom Duschen, und er hatte sich das Handtuch lässig über die nackte Schulter geworfen. Auf der anderen konnte sie die mysteriöse Narbe sehen. Hatte ein Mann morgens je so gut ausgesehen?

»Bist du nervös wegen heute Abend?«, fragte er sie.

Sie nickte und wünschte beinahe, er hätte es nicht erwähnt. Nachdem er es zweimal aufgeschoben hatte, würde Mason Napier heute vorbeikommen, um in der Küche des *Sarriette* zu dinieren und sie um den Auftrag betteln zu lassen.

»Ich muss einfach dafür sorgen, dass etwas passiert«, sagte sie leise. »Wenn ich eine Chance bei Napiers Mutter bekomme, wäre das ein super Start in die nächste Phase. Ich weiß einfach, dass ich das gut könnte.«

»Und das aus dem Mund einer Frau, die sich vor ein paar Wochen noch nichts zugetraut hat? Schaut sie euch an! Sie kann einfach alles!«

Ein wenig verlegen widmete Cara sich wieder dem mit Eiern getränkten Briochestück, das in der Pfanne langsam goldbraun wurde. Shane hatte recht. Sie würde es hinkriegen. Sie sah sich in der Küche um. Und wie!

»Setz dich, Shane. Es gibt Frühstück.«

»Ich liebe es, wenn du mir zeigst, wo es langgeht. Und wenn du mich fütterst!«

Ein wenig erschrocken stellte sie fest, dass sie es ebenfalls mochte. Als er den ersten Bissen von dem French Toast nahm, das mit einem Klecks Crème Anglaise und dem Orangen-Ahorn-Sirup bedeckt war, den Shane gestern gemacht hatte, hielt sie den Atem an.

»Großartig, Cara! Wir machen noch eine echte Köchin aus dir.« Auf einer Seite war der French Toast ein wenig angebrannt, aber dazu sagte er nichts. Schließlich setzte Cara sich neben ihn und aß selbst ein paar Happen. Es gehörte zu ihrem Genesungsprogramm, sich immer wieder selbst daran zu erinnern, dass Essen moralisch nicht verwerflich und somit keinerlei Schuld damit verknüpft war. Kochen zu lernen und zu wissen, aus welchen Zutaten ihre Mahlzeit bestand, ob in ihr viele Kalorien steckten oder nicht, war ein sehr stärkendes Gefühl. Wenn sie etwas aß, das ein bisschen sündhaft war, so war das ihre Entscheidung. Sie hatte die volle Kontrolle über ihre Gabel.

Shane genoss sein Frühstück in vollen Zügen, und sie versuchte, sich auf ihren Teller zu konzentrieren und ihn nicht die ganze Zeit anzustarren. Vielleicht konnten sie es ja doch beim Status quo belassen? Sie hatte ihn nicht mehr zum Unterschreiben der Annullierungspapiere gedrängt und wollte das Thema gerade auch nicht ansprechen. Jeder Tag mit Shane zog sie tiefer in die Sache hinein.

Sie wollte sich nicht länger schützen. Viel lieber wollte sie sich in dieses Abenteuer hineinstürzen!

In den letzten Wochen hatte sie begonnen, sich so wohl mit Shane zu fühlen, wie sie es nie für möglich gehalten hätte. Wenn sie nicht gerade zusammen kochten, sahen sie fern oder guckten Filme. Er erzählte ihr von seinen Reisen; nach Frankreich, Marokko, Australien. An exotische und weniger exotische Orte. Aber je mehr er ihr von irgendwelchen Horrorunterkünften in Brisbane oder vom Bungee-Jumping in Südafrika erzählte, desto weniger hatte sie das Gefühl, ihn zu kennen. All seine Geschichten waren charmant und zugleich bedeutungslos, als wollte er sich mit den endlosen Anekdoten vor den schmerzhaften Erinnerungen schützen. Sie wusste, dass sein Vater ihn psychisch und wahrscheinlich auch körperlich misshandelt hatte. Und sie wollte, dass er sich bei ihr genauso sicher fühlte wie sie sich bei ihm.

»Ich habe etwas für dich«, meinte er kauend. Dann stand er auf und griff hinter das abgenutzte Sofa, um einen ... o Gott ... Helm hervorzuziehen. Einen glänzenden schwarzen Motorradhelm mit einem pinken, verschnörkelten Muster. Ihr Herz hämmerte so heftig, als wollte es aus ihrer Brust springen.

Er legte den Helm vor sie auf den Tisch. »Meiner ist zu schwer für dich, und du brauchst einen eigenen.«

Sie griff nach dem Helm, der federleicht war. Wie so etwas wohl ihren Schädel beschützen konnte? *Dein Kopf ist mir eben wichtig.*

»Er ist toll!«, sagte sie schließlich leise.

Erst als seine Schultern sich lockerten, fiel ihr auf, wie angespannt er gewesen war. »Dieser Typ in Tokio bemalt die Helme selbst. Ich wollte nicht, dass du irgendein x-beliebiges Teil trägst, also habe ich ihm einen Entwurf geschickt, und er hat ihn umgesetzt. Es bezieht sich auf dich, siehst du?« Er deutete auf das florale Ornament, das, wenn man genauer hinsah, ihren Namen ergab. Und auch die Buchstaben ZT verbargen sich in den Schleifen.

Sie blinzelte und versuchte, die Tränen zurückzuhalten. »Er ist so schön, Shane! Danke.«

»Lili hat mich für nächsten Sonntag wieder zum Lunch ins Haus deiner Eltern eingeladen.« Er verschränkte die Arme. »Hast du Lust, mit mir hinzufahren?«

Wenn sie zusammen mit Shane auf seiner Harley angerauscht kam, den eigens für sie gestalteten Helm auf dem Kopf, würde das definitiv für Gesprächsstoff sorgen.

»Jemand könnte denken, dass zwischen uns etwas läuft.«

»Da könnte dieser Jemand richtigliegen, oder?« Er lehnte sich zu ihr, sodass sie seinen warmen, nach Ahornsirup duftenden Atem spüren konnte. »Die Leute ahnen es doch längst. Und trotzdem dreht die Erde sich weiter, und es gab bislang noch keine Toten.«

»Stimmt.«

Er sah sie nachdenklich an. »Lili denkt, dass dir mal jemand das Herz gebrochen hat und du deswegen keine Lust mehr auf Beziehungen hast.«

»Du hast mit Lili über mich gesprochen?« Das gefiel ihr ganz und gar nicht!

»Nur ganz allgemein«, meinte er. »Hauptsächlich über die Hochzeit. Vielleicht solltet ihr mehr miteinander reden.«

»Ach, wir reden die ganze Zeit.«

Er zog die Augenbrauen hoch. *Du weißt schon, wie ich das meine.*

»Es ist einfach schade, dass du die Chance nicht wahrnimmst, deiner Familie näherzukommen. Wenn du ihnen davon erzählen würdest, was du durchgemacht hast, wäre das schon mal ein guter Start. Und wenn du dir selbst verzeihen würdest, wäre das noch besser.«

Wenn das bloß so einfach wäre!

»Wie würdest du denn beschreiben, was zwischen uns läuft?«

Er lächelte sie wissend an. »Na, wir werden sehen, oder? Im Moment pflegst du mich, wir kochen und schauen die ganze Zeit *Mad Men*.« Dann deutete er auf Vegas, der sich satt und zufrieden neben seiner Schüssel zusammengerollt hatte.

»Und natürlich gibt es noch diesen Kater.«

»Es ist nicht meine Schuld, dass du keine Lust auf das Aufbrechen der Geschlechterrollen und die Sozialpolitik der Sechzigerjahre hast!«, meinte Cara. »Und ich habe all deine Paul-Newman-Filme geguckt. Quid pro quo.«

»Ich kann immer noch nicht fassen, dass du nie *Der Clou* geschaut hast«, sagte er todtraurig.

Cara stellte ihren Teller in die Spüle, und ihr Herz raste, als sie die Entscheidung fällte. Jetzt oder nie.

»Ich schätze mal, ich werde meinen Rock wieder in eine motorradtaugliche Position schieben müssen.«

Ehe sie sich versah, hatten sich zwei muskulöse Arme um ihre Taille geschlungen, und sie spürte Shanes heiße Lippen an ihrem Hals. Er wirkte glücklich. Sie hatte ihn glücklich gemacht! Sie wollte den Rest ihres Lebens nichts anderes mehr tun.

Er hob sie hoch und setzte sie auf den Küchentresen, um sich dann zwischen ihre Beine zu stellen.

»Shane, deine Schulter!«

Er küsste sie und erstickte ihren Protest auf diese Weise im Keim. Cara war, als durchführe sie ein Stromschlag, und seine Erektion zeigte ihr, dass auch er bereit war. Zum Teufel mit der Schulter.

»Cara, meine wunderschöne Cara«, murmelte er leise.

»Du kannst dir nicht vorstellen, wie schwer es war, dich in den letzten Wochen nicht anzufassen.«

Das verstand sie nur zu gut! »Du warst eben verletzt, Shane«, sagte sie mit fester Stimme, legte ihre Handflächen auf seine Brust und drückte ihn ein Stück zurück. »Für das, was ich mit dir vorhabe, musst du topfit sein. Du bist nicht der Einzige, der Fantasien hat!«

Er sah sie verlangend an, legte seine Hände unter ihren Po und presste sie an seine Erektion. Ohne sie aus den Augen zu lassen, zog er ihr die Joggingjacke über den Kopf, ohne sich mit dem Reißverschluss aufzuhalten. Dann strich er mit der Rückseite seiner Hände über ihre Nippel, die nur vom Stoff ihres T-Shirts bedeckt waren. Von der Reibung wurden sie sofort steif.

Cara streichelte Shanes Körper, an den sie sich auch nach einem Monat noch zu gut erinnern konnte. Mit den Fingerspitzen strich sie über die rötlichen Erhebungen und Narben. Plötzlich lief ihr ein eiskalter Schauer über den Rücken. Diese kleinen, runden Einkerbungen, die etwa so groß wie die Radiergummis an den Bleistiften waren … Hatte ihn da jemand mit einer Zigarette verbrannt?

Cara spürte einen Kloß im Hals. »Was ist hier passiert, Honey?«

Es wäre so leicht gewesen, die Entdeckung einfach zu ignorieren und sich mit Shane zu vergnügen. Aber sie hatte sich schon zu oft von Shanes charmanter Art davon abhalten lassen, mit ihm über seine Vergangenheit zu reden. Er hatte furchtbar viele Narben, sein Vater war ein fieser alter Säufer, und er mochte keine Ärzte. Eigentlich musste sie nur eins und eins zusammenzählen.

»Ach, das war nur eine Rauferei. Ich war noch ein Kind.«

Wieder legte er seine Lippen auf die empfindliche Stelle unterhalb ihres Ohrs.

»Was für eine Rauferei?«

»Die Art, die Narben hinterlässt.« Wieder küsste er sie. *Lass gut sein, Cara. Erzwing es nicht.* »Hatte es was mit deinem Vater zu tun?«

Jetzt war sein ganzer Körper angespannt, und Shane ließ von ihr ab. Er wirkte jetzt auf einmal richtig zornig.

Cara legte die Hände auf seine Wangen. »Shane, du kannst mit mir reden!«

»Es gibt aber nichts zu reden.« Sein gequälter Blick sprach eine andere Sprache. »Nicht alle Iren sind tragische, melancholische Gestalten. Auch wenn du das aufgrund irgendwelcher Romane vielleicht denkst.«

Sie merkte seinem Grinsen an, dass es nicht echt war. Cara hatte es schon einmal auf Ginas Hochzeit gesehen, als Jack ihn gefragt hatte, ob er seine Hochzeitstorte machen würde. Oder im Kinderkrankenhaus.

»ZT, du bist doch hoffentlich nicht enttäuscht, dass meine Kindheit gar nicht so schlimm war, wie du gehofft hast? Ich bin mit einem Wanderzirkus abgehauen und habe aus Versehen einen Hieb mit der Löwenpeitsche abbekommen. Wie wäre das?«

»Vergiss es, Shane.«

»Cara.« Er holte tief Luft. »Es ist für uns nicht relevant.«

»Wie kannst du das sagen? Du erzählst mir so viele kleine Geschichten aus deinem Leben, aber etwas verbirgst du vor mir.« Sie wusste, dass hinter den Narben keine schöne Geschichte steckte. Darüber konnte nicht einmal ein begnadeter Erzähler wie Shane hinwegtäuschen. »Ich habe dir alles erzählt, Shane. Jetzt bist du an der Reihe.«

Er atmete heftig aus. »Was passiert ist, ehe wir uns kennengelernt haben, spielt keine Rolle. Ich weigere mich einfach, meine Zukunft von meiner Vergangenheit diktieren zu lassen.«

So ein starkes und gleichzeitig nichtssagendes Statement. Wie oft hatte Cara selbst so etwas von sich gegeben, um ihre Unsicherheit zu überdecken? Schweigend stellte sie das restliche Geschirr in die Spüle.

»Alles, was zählt, ist, dass ich von der ersten Minute an einfach nur deinem Körper huldigen und bei dir sein wollte. Wir sind ein gutes Team. Vergiss doch einfach, wie wir hierhergekommen sind, und genieß mit mir, was wir haben. Unser Ziel.«

»Denkst du, einer Prinzessin wie mir kannst du deine Probleme nicht zumuten?«

Sein Kiefer spannte sich an. »Ich glaube, du misst einem Mann, der mir schnurzpiepegal ist, viel zu viel Bedeutung bei.«

Sie berührte ihn leicht am Arm. »Shane, ich bin für dich …«

»Cara, lass es einfach gut sein, verdammt noch mal!« Der Wechsel war so plötzlich, dass sie erschrak. Seine Augen loderten vor Wut, und seine Worte fühlten sich an wie ein eiskalter Windstoß.

Sie hatte sich in einen Mann verliebt, der stärker war als jeder, den sie kannte. Er war ihr Fels in der Brandung, der Schwamm, der all ihre Verrücktheiten aufsog und dann wieder auspresste. Aber auch wenn sie bereit dazu war, ihn in ihr Leben zu lassen, so wollte er seine Last nicht mit ihr teilen. Er traute ihr nicht zu, dass sie das aushielt.

Es dauerte einen Moment, bis sie merkte, dass Shane auf

Abstand zu ihr gegangen war. Er sah sie nicht einmal mehr an. Wollte er, dass sie ging?

Wir sind ein gutes Team. Und dann ging sie so leise, wie sie gekommen war. Jeder Schritt, mit dem sie sich von ihm entfernte, machte seine Worte nichtiger. Und das Schlimmste war, dass er keinerlei Anstalten machte, sie aufzuhalten.

16.
Kapitel

ahrelang hatte Shane einen Plan verfolgt: Er wollte sein Handwerk perfektionieren und ein fantastischer Konditor werden, um so viel Abstand wie möglich zu seinem verhassten Vater zu gewinnen. Er ignorierte die Stimme, die ihm zuflüsterte, dass er nicht alles allein schaffen musste. Dass er seinen Bruder suchen und eine Verbindung zu ihm herstellen sollte. Die Frauen in seinem Leben hatten ihn nie richtig durchschaut, und unverbindliche Techtelmechtel funktionierten für ihn ohnehin am besten. Irgendwann ließen einen die Menschen so oder so im Stich.

Und dann hatte er Cara getroffen.

Sie dabei zu beobachten, wie sie in diesem sexy Jogginganzug an seinem Herd stand und für ihn kochte, hatte ihm die Kehle zusammengeschnürt. Als sie sich dann umgedreht hatte, hatte er plötzlich seine gesamte Zukunft vor sich gesehen, als befände er sich in einem verdammten Kitschfilm. Tolle Kinder mit Caras Lächeln und ihren blauen Augen, große, lärmende Abendessen mit seinem Bruder und seiner Familie. Ein Leben, von dem er immer so getan hatte, als würde er es nicht wollen. Seine Angst vor einem möglichen Scheitern war viel zu groß gewesen. Er liebte diese Frau, so einfach war das. Vielleicht hatte das bereits in Las Vegas begonnen, aber heute hatte er alles kaputt gemacht. Ständig drängte er sie, ehrlich zu sein, und konnte selbst nicht einmal die wichtigsten Fakten über seine Herkunft preisgeben.

Aus dieser Nummer kommst du mit Charme allein nicht raus, mein Freund.

Cara wollte wissen, wer er war und woher er kam. Wer seine Leute waren und wie er zu dem Mann geworden war, der er heute war. Das waren alles vernünftige Fragen, aber Shane zweifelte keinen Moment daran, was passieren würde, wenn er ihr von seinem Vater erzählte.

Er würde nicht mehr aufhören können zu sprechen. Es würde alles in einem schmerzhaften Schwall aus ihm herausströmen, die angeblichen Unfälle, die Enttäuschungen, die verdammte Ungerechtigkeit all dessen. Und ganz am Ende würde er ihr eröffnen, dass Jack sein Bruder war. Uff.

Er stand in den Toilettenräumen des *Sarriette* und musterte sich im Spiegel. Wie sehr ähnelte er John Sullivan? Um die Augen herum konnte man eine gewisse Ähnlichkeit ausmachen. Aber er glich seiner Mutter definitiv mehr – ein Grund mehr für seinen Vater, ihn zu verachten. Shane erinnerte seinen Erzeuger an ein betrunkenes Stelldichein hinter einem Pub in einem kleinen Kaff an der Küste. Das hatte sein Vater ihn nie vergessen lassen.

»Hey, Boss«, sagte Mona, als er zurück in die Küche kam. »Wir brauchen noch eine Zitronentarte und zweimal Sahnepudding für den Chef's Table.«

Der Chef's Table. Shane konnte nicht anders, als zu dem

kürzlich aufgestellten kleinen Tisch in der Ecke der Küche zu blicken. Eigentlich war es hier zu eng für solche Späße, aber er konnte den Reiz der Idee schon verstehen. Die intime Atmosphäre, die Hitze, der Trubel – etwas an dieser Erfahrung war sehr aufregend. Napier hatte ein paar lärmende Anzugträger mitgebracht, die bereits ziemlich betrunken waren, als sie ein paar Stunden zu spät in die Küche getorkelt kamen. Ihre Manieren hatten sie definitiv in der letzten Bar gelassen.

Cara saß bei ihnen und trug ein hautenges, smaragdgrünes Kleid, das am Rücken tief ausgeschnitten und von schimmernden Fäden durchzogen war. Unter anderen Umständen hätte er den Anblick sehr genossen, aber er war viel zu sauer. Napiers Truppe wiederum gaffte sie unverhohlen an und hechelte wie ein Rudel Wölfe. Den ganzen Abend über hatte Cara den Augenkontakt mit Shane vermieden und spielte ihre Rolle als lächelnde Hostess perfekt.

»Boss?«, fragte Mona noch einmal. »Ist alles in Ordnung?«

Als er sich zu seiner Assistentin umdrehte, sah sie ihn besorgt an. Den ganzen Abend über hatte er sie wegen jeder Kleinigkeit angemeckert. Dabei hätte er eigentlich gar nicht hier sein müssen – Mona vertrat ihn wunderbar. Er aber hatte Cara nun mal versprochen, dass er sie unterstützen würde, wenn sie Napier bezirzte. Allerdings hatte er ihr das Versprechen bereits vor ihrem Zerwürfnis gegeben.

Am Tisch ertönte dröhnendes Gelächter, in das sich das glockenhelle Lachen von Cara mischte. Klar, sie machte nur ihre Arbeit. Aber musste sie sie so sehr genießen?

Plötzlich erschien Jack direkt neben ihm.

»Ich glaube, du bist etwas zu früh wieder zurück zur Arbeit gekommen«, meinte er und sah ihn herausfordernd an. »Übertreib es nicht, Kumpel.«

»Mir geht es blendend«, fauchte Shane. Er ließ seine Schultern kreisen, und natürlich tat es höllisch weh. Aber das war immer noch besser, als sich auf das Geschehen am Tisch zu konzentrieren. Wieder blickte er hinüber und sah, wie ein Kollege von Napier seine Pranke auf Caras Unterarm gelegt hatte. Shane wollte schon nach vorn schießen, aber in diesem Moment spürte er Jacks starke Hand auf seiner verletzten Schulter. Ein heftiger Schmerz durchzuckte ihn, aber das schien Jack egal zu sein.

»Sie kann sich um sich selbst kümmern«, meinte er nur. Tatsächlich nahm Cara in diesem Moment die Hand von ihrem Arm, ohne sich dabei auch nur eine Sekunde von Napier abzuwenden.

»Wir müssen uns heute nach der Schicht miteinander unterhalten«, meinte Jack noch zu ihm, ehe er ihn stehen ließ.

Mit einiger Mühe löste Shane seinen Blick von dem Tisch und ging zu Mona, die den Nachtisch bereits auf den Tellern verteilt hatte.

»Ich mache das.« Er griff nach den Tellern und ging auf den Chef's Table zu. Als er das Dessert servierte, lachten die Gäste einfach weiter. Offenbar waren sie es gewöhnt, die Kellner zu ignorieren. Cara blickte auf und sah ihm kurz in die Augen.

»Ah, der Nachtisch! Der beste Teil einer Mahlzeit«, sagte Napier in einem kumpelhaften Tonfall. »Was macht die Schulter, Doyle?«

»Ist auf dem Weg der Besserung«, presste Shane zwischen zusammengebissenen Zähnen hervor.

»Ich weiß, was der beste Teil der Mahlzeit ist«, sagte Napiers Kumpel. Er glotzte so unverhohlen auf Caras Brüste, dass sie zusammenzuckte. Nein, das stimmte nicht. Sie zuckte zusammen, weil er seine fleischige Hand auf ihren Oberschenkel gelegt hatte. Noch ehe Shane reagieren konnte, hatte Cara dem Loser auch schon einen Löffel in seine unverschämte Hand gedrückt.

»Du wirst diesen Sahnepudding lieben, Michael«, sagte sie und strahlte ihn an. »Unser Pâtissier ist ein Genie!«

Einen Moment lang schien der Kerl zu überlegen, dann ließ er den Löffel einfach fallen und drückte doch tatsächlich sein Gesicht in Caras wunderschönen Ausschnitt. Ohne zu zögern, sprang Shane zu Cara, zog sie vom Stuhl hoch und verpasste dem Mann einen Fausthieb ins Gesicht.

Cara packte ihn an seinem verletzten Arm. »Shane, ich hatte doch alles im Griff!«

Michael, oder wie auch immer der Kerl hieß, rieb sich den Mund. »Hey, es tut mir leid«, sagte er.

Du bist kein bisschen anders als dein Vater. Ein brutaler Tyrann, der völlig verrückt ist.

Er überlegte gerade, ob er sich ebenfalls entschuldigen sollte, aber da hatte Jack ihn auch schon am Schlafittchen gepackt und ihn in sein Büro geschleift.

»Hey, nimm deine Hände von ...«

»Halt die Klappe!«, sagte Jack und stürmte hinaus. Shane rieb sich den Nacken und versuchte, tief durchzuatmen. Es wollte ihm nicht recht gelingen. Er hatte gerade einen Kunden angegriffen, und Jack würde ihn garantiert rauswerfen. Shane fiel auf, dass ihm das vollkommen egal war.

Schon drei Minuten später ging die Tür auf, und Shane machte sich auf einen Streit gefasst. Jack kam herein, dicht gefolgt von Cara und Napier.

»Wo steckt denn dein grapschender Kumpel?«, fragte Shane Napier.

Napier strich sich über seine perfekte Frisur.

»Ich habe ihn ins Taxi gesetzt. Mick konnte noch nie die Hände bei sich behalten, er ist wirklich fast so schlimm wie ihr irischen Jungs.« Er gluckste.

»Mason, ich kann gar nicht sagen, wie leid mir das tut. Bitte lass mich wissen, wenn Michael irgendetwas braucht«, sagte Cara beschwichtigend.

Wenn Michael irgendetwas braucht? Freien Zugang zu der herrlichen goldenen Haut meiner Frau vielleicht? Caras Stimme war weich und sanft, und was sie sagte, ging Shane höllisch auf die Nerven. »Ich hoffe, dieser kleine Ausrutscher führt nicht dazu, dass du das *Sarriette* jetzt nicht mehr für künftige Veranstaltungen in Betracht ziehst!«

»Ich bin sicher, dass ich Michael davon abhalten kann, euch zu verklagen. Aber auf negative Schlagzeilen solltet ihr euch durchaus gefasst machen! Wenn rauskommt, dass euer Personal schon wegen der kleinsten Kleinigkeit gewalttätig wird ...«

»Ich kündige, wenn das helfen sollte«, bot Shane an.

»Nein, das tust du nicht«, erwiderte Jack sofort. »Die Kosten für das Dinner heute gehen natürlich auf uns, Mason.«

»Das ist sehr großzügig, danke. Aber ich brauche noch etwas anderes. Im November werden meine Verlobte und ich heiraten, und ich möchte gern, dass du das Menü zusammenstellst.«

»Herzlichen Glückwunsch!«, sagte Cara. »Ich kann mich gar nicht daran erinnern, irgendwo eine Anzeige gelesen zu haben.«

»Ach, wir wollen in ganz bescheidenem Rahmen feiern. Es werden nur um die vierhundert Gäste kommen.«

»Ich richte keine Hochzeiten aus«, erwiderte Jack. »Ich bekomme eine Menge Anfragen, aber das Restaurant und meine Familie nimmt all meine Zeit in Anspruch.«

»Ich habe mir schon gedacht, dass du das sagen würdest«, meinte Napier und grinste. »Aber als Cara sich mit ihrer Bitte wegen der Pink-Hearts-Jahresfeier an mich gewendet hat, habe ich gedacht, dass du deine Meinung möglicherweise änderst. Meine Verlobte hat mich jedenfalls mit dem klaren Befehl hergeschickt, dich zu überreden. So sind sie eben, die Frauen!« Er blickte zwischen Shane und Jack hin und her. »Ich denke, du könntest in diesem Fall schon eine Ausnahme machen, oder?«

Was für ein Arschloch! Auch Jack sah ziemlich wütend aus.

»Wir werden eine Lösung finden«, antwortete er schließlich. Es kostete ihn ganz offensichtlich einige Mühe.

Sie gaben einander die Hand und verabschiedeten sich.

»Gib acht auf deine Schulter, Doyle«, sagte Napier zu Shane, als er mit Cara das Büro verließ. Die weigerte sich immer noch, ihn anzusehen. »Und auf dein Temperament.«

Sobald er mit Jack allein war, begann Shane, sich zu verteidigen. »Dieses Ekel hat Cara angefasst!«

»Und ich wollte gerade eingreifen.«

Shane sah ihn fassungslos an. »Ach ja, und wann hättest du das getan? Wenn er seinen nackten Schwanz ausgepackt hätte? Das hier ist deine Küche, und du lässt zu, dass Kunden deine Angestellten belästigen! Toll gemacht, du furchtloser Anführer! Was ist aus dem Mann geworden, der Dutzende von Paparazzi verprügelt hat, als sie seiner Schwester zu dicht auf die Pelle gerückt sind? Oder der die Nerven verloren hat, als Lili online beleidigt wurde?«

Jack fühlte sich offensichtlich unwohl. »Normalerweise vermeide ich zumindest Prügeleien in meinem eigenen Restaurant! Himmel, habe ich dir nicht gesagt, dass du dich von ihr fernhalten sollst?«

Shane ballte seine Hände zu Fäusten und verschränkte dann die Arme. »Ich habe echt die Schnauze voll davon, dass du dich ständig in mein Privatleben einmischen willst. Ich bin zusammen, mit wem ich will. Und wenn dir das nicht passt, dann kannst du mich mal kreuzweise!«

»Ach, so stellst du das jetzt dar, ja? Ich kapiere einfach nicht, was das alles soll, Doyle. Erklär mir doch bitte mal, weshalb ein preisgekrönter Konditor seinen Job bei Anton Baillard aufgeben sollte! Und wenn du so heiß darauf bist, hier zu arbeiten, weshalb hast du dann schon wieder neue Zukunftspläne geschmiedet?« Jack tigerte zwischen Tür und Schreibtisch hin und her. »Ich habe Baillard heute Nachmittag angerufen, und rate mal, was er zu mir gesagt hat. Er hat dich angefleht, im *Maison Rouge* zu bleiben, und dir sogar eine Verdoppelung deines ursprünglichen Gehalts angeboten! Warum hast du das aufgegeben, für einen niedrigeren Lohn und eine kleinere Küche? Ich bin nun wirklich nicht der Meister des Konditorhandwerks!«

»Ach, du kennst dich gut genug aus«, erwiderte Shane, als wäre das der wichtigste Aspekt in Jacks Rede gewesen. Der sah ihn jetzt finster an.

»Ich wollte dich eigentlich gar nicht anstellen. Aber offenbar hast du Laurent dauernd damit in den Ohren gelegen, dass du hierher wechseln willst.«

Shanes Herz klopfte wie wild. Hatte er gerade richtig gehört? Jack hatte nicht gewollt, dass er hier arbeitete?

Plötzlich stand Cara wieder im Büro. »Ich hatte keine Ahnung, dass er diese kleine Stunteinlage geplant hat«, meinte sie.

»Wer jetzt? Napier oder dein Freund?«

»Er ist nicht mein Freund.«

Das zu hören brach Shane endgültig das Herz.

»Denkst du, wir sind aus dem Schneider?«, sagte sie dann zu Jack und ignorierte Shane weiterhin nach Kräften. »Er könnte uns verklagen und unser gesamtes Geschäft vernichten.«

Jack winkte ab. »Napier wird sein Wort halten. Der Prozess wird uns erspart bleiben, obwohl er es uns natürlich trotzdem irgendwie heimzahlen kann.« Er funkelte Shane an, der gar nicht mehr wusste, was er denken sollte. Er war nicht Jacks Bruder. Und auch für Cara hatte er keinerlei Bedeutung mehr. Er war ein Nichts.

»Wenn du mich feuern willst«, sagte er zu Jack, »dann mach das lieber gleich, anstatt mich hinzuhalten. Hältst du dich für den lieben Gott, oder was?«

»Shane«, sagte Cara in dem beruhigenden Tonfall, den sie auch bei Napier angewendet hatte. Allerdings war ihrem Ton jetzt noch eine Spur Verachtung beigemischt. »Jack wirft dich nicht raus.«

Jack hob die Hand. »Nur nicht so voreilig, Cara.«

»Wisst ihr, was? Ich erspare euch weitere Grübeleien. Den Job könnt ihr euch sonst wohin stecken!«

Mit diesen Worten stürzte er in den Flur. Er wusste, dass er es total vermasselt hatte, aber er würde auf keinen Fall vor Jack zu Kreuze kriechen. Und er würde sich nur über seine Leiche bei ihm entschuldigen.

»Shane!« Cara sah zu, wie er aus dem Restaurant stürmte und dabei beinahe einen der gestressten Kellner umrempelte.

»Lass ihn«, sagte Jack, »der muss sich erst mal beruhigen.«

Nun, das war offensichtlich. Gerade als sie gedacht hatte, sie hätte alles im Griff, hatte er sie wieder überrumpelt. Was hatte er sich nur eben am Chef's Table gedacht?

»Du wirst seine Kündigung nicht so einfach akzeptieren, oder?«

Jack seufzte. »Nein. Ich werde morgen noch mal mit ihm reden und alles klären.«

Erst als sie in ihrem Büro waren, konnte Cara wieder etwas freier durchatmen. Was für eine absolute Katastrophe! Nicht nur die Sache mit Shane – sie hätte auch wissen müssen, dass sich mit Mason Napier nicht so einfach ein Deal abschließen ließ. Der interessierte sich nicht im Geringsten für das Charityessen seiner Mutter, sondern nur für seine eigene Hochzeit. Er hatte ihre Verzweiflung ausgenutzt. Und auch wenn er die Ereignisse des heutigen Abends natürlich nicht hatte planen können, so war für ihn alles bestens gelaufen.

»Jack, es tut mir wirklich leid, was da mit Mason passiert ist.«

»Ja, mir auch. Ich hätte früher eingreifen sollen, da hatte Shane schon recht.«

Eigentlich hatte sie Masons Methoden gemeint. Aber sie musste zugeben, dass sie es aufregend gefunden hatte, von Shane verteidigt zu werden.

»Jetzt, wo wir auf dem neuesten Stand sind, können wir einen richtigen Plan schmieden.«

Jack wischte sich mit der Hand über den Mund und sah sie an. »Das mit dem Charitydinner bekomme ich schon irgendwie hin. Aber was seine Hochzeit betrifft ... Ich mache das jetzt, um uns aus dem Schlamassel zu holen. Aber das bleibt eine einmalige Sache.«

Ihr blieb beinahe das Herz stehen. »Jack, das ist doch die perfekte Gelegenheit, um künftig größere Veranstaltungen an Land zu ziehen. Das würde unser Geschäft so richtig ankurbeln!«

Wieder seufzte er. »Cara, du weißt, dass ich mich da immer ein wenig gesträubt habe. Ich war nur nicht ganz ehrlich, was meine Beweggründe anging ... Sobald Lili und ich geheiratet haben, wollen wir eine Familie gründen.«

Cara hatte das Gefühl, den Boden unter den Füßen zu verlieren. »Oh. Ich verstehe.«

»Ich will nicht einer dieser Väter sein, der nie da ist. Und ich will Lili ganz sicher nicht allein mit dem Kind lassen, während ich mehr Kohle scheffele, als wir brauchen. Kinder brauchen beide Eltern, da will ich nicht expandieren oder einen weiteren Geschäftszweig ins Leben rufen.«

Okay. Jack wollte sich also ein Nest bauen, und das konnte sie ihm auch nicht verübeln. Wer wollte es sich denn nicht mit seinen Liebsten gemütlich machen und eine schöne Zeit mit seinen Kindern verbringen? Jacks Mutter hatte ihn allein großgezogen, und später hatte er bei seinem nachlässigen Stiefvater gelebt, aber er liebte Lili, Jules und Evan wahnsinnig. Familie bedeutete ihm alles. Jack war beinahe zehn Jahre älter als Lili, da war es verständlich, dass er sich um Nachwuchs kümmern wollte.

»Weiß Lili denn, dass du sie in den Flitterwochen schwängern willst? Ich dachte, sie will Karriere machen«, scherzte Cara, aber ihre Stimme klang hohl. Bald würde ihre Schwester ein Baby haben.

»Sie weiß es. Und in Bezug auf ihre Karriere hat sie trotzdem noch alle Möglichkeiten, weil wir die Sache mit der Kindererziehung gerecht aufteilen werden. Ich will meine Kinder sicher nicht bei irgendwelchen Fremden abstellen. Nein, ich will keine Sekunde verpassen.«

Caras Herz zog sich zusammen. Was war ihre Schwester nur für ein Glückspilz!

»Warum hast du mir das denn nicht gesagt?«

Er zog eine Grimasse und überlegte kurz. »Ich habe manchmal den Eindruck, dass wir dir unser Glück ein bisschen zu sehr unter die Nase reiben.«

Wow. Jack kannte sie offenbar wirklich gut.

»Mir geht es bestens. Also ... viel besser als früher.«

Anstatt beruhigt zu sein, verhärteten sich seine Gesichtszüge. »Das hat nicht zufällig was mit unserem hitzköpfigen Konditor zu tun, oder?«

Sie starrte ihn an und suchte nach Ausflüchten. *Es ist alles ganz unverbindlich. Ich brauche keinen Mann, um glücklich zu sein.* Aber sie brachte kein Wort heraus.

»So schlimm?«, fragte Jack.

Mit zitternden Knien ließ sie sich aufs Sofa plumpsen. »Ich dachte, ich hätte es im Griff. Es gibt tausend Gründe, warum es nicht funktionieren kann. Aber wenn ich bei ihm bin, lösen sie sich einfach in Luft auf.«

»Kann es sein, dass du einfach auf seinen blöden Akzent hereingefallen bist?«

»Ganz bestimmt.« Sie versuchte zu lächeln, aber es gelang ihr nicht.

Jack setzte sich neben sie. »Er war heute Abend ganz schön neben der Spur. Klar, es gab einen Auslöser, aber so kenne ich Shane eigentlich nicht.«

»Wir hatten vorher einen Streit. Er erzählt so wenig von sich, und ich hatte versucht, mehr über ihn zu erfahren.« Statt mit ihr zu reden, hatte er sich an einem betrunkenen Vollidioten abreagiert. »Ich weiß einfach nicht genau, wo er steht … was mit ihm ist.«

Jack sah sie besorgt an. Sie war sich nie sicher gewesen, wann er von ihrer Essstörung erfahren hatte oder ob er überhaupt im Bilde war, aber er wusste genug. Er machte ihr immerhin jeden Tag sorgfältig ihr schlichtes Abendessen – Hühnchen mit exakt fünfzehn Spinatblättern, nicht mehr und nicht weniger! –, und auch jetzt lag in seinem Blick kein Mitleid, sondern Unterstützung.

»Ich glaube, nach dem heutigen Abend dürfte sein Standpunkt relativ klar sein«, sagte er. »Der Typ ist total verrückt nach dir. Das ist mit ihm.«

Und sie war verrückt nach ihm. Nein, mehr als das. Sie war unsterblich in ihn verliebt. Sie liebte ihn, weil ihre merkwürdigen Seiten ihn nicht in die Flucht geschlagen hatten. Weil er ihre Welt bunter und ihr Lust aufs Leben machte. Shane sah sie so, wie sie wirklich war.

Sie hatte versucht, ihr Leben so geordnet und übersichtlich wie möglich zu gestalten – um nicht unterzugehen oder sich in einer anderen Person zu verlieren. Seit jener Nacht in Vegas hatte sie Shane als eine Eisenkugel an ihrem Fußgelenk betrachtet, die sie in die Tiefe riss. Dabei war er doch eigentlich ihr Rettungsring! Und jetzt brauchte er sie. Er musste sehen, dass sie stark genug für sie beide war.

»Du magst Shane, oder?«, fragte sie und hatte plötzlich das Gefühl, sie müsste ihren Mann verteidigen.

»Er ist ein toller Koch und passt super in mein Team. Er erinnert mich an mich selbst, als ich noch jünger war. Besonders gerade eben, als er seinen Wutausbruch hatte.«

Sie schnaubte. »Als du noch jünger warst? Jack, du bist doch letztes Jahr auch noch durchgedreht. Wie wäre es außerdem mit einer Antwort, in der es nicht wieder nur um dich selbst geht?«

»Okay. Ja, ich mag ihn, aber ich durchschaue ihn auch nicht so richtig. Ich bin mir immer noch nicht sicher, ob er dich ... verdient hat, Cara. Aber er könnte sich sehr glücklich schätzen, wenn er mit dir zusammen sein dürfte.«

Als er sie anlächelte, erinnerte er sie plötzlich an ... Wie seltsam, dass ihr das nie aufgefallen war. Sein Mund hatte den gleichen leichten Knick wie Shanes. Im Gesicht ihres Mannes fiel er ein wenig weicher aus, nicht ganz so sinnlich, aber in beiden Fällen war der Schwung wunderschön. Jacks Vorfahren kamen ja teilweise auch aus Irland – vielleicht war also tatsächlich etwas dran an den grünen Genen? Wahrscheinlicher aber war, dass sie einfach an nichts anderes denken konnte als an Shane. Sie war bereit. Für die Liebe und jede Herausforderung, die da auf sie zukommen mochte.

Pass bloß auf, Shane Doyle. Dein süßer irischer Hintern gehört mir!

17.
Kapitel

Um zehn nach vier Uhr morgens bog Shane in die Gasse hinter seiner Wohnung ein und stellte den Motor ab. Caras Auto stand auf ihrem Parkplatz, und er starrte es an, um irgendwelche Schlüsse aus seiner Position zu ziehen. Vielleicht stand es eine Spur weiter rechts als gewöhnlich, weil sie bei ihrer Heimkehr aufgebracht gewesen war? Oder bildete er sich das nur ein? Wäre ja auch nichts Neues.

Dass er auf seiner Maschine bis nach Indiana gebrettert war, hatte ihn weder beruhigt noch wirklich weitergebracht. Jacks Zurückweisung und Caras Leugnung ihrer Beziehung hatten ihn vollkommen fertiggemacht. Was hielt ihn schon in Chicago? Er war nichts weiter als ein Nachbar, ein Angestellter. Nein, ein ehemaliger Angestellter. Es war höchste Zeit, weiterzuziehen.

Während er langsam die Treppe hinaufstieg, machte er eine Liste von Dingen, die er hier vor seinem Umzug erledigen musste. Viel war es nicht. Er musste den Kühlschrank leer räumen, seine Tasche packen und sich darum kümmern, dass der Kater versorgt war. Mensch, den würde er wirklich vermissen.

Als er vor seiner Tür stand, öffnete sie sich plötzlich. Und vor ihm stand Cara, blond und duftend. Sie trug sein Rugbyshirt. Irgendetwas sehr Urwüchsiges regte sich in ihm. Seine Frau. In seinem Shirt. In seiner Wohnung.

»Wo hast du denn gesteckt?«, fragte sie ihn. »Ich habe dich den ganzen Abend über angerufen und dich mit Nachrichten bombardiert!«

»Ich habe mein Telefon im Restaurant liegen lassen.« Er war einfach aus dem *Sarriette* gestürmt und hatte dabei noch seine Kochkleidung angehabt. Auch wenn es beim Fahren auf dem Motorrad immer kälter wurde, je weiter er sich von Chicago entfernte, hatte er seine Kochjacke einfach am Straßenrand liegen lassen. Eine ziemlich symbolträchtige Handlung.

»Sorry, dass ich dein Treffen mit Napier verdorben habe.«

Sie sah ihn erschöpft an. »Shane, du hast mich gegen einen besoffenen Vollidioten verteidigt. In dem Moment habe ich es nicht zu schätzen gewusst, da hatte ich einfach Angst, dass mein Deal mit Napier platzt. Aber dann habe ich mir die ganze Nacht lang Sorgen um dich gemacht.«

»Das war doch nicht nötig.«

»Doch, Shane, das habe ich aber. Du bist mir jede Sorge wert.«

Nein, war er nicht. Niemand wollte ihn, niemand brauchte ihn. *Nutzlos, wertlos, ein großer Fehler.* Genau das war er.

Plötzlich stieg in ihm jene Wut wieder hoch, die er während der Motorradfahrt eigentlich hatte loswerden wollen.

Sie trat einen Schritt auf ihn zu, aber er hob die Hand.

»Nicht, Cara. Wenn du näher kommst, übernehme ich

keine Verantwortung, dass ich nicht …« Dass er nicht was? Dass er ihren Körper nicht benutzen würde, um sich zu trösten, sein Begehren zu stillen?

Ohne auf ihn zu hören, stellte sie sich ganz dicht vor ihn und legte ihre Hand auf seine Brust. Sofort durchfuhr ihn eine Art elektrischer Schlag. Cara legte eine Hand auf seine Hüfte, zog seinen V-Kragen ein wenig beiseite und strich mit einem Finger über seine silbergraue Narbe. Bestimmt war es tröstlich gemeint, aber stattdessen schmerzte die Narbe plötzlich, als wäre sie ganz frisch.

Niemand wusste, wie es sich abgespielt hatte. Es hatte auch niemanden interessiert. Er hatte diese Erinnerung so tief in sich vergraben, dass er mit niemandem darüber sprechen konnte. Auch nicht mit Jo. Sie war nicht seine echte Tante und hatte sechs eigene Kinder. Wenn er es ihr erzählte, würde er in irgendeinem Heim landen, Kilometer weit entfernt von ihrer warmen Küche. Im Heim roch es nicht nach frischem Brot oder Apfelkuchen.

Sein Bruder hätte für ihn da sein sollen.

Selbst jetzt kamen ihm noch solche Gedanken, kindische Rettungsfantasien. Jack hatte nicht einmal gewusst, dass er existierte, und dafür hasste Shane ihn.

»Shane, du warst immer für mich da. Lass mich jetzt dasselbe für dich tun«, sagte Cara.

Himmel, sie hatte ja keine Ahnung, was sie da sagte. Wie umfassend seine Gier war. Dass auch sein Neid keine Grenzen kannte. Er schüttelte den Kopf. Die Worte steckten in seiner Kehle fest.

Cara sah ihn aus großen Augen an, während er schwieg. Sah in ihn hinein. Vielleicht verstand sie ihn auch ohne Worte?

Da zog sie ihm plötzlich sein T-Shirt aus. Ohne Hast, ganz sachte. Sie strich mit den Fingerspitzen über seine hässlichste Erinnerung, die, die sich auf seiner rechten Seite befand. Eigentlich hatte er damals gedacht, dass das Essen seinem Vater helfen würde, nüchtern zu werden. Aber es war keine gute Idee gewesen, die Fritteuse für die Pommes frites anzustellen. Ein Sandwich wäre die schlauere Variante gewesen.

»Er ... er hat viel getrunken und ist dann manchmal total ausgerastet. Diese hier ...« Er griff nach ihrer Hand und legte sie auf die Narbe an seinem Schlüsselbein. »Eines Tages, da war ich elf, habe ich gerade geputzt und eine Flasche weggeräumt. Ich dachte, sie wäre leer. Das war sie aber nicht, und er wurde wütend. Da hat er mich in eine Vitrine geschubst. Das war aber wirklich nur ein Unfall.«

Die Worte standen zwischen ihnen. Selbst nach all den Jahren verteidigte er seinen Vater. Denn ohne ihn gäbe es keinen Jack, und ohne Jack hätte er Cara nie kennengelernt. Es musste doch irgendeinen Grund für all den Schmerz geben, den er ertragen hatte.

Shane erzählte weiter. Sprach über diese Narbe, über die nächste ... Cara lauschte ihm mitfühlend.

»Am Ende hat er mich nicht mehr erkannt. Ich habe ihn ein paarmal besucht, aber er hat mich für jemand anderen gehalten.«

»Für wen?«

Packy hatte ihn Jack genannt. Das hatte sich angefühlt wie ein Dolchstoß in die Brust. »Jemanden, dem er Jahre vorher dasselbe angetan hat. Er wollte, dass er ihm verzeiht.«

»Vielleicht war das seine Art, dich um Vergebung zu bitten.«

»Vielleicht.« Wie viel Schmerz auch in diesem Wort
steckte. Aber er wollte sich jetzt nicht in das kranke Hirn
seines todkranken Vaters hineinversetzen. Oder darüber
nachdenken, dass Jack auch ganz am Ende noch seine Gedanken bestimmt hatte. Er wollte nicht nachdenken.

Sie beugte sich nach vorn und küsste sanft die Narbe
auf seinem Schlüsselbein. Er schloss sie in die Arme und
küsste sie, als wäre es das erste und das letzte Mal zugleich.
Sie ballte ihre Fäuste an seiner Brust, ehe sie ihre Hände in
seinem Haar vergrub. Als sie ihren Mund schließlich ganz
öffnete, entwich ihr ein lautes Stöhnen.

Fiebrig zog er ihr das Shirt aus, sein Shirt, und darunter war sie ganz nackt. Er knetete ihren perfekten Po, ihre
perfekten Brüste, denn sie war perfekt, auch wenn ihr das
nicht klar war. Mit seinem Kuss entschuldigte er sich bei
ihr für all seine Sünden, von denen sie gar nichts wusste.

Ihr Kuss wurde stürmischer, und Cara rieb ihre Hüften
an seinen, bis er sie hochhob und sie ihre Beine um ihn
schlingen konnte. Er drückte sie an die Wand, und sie griff
nach unten, um seine Hose hinunterzuziehen. Man hörte
ihr Saugen, ihr Wimmern, ihr Stöhnen. Er drang in sie ein,
spürte ihre feuchte Hitze.

»Nimm dir, was du brauchst, Shane. Ich gehöre ganz dir.«

Ihre Worte setzten irgendetwas in ihm frei. Er schob
seinen Penis ganz tief in sie hinein, nicht sanft und vorsichtig, sondern so, wie sie es wollte und wie er es brauchte.
Ihre seidigen Muskeln umschlossen seinen Penis, als ginge
es um ihr Leben. Er wollte nicht, dass es aufhörte. Immer
wieder stieß er in sie hinein, immer tiefer und fester. Gleich
war es so weit ... Ein Teil von ihm wollte ihr sagen, dass er
sie liebte und ohne sie nicht mehr sein wollte. Ihr Wim-

mern wurde zu einem Stöhnen und schließlich zu … einem Schreien. Man konnte es nicht anders sagen. Cara war laut, und er liebte es.

Er verlor sich ganz in ihrer Hitze und ihrer Feuchtigkeit und hielt sie schließlich ganz fest, bis sie kam. Eine Sekunde später folgte er ihr, und hinter seinen Augenlidern brach ein Feuerwerk los, während weiterhin ihr lautes Stöhnen zu hören war, eine leidenschaftliche Symphonie.

Und dann war es still. Wunderbar still.

Der Kater schnurrte.

Beide blieben ineinander verschlungen, ohne sich zu rühren.

In seiner Schulter begann es zu ziehen, und er wusste, dass er Cara irgendwann absetzen musste. Aber er konnte sich nicht von ihr lösen.

»Wir haben kein Kondom benutzt«, sagte sie schließlich.

»O Cara, das tut mir so leid! Ich hatte mich echt nicht im Griff. Aber ich bin gesund, Baby. Das schwöre ich dir.«

Sie küsste ihn auf die Augenlider. »Ist schon okay. Ich auch. Und mein Zyklus ist gerade in einer Phase, in der ich sowieso nicht schwanger werden kann.«

Was, wenn er sie geschwängert hatte und sich dann nicht um sie und das Kind kümmern konnte? Er wurde immer mehr wie sein Vater, der Alkoholiker, der Betrunkenheit als Entschuldigung für alles benutzt hatte. Nein. Shane weigerte sich, so zu werden.

»Ich bereue es nicht«, flüsterte sie.

»Was denn?«

»Das, was wir in Las Vegas gemacht haben.«

Ihre Worte trafen ihn mitten ins Herz. Er spürte, wie er wieder steif wurde.

280

»Irgendetwas ist da zwischen uns passiert, Shane. Es passiert immer noch.«

Wie recht sie hatte. Ohne es zu merken, war er wieder tiefer in sie eingedrungen. Er liebte sie genug, um sie anzulügen. Reichte es auch, um ihr die Wahrheit zu sagen?

»Ich hätte es auch nicht schlimm gefunden, wenn du schwanger geworden wärst.« Er drückte seine Stirn an ihre.

»Willst du denn irgendwann ein Kind mit mir haben?«

Kurz konnte er ihren Gesichtsausdruck nicht richtig deuten. Dann aber lächelte sie.

»Ja, Shane. Das wäre wunderschön.«

Er hatte es nicht wirklich gewagt, das zu hoffen, und jetzt sprang sein Herz vor Freude so weit nach oben, dass es garantiert die gesamte Skyline von Chicago sehen konnte. Genau das wollte er. Cara, eine Familie.

»Ehrlich?« Er sah ihr tief in die Augen, während er immer wieder in sie hineinstieß. Es fühlte sich himmlisch an.

»Ja«, keuchte sie.

»Sag so was nicht, wenn du es nicht so meinst, meine Allerschönste.«

»Verdammt noch mal, du verrückter irischer Torfmoorsiedler!«, sagte sie in jenem herrischen Tonfall, den er so mochte. »Ja, ich meine es genau so!«

Sie hatte es zwar nicht gesagt, aber er wusste, dass sie ihn liebte. Die komplizierte, verstörende, wunderschöne Cara liebte ihn. Er musste mit seiner Liebeserklärung aber noch warten, bis er getan hatte, was getan werden musste.

Morgen würde sich entscheiden, ob das zwischen ihnen weitergehen oder ob es enden würde. Eine Zwischenlösung gab es nicht.

18.
Kapitel

Shane wollte Cara mehr als alles andere. Mehr als Jacks Anerkennung. Mehr als ein freundliches Wort von seinem Vater. Wenn er nichts sagte, konnte er sie haben, aber der Verrat würde ihm keine Ruhe lassen. Ihnen. Dass Cara ihn liebte, konnte er erst genießen, wenn er reinen Tisch gemacht hatte.

Unter den warmen Sonnenstrahlen dieses frühen Junimorgens lief Shane die paar Blocks bis zu Jacks Haus. Heute sah es nicht so einladend aus, und Shane kam sich mehr denn je vor wie ein unerwünschter Gast. Als er klingelte, öffnete Lili ihm die Tür und lächelte ihn an. Mist. Wenn sie hier war, bedeutete das —

»Shane«, sagte sie und zog ihn nach drinnen.

»Ich dachte, du wolltest heute mit Cara zur letzten Anprobe des Hochzeitskleides?«

Shane hatte Jack schon geschrieben, dass er gleich da sein würde. Cara sollte eigentlich mit Lili unterwegs sein, und Publikum war heute wirklich das Letzte, was er gebrauchen konnte. Aus der Küche hörte er ein leises Murmeln und

Babybrabbeln. Er hätte sich gern eingeredet, dass es Jules war, die da gurrte, aber er wusste es besser.

Lili sah ihn verschmitzt an. »Das wollten wir auch, aber wir wurden aufgehalten. Ich freue mich so, dass du hier bist.«

»Ist Jack noch sauer auf mich?«, fragte er und blieb kurz im Flur stehen.

Lili lächelte, wirkte aber auch ein wenig besorgt. »Er hasst es, wenn jemand ihn ausnutzen will. Damit hat er in seinen Zeiten als Prominenter viele schlechte Erfahrungen gemacht, und dass Napier ihn jetzt quasi erpresst hat – na, das hat ihn richtig wütend gemacht.« Sie schüttelte den Kopf. »Aber es war nicht deine Schuld, Shane. Du wurdest da einfach hineinverstrickt.«

Warum war diese Familie nur so lieb zu ihm? Er schlenderte in die Küche, wo Cara Evan gerade das Fläschchen gab. Sie drehte sich zu ihm und sah ihn glücklich an. Das war es. Genau das wollte er, und es war Zeit, dass er es sich holte.

»Hey.« Er küsste sie auf die Stirn, weil ihm eine leidenschaftlichere Geste in Gegenwart eines Babys irgendwie unangemessen erschienen wäre. Okay, er hatte schon mal im Treppenhaus einer Kirche mit ihr herumgemacht, aber selbst er kannte gewisse Grenzen.

»Hi, Shane«, sagte Jules hinter ihm. Er hatte gar nicht gemerkt, dass sie hereingekommen war, so hingerissen war er wieder einmal von Cara gewesen. Sie hatten die restliche Nacht damit verbracht, gegenseitig ihre Körper zu erforschen. Ihre Regel, dass sie nichts in den Mund nahm, dessen Kalorienmenge sie nicht kannte, hatte sie dabei definitiv gebrochen.

»Jack hat gerade noch eine Telefonkonferenz mit London und New York«, sagte Lili. »Aber jetzt wollen wir dir erst mal etwas zeigen.«

Sie deutete auf einen Stapel Papier auf dem Küchentresen. Waren das etwa die Druckfahnen des Kochbuchs? Sein Herz begann zu rasen.

»Darf ich?«, fragte er. Es juckte ihn schon in den Fingern, sein eigenes Rezept schwarz auf weiß vor sich zu sehen.

»Natürlich«, sagte Cara, die jetzt ohne Evan neben ihm stand.

Shane versuchte, sein Zittern zu unterdrücken, und blätterte durch das Buch, vorbei an den Rezepten für Gnocchi und Fleischbällchen, Entenconfit und in Zinfandelwein geschmorte Rippchen. Die Desserts kamen ganz hinten, aber es wäre ihm unhöflich erschienen, alle anderen Seiten einfach zu überspringen.

Er spürte Caras Wärme an seiner Seite, und ihr Duft überwältigte ihn wieder einmal. Dann kam er endlich bei seinem Rezept an, das allerletzte im Buch, und genoss den Anblick. Das Foto sah so echt aus, so real, dass er beinahe den Geschmack der Schokolade in seinem Mund und die seidige Textur in seinem Hals spüren konnte. Ganz unten war noch in kleinerer Schrift vermerkt, dass er der Schöpfer dieses Rezepts war. Wow.

»Das Foto ist super geworden«, sagte er ein wenig gepresst. Cara griff nach seiner Hand. »Schau mal auf die letzte Seite.«

Er blätterte um und sah das Cover in satten Farben. *Italienisch lernen: Lektionen in Sachen Familie und Essen. Von Jack Kilroy und Tony DeLuca.* Er schluckte. *Mit Shane Doyle.*

Noch einmal wow.

»Mein Name steht auf dem Cover!« Er sah zu Cara. »Aber ich habe doch nur ein Rezept beigesteuert.«

Sie schenkte ihm ein sexy Lächeln. »Aber es ist das beste.«

»Was denkst du?«, hörte er Jack hinter sich fragen.

Shane drehte sich zu ihm um. »Ich fühle mich sehr geschmeichelt, aber das hättest du doch nicht tun müssen!« Jack presste die Lippen aufeinander. »Ich weiß.«

Bestimmt steckte Cara dahinter! Sie hatte Jack überredet, seinen Namen hinzuzufügen.

»Und, wie geht es meiner liebsten französischen Sexbombe?«, fragte Lili und schlang ihren Arm um Jacks Taille.

»Laurent lässt schön grüßen. Er denkt immer noch, dass du damals die falsche Wahl getroffen hast, als du dich für mich entschieden hast. Er hat fest vor, das im passenden Moment in der Kirche noch mal anzubringen!«

Lilis Augen funkelten. »Aber dann ist es doch schon zu spät.«

»Yep, ist es. Hey, Shane. Was geht dir durch den Kopf?«, fragte Jack ihn.

»Ich würde gern mit dir reden.«

Jack nickte knapp, und Shane folgte seinem Bruder hinaus auf die große Holzterrasse, die das Haus in einem großen L umgab. Stufen führten hinunter auf die Grünfläche, auf der das Gras wild wucherte und Blumenrabatten wuchsen. Der Garten war verwilderter, als Shane erwartet hatte.

Als hätte er seine Gedanken gelesen, sagte Jack: »Jules verbringt viel Zeit hier. Sie will einen Biogemüsegarten anlegen.« Er deutete auf eine Ecke, in der grüne Blätter aus der Erde stießen. Wahrscheinlich waren das Kohl, Karotten und eine Auswahl an Kräutern.

»Bist du hier, um deinen Job zurückzubekommen?«

»Nein.«

»Um dich zu entschuldigen vielleicht?«

»Niemals!«

Sein Bruder lachte laut und herzlich. »Du bist schon so eine Nummer, Shane!« Er dachte nach. »Tut mir leid, wie das gestern gelaufen ist. Ich war sauer, aber das hätte ich nicht an dir auslassen dürfen. Es war super, dass du Cara verteidigt hast. Ich war einfach genervt von den Folgen.«

»Ich hätte wahrscheinlich erst mal nachdenken sollen. Aber ich habe wegen dem Kerl eben nur rotgesehen.«

»Ja, diese Reaktion lösen solche Typen oft aus.« Er lächelte. »Also, ist zwischen uns alles wieder in Ordnung?«

»Ich muss mit dir etwas anderes besprechen.«

Jacks Lächeln erlosch. »Shit, du willst wirklich kündigen, oder? Hör mal, lass mich dir erklären, wie ich es gemeint habe, als ich gesagt habe, dass ich dich erst nicht hier im *Sarriette* anstellen wollte. Ich hatte den Eindruck, dass du nie lang bei einem Job bleibst, und wollte ursprünglich einfach das Chaos vermeiden, aber ... Soll ich dir sagen, weshalb ich dich dann genommen habe?«

Shane nickte. Er wollte es unbedingt hören.

»Es lag nicht daran, dass du eine Auszeichnung bekommen oder alles darangesetzt hast, in Chicago arbeiten zu dürfen. Nein, ich durfte in New York mal deine Birnen-Mandel-Crostata probieren, und das war der beste Nachtisch, den ich jemals gekostet habe. Ich wusste, dass ich dich in mein Team in Chicago holen will, sobald das möglich ist. Wenn du also daran gezweifelt hast, dass du hier im *Sarriette* willkommen bist, dann will ich mich hiermit dafür entschuldigen.«

»Das weiß ich sehr zu schätzen. Aber mir geht es gerade nicht um die Kündigung. Ich muss dir etwas sagen, was deine Meinung vielleicht ändern wird. Vielleicht willst du mich nicht mehr in deinem Team haben, wenn du es weißt.« Shane holte tief Luft. »Du erinnerst dich doch daran, dass ich immer für dich arbeiten wollte? Das hatte unter anderem einen ganz besonderen Grund. Weißt du, wir haben eine gemeinsame Vergangenheit. Du und ich.«

Jack nickte langsam, als versuchte er, das Gesagte zu begreifen. »Okay …«

»Du hast mich mal gefragt, wo ich aufgewachsen bin. Ich war in dem Punkt nicht ganz ehrlich, eigentlich komme ich nämlich aus Quilty.«

»Du meinst den Ort, aus dem meine Mutter stammt?«

»Ja, deine Mutter. Aber auch dein Vater.«

»Kanntest du denn meine Familie oder meine Mutter?« Jack sah ihn neugierig an. »Oder meinen Vater?«

»Es ist … viel leichter als das«, sagte Shane und fragte sich sofort, wieso er ausgerechnet dieses Wort verwendet hatte. In Wahrheit war es doch furchtbar kompliziert. »Dein Vater ist auch mein Vater. Wir sind Brüder.«

Jack starrte ihn an. »Du bist John Sullivans Sohn?«

Jetzt war es an Shane, langsam zu nicken. Am liebsten hätte er einfach die Augen geschlossen, aber er wollte nichts verpassen. Jack ballte seine Hände zu Fäusten und war mit einem Schlag kreidebleich geworden.

»Ich weiß, dass das ein Schock sein muss«, sagte Shane. »Und du hast bestimmt jede Menge Fragen.«

»O ja.« Aber statt Fragen zu stellen, schwieg Jack. Das war kein gutes Zeichen. Vielleicht glaubte er die Geschichte einfach nicht?

»Ich habe Beweise. Es ist alles dokumentiert.«

»Ich glaube dir!«, bellte Jack und verfiel erneut in dumpfes Schweigen. *Fuck, Bruder. Bitte sag doch was!*

»Ist alles in Ordnung?«, rief Lili ihnen zu, die Jacks laute Stimme gehört hatte. Sie linste aus der Tür.

»Alles bestens«, sagte Jack in so schneidendem Tonfall, dass Lili mit besorgtem Gesichtsausdruck hinaustrat. »Was ist hier los?«, fragte sie.

Niemand antwortete.

»Lili, geh wieder rein«, sagte Jack, ohne den Blick von Shane zu lösen.

»Was ist passiert?«, wandte Lili sich jetzt direkt an Shane.

»Jack ... Er ist mein Bruder. Wir sind blutsverwandt.«

Lili zog die Nase kraus. »Im Ernst?«

Shane nickte.

»Was willst du?«, fragte Jack und sah ihn eiskalt an. »Oder sollte ich besser fragen, *wie viel* du willst?«

Lili schnappte nach Luft. »Jack!«

»Na, darum geht es doch, oder? Hat dein Vater dich geschickt?«

»Er ist tot.«

»Gut.«

Hatte Jack das gerade wirklich gesagt?

»Ich bin nicht hergekommen, weil ich irgendetwas erwarte! Ich wollte dich kennenlernen.«

»Also hast du dich hier einfach eingenistet und dir mein Vertrauen erschlichen. Meine Zuneigung. Ohne gleich zu sagen, wer du wirklich bist.«

Ja. Ganz genau. »Ich weiß, wie furchtbar das jetzt wirkt ...«

»Na, der Apfel fällt eben nicht weit vom Stamm. So sieht's doch aus, oder?«

»Jack, hör ihm doch zu!« Lili legte eine Hand auf seinen Arm, aber er schüttelte sie ab.

»Ich darf gar nicht darüber nachdenken, was ich alles für dich getan habe! Ich habe dir einen Job gegeben, eine Wohnung organisiert, dich bei dem Buch mitmachen lassen ...«

Plötzlich wurde Shane fuchsteufelswild. »Ich habe mir das alles verdient! Du wusstest nichts über mich, nur was für ein Talent ich habe, was ich kann. Das habe ich mir alles selbst angeeignet! Du warst ja nicht da, und ich bin bestens allein klargekommen!«

An Jacks Kiefer begann ein Muskel zu pulsieren. Er würde nie zugeben, dass Shane recht hatte, ganz egal, was dieser sagte.

»Und was ist mit Cara? Hast du dich deswegen an sie herangemacht? Um dich noch weiter in mein Leben zu drängen?«

»Cara hat nichts damit zu tun.«

Jack lächelte bitter. »Ach nein? Kann sein, dass du den Job deinem Talent zu verdanken hast. Aber seit du hier bist, kann meine künftige Schwägerin gar nicht mehr aufhören, Loblieder über dich zu singen. Redet mir ein, dass ich dich ins Kochbuch aufnehmen oder in deinen Laden investieren soll. Du machst das sehr viel subtiler als unser Erzeuger. Aber ich hätte dich vielleicht mehr respektiert, wenn du direkt danach gefragt hättest, anstatt eine Frau vorzuschicken.«

»Jack, jetzt beruhige dich doch!«, sagte Lili.

»Aber so war das nicht«, erklärte Shane, nun ebenfalls mit lauter Stimme. Das Blut rauschte in seinen Ohren. »Ich habe Cara um nichts gebeten! Lustig, dass du immer alles nur auf dich beziehst. In diesem Punkt ähnelst du unserem Vater auch sehr.«

Jacks Gesichtsausdruck war nun genauso finster wie der ihres Vaters, wenn er einen Wutanfall hatte.

»Nun, es wird dich sicher freuen zu hören, dass er kurz vor seinem Tod nur noch an dich denken konnte«, presste Shane hervor. »Er wollte unbedingt, dass du ihm verzeihst. Du hast also gewonnen, Jack. Alles.« Kraftlos lehnte Shane sich an das Geländer.

Jack trat einen Schritt zurück. »Das war's. Ich habe nichts mehr zu sagen und will dich künftig weder in meiner Küche noch in meinem Haus sehen. Am liebsten nicht einmal in Chicago.« Mit diesen Worten marschierte er ins Haus. Lili sah Shane hilflos an und berührte ihn sanft am Arm. »Shane, bleib hier. Er muss sich nur ein wenig beruhigen.« Dann ging sie seinem Bruder nach.

Dieses arrogante Arschloch! War es nicht genau so gelaufen, wie Shane es immer geahnt hatte? Im Leben eines Kerls mit einem solch gigantischen Ego hatte niemand sonst Platz. Besonders nicht der Sohn des Mannes, den er hasste. In einem Punkt hatte Jack recht gehabt: Das war's. Shane musste hier weg.

Da er nicht durchs Haus laufen wollte, stürmte er durch das kleine Tor, das direkt auf eine von riesigen Grundstücken gesäumte Straße führte.

»Stimmt das?«, ertönte plötzlich Caras Stimme hinter ihm in der warmen Luft. Er drehte sich zu ihr um und sah, dass ihr die Tränen in den Augen standen.

Shane zuckte mit den Achseln. »Ja. Er ist mein Bruder.«

»Nein, ich meine, ob es wirklich immer nur um Jack ging?«

Sofort loderte ein Schmerz in seiner Brust auf. Ja, es war nur um Jack gegangen. Dieses Arschloch schaffte es immer wieder, dass sich alles nur um ihn drehte. Shane brachte kein Wort heraus.

»Wann hast du das erfahren?«, fragte Cara. Sie blickte ihn an und öffnete ungläubig den Mund. »Du hast es die ganze Zeit gewusst. Als wir uns kennengelernt haben und auch ... O Gott, auch als wir geheiratet haben.« Die letzten Worte waren kaum hörbar.

»Ich kann jetzt nicht darüber reden.«

»Ach, kannst du nicht? Nun, ich würde aber sehr gern darüber reden, dass du mich benutzt hast, um Jack näherzukommen. Hast du mich deswegen geheiratet?«

Der Schmerz in seiner Brust wurde immer größer. Er wusste, dass seine nächsten Worte brutal klingen würden, aber das war ihm egal. Er hatte keine Lust mehr auf diese Familie.

»Cara, es geht nicht immer nur um dich. Es stehen wichtigere Dinge auf dem Spiel, ja?«

»Wichtiger als eine Ehe? Als ...« Sie schloss den Mund.

»Um Himmels willen, Cara, ruf doch einfach deinen Anwalt an. Wir sind nicht mal mehr richtig verheiratet. Ich habe dir genau das gegeben, was du wolltest.«

Ja, er war grausam. Aber er hasste sich gerade selbst mehr, als dass er sie liebte.

Sie richtete sich auf. »Okay. Viel Glück, Shane. Ich hoffe, du bekommst alles, was du willst.«

Mit diesen Worten drehte sie sich um und ging auf klackernden Absätzen davon.

19.
Kapitel

Fuchsia, Kirsche, Pink.

Moosgrün, Petrol, Seladongrün.

Die luxuriösen Stoffe in all den berauschenden Farbtönen umgaben Cara wie ein Kokon. Sie saß im Lotussitz an ihrem Lieblingsort, ihrem begehbaren Kleiderschrank. Er war eine Ode an ihre erfolgreiche Genesung. Ihre Rettung.

Was sollte sie sonst schon brauchen? Cara ließ sich nicht auf Beziehungen ein. Auf Menschen. Sie war cool, hatte alles im Griff. Eine Zitronentarte eben.

Was für ein Bullshit!

Vor all den Wochen hatte sie Shane gefragt, was es bringen sollte, wenn er die Annullierungspapiere nicht unterschrieb. Und er hatte sie daran erinnert, dass sie diejenige gewesen war, die die Hochzeit vorgeschlagen hatte – was stimmte. Irgendwie musste er vorher gemerkt haben, wie verzweifelt sie war und wie eifersüchtig auf ihre Cousine Gina, auch wenn sie sich stets über deren Heiratswut lustig gemacht hatte. Ja, er hatte das gespürt und dann zu seinem Vorteil genutzt.

Shane wollte in Jacks Nähe bleiben und sich irgendwie in ihre große italienische Familie hineinmogeln. Und Cara hatte nichts Besseres zu tun gehabt, als sich zu melden und laut *Ich!* zu rufen. Als wäre sie immer noch die junge Schülerin, die sich nach der Anerkennung des Lehrers sehnt. Sie war so verzweifelt auf der Suche nach Liebe gewesen, dass sie auf den schlimmsten Kerl von allen hereingefallen war.

Auf dem Heimweg von Lili und Jack rief sie ihren Anwalt an und riss ihn damit aus einer Golfpartie. Marty bestätigte ihr, dass die Annullierung der Ehe in den nächsten Tagen rechtskräftig sein würde.

Offenbar hatte Shane dem Anwalt die unterschriebenen Papiere am selben Tag geschickt, an dem sie gemeinsam in dem Kinderkrankenhaus gewesen waren. Und kurz vorher hatte sie Jack vorgeschlagen, in Shanes Geschäft zu investieren, und angemerkt, dass sich das Rezept für seinen *Bella-Donna*-Kuchen wunderbar in dem Kochbuch machen würde. Als er sie schließlich nicht mehr gebrauchen konnte, hatte er die Ehe also einfach ungültig gemacht und ihr das gegeben, was sie von Anfang an gewollt hatte.

Ihre Unabhängigkeit.

Und jetzt saß sie allein in ihrem Schrank und war genauso weit wie zuvor. Die Kleidungsstücke schienen immer näher heranzurücken. Figurbetonte Röcke, die wie Katalogregister angeordnet waren, dokumentierten ihr Scheitern. Ihr Körper war so lange ihr Projekt gewesen und die herrlichen Klamotten ihre Belohnung. Wozu waren sie jetzt noch gut? Sie waren nichts als eine hübsche Verpackung für die hässliche Hülle eines Frauenkörpers.

Nur schöne Menschen hatten schöne Dinge verdient.

Ihr Blick fiel auf eine Einkaufstüte im höchsten Fach des Regals, die dort schon lange vor sich hin dämmerte.

Lass es gut sein.

Aber die Tüte rief förmlich nach ihr, und sie kam nicht dagegen an, auch wenn sie ihren Inhalt genau kannte. In der Tasche befand sich genau das, was sie in noch tieferes Selbstmitleid stürzen würde.

Im Gegensatz zu der kräftigen Farbpalette, aus der ihre Garderobe ansonsten bestand, waren die Klamotten in der Tüte eher in den Schattierungen von Wasserfarben gehalten: Taubenblau, Bonbonrosa, Zitronengelb, Minzgrün. Es gab ein unglaublich niedliches Matrosenoutfit, ein Kleidchen für eine kleine Prinzessin, Strampelanzüge mit anknöpfbaren Schuhen. Teile, denen sie bei ihren Shoppingtrips einfach nicht hatte widerstehen können. In jenen raren verrückten Momenten, in denen die Hoffnung stärker gewesen war als die Angst.

Sie hatte sogar ein T-Shirt mit dem Logo der Chicagoer Baseballmannschaft für ihr Traumbaby gekauft. *I Love The Cubs* stand darauf. Jetzt brach sein Anblick ihr beinahe das Herz.

Wie hatte sie nur solch abstruse Träume haben können? Sie, jemals eine Mutter? Was, wenn sie all ihre Ticks und Neurosen an ihr Kind vererbte? Wenn sie es nicht ernähren konnte, weil sie bei dem Anblick von Babynahrung durchdrehte oder dachte, dass ihr kleines Kind vielleicht zu dick war?

Willst du denn irgendwann ein Kind mit mir haben? Warum sollte er so etwas sagen, wenn er es nicht wirklich so meinte?

Es war zu grausam. Viel zu grausam. Und jetzt? Am besten war es wohl, wenn sie Chicago verließ und sich bis zur Hochzeit von Lili und Jack versteckte. Die würde schon in weniger als zwei Wochen stattfinden.

Sie zog gerade ihren Koffer unter dem Bett hervor, als ein Klopfen an der Tür sie zusammenzucken ließ. Wenn sie jetzt nicht zu laut atmete, würde er vielleicht nicht hören, dass sie da war.

»Cara, mach auf! Ich bin's, Lili.«

Ihr Herz sank. War sie vielleicht doch enttäuscht, dass vor der Tür nicht ihr ... Tja, wie sollte sie Shane jetzt nennen? Ex-Mann? Verflossener? Arschloch?

Ja, Arschloch traf es wohl am besten.

Sie sah sich im Spiegel ihres Schranks an und blinzelte. Ihr Gesicht war bleich, tränenüberströmt und hatte einen leicht verstörten Ausdruck angenommen. Alles beim Alten also. Sie zwickte sich in die Wangen, um ein bisschen Farbe zu bekommen. Jetzt sah sie aus wie ein trauriger Clown.

Cara atmete tief durch. Jahrelang hatte sie erfolgreich ihre Show abgezogen, also würde sie es auch jetzt hinbekommen. Sie öffnete die Tür und blickte in die besorgten Gesichter von Jules und Lili.

»Hast du Shane gefunden?«, fragte ihre Schwester.

»Was?«

Lili runzelte die Stirn. »Du bist so schnell aus dem Haus gerannt, dass ich dachte, du läufst ... Hey, du hast ja geweint!« Sie packte Cara am Arm. »Was ist passiert?«

»Nichts ... Ich ...« Aber sie konnte nicht lügen. Lilis mitleidiger Blick machte alles nur noch schlimmer.

»Setz dich«, sagte Lili. »Jules, hol den Grappa. Mittlerer Küchenschrank.«

»Bin dabei«, sagte Jules und flitzte los.

Cara ließ sich von Lili zu dem weißen Ledersofa führen, dem makellosen Mittelpunkt ihres ganz in Weiß gehaltenen Wohnzimmers. Es war nur ein weiteres Beispiel für ihre Kontrollsucht. Hatte sie wirklich gedacht, dass sie ein Kind in diese perfekte Cara-Welt integrieren konnte, die eigentlich eher einer edlen Gummizelle glich als einem echten Zuhause?

Jules stellte die Grappaflasche und drei Gläser auf dem Wohnzimmertisch ab. Sie schenkte ein, und gleich darauf kippten alle drei einen Shot hinunter. Cara genoss das leichte Brennen in ihrem Magen.

»Wie geht es Jack?«, erkundigte sie sich.

»Er ist bei Evan«, sagte Jules. »Er hat dringend ein bisschen Zeit mit seinem Lieblingskind gebraucht.«

»Willst du uns erzählen, was passiert ist?«, fragte Lili besorgt.

Wie sollte sie das erklären? Es gab gar nicht genug Worte, um die Vorfälle zu beschreiben. Ihr Atem ging stoßweise, und ihr war klar, dass sie sich nicht länger herausreden konnte.

»Ich habe Shane geheiratet und mich in ihn verliebt. Oder ich habe mich in ihn verliebt und ihn dann geheiratet. Gott, ich weiß es nicht.«

»Was?!«, quietschte Lili. »Hast du gerade gesagt, dass du ihn *geheiratet* hast?«

»Es tut mir so leid, Sis. Ich wollte dir nicht die Show stehlen, schneller sein als du ... Oder vielleicht doch? Am Ende bin ich wirklich eine eiskalte Bitch, die es nicht erträgt, andere Menschen glücklich zu sehen.«

Lili sah sie entsetzt an. »Warum sagst du das? Und wie kannst du so etwas denken? Fang mal ganz von vorn an. Vegas?«

Cara nickte. »Ich war betrunken ...«

Lili zuckte zustimmend mit den Achseln. Ja, daran bestand kein Zweifel.

»Aber nicht so betrunken. Ich habe ihn gefragt, ob wir heiraten, Lili. Da war irgendetwas zwischen uns. Ein tiefes Einverständnis, das über die Wodkagläser hinweg zwischen uns bestand. Irgendetwas, das mir gesagt hat: Den heiratest du. Jetzt.«

Lili warf Jules einen skeptischen Blick zu. Die tat glücklicherweise so, als sei sie über die Neuigkeit mit der Hochzeit furchtbar überrascht.

»Aber du hattest ihn doch gerade erst kennengelernt«, sagte Lili vernünftig.

»Ich weiß. Aber sobald ich ihn beim Betreten der Bar entdeckt habe, hatte ich ganz plötzlich ... Hoffnung. Erst dachte ich, das läge nur daran, dass ich nicht mehr stehen konnte. Wow, dachte ich, ein Kumpel von Jack hat gute Manieren und bietet mir seinen Platz an. Aber er hatte eben auch dieses süße Lächeln und die Grübchen und hat mir zugehört, während ich mich über Gina ausgelassen habe. Er hat mir Geschichten erzählt, sich mit mir schlapp gelacht und meine Hand gehalten. Vier Stunden später waren wir Mann und Frau.«

Es klang so lächerlich, und sie hätte jetzt beim Erzählen sicher gekichert, wenn nicht alles so furchtbar traurig wäre. Sie hatten unter Alkoholeinfluss geheiratet, in der unechtesten Stadt der Welt. Wie hatte sie nur denken können, dass das zwischen ihnen real war, Bestand haben würde?

Lili schüttelte energisch den Kopf. »Es ist doch nur ein dummer Fehler, ihr wart betrunken. Du kannst das annullieren lassen.«

Das hatte er schon gemacht. Er hatte die Ehe hinter ihrem Rücken annullieren lassen.

»Ich hatte die Papiere schon besorgt und sie ihm auch gegeben. Aber dann war er immer da, wohin ich auch gegangen bin, und das war wie ein Zeichen. Als wäre es das Richtige, ihn in meinem Leben zu behalten. Er hat mir zugehört, sich um mich gekümmert, wisst ihr? Wir haben uns sogar zusammen dieses blöden Katers angenommen.«

»Ein Kater?«, murmelte Jules. »Wow, das ist ja alles richtig pervers.«

Cara vergrub ihr Gesicht in den Händen. »Aber das war alles nur eine große, fette Lüge. Er hat mich benutzt. In Wahrheit wollte er immer nur Jack.« Es war dasselbe wie mit Mason Napier. Für den war Cara auch nur ein Mittel zum Zweck gewesen.

»Ich kann es immer noch nicht fassen«, sagte Lili. »Shane und Jack. Das macht mich echt fertig.«

»Es ist megakomisch«, sagte Jules. »Vor ein paar Wochen habe ich noch gesagt, wie heiß ich Shane finde. Ich stand also quasi auf meinen eigenen Bruder.« Sie erschauerte.

»Du bist aber nicht wirklich mit ihm verwandt. Und ich glaube, du hilfst Cara gerade auch nicht weiter.« Lili drückte die Hand ihrer Schwester. »Ich habe ja gesehen, wie er dich anguckt. Gehört, wie er über dich redet. Zwischen euch ist wirklich irgendetwas Besonderes im Gange, genau, wie du gedacht hast.« Sie klang nicht sonderlich überzeugt, aber Cara liebte sie dafür, dass sie es wenigstens versuchte.

»Er ist ein Lügner, Lili. Er hat mich mit diesem dämlichen Akzent rumgekriegt, aber das kennst du ja.« Ihre Schwester stand schließlich auch auf Jacks Akzent und seine schmutzigen Kommentare auf Französisch. Cara warf Jules einen Blick zu. »Nichts für ungut!«

Jules winkte nur ab.

»Er hat all seinen irischen Charme eingesetzt, um mich in die Falle zu locken.«

Lili öffnete den Mund, um etwas zu sagen, aber Cara hob die Hand. Sie war noch nicht fertig.

»Er hat meine Unsicherheiten ausgenutzt, die Probleme, die ich mit dem Essen habe.«

Lili sah sie verwirrt an. »Deine was?«

»Sis.« Caras Hände zitterten, und sie griff nach Lilis, um sich zu beruhigen. Gleichzeitig merkte sie, wie sie vor Scham rot anlief. »Ich war früher magersüchtig.«

Lili wurde totenblass. »Warst du nicht.«

Cara schwieg einen Moment, damit Lili die Tatsache verdauen konnte.

»Du machst dir nur Sorgen um deine Figur«, sagte Lili. »Das ist ganz normal.«

»Nein, Sis.« Sollte sie nicht diejenige sein, die ihre Krankheit leugnete? »Ich hatte Anorexie. Ich befinde mich auf dem Weg der Besserung, aber es war nicht leicht. Mit Shane fühle ich mich wie ein neuer Mensch. Nicht wie ein Kontrollfreak, bei dem alles am richtigen Ort stehen muss und der so ichbezogen und perfektionistisch ist, dass er niemandem zur Seite stehen kann. Weder dir noch Mom.«

Die arme Lili war jetzt völlig durch den Wind. Ein wenig so wie Cara, als sie vor zwei Stunden erfahren hatte, dass ihre große Liebe sie nur benutzt hatte. Oder wie Shane, als Jack ihn zurückgewiesen hatte. Sie richtete sich auf. Jetzt ging es um sie, nicht um Shane.

»Aber warum hast du mir nichts gesagt?«, fragte Lili leise.

Und warum hast du es nicht herausgefunden? Wie war es möglich, dass Shane sie schon nach wenigen Wochen besser kannte als ihre eigene Familie? Jedes nur zur Hälfte gegessene Mittagessen, jedes verpasste Abendbrot, jeder frühmorgendliche Ausflug ins Fitnessstudio – hätte Lili sich nicht denken können, dass etwas nicht stimmte? Aber die fünf Jahre Altersunterschied hatten offenbar dafür gesorgt, dass Caras Geheimnis nicht gelüftet wurde. Lili hatte zu Highschool-Zeiten mit ihren eigenen Dämonen zu kämpfen, weil sie gemobbt wurde. Cara hingegen nahm die Scham mit aufs College nach New York. Vielleicht hätte Lili Cara später einmal bei einem ihrer sporadischen Besuche in New York beiseitenehmen und sie fragen können, ob dieser Skelettlook im Big Apple gerade wirklich so angesagt war. Aber was half es, wenn sie ihrer kleinen Schwester jetzt Vorwürfe machte?

»Ich habe niemandem davon erzählt. Aber vor einer Weile habe ich einen Punkt erreicht, an dem ich beschlossen habe, dass es so nicht weitergehen kann. Mir wurde klar, wie viel ich verpasse, und ich wollte normal sein.« Sie sah sich in ihrem sterilen Wohnzimmer um und verglich es innerlich mit dem gemütlichen Durcheinander, das bei Jack und Lili herrschte. »Ich wollte das haben, was du und Jack habt. Ich wollte diejenige sein, die in Moms Hochzeitskleid von Dad zum Altar geführt wird. Ich weiß, dass ich nie so richtig in die Familie gepasst habe, aber vielleicht hätte das geholfen. Vielleicht wäre ich dann eher eine echte De-Luca geworden.«

Jetzt ließen sich die Tränen nicht mehr aufhalten. »Ich war so neidisch auf alle. Auf Gina, dich, auf Jules wegen

Evan. Ich wollte auch Kinder haben und nicht nur die glamouröse Tante sein. Ich wollte etwas Eigenes haben, etwas Echtes. Einen Mann, eine Familie, eine Zukunft.«

Lili und Jules schmiegten sich von beiden Seiten an sie. »Na, na, na«, meine Jules und rieb ihren Rücken. »Auf meinen Uterus musst du nun wirklich nicht neidisch sein. Der hat mir nichts als Ärger eingebrockt.«

Cara brachte ein schwaches, schnaubendes Lachen zustande, und Jules stimmte mit ein. Lilis Gesicht war weiterhin ein einziges großes Fragezeichen. Gerade gelang es ihr nicht, die lustige Seite an allem zu sehen, auch wenn sie sonst nie um einen Scherz verlegen war.

»Aber es hindert dich doch niemand daran, all das zu haben«, sagte Lili, der jetzt ebenfalls Tränen in die Augen getreten waren. »Du kannst jeden Mann haben, den du willst, und auch sonst alles.«

»Ich hindere mich selbst daran, Lili.«

Ihre Schwester schüttelte ungläubig den Kopf. »Ich habe mir schon gedacht, dass irgendetwas nicht stimmt, aber ich dachte immer, es läge an einem Mann. Ansonsten habe ich dein Leben stets für vollkommen perfekt gehalten.«

»War es auch, irgendwie. Ich war Miss Perfect. Und heute bin ich Mrs Perfect in Genesung.«

Cara strich eine Träne von Lilis Wange. Wer hätte gedacht, dass sie mal diejenige sein würde, die ihr Trost spendete?

»Ich weiß, dass es hart ist, aber ich werde das schon schaffen. Du wirst gar nicht glauben, wie viel stärker ich in den vergangenen Monaten geworden bin. Und das Beste ist, dass ich bald nicht mehr verheiratet bin und ihn nicht mehr sehen muss.«

Lili warf ihr einen unbehaglichen Blick zu. »Ich weiß nicht, ob wir dir das garantieren können … Er gehört ja jetzt immerhin zur Familie.«

Cara richtete sich wütend auf. »Du meinst, dass Jack ihm trotzdem erlauben wird, sich in unseren Kreis zu drängen? Nachdem er uns derart hinters Licht geführt hat?«

»Du kennst doch Jack«, schaltete sich Jules jetzt ein. »Erst regt er sich wahnsinnig auf, und dann beruhigt er sich wieder. Er wird Shane nicht abweisen – nicht, wenn er all diese Fragen an ihn hat. Ganz egal, was Shane getan hat. Immerhin ist er hergekommen, um mit Jack in Kontakt zu treten.«

Ganz genau. Mit Jack, nicht mit Cara.

20.
Kapitel

Als Shane sich an diesem Abend die Stufen zu seiner Wohnung hinaufschleppte, waren seine Beine schwer wie Blei und sein Hintern von den vielen Stunden auf dem Motorrad völlig taub. Sein Herz wiederum lag wegen der Ereignisse des vergangenen Morgens in Trümmern. Er hatte es so richtig vermasselt, aber eigentlich hatte er das bereits vom ersten Tag an getan. Und jetzt war er bereit, vor Cara zu Kreuze zu kriechen und auf ihre Vergebung zu hoffen.

Als er oben angekommen war, blieb ihm beinahe das Herz stehen.

Da war sein Vermieter. Sein Boss. Sein Bruder. Er saß auf dem Boden vor seiner Tür, die Augen geschlossen, eine Flasche Whiskey im Schoß. Shane hustete einmal laut, und Jacks Augenlider flatterten, ehe er ihn schließlich ansah.

»Wo zur Hölle warst du?«

»Unterwegs.«

Jack richtete sich auf und schüttelte den Kopf.

»Bist du betrunken?«, fragte Shane.

»Nicht genug, um eine wildfremde Frau zu heiraten.«

Das war Shanes Stichwort. Klar, Jack wollte mit ihm reden, aber gerade hatte Cara Priorität.

»Ich muss erst mit Cara sprechen.«

»Die ist bei Lili. Jules ist auch da.« Jack zog eine Augenbraue nach oben, um ihm zu verstehen zu geben, dass er damit besser einverstanden sein sollte. »Bist du bereit?«

War er das? Ja, eigentlich schon seit zwölf Jahren. Er riss die Tür auf und ging in die Küche. Griff ein paar Gläser aus dem Schrank und sah zu, wie Jack die Flasche so heftig auf dem Tisch abstellte, als wollten sie ein Trinkspiel beginnen. Erst als Jack sich gesetzt hatte, nahm auch Shane Platz.

Einen Moment lang mussten sich beide sammeln, und Jack goss ihnen von dem Whiskey ein. Shane konnte nur mit Mühe ein grimmiges Lächeln unterdrücken. Es war ein Jameson-Whiskey, das Lieblingsgetränk ihres Vaters. Die perfekte Wahl! Er kippte den Whiskey hinunter, und seine Augen begannen zu brennen.

»Du siehst nicht aus wie er«, sagte Jack.

»Ich komme nach meiner Mutter.«

Jack sah ihn nachdenklich an, und Shane ahnte, was ihm durch den Kopf ging. Jack sah John Sullivan zum Verwechseln ähnlich, und das ärgerte ihn wahnsinnig.

»Es tut mir leid, dass ich gesagt habe, dass sein Tod mich freut. Das war völlig unangemessen.«

»Schon okay. Es war nicht leicht, ihn zu mögen, und du schuldest ihm rein gar nichts.«

Jack holte tief Luft. »Wann?«

»Vor eineinhalb Jahren. Alzheimer.«

»Also kurz bevor du im *Thyme* angefangen hast.« Jack musterte die bernsteinfarbene Flüssigkeit in seinem Glas.

»Er hat mich ein paarmal angerufen und gesagt, dass er krank ist. Ich habe ihn nie zurückgerufen.«

»Du hättest nichts tun können. Es hat eine Weile gedauert, bis die Diagnose gestellt werden konnte. Er hat so viel getrunken, dass die Veränderung keinem aufgefallen ist. Es ging dann sehr schnell abwärts mit ihm.«

»Ich glaube, jetzt solltest du mir mal sagen, weshalb du das alles für dich behalten hast, Shane«, meinte Jack und trommelte mit den Fingern auf den Tisch. »Wie lange weißt du schon von mir?«

»Seit etwa zwölf Jahren. Du wurdest gerade bekannt. Erinnerst du dich an diese TV-Spots mit dir, die auf BBC liefen?«

Jack sah ihn aus großen Augen an. »Genau. Da habe ich in drei Minuten erklärt, wie man einen *coq au vin* zubereitet. Richtig bescheuert.«

»Na, da hat er es mir erzählt. Erst dachte ich, er lügt. Er hat ja immer gern wilde Geschichten erzählt und war Tag und Nacht betrunken, aber je öfter ich dich gesehen habe, desto klarer wurde mir, dass es stimmt. Ich wollte dich kontaktieren, aber ich war erst dreizehn. Und du warst ein echter Star. Erfolgreich, berühmt; du hattest alles, was man sich nur wünschen kann. Warum hättest du dich für einen x-beliebigen rotznasigen Teenager erwärmen sollen?«

Jack widersprach ihm nicht. Er wusste, dass Shanes Instinkt ihn nicht getrogen hatte.

»Kochen hat mich aber immer schon interessiert. Sobald ich deine Karriere genauer verfolgt habe, habe ich beschlossen, dass auch ich mein Leben dem Essen widmen will. Ich habe nicht daran gedacht, dass ich dich auf diese Weise kennenlernen könnte. Hatte keinen Plan. Aber auf diese Weise habe ich mich dir, meinem coolen Bruder, näher gefühlt.«

Über all die Zeit des Missbrauchs und der dauernden Herabwürdigungen hinweg hatte ihm diese imaginäre Verbindung Kraft gespendet. Selbst sein irrationaler Hass auf Jack hatte ihn irgendwie gestärkt.

Jacks Stimme klang jetzt ein wenig sanfter. »Und als du älter warst – wieso hast du dich da nicht an mich gewendet?«

Shane seufzte. »Das wollte ich, aber da hatte er dich schon um Geld angehauen. Er hat gemeint, dass du nichts mit ihm zu tun haben willst. Und auch wenn mir klar war, dass du nichts von mir wusstest, war damit alles entschieden. Er hat das so festgelegt und damit auch mir die Kontaktaufnahme unmöglich gemacht. Du hast ja tatsächlich sofort vermutet, dass ich dich irgendwie ausnutzen möchte.« Aber das war nicht der einzige Grund gewesen. In Wahrheit hatte Shane riesige Angst vor Jacks Zurückweisung gehabt.

Jack sah ihn schuldbewusst an. »Aber ich habe mich doch ziemlich schnell wieder eingekriegt. Du weißt mittlerweile bestimmt, dass ich sehr aufbrausend sein kann und dass das aber nie lang dauert.«

Jack erhob sich mit einem Ruck und hielt sich an der Tischkante fest, als wäre ihm schwindelig. Einen Moment lang fürchtete Shane, dass er einfach umkippen würde. Stattdessen aber drehte Jack den Wasserhahn auf und befeuchtete seinen Nacken.

»Also, wieso hast du deine Meinung geändert? Wieso erzählst du mir das jetzt?«, fragte er Shane.

»Wegen Cara. Ich konnte sie nicht länger anlügen.« Sie

zu belügen war noch schlimmer, als sich selbst etwas vorzugaukeln. Sie gehörte genauso sehr zu ihm wie seine Narben und Kratzer. Sie war mutig, also musste er es auch sein.

»Ich weiß gar nicht, wo ich anfangen soll. Eine Hochzeit, Shane, um Himmels willen! Hast du das gemacht, um mir näher zu sein?«

Jetzt wurde Shane aber wirklich sauer. »Ja, genau. Echt ein perfekter Plan! Ich fülle deine Schwägerin in spe ab und zwinge sie, mich zu heiraten, um mehr mit dir zu tun zu haben. Mann, das ergibt doch überhaupt keinen Sinn!«

Jack wirkte ein wenig beschämt. »Shane, du hat so wahnsinnig viel Zeit vergeudet ...«

»Nein, habe ich nicht.« Das glaubte Shane wirklich. Sich das Gegenteil einzugestehen wäre viel zu schmerzhaft gewesen. »Ich musste erst mein Handwerk perfektionieren, der Beste in meinem Bereich werden. Ich wollte dir auf Augenhöhe begegnen. Wollte dir etwas anzubieten haben.«

Als sein Bruder sich genauso mit der Hand durchs Haar fuhr, wie Packy das immer getan hatte, musste Shane wegsehen.

»Du musst mir nichts anbieten. Du und ich sind eine Familie. Das ist mehr als genug.«

Shanes Hände begannen zu zittern, und sein Herz drohte zu bersten. Schnell nahm er einen Schluck Whiskey, um sich zu beruhigen. Das Glas war leer. Er wollte jetzt nicht mit Jack streiten, der ja ohnehin immer alles besser wusste. Jetzt hatte er ihm erst einmal alles gesagt, und es sah fast so aus, als hätten sie eine gemeinsame Zukunft. Aber eine Zukunft ohne Cara konnte und wollte er sich nicht vorstellen.

Er fühlte einen Schmerz an seinem Hinterkopf und brauchte einen Moment, um zu begreifen, dass Jack ihm eine Kopfnuss verpasst hatte. »Das ist dafür, dass du so ein Idiot bist.«

Tja, so gingen Brüder wohl miteinander um.

Die lange, wohltuende Stille wurde schließlich von Vegas unterbrochen, der auf Shanes Schoß sprang und ein langes, schiefes Maunzen von sich gab. Jack sah den Kater skeptisch an und goss beiden ein weiteres Glas ein.

»Alzheimer also«, sagte er. »Lass mich raten. Genetisch bedingt?«

»Einer von uns kann sich schon mal darauf einstellen, ja. Oder gleich alle beide.«

Jack hob sein Glas. »Danke, Dad, du alter Haudegen!«

Shane begann laut zu lachen. Und das fühlte sich verdammt gut an.

21.
Kapitel

Das laute Klopfen an der Tür beschleunigte Shanes Puls für einen Moment, doch als er sie öffnete, wurde er enttäuscht. Es war nur Jack. Noch vor einer Woche hätte ihn der Gedanke, dass sein Bruder ihn unangekündigt besuchen könnte, furchtbar aufgeregt reagieren lassen. Seit er nach Chicago gezogen war, hatte er reichlich Zeit gehabt, mit dessen unangenehmen Eigenschaften Bekanntschaft zu machen. Jack konnte Leute hervorragend unter Druck setzen, wusste alles besser und war verdammt herrisch. Dass sie jetzt offiziell miteinander verwandt waren, hatte die Sache nicht besser gemacht – besonders nicht jetzt, in seiner aktuellen Stimmungslage.

»Was ist?«, fauchte Shane.

»Hast du etwa schon genug von mir, Bruderherz?«, fragte Jack spöttisch.

Shane winkte ihn in seine Wohnung, auch wenn Jack ohnehin keine Einladung gebraucht hätte. Wenn er ihn nicht gerade über seine Vergangenheit ausquetschte, nervte er ihn mit der Cara-Situation. Und die war ein Desaster.

311

Wann immer er sie anrief, erreichte er nur ihre Mailbox. Lili hatte ihm erzählt, dass sie nach New York gereist war, um Freunde zu treffen, und Jack hatte gesagt, dass er ihr Zeit geben solle. »Wir reden hier immerhin von Cara«, hatte er zu bedenken gegeben.

Ja, das taten sie. Cara, die Frau, die er liebte und die er in den Armen halten und der er sagen wollte, was für ein Arschloch er gewesen war.

Sein Bruder ließ sich auf das heruntergekommene Sofa plumpsen. »Ich habe nichts von ihr gehört«, sagte Jack, nachdem Vegas auf seinen Schoß gesprungen war.

»Und ich habe dich nicht gefragt«, erwiderte Shane düster.

»Es ist wirklich kaum zu glauben, dass Cara dir einen Antrag gemacht hat!«

Dieser Fakt setzte Jack tatsächlich am allermeisten zu.

»Klar. Ich bin eben unwiderstehlich!«

Jack schnaubte ungläubig. »Du bist also nicht auf die Idee gekommen, zu sagen: ›Super Idee! Aber vielleicht sollten wir uns erst einmal besser kennenlernen?‹«

Dieses Gespräch hatten sie zwar bereits geführt, aber das hinderte Jack nicht daran, all diese Sätze wieder und wieder zu sagen. Als wäre er eine kaputte Schallplatte.

Shane sah ihn misstrauisch an. »Willst du etwa behaupten, dass du Lili nicht sofort verfallen bist, als du sie zum ersten Mal gesehen hast? Dass du nicht sofort wusstest, dass sie die einzig Wahre ist?«

»Kann schon sein, aber das heißt ja nicht, dass ich sie schon ein paar Minuten später vor den Altar schleife.«

»Aber am liebsten hättest du es gemacht, oder?«

Jack lächelte ihn an. »Na ja, es hat mich wirklich getroffen wie ein Blitzschlag. Die DeLuca-Ladys sind schon eine Nummer.«

Shane seufzte. »Wenn sie umwerfend ist, ist sie nicht unkompliziert.«

»Und wenn sie unkompliziert ist, ist sie nicht umwerfend«, beendete Jack den Satz.

Wie ging der Songtext noch mal weiter? *If she's worth it, you won't give up. If you give up, you're not worthy,* so lautete das Zitat im Original. *Wenn sie es wert ist, gibst du nicht auf. Wenn du aufgibst, bist du ihrer nicht würdig.* Es gab noch eine Zeile, aber an die konnte er sich gerade nicht erinnern.

»Wenn es sich jetzt noch ändern ließe, dann wärst du mein Trauzeuge, stimmt's?«, fragte Jack.

Shane, der sich gerade ein Bier aus dem Kühlschrank holen wollte, erstarrte.

»Ich kenne Laurent aber schon seit Jahren, und auch die anderen Leute, die an der Hochzeit beteiligt sind … Na ja, ich kann jetzt niemanden mehr rauswerfen, um dich mit ins Boot zu holen.«

Shane sah ihn unbehaglich an. »Das habe ich auch nicht erwartet.«

Jack lehnte sich zurück und zupfte an einem losen Faden des Sofabezugs. »Aber ich fände es schön, wenn wir was zusammen unternehmen könnten. Vielleicht ein paar Tage wegfahren. Was denkst du?«

»Und was ist mit deiner Arbeit? Und der Hochzeit?« In einer Woche war es schon so weit, und es gab bestimmt noch jede Menge zu tun – besonders jetzt, wo sich die Hochzeitsplanerin aus dem Staub gemacht hatte.

»Ich bin der Boss, und auch wenn du dich für unersetzlich halten magst, sind wir während deiner Sportverletzung irgendwie ohne dich klargekommen. Du bist auf jeden Fall rechtzeitig wieder da, um die Torte zu machen.« Er lächelte ihn so entspannt an, als fände er jede Woche einen verschollenen Bruder wieder. »Pack deine Tasche. Ich hole dich um vierzehn Uhr ab.«

Eine Sache hatte Shane vorher noch zu erledigen. Es würde zwar auch nichts lösen, aber er konnte einfach nicht länger untätig bleiben. »Wohin fahren wir?«

Jack lächelte ihn verschmitzt an. »An einen Ort, an dem wir uns so richtig entspannen und gleichzeitig ordentlich abschießen können. Um dann ausgiebig über unsere Gefühle zu reden.«

Wer dieses Haus betritt, möge alle Hoffnung fahren lassen.

Dieser Spruch hätte durchaus in die Glasskulptur, die in der Lobby des Hotels prangte, eingraviert sein können. Denn Cara war endlich klar geworden, was ihr Problem war.

Sie war eine vollkommen rückgratlose Vollidiotin.

Wie sonst ließe sich erklären, dass sie an den Tatort zurückgekehrt war? Als Lili gesagt hatte, dass sie lieber ein bisschen Zeit mit ihrer Schwester verbringen wollte, als einen großen Junggesellinnenabschied zu feiern, war Cara einverstanden gewesen. Aber warum Las Vegas? Was hatte sie sich bloß dabei gedacht?

Dieses Mal war zur Abwechslung Lili diejenige, die alles organisierte. Massagen, Maniküre, all die Dinge, um die sie sich sonst wenig kümmerte. Und Cara war dankbar, dass man ihr diese Last von den Schultern genommen hatte.

Ich liebe deine Schultern. Ich glaube, die sind mein liebstes Körperteil an dir.

Tss.

»Jack war also einverstanden, dass du vier Tage vor deiner Hochzeit nach Las Vegas abdüst?«, fragte Cara, während die Kosmetikerin ihre Nagelhaut mit einem Stäbchen bearbeitete.

Lili lächelte. »Es ist doch gut, wenn wir ein bisschen Zeit getrennt voneinander verbringen. Danach weiß er mich noch mehr zu schätzen.«

»Oh, das tut er doch so oder so! Du hast so ein Glück, Lili! Ich weiß, dass ich dich nicht immer unterstützt habe, was Jack angeht ...«

»Nun, bei so einem Sexgott fällt es eben schwer, hinter die Fassade zu blicken. Du weißt ja, dass ich damit auch meine Probleme hatte.« Ihr anzügliches Grinsen erlosch. »Aber manchmal braucht es ein einschneidendes Ereignis, um zu sehen, dass es nicht nur ums gute Aussehen geht. Auch richtig heiße Typen haben ein Herz, weißt du?« Sie stieß den Atem aus, und Cara wappnete sich innerlich für eine weitere Ansprache.

»Shane hat die Sache völlig falsch angepackt«, sagte Lili. »Aber er kann eben auch nicht aus seiner Haut.«

Jack und Lili hatten sich immer wieder für Shane eingesetzt, und Cara war durchaus klar, dass der Mann etwas für sie empfand. Aber wie sollte sie wissen, was seine wahren Beweggründe für die Hochzeit gewesen waren? In Wahrheit hatte sie die Tatsache, dass er die Ehe heimlich aufgelöst hatte, am allermeisten getroffen. Sie hatte gedacht, dass das zwischen ihnen etwas ganz Besonderes war. Aber im Nachhinein betrachtete sie jeden gemeinsamen Augenblick mit Argwohn.

Er wollte feste Bindungen, Wurzeln, all den Kram, vor dem sie immer geflohen war. Er wollte ein DeLuca und ein

Kilroy sein, und mittlerweile waren ihm alle vollkommen verfallen. Ihre Familie hatte schon immer mit großem Vergnügen Findelkinder aufgenommen. So konnten sie sich die Rosinen herauspicken und mussten sich um die Familienmitglieder, die in Sachen Dolce Vita nicht so bewandert waren, nicht weiter scheren.

Shane brauchte sie doch gar nicht mehr, jetzt, wo er zur Familie gehörte.

Weil Cara immer noch schwieg, fuhr Lili einfach fort: »Ich kann gar nicht glauben, dass du keinen blassen Schimmer von seinem Vater hattest. Dass er nicht einmal Andeutungen gemacht hat.«

In den Worten ihrer Schwester schwang auch ein wenig Selbstanklage mit. Lili war sehr bestürzt darüber gewesen, dass sie von Caras magersüchtigem Lebensstil nichts geahnt hatte. *Nein, das ist kein Lebensstil,* hörte Cara ihren inneren Therapeuten sagen. *Magersucht ist eine Krankheit.*

»Er wollte nie über sich selbst sprechen. Ich wusste, dass sein Vater ein Tyrann war, aber der Rest ...« Von dem Gedanken daran, was sein Vater Shane angetan hatte, bekam Cara sofort Bauchschmerzen. »Ich weiß nicht, Lili. Wenn er in einem solch grundlegenden Punkt lügt – wie kann ich dann wissen, dass irgendetwas zwischen uns ... echt war?«

»Vielleicht solltest du das nächste Mal abheben, wenn er dich anruft. Oder dir seine Sprachnachrichten anhören.«

Cara hob die Hände, nicht nur, um Lili zum Schweigen zu bringen, sondern auch, um ihren schicken pinken Nagellack zu bewundern. »Es gibt nichts zu reden. Basta.« Sie schob ihre Hände unter den Nagellacktrockner und sah Lili entschlossen an. Kein Selbstmitleid mehr.

»Und jetzt wirf dich in Schale, Liliana. Heute Abend suche ich mir meinen nächsten Ex-Mann aus!«

Zwei Stunden später kam ihre Schwester aus dem Bad des luxuriösen Hotelzimmers. Das Rubinrot ihres auf Taille geschnittenen Kleides passte perfekt zu dem schimmernden Olivton ihrer Haut, und ihre sexy High Heels brachten ihre wohlgeformten Beine wunderbar zur Geltung. Ihr Haar war wild wie immer − kein Friseursalon der Welt konnte es zähmen −, aber Lili sah so umwerfend aus, dass Cara nur bewundernd seufzen konnte.

»Sehe ich okay aus?«, fragte Lili. Ihre Stimme überschlug sich leicht, was wahrscheinlich an dem Champagner lag, den Jack vorhin in ihr Zimmer hatte liefern lassen. Sie hatten sich beide schon zwei, drei Gläschen davon genehmigt, um sich auf ihren Abend in der Stadt einzustimmen.

»Du siehst toll aus, Sis.« Sie hakte sich bei Lili unter und nahm sich fest vor, sie heute nicht mehr loszulassen. »Lass uns loslegen!«

Als sie aus dem Aufzug traten, stand plötzlich ihr Cousin Tad vor ihnen, der an einer vergoldeten Säule lehnte. Groß, dunkel, schelmisch grinsend. Er trug einen Anzug.

»Was zum Teufel machst du denn hier?«, fragte Cara.

Tad zog eine Augenbraue nach oben und sah zu Lili. »Du hast es ihr nicht gesagt?«

»Wollte ich gerade! Du solltest uns doch in der Bar treffen, Dummerchen.«

Cara drehte sich verwirrt zu ihrer Schwester. »Was ist hier los?«

Lili zog sie von den Aufzügen weg, um den anderen Gästen nicht den Weg zu blockieren.

»Ich heirate.«

»Ähm, hallo, das weiß ich. Ich plane deine fantastische Feier und bin deine Trauzeugin!« Ihre eigene Ehe war heute Morgen tatsächlich endgültig annulliert worden, aber sie war gerade viel zu betäubt, um sich mit diesem Gedanken zu beschäftigen.

Lili leckte sich über die Lippen. »Hm, tatsächlich heirate ich jetzt. Hier in Las Vegas.«

»Wie bitte?!«

»Es gibt natürlich trotzdem noch die große Feier mit der Kutsche, dem Brunnen und den dreihundert Gästen, aber ...« Lili blickte Hilfe suchend zu Tad.

»Du musst jetzt ganz ruhig bleiben, Cara!«, sagte der.

»Tad!« Lili funkelte ihn an und Cara ebenfalls.

»Aber du wolltest doch den perfekten Tag, Lili. Das Kleid, die Brautjungfern. All die Gäste, die dich ansehen und dir das Allerbeste wünschen.«

»Ja, aber – das ist eher das, was du für mich willst, verstehst du?« Lili biss sich auf die Unterlippe. »Ich weiß, dass du und Jack diese großen Pläne habt, und ich habe mich irgendwie mitreißen lassen. Ich mache auch keinen Rückzieher, weil Jack sich nun mal diese große Hochzeit wünscht. Aber ich will auch eine kleine Trauung, bei der es nur um uns geht.«

Cara war vollkommen sprachlos. Sie hatte Lili zu einer Feier gedrängt, die sie gar nicht wollte.

»Heißt das, Jack ist hier?«, fragte sie ein wenig lahm. Klar war er das. »Da warst du also gestern Abend! Du hast dich davongestohlen, um dich mit deinem Verlobten zu treffen!«

Lili war aus dem Hotelzimmer verschwunden, um Eis zu holen. Das hatte merkwürdig lang gedauert.

Lili sah sie verlegen an. »Cara, die Hochzeit findet nach wie vor am Samstag statt. Es wird genauso wundervoll, wie du es geplant hast, und niemand braucht zu wissen, dass Jack und ich uns das Jawort bereits gegeben haben. Er tut das für mich, weil er weiß, dass es schließlich und endlich unser eigener Tag ist. Bitte sag, dass du das verstehst.« Sie wischte sich eine Träne aus dem Augenwinkel.

Es zog Cara das Herz zusammen. »Lili, natürlich verstehe ich das. Es tut mir leid, dass ich so ... so sehr Cara war.«

»Du brauchst dich doch nicht zu entschuldigen!« Lili drückte sie an sich, an ihren weichen, kurvigen Körper. »Du musst dir selbst verzeihen«, flüsterte sie ihr ins Ohr. »Alles.«

Dieser Satz fühlte sich an wie ein Schlag in die Magengrube. Fast hätte Cara Lili gefragt, wie sie das meinte, aber eigentlich wusste sie es. Sie war selbst krank gewesen und hatte deswegen nicht nach Hause fahren können, um ihrer krebskranken Mutter zu helfen. Sie war krank gewesen und hatte sich ihrer Familie nicht anvertraut. Die Geheimniskrämerei hatte sie so viel mehr Kraft gekostet, als vor sich selbst zuzugeben, dass sie diese schlimme Zeit nicht allein hätte durchstehen müssen. Ihre Familie liebte sie so, wie sie war – ein wenig kontrollsüchtig, verkorkst, weit davon entfernt, perfekt zu sein.

Heute war eine Ehe offiziell zu Ende gegangen, und eine neue würde beginnen. Es war ein guter Tag.

Lili, die in ihrem schimmernden rubinroten Kleid wie eine Göttin aussah, ließ sie los und sah sie aus glänzenden Augen an.

»Heute heirate ich den schärfsten Mann dieses Planeten,

und meine allerliebsten Menschen werden dabei sein.« Sie hakte sich bei Cara unter und rieb Tads Schulter.

Er grinste. »Wir sind deine Lieblingsmenschen? Habe ich's doch gewusst!«

Cara lächelte und war erleichtert, dass ihr das leichter fiel als erwartet. »Wenn wir deine liebsten Menschen sind, wen hat dann Jack im Gepäck? Jules wahrscheinlich, und …«

Als sie Lilis Grimasse sah, wurde Cara kurz schwindelig.

»Darüber wollte ich noch mit dir reden …«

22.
Kapitel

Du weißt schon, dass ich derjenige sein sollte, der nervös ist!« Jack legte Shane eine Hand auf die Schulter. »Es ist *mein* Hochzeitstag.«

Shane sah sich erneut in der Kapelle um, die eindeutig schicker war als die, in der er und Cara sich vor sechs Wochen hatten trauen lassen. Es gab weiße, mit flatterndem Stoff behängte Säulen, was dem Raum einen himmlischen Anstrich verlieh. Cara hätte ein solcher Ort vielleicht gefallen — wenn sie die Wahl gehabt hätte. Sein Blick fiel auf die Flügeltür, durch die Lili und Cara jeden Moment kommen würden. Zumindest hoffte er, dass Cara dabei sein würde. Mittlerweile hatte Lili die Bombe sicherlich platzen lassen, und Cara wappnete sich entweder für zwanzig höllische Minuten oder flitzte bereits zum Flughafen — so schnell ihre hochhackigen Schuhe sie trugen.

»Du machst doch keine Dummheiten, oder?«, murmelte Jack.

Kommt ganz drauf an. »Was denn zum Beispiel?«

»Ich weiß nicht. Du könntest dich zum Beispiel der

Trauzeugin zu Füßen werfen, um sie um Verzeihung zu bitten?«

Die Tür schwang auf, Shanes Magen verknotete sich, und herein kam … Jules.

Er zwang sich zu einem Lächeln. »Ich dachte eher, dass ich sämtliche Toasts an mich reiße, sodass es nur noch um mich geht. Mal sehen, wie dir das gefällt.«

»Solange du die Zeremonie nicht ruinierst …«

»Wir sind so weit«, sagte Jules zu Jack und strahlte. Dann sah sie Shane an. »Ich weiß immer noch nicht so richtig, wie ich dich nennen soll. Stiefbruder? Bruder einer anderen Mutter – und eines anderen Vaters?«

Shane lachte. »Wie wäre es mit Shane?«

Wieder ging die Tür auf, und dieses Mal war es … Tad. Der Jules' vernichtendem Blick tapfer standhielt. Was war nur los mit den beiden?

Und dann kam Lili in einem leuchtend roten Kleid durch die Tür geschwebt. Shane sah zu seinem Bruder, der gerade heller strahlte als der Sunset Strip. Und hinter Lili kam … niemand. Die Tür schloss sich. O nein.

Aber dann ging sie wieder auf, und da war Cara, die gerade ihr Telefon in ihrer Handtasche verstaute. Wahrscheinlich hatte sie gerade den nächstmöglichen Flug gebucht. Eilig holte sie auf und hakte sich bei Lili unter. Cara sah wunderschön und völlig verstört zugleich aus, als wünschte sie sich mit aller Macht an einen anderen Ort. Sie blickte erst zu Jack, dann zu Lili, und ihr Gesicht erstrahlte. Ihr Lächeln wirkte ungezwungen. Sie schien sich einfach unglaublich für Lili und Jack zu freuen; darüber, wie glücklich sie einander machten. Sollte Cara wütend über die Überraschungshochzeit sein, so ließ sie es sich zumindest nicht anmerken.

So war Cara eben. Sie hatte Klasse. Ein Profi in allen Lebenslagen.

Leider weigerte sie sich aber, ihn anzusehen. Jacks und Lilis Freude konnte eben auch nicht alle Probleme wegzaubern. Und das brach ihm das Herz.

Eine halbe Stunde später stießen alle in dem privaten Veranstaltungsraum des *Mint*, Jacks Dependance im Paris Hotel, auf das glückliche Brautpaar an. Cara unterhielt sich mit allen – nur nicht mit Shane. Jules sprach mit jedem, nur nicht mit Tad. Dadurch hatten Shane und Tad plötzlich mehr gemeinsam als nur ihre Liebe zu den Harleys.

»Was hast du ausgefressen?«, fragte er Tad.

Dessen verstohlene Blicke in Richtung Jules waren nun einmal unübersehbar. Tad kippte seinen Champagner in einem Zug hinunter und griff direkt nach dem nächsten, ehe er Shane in die Augen sah.

»Warum denkt nur jeder, dass ich etwas angestellt habe?«

»Weil es so nun mal läuft, Kumpel«, sagte Shane. »Als eine Art Selbstkasteiung musst du dich ab jetzt jeden Tag bei den ersten drei Frauen entschuldigen, die dir begegnen. Auf diese Weise wird das Gleichgewicht im Universum eines Tages wiederhergestellt sein.«

»Dafür bräuchte es mehr als das, mein Freund.« Er blickte finster zu Jules. »Es ist am besten so.«

Interessant. Tad wirkte eigentlich wie ein guter Kerl – nicht, dass es bei einem solch überfürsorglichen Bruder wie Jack einen großen Unterschied gemacht hätte. Denn der hatte mehr als klargemacht, dass Tad die Finger von seiner Schwester lassen sollte.

»Ich kann nicht fassen, dass du dich von Jack aufhalten lässt«, meinte Shane.

Tad sah ihn überrascht an. »Denkst du wirklich, dass ich mir von Jack Kilroy in meinem Liebesleben herumpfuschen lasse? No Way! Aber glaub mir: So ist es für alle Beteiligten am besten.«

Er klang nicht sonderlich überzeugt. Eigentlich sah er sogar ziemlich elend aus.

»Alles okay bei dir?«, fragte Shane.

Tad runzelte kurz die Stirn, ehe er wieder sein altbekanntes Grinsen aufsetzte. Es wurde noch breiter, als sein Blick auf die kecke Kellnerin mit dem Schmollmund fiel, die Champagner unter den Gästen verteilte.

»Wird es gleich wieder sein.«

Mit diesen Worten ging er auf sie zu und sprach sie an. Jules blickte finster zu ihnen hinüber und wandte sich dann wieder an Cara, die von ihrem Versuch, Shane komplett zu ignorieren, sicher schon einen steifen Nacken hatte.

Was gäbe Shane darum, seine Gefühle genauso leicht abschalten zu können wie Tad! Oder am besten gleich eine Zeitmaschine zu haben. Er wollte seine Frau zurück.

Um Mitternacht stand Cara an der Bar des Paris-Las-Vegas-Hotels. Allein. Vor sechs Wochen hatte sie sich hier mit den anderen DeLuca-Ladys durch die Tür gedrängt und erwartungsvoll den Blick durch den Raum schweifen lassen. Jetzt war sie wieder Single und hatte dennoch keinerlei Erwartungen mehr an diesen Abend. Als sie ihn schließlich entdeckt hatte, sprang er sofort auf und bot ihr seinen Stuhl an. Seufzend ging sie zu ihm hinüber.

»Sie sehen aus, als könnten Sie einen Drink gebrauchen, schöne Frau«, sagte der groß gewachsene, dunkle Fremde. Gut gekleidet. Gutes Parfüm. Nicht Shane.

»Klar«, sagte sie abwesend. Sie hatte all ihre Kraft gebraucht, um das Abendessen zu überstehen. Hatte eine gute Show geliefert, und Shane hatte es ihr gleichgetan. Auch er wollte es hinter sich bringen und die Sache grinsend irgendwie überstehen. Ein paarmal hatte er sie angesehen, ihr einen warmen, geheimnisvollen Blick geschenkt. Aber zwischen ihnen gab es keine Geheimnisse mehr. Nur den Scherbenhaufen einer gescheiterten Ehe, der sich mit ein paar Unterschriften ohne Weiteres unter den nächstbesten Teppich kehren ließ.

Sie hatte mit Shane sprechen wollen, aber ihre Füße hatten sich einfach nicht in dieselbe Richtung bewegen wollen wie ihr Herz. Als schließlich die Desserts serviert und die Reden gehalten wurden, wollte sie sich endlich an ihn wenden. Aber da war er bereits verschwunden gewesen.

»Was führt Sie nach Las Vegas?« Anerkennend ließ der Fremde den Blick über ihr schickes, petrolfarbenes Wickelkleid gleiten. Nicht jeder Frau stand dieser Ton, aber Cara konnte ihn dank ihres blonden Haars hervorragend tragen.

»Eine Hochzeit.«

»Super Stadt für solch einen Anlass.« Er lächelte. Es war ein nettes Lächeln, aber eben nicht das, nach dem sie sich gerade sehnte.

Sie setzte sich auf den ihr angebotenen Stuhl, als ihr Telefon plötzlich läutete. Es war eine unbekannte Nummer mit der Vorwahl von Chicago.

»Hallo?«

»Cara DeLuca?« Sie hörte den nasalen, gestelzten Tonfall eines geknechteten Assistenten. »Mrs Napier ist in der Leitung. Bitte bleiben Sie dran.«

Die einzige Mrs Napier, die Cara kannte, war Penny Napier. Weshalb sollte die sie um diese Uhrzeit anrufen? In Chicago war es bereits ein Uhr morgens!

»Miss DeLuca«, hörte sie dann eine Stimme in den Hörer hauchen. »Ich hoffe, ich störe Sie nicht. Aber soweit ich weiß, befinden Sie sich gerade in der Stadt, die niemals schläft, nicht wahr?«

»Ja, Mrs Napier.« Cara unterdrückte ihren überraschten Tonfall und setzte sich aufrechter hin. »Was kann ich für Sie tun?«

»Nun, mir ist zu Ohren gekommen, dass mein Sohn mit einer recht geschmacklosen Aktion versucht hat, Jack Kilroy für seine Hochzeitsfeier zu gewinnen. Ich kann Ihnen versichern, dass ich solch ein Verhalten überhaupt nicht zu schätzen weiß. Der kleine Scheißkerl geht mir schon auf die Nerven, seit ich ihn vor vierunddreißig Jahren auf die Welt gebracht habe.«

Gut, dass Cara noch kein Getränk bestellt hatte. Wahrscheinlich hätte sie es sich jetzt ansonsten über ihr Kleid geschüttet. Was zum Teufel ging hier vor sich?

»Ihr Name ist mir im vergangenen Jahr mehr als einmal begegnet, Miss DeLuca. Ich habe mir sagen lassen, dass Sie wissen, wie man eine gute Party feiert oder Kindern wunderbare Geschichten erzählt.«

Cara schaffte es irgendwie, genug Luft für einen ganzen Satz einzuatmen.

»Meine Talente sind sehr vielgestaltig, Mrs Napier.« Okay, das war vielleicht nicht der ausgefeilteste Satz ihres Lebens.

Penny gluckste. »Heutzutage brauchen wir das auch. Uns wird schließlich nichts auf dem Silbertablett serviert! Wir müssen unseren eigenen Weg gehen.« Ja, und Penny Na-

326

piers Weg hatte unter anderem darin bestanden, drei Ehemänner unter die Erde zu bringen. Einen Moment lang herrschte in der Leitung eine erwartungsvolle Stille.

»Das *Sarriette* kann die Jahresfeier von Pink Hearts auch ohne die Bedingung ausrichten, die mein Sohn gern damit verknüpft hätte. Vereinbaren Sie doch bitte einen Termin mit meiner Assistentin, wenn Sie wieder in Chicago sind. Dann können wir uns über die Veranstaltung und all Ihre Talente unterhalten.«

»Danke, Mrs Napier. Dürfte ich Sie noch fragen, wie Sie von dem ... Ausrutscher Ihres Sohnes erfahren haben?«

Sie konnte sich nicht vorstellen, dass Mason selbst vor seiner herrischen Mutter damit geprahlt hatte.

»Ihr Koch hat mich besucht.«

»Jack?«

»Nein, der umwerfende mit den Grübchen. Natürlich wusste ich schon von den grobschlächtigen Überredungsversuchen meines Sohnes, ich habe da meine Quellen. Aber Ihr Koch hat es irgendwie an meiner Assistentin vorbei geschafft und ist dann nicht gegangen, ehe er mir nicht die ganze Geschichte erzählt hat. Eigentlich habe ich ihm gar nicht richtig zugehört – der Mann ist eine echte Sünde, und sobald er den Mund öffnet, höre ich sowieso die Englein singen. Er könnte mir einen Mord gestehen, und ich würde immer noch selig nicken und ihm alles verzeihen.«

Shane Doyle und sein dämlicher Akzent. So würde er eines Tages die gesamte High Society Chicagos auf seine Seite ziehen.

»Wie dem auch sei, Miss DeLuca, Sie haben sicherlich Besseres zu tun, als mit mir zu plaudern. Herrliche, sündige Dinge.«

Cara lächelte still in sich hinein. Ihre sündigen Tage waren längst vorbei. »Es war schön, mit Ihnen zu sprechen, Mrs Napier. Danke für Ihren Anruf, schlafen Sie gut.«

»Schlafen kann ich, wenn ich tot bin. Gute Nacht!«

Cara starrte noch eine gute Minute lang auf ihr Telefon. Sobald die Hochzeit hier vorbei war, würde sie einen Businessplan für die DeLuca-Events erstellen (sie brauchte dringend einen neuen Ordner!) und ihre Kontakte durchgehen und erneuern, um an gute Locations, Speiseangebote und Lieferanten zu kommen. Sie würde das hinkriegen. In den vergangenen Wochen hatte sie eine neue Power erlangt, von der sie gar nicht gewusst hatte, dass sie in ihr steckte. Echte Cara-Power!

Wie gern hätte sie die guten Neuigkeiten jetzt mit jemandem geteilt. Sie wollte diese neue Energie nutzen und nicht länger Angst haben. Ihr Herz öffnen. Aber vorher brauchte sie erst einmal einen Drink. Ein Anruf von Lili durchkreuzte ihre Pläne.

»Hey, solltest du nicht gerade wilden, akrobatischen Sex in deiner Suite haben?«, begrüßte Cara sie.

»Schon passiert, Cara«, hörte sie Jacks tiefe Stimme.

»Was ist los? Hast du meine Schwester in eine Art postkoitales Koma versetzt? Lili! Lili, ist alles okay bei dir?«

Jack gluckste. »Vielleicht solltest du dich weniger mit dem Sexleben deiner Schwester beschäftigen und eher mal dein eigenes Liebesleben in Ordnung bringen.«

Sie knurrte. »Rufst du mich ernsthaft um Mitternacht an, um mir Beziehungstipps zu geben? Und das an deiner eigenen Hochzeit?«

»Ja, das tue ich. Dieses Opfer bringe ich gern für meine Familie.«

Er klang sehr stolz, als er das Wort *Familie* sagte. Im Hintergrund rief Lili schwach um Hilfe.

»Psst, Liebste. Ich kümmere mich gleich um dich. Cara, bist du noch dran?«

Wie süß die beiden waren! »Ich bin ganz Ohr.«

»Öffne dein Herz, meine Liebe. Und dann dreh dich um.« Er legte auf. Was sollte das denn?!

Ganz langsam – sie hatte immer schon einen Hang zur Dramatik gehabt – drehte sie sich um. Und vor ihr stand … der Fremde.

»Entschuldigung, könnten Sie bitte beiseitegehen?« Sie wedelte mit der Hand, und er kam ihrer Bitte sofort nach.

In der Tür stand Shane. Und er sah umwerfend aus. Während der Zeremonie hatte er einen schicken Anzug getragen, dem es auch nicht gelungen war, Shanes endlose Energie zu bündeln. Jetzt trug er wieder sein übliches Outfit. Ein verblichenes Hemd, Jeans und dazu natürlich seine Stiefel. Sein markantes Kinn war von einem dichten Dreitagebart bedeckt und erinnerte sie daran, wie er ihren Körper erkundet und in Besitz genommen hatte. Sie war ihm immer noch mit Leib und Seele verfallen.

Mit der Eleganz, die ihn auch zu einem fantastischen Tänzer machte, bewegte er sich auf sie zu. Der Fremde sah ein wenig verärgert aus. Seinen Sitzplatz hatte er wohl umsonst geopfert!

»Scheinbar vergeudest du keine Zeit«, sagte Shane, und sein wohlvertrauter Duft stieg Cara in die Nase.

»Irgendwo muss ich ja anfangen. Ich war schließlich gern verheiratet.«

Shane grinste sie wissend an. Erst jetzt fiel Cara auf, wie sehr er Jack ähnelte.

»Kennen Sie den Herrn?«, fragte der Fremde.

»Ich habe keine Ahnung, wer er ist«, erwiderte Cara. Sie konnte ihren Blick gar nicht mehr von dem Mann abwenden, den sie bis zu ihrem letzten Atemzug lieben würde.

Shanes unverschämt breite Schultern entspannten sich, und er streckte ihr seine Hand hin.

»Ich bin Shane und ein echter Idiot. Ich verdiene mein Geld mit dem Konditorhandwerk und bin verwandt mit Jack Kilroy.«

Eine leise Hoffnung machte sich in ihrer Brust breit. Sie griff nach Shanes warmer Hand und fühlte sich wie immer sofort geborgen.

»Ich bin Cara und eine genesende Perfektionistin. Ich bin ein echtes Organisationstalent und zufällig auch mit Jack Kilroy verwandt. Also verschwägert.«

»Die Welt ist klein. Du hast doch nichts dagegen, wenn ich dich duze und mich zu dir geselle?« Mit diesen Worten quetschte er sich zwischen ihren und den benachbarten, besetzten Barhocker.

»Es tut mir leid, wenn ich Ihre Zeit gestohlen habe«, sagte Cara zu dem Fremden, der sich bereits im Raum nach vielversprechenderen Alternativen umsah. Er zuckte mit den Achseln und verschwand.

Shane sah ihr tief in die Augen und hielt sich am Tresen fest.

»Ich habe gelogen. In Bezug auf etwas wahnsinnig Wichtiges. Aber ich wollte nicht dich oder Jack hinters Licht führen, sondern mich selbst. Du hast keine Ahnung, wie lange ich vor mir selbst meine Identität verleugnet habe, meine Bedürfnisse.«

Doch, sie hatte da so eine Ahnung. Wenn jemand verstand, wie schwer ein Geheimnis wiegen konnte, dann sie.

»Lili hat gesagt, dass du es schon seit Jahren weißt«, stieß sie hervor. »Seit deiner Kindheit.«

Er nickte. »Es war kompliziert. Ich habe Jack dafür gehasst, dass er nicht da war. Weil ich bei meinem Vater bleiben musste, auch wenn ich theoretisch bei meinem Bruder hätte sein können. Das war natürlich total irrational, weil Jack gar nicht über meine Existenz im Bilde war. Und selbst wenn, hätte er sich wohl kaum um ein Kind gekümmert, von dem er nicht das Geringste wusste. Er hat John Sullivan gehasst, und ich bin davon ausgegangen, dass es ihm in Bezug auf mich genauso gehen würde. Also habe ich Jack vorsichtshalber selbst gehasst, um ihm zuvorzukommen.«

Irgendetwas machte in Caras Gehirn klick.

»Als dein Vater sich kurz vor seinem Tod nach Vergebung gesehnt hat ... Da ging es ihm nur um Jack, nicht wahr?«

Shane nickte langsam und sah furchtbar traurig aus. Gott, das musste ihn völlig zerstört haben.

»Shane, es tut mir so leid«, wisperte sie.

»Ich weiß, Cara. Aber trotz all des Mists mit meinem Vater wollte ich Jack kennenlernen. Um ganz sicher zu sein, weißt du?«

Sie nickte.

»Ich habe gedacht, dass er ein arroganter Trottel ist ...«

»Was ja irgendwie stimmt.«

Er lachte, aber es klang traurig. »Ja, klar, aber ich mag ihn auch. Ich konnte ihn einfach nicht weiter hassen! Und dann bin ich dem gesamten DeLuca-Clan verfallen und wollte dazugehören.«

»Du wolltest also einfach nur Jack nahekommen? Und

meiner Familie?« Sie spürte, dass sie Kopfschmerzen bekam.

Er grinste grimmig. »Nein, das ist es nicht. Ich kann es nicht so gut erklären … Natürlich wollte ich mich nicht in Jacks Familie hineindrängen. Eigentlich wollte ich einfach meine Neugier befriedigen und dann nach ein paar Monaten weiterziehen. Aber als ich dich getroffen und richtig kennengelernt habe, Cara, hat mich das verändert. Mir wurde klar, dass ich das alles selbst will, anstatt nur zuzusehen.«

Sie kannte diese Sehnsucht. Und dennoch hatte er alles weggeworfen, als er die Ehe beendet hatte, ohne es ihr zu sagen.

»Wann hättest du mir denn erzählt, dass du die Annullierungspapiere unterschrieben hast? Glückwunsch übrigens. Wir sind nicht mehr verheiratet.«

Er runzelte die Stirn. »Nachdem wir den Tag im Kinderkrankenhaus verbracht hatten, wollte ich einen echten Neustart. Ohne den Ballast aus Las Vegas. Der einzige Weg dorthin schien mir die Aufhebung der Ehe zu sein, die du dir ja auch gewünscht hattest. Und plötzlich haben wir so viel Zeit miteinander verbracht, und du hast das Thema nie mehr angeschnitten. Tja, da waren wir, haben uns prächtig verstanden und wie ein Ehepaar verhalten – und es irre genossen. Ich aber hatte schon unterschrieben und unsere legale Verbindung gekappt. Das ist alles. Nur ein paar Buchstaben auf einem Stück Papier. Aber worauf es eigentlich ankommt, ist doch das, was wir in jener schicksalhaften Nacht empfunden und in den vergangenen Wochen aufgebaut haben.«

Er streichelte ihre Wange.

»Ich kann nicht rückgängig machen, was passiert ist, Cara. Ich weiß, dass ich es so richtig verbockt habe. Ja, ich hätte es Jack früher sagen sollen und dir auch.«

Sie atmete zittrig ein. »Sag mir, warum du Ja gesagt hast, Shane. Ich muss das wissen.« Sie wusste, warum sie ihn gefragt hatte, ob er sie heiraten wollte. Weil er dafür gesorgt hatte, dass sie sich lebendig fühlte.

Er legte seine Hände um ihr Gesicht, so sanft, dass sie zu zittern begann.

»Cara, meine wunderschöne Cara. Hast du eine Ahnung, was du in jener Nacht mit mir gemacht hast? Dass du mich schon in der Sekunde schachmatt gesetzt hast, in der du zur Tür hereinspaziert kamst? Ich habe Ja gesagt, weil ich etwas völlig Unerwartetes gefunden habe. Eine Frau, die dieselbe distanzierte Beziehung zu den Menschen um sich zu haben schien und deren Lachen mich gleichzeitig gewärmt hat. Eine Frau, deren Zeit eigentlich viel zu schade für mich ist und die dennoch über meine Witze gelacht, meine Hand gehalten und in mir den Wunsch ausgelöst hat, ihrer würdig zu sein.«

Er legte seine Hände auf ihre Schultern und drückte seine Stirn an ihre.

»Jack ist der Grund dafür, dass ich in dein Leben getreten bin, Cara. Aber deinetwegen bin ich geblieben.«

Ihr Herz schlug jetzt rasend schnell. »Oh.«

»Ja, oh. Klar, als ich nüchtern war, wusste ich, dass das echt eine verrückte Aktion war! Aber ich habe dieses Gefühl nie vergessen. Und jedes Mal, wenn ich bei dir war, habe ich es wieder empfunden. So ein Bauchgefühl, das mir gesagt hat, dass es kein Fehler war. Es sollte so sein ... *Wir* sollten sein.«

Auch Cara kannte dieses Gefühl. In jener Nacht hatte sie es umarmt, diese Magie und die Freiheit, einem Impuls nachzugeben, einfach weil es sich richtig anfühlte.

»Du hättest dich mir später trotzdem anvertrauen sollen.«

»Ach, immer wollen Frauen alles wissen ...« Er lächelte, herzerwärmend und sexy zugleich. »Aber wenn ich es dir gleich erzählt hätte, dann hättest du darauf bestanden, dass ich Jack informiere. Und dazu war ich noch nicht bereit. So etwas braucht Zeit.«

Sie glitt vom Barhocker. »Wie fühlen sich diese Schuhe an?«

Er blickte hinab auf seine abgenutzten Stiefel. Sie hatten ihn über die ganze Welt getragen und schließlich nach Hause zu Cara geführt.

»Ich habe sie den ganzen Tag angehabt, und sie haben mir keinerlei Probleme gemacht! Wie steht es mit deinen High Heels?«

Sie bog ihren rechten Fuß durch, der in wunderschönen bronzefarbenen Sandalen steckte. »Nicht schlecht. Ich glaube, dreißig Meter könnte ich darin schon laufen.« Sie schloss die Augen und streckte ihm ihre Hand hin. Es dauerte ein paar Sekunden, und schon drückte er seine Handfläche gegen ihre. Hitze strömte durch ihren Körper und erweckte sämtliche Nervenenden zum Leben. Da war es wieder, das Gefühl aus jener Nacht.

Jack hatte ihr gesagt, dass sie ihr Herz öffnen sollte. Und das hatte sie getan – für die Liebe, die Freude, die Farbe im Leben. Sie öffnete die Augen und strahlte Shane an.

Er zog sie an sich. »Fühlst du es auch, ZT?«

»Ja«, flüsterte sie. »Das tue ich.«

Er legte einen Finger unter ihr Kinn und sah ihr tief in die Augen. »Wie betrunken bist du?«

»Ich bin sternhagelvoll.« Ja, sie war liebestrunken. Beschwipst vom Leben und der Lust. Cara legte ihre Hand in seinen Nacken und spielte mit seinem Haar. »Ich liebe dich, Shane.«

»Oh, und ich liebe dich. Und wie.«

Als er sie küsste, wurden ihre Knie butterweich. Gott sei Dank hielt er sie fest. Sobald er kurz von ihr abließ und sie wieder zu Atem kam, tippte er an seine imaginäre Cowboyhutkrempe.

»Jetzt ist es aber an der Zeit, dass ich mit meiner Lady flanieren gehe und das Nachtleben von Vegas genieße!«, sagte er mit gekünsteltem amerikanischem Akzent und zwinkerte ihr zu.

Seine Aussprache klang schrecklich, aber das war schon okay. Dafür hatte Shane in Wahrheit den heißesten irischen Akzent und das größte Herz von allen.

Epilog

Es war der schönste Hochzeitskuchen, den Shane je gesehen oder gekostet hatte. Immerhin hatte er ihn selbst gemacht, und er war nun mal ein verdammt guter Konditor.

Er wandte sich an die hübsche Blondine an seiner Seite, die offenbar zu gern die Torte probieren wollte. Ein Stück davon lag bereits auf einem Porzellanteller.

»ZT, wenn du kosten willst, musst du es doch nur sagen.«
Natürlich hatte sie den Pasta-Gang ausgelassen, aber immerhin hatte sie von dem Huhn gegessen. Und zwar nicht pur, sondern mit einer Weißwein-Kapern-Soße, die ihr sogar geschmeckt hatte. Es waren kleine Schritte, die sie tat.

Cara verdrehte liebevoll die Augen. »Naaa gut. Nur einen Bissen.«

Andächtig trennte er eine Ecke der Ananas-Mascarpone-Torte ab und hob die Gabel an ihren Mund. Sie öffnete ihre üppigen Lippen und leckte einmal mit der Zunge darüber. Ganz langsam.

»Hör auf damit«, murmelte er.

»Womit?«

Sie wollte ihn offenbar umbringen. »Das weißt du ganz genau. Willst du jetzt Kuchen oder nicht?«

Sie öffnete ihren sinnlichen Mund und schnappte nach der Gabel. Er stöhnte auf. Immer wieder überlegte er, welchen Teil an ihr er am liebsten mochte. Heute zählten ihre Lippen definitiv zu den Top drei.

»Und, was denkst du? Genügt die Torte deinen hohen Ansprüchen?«

»Sie ist nicht schlecht«, murmelte sie. »Ich wäre trotzdem für die *Bella Donna* gewesen.«

Natürlich hätte sie sich gefreut, wenn er die Torte ausgewählt hätte, die er nach ihr benannt hatte. Er spähte hinüber zu seinem Bruder, der seine Braut gerade über die Tanzfläche wirbelte. Um ein Haar hätte er dabei Maisey und Dennis, den Praktikanten, erwischt. Immerhin tanzte er besser, als er sang, aber das hieß auch nicht viel.

»Leider haben die Kunden da auch noch ein Wörtchen mitzureden, meine Liebe. Daran wirst du dich gewöhnen müssen.«

»Diese blöden Kunden! Immer müssen sie dazwischenfunken.« Sie strich über seine Lippen und steckte sich den Daumen in den Mund. Himmel, dieser Mund ... »Immerhin kannst du künftig all unsere Kunden mit deinem sexy Akzent um den Finger wickeln.«

Er grinste. »Hey, sollte ich ursprünglich nicht einfach nur aphrodisierende Torten backen? Du willst mich doch wohl nicht als eine Art Sexpuppe einsetzen, um die Chicagoer Bonzinnen zu bezirzen, oder?«

Über die Details mussten sie sich noch unterhalten, aber gegen Ende des Sommers sollten die DeLuca-Doyle-Specialevents an den Start gehen. Dass er jetzt mit seiner Ex-

Frau – er hoffte, dass dieser Status sich bald wieder ändern würde – zusammenarbeiten durfte, war mehr, als er sich je erträumt hatte. Und durch seinen Teilzeitjob im *Sarriette* hatte er künftig das Beste aus zwei Welten.

»Der Tischschmuck ist der Hammer!«, sagte Cara und deutete mit ihrer Gabel auf Shanes Zuckerskulptur – die brünette Amazone in ihrem rot-blau-goldenen Dress, die gerade einen Mann mit ihrem Lasso einfing. Das glückliche Paar hatte sich wahnsinnig über diese Anspielung auf ihre erste Begegnung gefreut.

»Das erinnert mich an etwas ...« Er sprang auf und lief zur Bar. Zurück am Tisch stellte er eine große weiße Pappschachtel vor ihr ab. »Die Hochzeitsplanerin sollte schließlich auch nicht ganz leer ausgehen.«

Hastig klappte sie den Deckel auf, während er sorgsam die seitlichen Laschen herauszog. Nicht dass sie den fragilen Inhalt versehentlich beschädigte!

Sie sah in die Schachtel, und ihre Augen glänzten. »Shane, es ist wunderschön.«

»Ich dachte, ein Souvenir an die letzten Monate wäre ganz nett. Von deinem heißen Ex-Mann aus Vegas mal abgesehen.«

Er deutete auf die erste Figur auf dem Zuckerkarussell. Ein Mann lag einer eleganten Blondine zu Füßen. Sie hatte ihren Fuß, der in einem turmhohen Absatzschuh steckte, auf seine Brust gestellt. »Unsere Hochzeit.«

»Hey, das sieht so aus, als wäre ich eine heiratswütige Jägerin und du meine hilflose Beute!«

»Du hast mich eben direkt erlegt, ZT.« Das nächste Set zeigte die beiden beim Line Dance, beide stilecht in Stiefeln und Cowboyhut. »Unser erstes Date.«

Sie seufzte. »Lustig, wie du es geschafft hast, dich ganz stolz und aufrecht darzustellen, während ich an dir hänge wie ein nasser Sack.«

»Was wahr ist, muss wahr bleiben, liebe Cara. Oder willst du mir jetzt das Gegenteil beweisen? Ich kann den DJ jederzeit bitten, ein paar Countrysongs aufzulegen!«

Sie kicherte. »Das kann ich den anderen Gästen nicht zumuten!«

Die restlichen Figuren stellten weitere Stationen ihrer gemeinsamen Geschichte dar: ihre erste Motorradfahrt, Shanes Unfall auf dem Rugbyfeld, das Cover des Kochbuchs von Jack und Tony. Er hatte auch eine ziemlich lebensechte Skulptur des Katers Vegas eingebaut.

»Wow, da ist ja sogar der kleine Evan!«, sagte sie und deutete auf das Baby, das eine blonde Schönheit in den Armen hielt.

»Nein, das ist nicht Evan. Das ist eine Erinnerung, die wir erst noch erschaffen müssen.«

Blinzelnd sah sie zwischen ihm und der Skulptur hin und her.

»Ich habe es ernst gemeint, als ich gesagt habe, dass ich ein Kind mit dir will. Am liebsten sogar eine ganze Horde von kleinen Paddys und Colleens! Eigentlich habe ich gar keine Lust mehr zu warten.«

Hoffentlich hatte er damit keine Grenze überschritten. Er hätte auch nichts dagegen, direkt wieder nach Vegas zu jetten und eine weitere Blitzhochzeit hinzulegen. Aber er wusste, dass Cara die Hochzeit, auf die sie seit ihrer Kindheit hinfieberte, in Ruhe planen wollte. Immerhin musste sie kein neues Kleid kaufen; Lili hatte geschworen, dass sie das Kleid ihrer Mutter ausziehen würde, sobald sie die

Hochzeitssuite betrat. Dann würde sie es sorgfältig einpacken und an ihre Schwester weiterreichen. Eine neue De-Luca-Tradition. Es würde hart werden, ein ganzes Jahr auf die Trauung warten zu müssen. Aber wenn schon ein Kind unterwegs war, würde es ihm vielleicht weniger schwerfallen.

»Aber wenn wir die neue Eventagentur haben ...« Sie zögerte und blickte wieder auf die Skulptur. »Wie sollen wir da die Zeit dafür finden?«

»Komm mal her, mein Schatz«, sagte er und zog sie auf seinen Schoß. Sie schmiegte sich an ihn, und er seufzte auf. Ihre Körper passten einfach perfekt zusammen.

»Habe ich dir schon mal gesagt, wie sehr ich diese Schultern liebe?« Er küsste ihre herrlichen, golden schimmernden Schultern.

Sie sah ihn skeptisch, aber geduldig an. Mittlerweile war sie an seine umständliche Art, Dinge zu erklären, gewöhnt. »Könnte sein, dass du das mal erwähnt hast.«

»Dass deine Kurven mich in den Wahnsinn treiben, mich ganz besinnungslos machen vor Lust?«

»Du stehst auf meine Schultern?«

»Ja. Aber was noch wichtiger ist: Es sind die stärksten Schultern, die ich je gesehen habe. Du könntest darauf einen Sack Kartoffeln tragen, wenn es nötig wäre.«

»Shane ...«

»Nein, hör zu. Sie müssen so stark sein, weil du darauf die Last der ganzen Welt trägst. Und ich bin dazu da, dir zu sagen, dass du sie manchmal auch einfach nur schön sein lassen kannst.« Er küsste sie langsam und innig und ließ erst von ihr ab, als sie leise aufstöhnte.

»Und jetzt sieh dich um.«

Er folgte ihrem Blick und genoss es, seine neue Familie anzusehen. Tony und Francesca, Sylvia und Tad, Jules und Evan, Jack und Lili und sogar Onkel Aldo, der aus Florenz eingeflogen war und sofort in so viele Hintern wie möglich gezwickt hatte. Vor zwei Tagen hatte Shane Caras Hand gehalten, als sie ihrer Familie in aller Kürze erzählt hatte, wie sehr sie als Teenagerin und junge Frau gelitten hatte. Es hatte Tränen und Umarmungen gegeben, aber nicht die geringste Verurteilung. Die DeLucas waren wirklich schwer in Ordnung.

Aber seine Geliebte würde sich selbst immer die härteste Richterin bleiben und immer wieder daran zweifeln, ob sie eine gute Mutter sein konnte. Er war dazu da, ihr zu sagen, dass sie Cara DeLuca war, bald Cara Doyle, und dass sie alles im Griff hatte.

»Du wirst eine tolle Mom sein, Cara. Und vergiss nicht, dass wir nicht allein sein werden! Bestimmt wird deine Familie alles dafür tun, um uns so gut wie möglich zu unterstützen. Sei meine Partnerin, meine Frau, die Mutter meiner Kinder und die Liebe meines Lebens. Lass uns füreinander da sein und das Leben leben, von dem wir immer geträumt haben.«

Sie schniefte und sah ihn voller Liebe aus ihren saphirblauen Augen an. »Du bist doch eigentlich viel zu jung, um schon so weise zu sein, Shane Doyle.«

Er dachte über all das nach, was er durchgemacht hatte. Manches davon war seine eigene Schuld gewesen, manches nicht. Wie Cara und er stets alles lieber still ertragen hatten, anstatt sich den Menschen anzuvertrauen, die sie liebten. Seine Geliebte war nicht unkompliziert, aber sie war umwerfend, und deswegen würde er so lange warten, bis auch sie bereit für Kinder war. *If she's worth it, you won't give up.* Die letzte Zeile des Bob-Marley-Songs, die er zwischendurch vergessen hatte, war ihm heute Morgen unter der Dusche wieder eingefallen. *Truth is, everybody is going to hurt you; you just gotta find the ones worth suffering for.* Ja, da war was dran. Jeder würde einen eines Tages verletzen, aber man musste die Menschen finden, die es wert waren, für sie zu leiden.

Man konnte ihrer Mimik ansehen, dass Cara einen inneren Kampf ausfocht. Sie dachte viel zu viel nach, aber auch diese Eigenschaft liebte er an ihr.

»Unter einer Bedingung«, sagte sie schließlich.

»Ja?«

»Wir fangen sofort an.« Sie grinste und sprang auf. »Wir müssen Jack und Lili an der Tauffront ausstechen!«

»Eine Art Wettrennen also? Ich mag deine Herangehensweise.«

»Und die Kinder müssen italienische Namen bekommen. Giancarlo, wenn es ein Junge wird. Und Sophia, wenn es ein Mädchen ist. Du bist jetzt immerhin ein De-Luca.«

Nicht nur ein DeLuca, sondern auch ein Kilroy. Wow, was für ein Glückspilz er war! Er stand auf und streckte ihr seine Hand entgegen.

»Na, dann nichts wie los. Tante Sylvia hat mir schon gesagt, dass deine Eierstöcke auch nicht jünger werden.«

Cara schüttelte den Kopf und griff nach dem Hosenbund seines neuen Frackanzugs, um ihn an sich zu ziehen. Shane hatte sich bereit erklärt, ihn zu tragen, wenn er ihn mit seinen neuen Cowboystiefeln kombinieren konnte. Die hatte seine geschmackssichere Ehefrau ihm zu ihrer erfolgreichen Scheidung geschenkt.

Sie sah hinab auf den langen Schlitz in ihrem knöchellangen pinken Kleid.

»Wie gut, dass ich die Kleider der Brautjungfern ausgesucht habe. In dem Outfit kann ich wunderbar mit dir Motorrad fahren.«

»So lange kann ich leider nicht warten.« Er zog die Schlüsselkarte des Hotels aus seiner Hosentasche.

Cara rieb sich an ihm, und langsam wurde es wirklich brenzlig. Wenn er sich nicht bald mit ihr in den kühlen Laken eines Hotelbetts wälzen konnte, würden den Gästen hinterher nicht nur die Zuckerskulpturen in Erinnerung bleiben!

»Du bist jederzeit startklar, was?«, fragte sie ihn.

»Mit dir immer, meine Liebste.«

Danksagung

Ich danke meiner Agentin Nicole »Tigress« Resciniti bei der Seymour Agency, die nie aufhört, sich für mich und all ihre Autor*innen einzusetzen.

Meiner Lektorin Lauren Plude, die mich bei der Entwicklung von Caras und Shanes Geschichte stets angetrieben und dafür gesorgt hat, dass meine armen Figuren noch mehr leiden. Sie kann ganz schön grausam sein, aber ich habe sie zum Weinen gebracht. Wir sind also quitt. Herzliche Grüße auch an das restliche Team von Grand Central!

Danke an Angela Quarles, Donna Cummings und Amber Lin für die Lektüre. Durch euch wurde die Geschichte unendlich besser!

Außerdem möchte ich mich bei meiner Familie und meinen Freunden bedanken, die mich immer unterstützt haben, selbst wenn sie vielleicht ein wenig schockiert von meinem Roman waren!

Und last, but not least: Tausend Dank an Jimmie, von dem ich nicht nur Küsse stehle, sondern auch die Bettdecke und mindestens die Hälfte der Gags in meinen Büchern.

Lust auf noch mehr Romantik?
Dann solltest Du unbedingt umblättern.

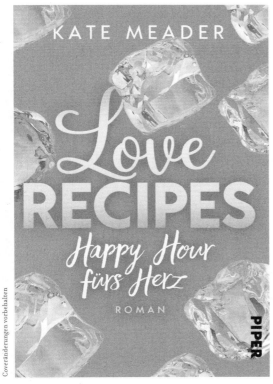

Kate Meader
Love Recipes – Happy Hour fürs Herz
Kitchen Love Band 3

Piper Paperback, ca. 368 Seiten
ISBN 978-3-492-06206-0

Leseproben, eBooks und mehr auf **www.piper.de**

1.
Kapitel

Tad DeLuca knirschte so fest mit den Zähnen, dass zu befürchten stand, sie würden zersplittern.

»Wir bräuchten noch ein Ersatzteil.« Mit diesen Worten kroch der Elektriker, der mit einem wahrlich üppigen Bauarbeiterdekolleté ausgestattet war, rückwärts hinter dem Pizzaofen hervor und richtete seinen Hosenbund.

»Das hieß es letzte Woche auch schon«, erwiderte Tad geduldig. Wirklich geduldig. »Da haben Sie den ...«

»... Temperaturregler installiert.«

»Den Temperaturregler, ganz genau, und Sie haben gesagt, nun müsste alles wieder laufen.«

Über dem Kopf des Mannes erhob sich der Pizzaofen und machte sich über Tads Vorstoß ins Geschäftsleben lustig. Fladenbrote waren einer der Eckpfeiler der Speisekarte seiner neuen Weinbar – oder hatten es zumindest sein sollen – und nun dachte er über seinen Plan B nach. Den, der nicht existierte. Die Freuden, sein eigener Boss zu sein.

»Diesmal liegt es nicht am Regler. Da ist ein ...« Der Mann murmelte etwas Unverständliches, und Tad schaltete auf Durchzug. Drei Semester Ingenieurwissenschaft reichten einfach nicht, sich über Reparaturen von Pizzaöfen auslassen zu können. Tja, wäre er länger am Ball geblieben, hätte er jetzt vielleicht etwas mehr zur Unterhaltung beitragen können. Leider führten Gedanken an seine Collegetage immer dazu, Erinnerungen daran heraufzubeschwören, wie sie geendet hatten. Und die waren schwer zu ertragen.

»Wie lang?«

Noch immer unelegant in der Hocke, rieb sich der Ofentyp den Nacken. »Eine Woche. Eher zwei.«

Ja, Herrgott noch mal! Als hätte Tad die Worte laut ausgesprochen, schossen die Augenbrauen des Mannes in die Höhe.

In nicht mal einer Woche stand in dem sekündlich hipper werdenden Stadtteil Wicker Park, nur einen Steinwurf vom *Ristorante DeLuca,* dem Restaurant seiner Familie, entfernt, die Eröffnung des *Vivi's* an. Der Schritt vom Barkeeper zum Barbesitzer schien nur logisch, doch leider hatte zwischen dem Schicksal und der Logik eine ganze Weile Funkstille geherrscht. Noch bevor er den Mietvertrag überhaupt unterschrieben hatte, war das Lokal, das er als Erstes im Auge gehabt hatte, bis auf die Grundmauern niedergebrannt. Beim zweiten war er überboten worden. Und nun hatte sich obendrein sein Koch aus dem Staub gemacht, sodass Tad nun niemanden mehr hatte, der die von ihm geplanten atemberaubenden Gerichte auf der Speisekarte in die Tat umsetzen konnte. Doch von solchen Stolpersteinen konnte er sich nicht aufhalten lassen. Der Startschuss musste endlich fallen!

Er hatte Jahre gebraucht, um an diesen Punkt zu gelangen. Viel zu lang hatte er über seine Fehler nachgedacht und sich in Ausflüchten ergangen. Es war ihm zur zweiten Natur geworden, andere zu enttäuschen, aber *damit hier* – Tad ließ den Blick über die glänzenden, polierten Oberflächen seiner neuen Küche wandern – würde er das vielleicht wieder ausbügeln können. Vivi wäre stolz auf ihn.

Eine Speisekarte mit köstlichen Imbissen würde eindeutig ihren Teil dazu beitragen.

»Ich würde zu gern wissen, was dir gerade in deinem Kopf herumgeht, Babe«, raunte ihm eine Frauenstimme ins Ohr. »Oder soll ich einfach mal ein paar Vermutungen anstellen?«

Lächelnd schob Tad die Gedanken daran beiseite, wie beschissen der Tag verlaufen war, und drehte sich zu der blonden Schönheit um, die ihm womöglich doch noch ein Glanzlicht aufsetzen konnte. Bei jeder anderen Frau mit ihrem Aussehen – das Haar zu einem Knoten frisiert, dunkle Ringe unter den grün-goldenen Augen, das Shirt formlos und zerknittert über einer schlabberigen, bis zu den Knien hochgerollte Wüstentarnhose – hätte er vermutet, sie wäre gerade aus einem warmen Bett getaumelt, wo man sie gehörig flachgelegt hatte. Doch es handelte sich nun mal um Jules Kilroy, seine beste Freundin. Und die hatte in den zwei Jahren, die sie sich kannten, seines Wissens noch nie ein Date – oder mehr – gehabt.

Ihre belustigt geschürzten Lippen konnten weder über ihre Müdigkeit hinwegtäuschen noch lenkten sie von ihrer blassen, zerbrechlichen Schönheit ab. Sein Beschützerinstinkt war sofort geweckt, und er hätte sie am liebsten in die Arme genommen und fest an sich gedrückt.

Doch diesem Wunsch durfte er auf keinen Fall nachgeben, weshalb er sich ganz auf ihre amüsierte Miene konzentrierte. Die erinnerte ihn nämlich daran, warum sie sich auf Anhieb verstanden hatten, als sie schwanger und erschöpft im Restaurant seiner Familie aufgetaucht war und dringend einen guten Freund gebraucht hatte.

Ein schöner Freund war er ihr gewesen! Hastig verdrängte er den Gedanken und setzte ein freundliches Grinsen auf.

»Von dieser Jauchegrube der Verkommenheit willst du lieber gar nichts wissen. Dir würden die Haare zu Berge stehen …«

Unauffällig nickte sie in Richtung des Ofentyps, der sich einmal mehr auf alle viere begeben hatte und wieder an der Ofenmechanik herumfummelte.

»Du denkst gerade, dass es nichts Attraktiveres gibt, als den Anblick eines ausladenden Hinterns, der aus einer Jeans hervorguckt.«

Lustig, dass sich Jules' britischer Singsangakzent seit sie in den Staaten lebte kein bisschen abgeschwächt hatte. Wobei es nicht so betont vornehm klang, als wäre ihr Mund mit Pflaumen gefüllt. Nein, sie hatte die Stimme eines Partygirls: ein bisschen heiser und rau, als hätte sie am Abend zuvor in einem Club stundenlang einen wummernden Bass übertönen müssen.

Bis sie sich wegen ihres Babybauchs nicht mehr so gern auf der Tanzfläche hatte austoben wollen, waren sie in der Hinsicht ein super Team gewesen. Nun hatte sie alle Hände voll mit ihrem achtzehn Monate alten Sohn Evan zu tun. Der Kleine war einfach zu knuffig, doch Jules' Augenringe bewiesen, dass man es mit ihm nicht immer leicht hatte.

Tads Handy summte, und als ein diskreter Blick darauf ihm zeigte, dass ihn die letzte Person auf der Welt erreichen wollte, mit der er reden wollte, konnte er sich ein Stirnrunzeln nicht verkneifen. Er wandte sich wieder Jules zu, die ihn neugierig ansah.

»Wie geht's der abgehalfterten Ballerina?«

Normalerweise lockten am anderen Ende der Leitung vielversprechendere Angebote, und Jules neckte ihn gern wegen seines Geschmacks des Monats.

»Der olympischen Turnerin, meinst du wohl.« Er sprach von dem zierlichen Sahneschnittchen, mit dem er in der vergangenen Woche etwas am Laufen gehabt hatte, das inzwischen allerdings schon wieder passé war.

»Zieht sie beim Beckenbodentraining immer noch alle Register?«

Er lachte. Jules und ihr loses Mundwerk. »Es hat nicht funktioniert.«

»Ach je, die Arme! Hat vom italienischen Preisrichter wohl eine schlechte Platzierung erhalten. Oder war sie im Alter nicht mehr so gelenkig? Wie alt war sie noch mal? Achtzehn, fünfzehn?«

»Zweiundzwanzig. Sie sah bloß so jung aus.«

»Taddeo DeLuca, wann wirst du dich endlich mit einem netten, drallen Mädchen häuslich niederlassen und Bambinos in die Welt setzen?«, fragte sie mit italienischem Akzent. Zusätzlich kniff sie ihm in die Wange, wie es seine Tante Sylvia gern tat, die ihre alleinstehenden Nichten und Neffen unbedingt unter die Haube bringen wollte.

Er kannte die Antwort nur zu genau. An die blonde, grünäugige Schönheit vor ihm kam einfach keine andere heran. Gerade wollte er etwas wesentlich Flapsigeres erwidern, wie etwa, dass seine Anhängerschaft bei Facebook so etwas nie dulden würde, als er sah, dass sie inzwischen anderweitig abgelenkt wurde.

Und zwar von dem Elektriker, diesem Blindgänger, der sich unterdessen schwerfällig aufgerappelt hatte und nun seine Ich-konnte-eh-nicht-helfen-Rechnung ausstellte.

»Hallöchen!« Kaum zu glauben, wie strahlend Jules ihn anlächelte.

»Äh, hallo«, erwiderte der Mann vorsichtig.

»Sieht nach harter Arbeit aus.« Jules klimperte mit den Wimpern. Ja, wirklich, sie klimperte damit!

Eigentlich hatte Juliet Kilroy mit Flirten nichts am Hut. Noch nie hatte Tad mitbekommen, dass sie einen Typen mit irgendeinem Hintergedanken, der über eine Sprite-Bestellung an einer Bar hinausgegangen wäre, angesprochen hatte. Andererseits kannte er sie ja nur entweder schwanger oder als Mutter eines kleinen Rackers, und da stand Schäkern nun mal nicht unbedingt auf dem Programm.

Doch jetzt sah es eindeutig so aus, als würde sie flirten.

Mit dem Ofentyp.

»Zwei Wochen also, bis Sie dieses Teil bekommen?«, hauchte sie und kaute auf ihrer Unterlippe. Die Wangen des Ofentyps färbten sich, und er straffte sich ein wenig, was ihm Tad weiß Gott nicht verübeln konnte. Die Art, wie sie an ihren Lippen knabberte, war äußerst süß. Und irre sexy!

Der Mann, der Jules' Charmeoffensive wehrlos ausgesetzt war, legte die Hand liebkosend auf seinen Werkzeuggürtel.

Mit unschuldig aufgerissenen Augen sah Jules auf den Gürtel, als ob die Vorstellung des Gürtelstreichelns und von allem, was damit einherging, ihr gerade erst gekommen wäre. Dann ließ sie den Blick über den Körper des Ofentyps bedächtig wieder nach oben wandern.

»Was tust du?« Tad bereute die Frage sofort, da sie eher gereizt als neugierig herausgekommen war.

»Ich übe«, erwiderte sie, ohne die Augen von dem unfähigen Handwerker zu lösen. »Sie wissen gar nicht, wie dankbar wir Ihnen wären, wenn Sie dieses Teil schon früher bekommen könnten. Pizzen stehen bei uns so hoch im Kurs.« Bildete es sich Tad nur ein, oder klang ihr Akzent etwas vornehmer als sonst?

»Du übst was?« Inzwischen war es Tad egal, wie angefressen er klang.

Ohne darauf einzugehen, behielt sie den grüngoldenen Blick auf ihr Zielobjekt gerichtet.

»Vermutlich könnte ich die Bestellung als dringlich einstufen.« Inzwischen war der Ofentyp bis zum Haaransatz rot angelaufen. »Dann wäre das Ersatzteil in ein paar Tagen da.«

»Sie sind großartig!« Sie schenkte ihm ihr strahlendstes Lächeln.

Der großartige Mann erwiderte es mit einem schüchternen Grinsen. Dann trat er den Rückzug aus der Küche an und murmelte dabei etwas von wegen, er werde so bald wie möglich Bescheid geben.

»Das wäre gebongt!« Zufrieden rieb sich Jules die Hände.

»Was zur Hölle war das denn?«, fragte Tad.

»Bekanntermaßen fängt man mit Honig mehr Fliegen als mit Essig. Möchtest du dein Ersatzteil nun oder nicht?«

Wenn das hieß, dass er so etwas noch einmal miterleben müsste, dann, nein danke!

»Danke.« Sein Versuch, nicht griesgrämig zu klingen, misslang.

»Gern geschehen.« Sie verschränkte die Arme unter der Brust, wodurch sich der Stoff ihres weiten Shirts auf eine Art und Weise an ihre Kurven schmiegte, die ihm nicht hätte auffallen dürfen. »Wo ist Long Face?«

Diesen Spitznamen hatte sie Jordie gegeben, dem Koch, der meistens mit so tieftrauriger Miene herumlief, als läge die Last der ganzen Welt auf seinen schmalen Schultern. Besonders traurig hatte der Mistkerl allerdings nicht geklungen, als er an diesem Morgen angerufen und gekündigt hatte. Tad setzte Jules darüber ins Bild, und ihr Mitgefühl tat ihm gut.

Sie ließ den Blick durch den Raum schweifen und sah ihn dann vielsagend an, als wollte sie etwas loswerden. Gern kritisierte sie seinen miesen Umgang mit der jeweils aktuellen Flamme oder seinen rasanten Fahrstil auf seiner Harley. Als seine gute Freundin hatte sie kein Problem damit, auch mal die nervende Schwester oder die nörgelnde Glucke zu spielen.

»Spuck's schon aus.« Er war neugierig, was sie zu sagen hatte, denn ihre schnippischen Bemerkungen über seine gelegentlich nicht ganz perfekten Entscheidungen entpuppten sich oft als Highlight seines Tages.

»Kein funktionierender Pizzaofen, kein Koch, und damit kein Essen und ein Lokal, das sich demnächst mit den strengsten Kritikern der Menschheit füllen wird. Du steckst knietief in der Scheiße, Freundchen.«

Shit! In der ganzen Aufregung hatte er vergessen, das Probeessen für seine nunmehr nicht mehr existierende kleine Speisekarte abzublasen. Zum Glück bestand die ungeduldige Meute, die demnächst antraben würde, aus seiner Familie und nicht aus raubtierhaften Chicagoer Restaurantkritikern.

Zum umfangreichen Weinangebot sollte es eigentlich trendige kleine Gerichte geben. Enten-Rillete. Steinpilz- und Schalotten-Focaccia. Die erprobte Auswahl an Käse und Wurst. Sachen also, die nicht so viel Mühe machten und den Umsatz ordentlich in die Höhe trieben. Vielleicht würde er das Angebot später erweitern, doch zunächst mal wollte er sich nicht übernehmen. Für den Moment drehte sich alles um den Wein – vor allem heute, wo nun leider kein warmes Essen angeboten wurde.

Na, zumindest gab es kalte Platten. Er marschierte hinüber zum Vorbereitungsbereich und deckte ein paar der Platten auf.

»Komm, mach dich nützlich, schöne Maid«, sagte er zu Jules. »Bring dies raus, damit wir für den Einfall der Rotte vorbereitet sind.«

»Wie meinst du das, er hat gekündigt?«, fragte Jack, und Jules riss den Kopf hoch.

Jack gab sich ja gern finster und kritisch und legte jetzt, als Investor für Tads Start-up, sogar noch eine Schippe drauf. Tad hätte das Ganze lieber allein durchgezogen, das wusste Jules, hätte dann aber drei weitere Jahre warten müssen, um das Startkapital zusammenzubekommen. Manchmal musste man zur Erfüllung seiner Träume eben Kompromisse eingehen.

Ihr Bruder, Jack Kilroy, war einer dieser unglaublich erfolgreichen Gastronomen, von deren Restaurants selbst Pygmäenstämme in Neu Guinea schon gehört hatten. In den letzten Jahren hatte er sein internationales Foodimperium zusammengestutzt und sich seine TV-Verpflichtungen vom Hals geschafft, damit er sich auf seine beiden großen Leidenschaften konzentrieren konnte: auf sein Restaurant *Sarriette* in Chicago, einem wahren Feinschmecker-Mekka, und seine Frau Lili, Tads Cousine.

»Ihm ist ein Job auf einem Kreuzfahrtschiff angeboten worden«, berichtete Tad gerade von Long Face. »Der *idiota* will die Welt sehen. Ich hatte gehofft, du könntest mir für ein paar Wochen Derry überlassen, während ich mich nach Ersatz umsehe.«

Jack runzelte die Stirn. Über längere Zeit verzichtete er nur ungern auf den Souschef des *Sarriette*. Zudem argwöhnte Jules, ihr Bruder würde nicht einmal die Straße überqueren und auf Tad pinkeln, wenn der in Flammen stünde. Das Verhältnis der beiden Männer war schon immer angespannt gewesen, was wohl hauptsächlich daran lag, dass ihr Bruder ihre enge Beziehung zu Tad missbilligte. Andererseits wusste sie aber, dass Jack alles tat, damit seine Investition sich auch auszahlte.

»Wir werden uns etwas einfallen lassen«, meinte Jack nach einer Weile. »Zu essen kriegen wir also schon mal nichts. Was gibt's zu trinken?«

Tad drehte die Flasche in seiner Hand, sodass der Rest seines Publikums – Lili, ihre Schwester Cara und Caras irischer Mann Shane Doyle, der väterlicherseits ebenfalls Jacks Halbbruder war – sie sehen konnte.

»Wauwau!« Evan wand sich in Jules' Armen und schnappte nach der Flasche, auf deren Etikett ein übergroßer, freundlicher Terrier abgebildet war. In letzter Zeit war ihr Sohnemann, der Mittelpunkt ihrer Welt, besessen von Hunden. Die Buchstaben auf dem Etikett hüpften vor ihren Augen herum und ergaben wegen ihrer Leseschwäche einfach keinen Sinn. Legasthenie war echt nervig!

Tad stellte den Wein vor. »Das hier ist ein chilenischer Pinot. Intensives Fruchtbukett mit Noten von Pflaumen, vollmundig. Passt gut zu in Zinfandel braisierten Short

Ribs mit Fladenbrot.« Er begegnete Jacks spitzem Blick. »Oder zumindest wird er das, wenn wir jemanden haben, der es uns bäckt.«

Tad goss Probemengen des purpurroten Weins in Stielgläser und reichte sie herum. Dann nahm er auf einem der drei vornehmen schokofarbenen Samtsofas Platz, die in der Nähe des Eingangs um einen niedrigen Steintisch platziert waren, und lächelte stolz. Wie auch nicht, dachte Jules, wo er doch schon so lange von so einem Lokal geträumt hatte und es nun so schön geworden war.

Die flackernden Votivkerzen auf den Fensterbänken tauchten den Raum mit seinen schimmernden Kirschholzmöbeln in ein gedämpftes, warmes Licht. Auf den unverputzten Ziegelwänden kamen Lilis geschmackvolle Aktfotos mit Anlehnungen an die Weinkultur zur Geltung – Models, die in provokanten Posen Trauben hielten, andere mit terrakottafarbenen Streifen auf der Haut – wie ein Liebesbrief von Mutter Natur. Sonne, Erde, Leben. Der Clou schlechthin war aber, dass die Bar von dem dahinterliegenden Weinkeller durch eine Glaswand abgetrennt war und man somit vollen Einblick hatte. Dieses deckenhohe »Fenster in die Welt des Weines«, als das der Architekt es Tad erfolgreich angepriesen hatte, nahm der Bar das Prätentiöse, das andere Bars dieser Art oft an sich hatten. Jules war begeistert.

Tad, der Jules' Blicken gefolgt war, tauschte mit ihr ein heimliches Lächeln. Diese Weinbar war sein Traum, doch nachdem er ihr schon so lange davon erzählt hatte, verspürte auch sie nun einen gewissen Besitzerstolz. Er hatte nie Angst gehabt, sie nach ihrer Meinung zu fragen, und sie keine, ihm diese mitzuteilen. Meist über das neueste Flittchen-Model, das er datete, oder seinen Klamottenstil.

Trotz aller Frotzeleien und bissigen Bemerkungen mochten sie sich wirklich sehr, und das von Anfang an. Cara beugte sich vor, schnupperte an Shanes Glas und legte dabei automatisch die Hand auf ihren Bauch. Da sie im fünften Monat mit Zwillingen schwanger war, war der schon ziemlich riesig. Doch anstatt müde und erschöpft zu wirken, sah sie einfach blendend aus. Was wieder mal typisch war.

»Gott, wie ich das vermisse!« Cara hielt ihre Nasenspitze über das Glas und inhalierte tief.

Shane zog es weg, trank einen großzügigen Schluck und gab seiner Frau dann einen liebevollen Kuss.

»Sag nicht, ich würde mich nicht gut um dich kümmern, Mrs DeLuca-Doyle«, murmelte er und konnte die Freude darüber, sie als seine Frau bezeichnen zu können, nicht verbergen. Jules, die Evan auf dem Arm trug, drückte seinen Kopf an ihre Schulter, damit sie an ihrem Wein nippen konnte. Was war sie doch für eine Rabenmutter!

»Was sagst du dazu, Jules?«, wollte Tad wissen.

»Weich, leicht würzig.« *Wie deine Lippen.*

Nein, nein, nein! Wo, zur Hölle, war das denn hergekommen? Sie kam mit ihrer Rolle als beschäftigte Mom inzwischen doch prima klar und bemühte sich, nicht mehr an jenen schrecklichen Abend vor einem Jahr zu denken, an dem sie die Freundschaft zu Tad beinahe zerstört hätte. Ein Kuss, drei Sekunden des Entsetzens, ein Jahr des Bedauerns. Befeuert von Schlafmangel und neuen Mama-Hormonen hatte sie sich verbotenen Hoffnungen hingegeben, doch er hatte sie abblitzen lassen. Die richtige Entscheidung, wie sie zugeben musste. Zum Glück hatte ihre Freundschaft keinen bleibenden Schaden davongetragen, auch wenn sie ab und zu immer noch ein lüsterner Gedanke streifte – mit freundlicher Genehmigung von Bad-Girl-Jules.

Na, na, na, mahnte Good-Girl-Jules.

Bad-Girl-Jules kicherte frech.

Auf ihrer Schulter wurde es verräterisch feucht. Babysabber! Na, klasse. Es ging doch nichts darüber, mit einem Schlag wieder in die Realität des Mutterdaseins zurückbefördert und daran erinnert zu werden, wie eindeutig unsexy man doch war.

Sie hatte das Haus in Eile verlassen. Weiter nichts Neues. Man hatte sie schon darauf vorbereitet, wie schwierig es wurde, rechtzeitig aus dem Haus zu gehen, wenn man an alles denken musste und das Kind in letzter Minute einen Rappel bekam. Fürs Duschen und Schminken blieb sowieso keine Zeit. Auch das hatte man ihr prophezeit. Noch mal schnell kämmen? Vergiss es. Völlig zweitrangig gegenüber den Bedürfnissen des Kindes.

Normalerweise machte ihr das nichts aus, allerdings wurde das Muttersein nun, wo sie in eine eigene Wohnung gezogen war, nicht eben leichter. Die letzten beiden Jahre hatte sie im Stadthaus ihres Bruders ein paradiesisches Leben geführt und war in jeder Hinsicht unterstützt worden, auch finanziell. Anfangs hatte sich Jack mit ihr sogar Evans Betreuung geteilt, war mitten in der Nacht aufgestanden, egal, wie spät es im Restaurant geworden war, und hatte den Kleinen mit der zuvor von ihr abgepumpten Milch gefüttert. Wenn sich bei ihr Katzenjammer einstellte, hatte ihre Schwägerin Lili immer ein offenes Ohr für sie. Jules wusste, sie konnte von Glück reden, von den DeLucas so herzlich in die Familie aufgenommen worden zu sein.

Allerdings wusste sie auch, dass sie sich einsam fühlte.

Es klang so lächerlich, dieses Bedürfnis nach den Armen eines Mannes, die sie hielten. Behaarten, gebräunten, muskulösen Armen ...

Einmal mehr verzauberten sie Tads Arme. Die Arme ihres guten Freundes.

Was konnte sie dafür, wenn sie das Vorbild für die Arme lieferten, von denen sie träumte? Und sie beim Abspülen von Evans Milchfläschchen an der Spüle plötzlich die Vorstellung überkam, ebendiese muskulösen und sehnigen Arme würden sie von hinten umschlingen? Vielleicht gab es ja heißere Fantasien als die, beim Schrubben einer verkrusteten Pfanne von einem Mann genommen zu werden – aber, hey, war doch toll, wenn einem die eintönige Arbeit dadurch leichter von der Hand ging! Aber musste sie dabei unbedingt an die Arme ihres Kumpels denken?

Viele Leute kannte sie in Chicago nicht, aber es reichte. Ihre neue Familie hatte kein Problem damit, als Babysitter einzuspringen, wenn sie auf einen Smoothie ins Fitnessstudio wollte oder sich als Aushilfe bei einem von Caras oder Shanes Events etwas Geld dazuverdiente. Aber jemanden kennenzulernen – einen Mann kennenzulernen – war längst nicht so einfach, wie es in London gewesen war. Damals war sie Single gewesen, kinderlos und nach ein paar Gin Tonics zu fast allem bereit. Sie vermisste diese Zeit nicht, doch sie hätte sich so gern mal wieder begehrt und gewollt gefühlt. Offen gestanden kannte sie nicht viele alleinstehende Männer. Eigentlich nur Tad.

Und der wollte genau das sein: alleinstehend.

Tad vernaschte Frauen in einem Tempo als gelte es, ein Rennen zu gewinnen. Bei manchen der Geschichten, die er ihr erzählte, standen ihr die Haare zu Berge. Sie ermutigte ihn trotzdem dazu, und zwar zum einen, weil sie sie anturnten, und zum anderen, weil er sie so faszinierte. Er war der freundlichste, witzigste Typ, den sie kannte – und er behandelte Frauen wie Annehmlichkeiten, bis sie zu Unannehmlichkeiten mutierten. Sie mochte sich lieber gar nicht vorstellen, wie es sein musste, Tads spezielle Art der Unaufmerksamkeit zu genießen.

Doch sie hatte noch nie jemanden kennengelernt, dem seine Familie und Freunde so sehr am Herzen lagen. Nach allem, was hinter ihr lag, war eine Familie wie die DeLucas, der Tad angehörte, ihr Gewicht in *gelato* wert, und sie würde den Teufel tun und das aufs Spiel setzen.

In der Küche hatten sie herumgescherzt. Dass sie ihn nun wieder völlig relaxed wegen seines ausschweifenden Liebeslebens aufziehen konnte, war ein gutes Zeichen. Die Friendzone hatte sie wieder, und alles war gut. Und ihre gelegentlichen hormonbedingten Fantasien über seine Arme waren eben genau das: gelegentlich und hormonbedingt.

Jetzt sah er sie auf eine Alles-okay-mit-dir?-Art an, und sie bemühte sich, alles möglicherweise Verwirrt-Wuschige aus ihrem Gesichtsausdruck zu verbannen. Vielleicht sollte sie sich ja Botox spritzen lassen, damit ihre Miene nicht mehr so viel verriet?

Ihre Bemühungen scheiterten jedenfalls kläglich. Tad stand auf und streckte besorgt besagte fantasieanregende Arme aus. »Süße, komm, gib mir den Knirps. Entspann dich und trink was.« Er nahm ihr Evan ab.

»Was hast du gesagt?«, fragte Tad Evan und hörte genau hin, als wäre dessen Babygebrabbel genauso wichtig wie die Rede zur Lage der Nation. »Wein? Käse? Oh, einen Cracker! Schon verstanden, Buddy.«

Tad warf Jules einen fragenden Seitenblick zu. Als sie zustimmend nickte, nahm er einen Cracker von der Käseplatte und steckte ihn in Evans kleines Patschhändchen. *Seufz.* Beim Anblick der beiden ging ihr das Herz auf. Dann gab sie sich einen Ruck und setzte für ihre Familie ein Lächeln auf. Kaum waren Jack und Shane zehn Minuten da, flachsten die beiden Brüder auch schon herum, wer den feineren Gaumen habe. Nach dem Rhythmus ihrer Neckereien hätte man die Uhr stellen können. »Deine Geschmacksnerven sind doch von deinem hohen Zuckerkonsum längst zerstört«, meinte Jack. »Vermutlich schmeckst du nicht mal mehr Salz heraus.«

»Geschmacksknospen lassen im Alter nach«, schoss Shane zurück, der nichts auf seine Konditorexpertise kommen lassen wollte. Jack war neun Jahre älter als Shane. Die beiden Brüder hatten erst kürzlich zusammengefunden, sich aber auf Anhieb gut verstanden. Mit jedem Tag wurde die Beziehung der beiden enger, und obwohl Jules Shane supernett fand, beneidete sie die Jungs auch ein bisschen um ihr gutes und entspanntes Verhältnis. Bei ihr und Jack musste man dagegen ständig damit rechnen, dass es krachte.

»Eifersucht ist so unattraktiv, Brüderchen. Vergiss nicht, wessen Name in größeren Lettern auf dem Buchcover steht.« Jack spielte auf ihre Zusammenarbeit bei einem Kochbuch an, das nach seinem Erscheinen im letzten Jahr direkt auf den ersten Platz der Bestsellerliste der *New York Times* geschnellt war.

»Eingebildeter Fatzke!«, murmelte Shane liebevoll und warf ein daumengroßes Goudastück nach Jack. Der fing es auf und steckte es sich grinsend in den Mund.

»Na, na, na, ihr seid beide hübsch«, meinte Lili kopfschüttelnd. Wie eine Elster, die von etwas Glänzendem angezogen wird, fuhr Jack Lili liebevoll durchs Haar, und seine Miene wurde weich.

Jules unterdrückte einen Seufzer. Es fiel schwer, sich in der Nähe solcher Erfolgsmenschen wie ihre Brüder – und deren Frauen – nicht wie eine komplette Versagerin vorzukommen.

Als Tad vorhin in der Küche von Long Face' überraschender Kündigung erzählt hatte, hatte Jules einen Augenblick überlegt, dass sie den Job doch übernehmen könnte, den Gedanken jedoch umgehend wieder verworfen. Sie war eine Amateurin unter begnadeten Profis. Ihre unbedeutenden Versuche, Pizza zu backen, Zitronen einzulegen und Biogemüse anzubauen, reichten wohl kaum aus, um in einer echten Restaurantküche zu bestehen. Shane und Jack hatten mit dem Kochen schon begonnen, bevor sie überhaupt laufen konnten, und verfügten inzwischen über jahrelange Erfahrungen. Mit ihrer Leseschwäche hatte Jules dagegen schon Probleme, Rezepte zu lesen, und überhaupt: Wer würde sich in der Zeit um Evan kümmern?

»Wir haben übrigens gute Neuigkeiten.« Cara schaffte es nicht, einen Nachmittag einfach faul mit dem Familienclan zu verbringen, der Job blieb immer im Hinterkopf. »Shane und ich haben den Auftrag für die Ausrichtung von Daniels Hochzeit im Mai nächsten Jahres an Land gezogen.«

Jeder gratulierte und hob sein Glas. Seit ihrer Gründung vor acht Monaten hatte sich *DeLuca-Doyle Special Events* zur heißesten Veranstaltungsagentur Chicagos entwickelt. Dass sie nun die Hochzeit des Bürgermeistersohns ausrichten durften, war der Hammer, andererseits machte Cara grundsätzlich keine halben Sachen.

»Bis dahin sollten die Babys schon ein paar Monate alt sein.« Schon immer hatte Jules die umwerfende blonde Frau bewundert, die so kultiviert und erschreckend kompetent wirkte. Aus ihr würde bestimmt eine Supermom. »Wie wirst du das schaffen?«

Cara lächelte. »Dieses Event wird genügend einbringen, dass wir ansonsten nicht viele Aufträge annehmen müssen. Trotzdem werden wir zu unserer Unterstützung wahrscheinlich jemanden einstellen.«

»Das werden wir allerdings!« In Shanes Miene zeigte sich liebevolle Besorgnis. Was die Arbeit anging, war Cara einfach nicht zu bremsen, und zu Shanes Leidwesen hatte sich daran auch durch die Schwangerschaft nichts geändert.

Jules fand es toll, wie die beiden einander ergänzten. So einen Partner hätte sie auch gern an ihrer Seite gehabt, einen, der sie trotz ihrer vielen Fehler liebte und ihren Sohn vergötterte, als wäre er der eigene.

Allein schon, damit man später gemeinsam darüber reden konnte, wie sich Evan in der Schule machte, ob er sich eher für Rugby oder Baseball eignete oder aber ob er in diese Achtklässlerin verknallt war. Na, sich das Elterndasein eben teilte. Doch all das würde wohl ein Traum bleiben. Genau deshalb hatte sie Jack auch ausfindig gemacht, nachdem dieser Mistkerl Simon sie hatte sitzen lassen.

Ihr Blick wanderte zu Tad und Evan, die in eine ernste Unterhaltung über die Farbunterschiede von Gouda und Cheddar vertieft waren. Sie hatten eine besondere Bindung, diese beiden. Zu schade, dass dieser Mann sie nie auch nur annähernd so innig ansah.

So viel Talent, Tatkraft und Liebe … Sie war den Tränen nahe. Das gutmütige Geplänkel um sie herum drohte sie nach unten zu ziehen, wenn sie auch nur noch eine Sekunde länger bliebe. Leise schlich sie sich zur Toilette davon.

Niemandem fiel es auf.

Ein Blick in den Spiegel sagte ihr alles, was sie wissen musste. Mit dem Stillen hatte sie vor ein paar Monaten aufgehört, aber die Pickel waren noch immer nicht ganz verschwunden. Völlig klar also, warum ihr Anblick für jeden Mann wie ein Lustkiller wirkte. Kein Wunder, dass Tad entsetzt zurückgewichen war, als sie sich an ihn herangemacht hatte. Sie sah aus wie ein Teenager-Albtraum!

»Hey, alles okay mit dir?«

Neben ihrem Spiegelbild tauchte das ihrer umwerfenden, kurvigen Schwägerin Lili auf, die mit ihrer makellosen olivfarbenen Haut und der dunklen Haarmähne einer jungen Sophia Loren glich. Glücklicherweise war sie innerlich so schön wie äußerlich, weshalb Jules keinen Grund fand, sie zu hassen.

»Ja, ich leg nur gerade ein Päuschen ein.«

»Manchmal kann's einem mit uns ein bisschen zu viel werden«, räumte Lili mit einem mitfühlenden Lächeln ein. »Von daher muss es toll sein, in der eigenen Wohnung abschalten zu können. Auch wenn ich mir nicht sicher bin, ob ich dir verzeihe, dass du mich allein gelassen hast und ich nun Jacks ungeteilte Aufmerksamkeit abbekomme.«

»Das liebst du doch.« Ihre Schwägerin wollte nett sein, das wusste Jules. Aber sie und Jack versuchten, ein Kind zu bekommen, da freute sie sich bestimmt darüber, nun öfter ganz spontan mit ihm schlafen zu können. Zehn Monate nach der Hochzeit wurde ihr Bruder allmählich nervös, und das umso mehr, als sein Bruder und seine Schwägerin Zwillinge erwarteten.

Die Tür flog auf, und Cara kam hereingestürmt. Mit den Händen fächelte sie ihren Hüften Luft zu und zog damit alle Blicke auf ihren riesigen Bauch.

»Na, wo drückt der Schuh?«, fragte sie Jules. Cara redete grundsätzlich nicht lang um den heißen Brei herum, und ausnahmsweise einmal wusste Jules das zu schätzen.

Es wurde Zeit, dass sie ihr Leben selbst in die Hand nahm.

Eine eigene Wohnung war der erste Schritt, und darum hatte sich Jules vor einem Monat gekümmert, als sie in Shanes alte Wohnung über dem *Ristorante DeLuca* gezogen war. Vor dem nächsten Schritt hatte sie einen Riesenbammel, aber sie musste ihn tun. Dazu würde sie die Unterstützung ihrer Freunde und Familie brauchen, vor allem die der Frauen vor ihr.

Zittrig holte sie Luft und blies sie wieder aus.

»Ich werde wieder mit Daten anfangen.«

Cara riss die Augen auf. »Hey, das ist ja fantastisch! Wann immer du Hilfe brauchst, bin ich für dich da. Ernsthaft.«

»Das wird so ein Spaß, Süße«, fügte Lili mit einem schelmischen Lächeln hinzu.

Jules seufzte erleichtert auf. Sie hatte gewusst, dass die beiden sie unterstützen würden, aber es wärmte ihr Herz, es bestätigt zu bekommen.

Cara tippte bereits auf ihrem Handy herum. »Es gibt so viele Möglichkeiten. Wir erstellen einfach mal ein paar Onlineprofile und schauen dann zu, wie die Kerle auf den Knien angerutscht kommen.«

»Du wirst ein Foto brauchen. Was echt Glamouröses.« Lili legte die Fingerspitzen zu einem Viereck zusammen und betrachtete Jules durch ihren imaginären Sucher. »Wir werden ein Foto von dir machen, auf dem du megaglamourös aussiehst!«

Huch, das ging ja schneller als gedacht! Aber es fühlte sich so gut an, endlich aktiv zu werden. Wie lange war es her, dass sie sich auch nur im Entferntesten glamourös gefühlt hatte? Oder aktiv? Es wurde Zeit, das Leben an den Eiern zu packen, vorzugsweise solchen, die zu einem heißen Typen gehörten, der sie behandelte, wie sie es verdiente.

Die drei überlegten, was für Jules' Start in die Datingwelt alles nötig war. Salontermine, Shoppingexkursionen, Beschreibung des Wunschpartners ... Jules unterdrückte ein hysterisches Kichern. O Gott, sie zog das tatsächlich durch!

Und ihr Bruder würde durchdrehen. Sie fragte sich, was andere davon halten würden, doch diesen Gedanken schob sie schnell wieder beiseite.

Die Vorstellung von Jacks Reaktion dämpfte ihre Freude ein bisschen. »Kann das bitte erst mal unter uns bleiben? Irgendwie habe ich so das Gefühl, mein Bruderherz wird das nicht ganz so locker aufnehmen wie ihr.« Sie legte die Hand auf den Griff der Toilettentür und zog sie auf.

Cara schnaubte. »Als ob ihn das was anginge!«

Nachdem auf Lilis Stirn kurz eine vertraute Sorgenfalte erschienen war, zwinkerte sie Jules verschwörerisch zu. »Mach dir wegen Jack keinen Kopf. Dem bringe ich das später schonend bei.«

Mit einem dankbaren Lächeln öffnete Jules die Tür noch ein Stück und entdeckte − *Mist, verdammter!* − ihren Bruder dahinter, dessen Stirn sich unheilvoll verdunkelt hatte.

Natürlich.

»Mir beibringen? Was denn?«